祝勇 —— 主编

破冰

新散文三十年

上海文艺出版社

目 录

序：
"新散文"何以活力不衰
祝勇 | 001

钟鸣
浮生看物变，微风燕子斜
001
卡夫卡和他的动物园
026

于坚
理塘记
051
塌方之地
083

冯秋子
我与现代舞
107

清理
123

宁肯

天湖
159

沉默的彼岸
165

张锐锋

算术题
197

火车
247

蒋蓝

有关警报的发声史
275

在正体字与方程式的迷宫中
290

祝勇

吴三桂的命运过山车
311

家在云水间
355

周晓枫

铅笔
387

弄蛇人的笛声
413

序："新散文"何以活力不衰

祝勇

一

1998年云南《大家》杂志推出"新散文"栏目，今天我们把它视为"新散文"诞生的标志。"新散文"这个栏目名，可能是偶然为之，却包含了这一创作群体的全部诉求，那就是"新"，就是不满于陈腐的创作观念，以全新的理念引导散文创作。其实在那前后，当时还算年轻的散文写作者，已经分别出发，开始了对散文创作的求索，并逐渐汇集到"新散文"的旗下。回顾当时的出版物，我们就可以看到，"新散文"在当时的影响力。1995年，苇岸主编了《蔚蓝色天空下的黄金》一书，收选安民、杜丽、冯秋子、胡晓梦、彭程、王开林、苇岸、尹慧、元元、张锐锋的作品。1996年，祝勇主编《新锐文丛》，收王开林、伍立杨、刘鸿伏、徐鲁、祝勇的作品。1997年，王久辛主编《中国当代青年散文家八人集》，收凸凹、彭程、伍立杨、王开林、王久辛、刘烨园、朱鸿、沈天鸿的作品。1998年，祝勇主编《声音的重量》，收孙郁、李书磊、李洁非、彭程、韩毓海、祝勇的作品。1999年，解放军文艺出版社出版《存在者丛书》，收选张锐锋、钟鸣、于坚、庞培、陈东东、朱朱的散文作品。2001年，祝勇主编《深呼吸丛书》，收张锐锋、庞培、周晓枫、祝勇的作品。2003年，祝勇主编《新散文九人集》，收梁小斌、于坚、翟永明、冯秋子、张锐锋、庞培、李敬泽、祝勇、周晓枫的作品。2004年，周晓枫、南帆主编《七个人的背叛》，收格致、方希、吕不、朝阳、刘春、黑陶、雷平阳的作品。另外，刘琅、桂苓主编的《中国散文档案》，我自2003年起为春风文艺出版社编辑《布老虎散文》，自2003年至2009年为春风文艺出版社编辑散文年选，都是以"新散文"的作品为主，也蔚为规模。

到今天，"新散文"的创作群体已然清晰，它的主要创作者有：于坚、马小淘、凸凹、王族、宁肯、玄武、冯秋子、江子、江少宾、汗漫、狄马、杜丽、苇岸、沈念、李晓君、陈蔚文、李敬泽、张锐锋、庞培、周晓枫、范晓波、南子、洁尘、钟鸣、祝勇、赵柏田、赵荔红、格致、黄一鸾、黑陶、傅菲、彭程、蒋蓝、谢宗玉、韩春旭、塞壬等。"80后"散文写作者的作品，不管他们是否承认，大体上都可以归入"新散文"一类，因此自他们以后，陈旧的、八股式的散文写法基本上不复存在，这与近三十年来"新散文"的筚路蓝缕、艰辛探索有很大关系。

近三十年来，重要的"新散文"作品（散文集）有：苇岸《大地上的事情》、钟鸣《城堡的寓言》、张锐锋《世界的形象》、于坚《棕皮手记》、庞培《五种回忆》、李敬泽《青鸟故事集》、冯秋子《寸断柔肠》、洁尘《艳与寂》、周晓枫《斑纹》、蒋蓝《豹典》、格致《转身》、黑陶《泥与焰》、王族《上帝之鞭》、塞壬《下落不明的生活》、宁肯《说吧，西藏》、祝勇《故宫的风花雪月》等。

尽管到今天，"新散文"仍要面对主流评论界的傲慢与偏见，有关"新散文"的评论寥若晨星，但是应当说，中国散文发展到"新散文"，已经成为一种不可逆转的时代力量。"新散文"改变了二十世纪，尤其是杨朔、秦牧等奠定的二十世纪后半叶散文写作的陈腐积习，为日益固化的中国散文创作打开了一个全新的空间。"新散文"不是当代散文一个无关紧要的局部，不是"文学园地里的一朵小花"，"新散文"是近三十年来最雄伟的文学建筑群，它构成了近三十年来中国散文创作的主体，为中国散文重新树立了艺术标准，寻回了它的生命活力，是三十年来最重要的文学现象。"新散文"不是一个散文流派，基于"新散文"已经取得的成就，以及它自身的内在驱动力，我可以大言不惭地说，"新散文"是观念，是方向，是高度，是中国散文通向未来的道路。

"新散文"创作持续近三十年，并没有像一些人预言的那样一天天烂下去，反而一天天好起来。随着"新散文"作家由青年步入中年，"新散文"也退去了年轻时的火气与青涩，稳健地走进成熟期，成为中国当代散文创作的主力军。此时，发轫于二十世纪七十年代后期的"朦胧诗"早已走进了文学史，八十年代中期形成的先锋小说也早已风流云散，而在"新时期"的文学变革中迟迟登场的"新散文"，却展现了惊人的稳定性和持续性，佳作、力作不断涌现。关于"新散文"长盛不衰的秘密,可能会有多种答案,下面,我提供其中一种,供大家参考。

二

说到"新散文",许多人会以先锋小说为参照。那我就从先锋小说说起吧,因为"新散文"活力不衰的秘密就藏在它与先锋小说的区别中。

"新时期"以来的文学变革,尤其是以马原、洪峰、余华、孙甘露、格非为代表的先锋小说的诞生,在很大程度上与外国文学的刺激脱不开干系。历史学家把中国近代史总结为"刺激—反应模式",即中国近代史(包括思想史)上的一些重大事件,都是因应外部变化而生成的,是内部世界在面临外部刺激所产生的反应,如此,中国历史就被解释成了一部被动的历史,而不是自发生成的历史。也有人据此把中国的近代化史说成"被近代化史"。在我看来,这种"刺激—反应模式",放在"新时期"文学史里似乎更加有效。我们知道,经历了"十七年"的格式化运动,又被"样板戏"所涂炭了的中国文学,已经走到了万劫不复之地。在文学的世界里,"样板"从来都是个性的敌人,没有了个性,人的复杂的精神世界受到了粗暴的简化,文学就失去了原动力,也就走到了末路。但这一切在二十世纪七十年代中后期发生了变化,尤其当改革开放成为国策,国门被突然被打开,外面的世界名正言顺地进入我们的视野(他们再也不用像"文革"后期偷看"内部发行"的黄皮书、灰皮书那样去接触外国文学了），原有的秩序必然经历强烈的震荡，重构内部秩序，也必然会发生。改革开放为"新时期"年轻的写作者们打开了一个全新的视界，也提供了一个前所未有的文学坐标系。中国的小说家们第一次意识到，文学原来可以这么写。在全新的视野下，原有的写作模式已然变得不可接受，于是，在他们心里，产生了变革中国文学的强大冲动。

包括马尔克斯、博尔赫斯、纳博科夫、卡尔维诺、川端康成在内的一大批外国作家（尤其是二十世纪的外国作家），无意中充当了中国先锋小说作家的启蒙老师，甚至于某些著名的中国当代小说，我们都可以找到它们的外国模版。很多年以后（这是先锋小说作家们喜欢模仿的马尔克斯语式），早已功成名就的先锋小说家们，对于他们刚刚接触这些外国作家时那种隐秘的快感依然"供认不讳"。比如余华就曾这样回忆：

一九八三年到一九八五年期间，我一直迷恋川端康成，把他所有在中国出版的小说都读了，他重要的小说比如《雪国》，我都是买两本，一本用于珍藏，一本用于阅读，同时我的写作也在模仿他。那时我二十岁出头，他对细部的描写让我入迷，那种若即若离的描写，似乎可以接触到，又似乎游离开去了。我发现他不是用确定的方式描写细部，而是用不确定的方式，一个细部的后面似乎存在着另外几个细部，细部由此宽广和丰富起来。虽然多年以后我的写作风格与川端康成大相径庭，但是我很幸运第一个老师是他，他教会了我处理细部的能力,这样的能力决定了一个作家能走多远。①

余华走得很远,他的文字,几乎走遍了全世界,但他最初的原动力,来自日本一位瘦弱的老头——川端康成。中国当代文学史上,类似的案例还有很多,篇幅所限,不再逐一引述。

进入新世纪以后,在二十世纪八十年代那批先锋小说家当中,有些人开始"向后转",回到现实主义的道路上来,或如有些批评家所说,出现了现实主义与现代主义合流的趋势。对现代主义的始乱终弃说明了一个道理,就是我们对外国文学的"恶补"太猛烈了,也太实用主义,以至于我们很快就出现了身体不适。就像黄永玉先生所说:"有如军事训练中在饭堂吃饭一样,好大的一碗白饭下命令两分钟吃完!"②张志忠先生也曾用吃饭作比喻,说:"本来,在饥不择食的局面过后,应该是有一段时间的'反刍',进行再理解再消化的,但是,在莫名的逆反心理和新的浮躁情绪下,一种新的封闭心态和国粹主义,悄悄滋长。一位外国文学翻译家就曾经指出,同样是获得诺贝尔文学奖的拉美作家,马尔克斯和他的《百年孤独》在中国文坛广为流行,阿里斯图亚斯的《总统先生》却鲜有人问津,这不能不表明我们的阅读视野的狭隘。"③

但无论怎样,应当承认,二十世纪八十年代开始的先锋小说浪

---

① 余华:《读拜伦一行诗,胜过读一百本文学杂志》,见《我只知道人是什么》,第126—127页,南京:译林出版社,2018年版。
② 黄永玉:《那些忧郁的碎屑》,第70页,北京:生活·读书·新知三联书店,1998年版。
③ 张志忠:《1993:世纪末的喧哗》,第294页,济南:山东教育出版社,1998年版。

潮已然成为中国当代文学永远的神话。相比于诗歌、小说、戏剧，散文的变革要晚得多，"新散文"迟至二十世纪九十年代中后期才进入人们的视野。那时，改革开放已进行了十几年、二十年，进入了稳健、深化的阶段，视野突然打开的那种新鲜感与兴奋感早已是明日黄花，国人对外部世界和内部世界的认知更趋理性，"刺激—反应模式"对文学的作用力越来越不明显。二十世纪九十年代的下海大潮，固然把文学逼到边缘的角落上，也把文学逼回了它的内部。相比于"乱云飞渡"的"文革"岁月，以及风起潮涌的开放初期，二十世纪九十年代的中国社会和中国文学，都回到了正常化的轨道上。对于文学而言，这一轮"去泡沫"的过程也许是一件好事，因为它让作家去掉浮躁，真正沉淀下来，让文学成为写作者的真正自觉。

三

在这样的背景下回望"新散文"，我们会发现，相较于先锋小说，"新散文"的出现不仅仅滞后了十年，而是滞后了一个时代。先锋小说是二十世纪八十年代文学黄金期的幸运儿，而"新散文"则是在文学相对边缘化的九十年代中后期出现的，这至少表明一个简单的事实："新散文"并非先锋小说的散文版，"新散文"的出现，与外部世纪的刺激没有直接的关系。成为"新散文"的精神资源的，当然包含着外国文学，尤其是现代主义文学，同时也包含中国传统文化的滋养，和当代现实生活的催生。

有人指责"新散文"标新立异、割断传统、厚今薄古。那是因为他们根本不了解"新散文"。甚或,他们将"新散文"与先锋小说、"断裂主义"混为一谈了。"新散文"从来不曾藐视传统,也从未主张过与传统"断裂",相反,十分重视从传统文化中汲取营养。"新散文"作家中,以历史文化传统为主题的写作者并不少见,只不过他们采用了全新的、有创造性的表现形式。这些作家有:李敬泽、张锐锋、钟鸣、祝勇、蒋蓝、赵柏田、张宏杰、王族等。李敬泽研究《春秋》,写成《小春秋》等系列散文。张锐锋写《古战场》《马车的影子》《别人的宫殿》等长篇散文,"将童年的经验引入更为宽广的人类历史","从中我们看到人的永无成熟的理性,看到人的认识的有限和虚弱","将久远的历史编织到自我的经纬之中"[①]。钟鸣在回忆自己散文写作历程时说:

我的散文写作,从一九八九年到现在,可分为三个小段落:先是着力于文学的趣味和想象力,这在"动物随笔"中最为明显;然后,自倡西方随笔之严肃与思辨,和东方散文之轶趣与细腻为一体,这在稍后些的随笔中较明显;再者,就是朝着结构更为宏大,文体多样化,辩析更为深刻,并以知识社会学和文学为基础的大型随笔发展。从一九九三年开始着手四卷本《旁观者》写作,此书几易其稿,仅草稿字数已逾二百多万,此段落,在选材上,也逐步从神话传说,

---

[①] 张锐锋:《智性的恩赐——我对写作的一种理解表达》,见张锐锋:《蝴蝶的翅膀》,第14页,北京:解放军文艺出版社,1999年版。

转身社会与历史。①

　　同时，"新散文"对外国文学的吸收，也不再像先锋小说那样饥不择食，像彭程、凸凹等作家，对外国文学的阅读量极大，理解也更为透彻和精致。总之，在"新散文"的世界里，文学不再仅仅是对外部文学刺激的一个回应，而是出于它自身的写作需要。"新散文"出现，仅仅是因为我们需要散文，而且，需要好的、有创造性的散文。"新散文"就为了这样一个简单的目的出发了，并且在很长时间内，一直处在"冷漠而孤寂的途中"。但与二十世纪八十年代先锋小说比起来，我认为它更冷静、更深厚、更成熟、更卓越，因为它不再是对外部刺激的条件反射，也克服了先锋文学的某些"幼稚病"。在改革开放二十年前后出现，给了它充分的孕育、成长的空间，使"新散文"表现出强烈的"内生性"。

　　因此，在"新散文"里，我们看得到孔子、庄子的影子，看得到卡夫卡、博尔赫斯、曼德尔斯塔姆的影响，更看得到"新散文"作家们复杂、迷离的主体世界。路遥先生当年谈到拉丁美洲文学大师时说："他们当年也受欧美作家的影响（比如福克纳对马尔克斯的影响），但他们并没有一直跟踪而行，反过来重新立足于本土的历史文化，在此基础上产生了真正属于自己民族的创造性文学成果，从而才赢得了欧美文学的尊敬。"他说："我们需要借鉴一切优秀

---

① 钟鸣：《我对散文的看法》，见《太少的人生经历和太多的幻想》，第3页，北京：解放军文艺出版社，1999年版。

的域外文学以更好地我们民族的新文学"①,"只有在我们民族伟大的历史文化的基础上产生出真正的具有我们自己特性的新文学成果,并让全世界耳目一新的时候,我们的现代表现形式的作品也许才会趋向成熟。"② 用他的话描述"新散文"的文学追求,或许不失恰切。

"新散文"的成功,在于它的写作群体在经过"新时期"二十年的孕育,又经过三十年的创作历程,已经由当初的新锐青涩成长为一个强大的精神主体,进而生成了一个有着超大能量的内宇宙。如是,"新散文"就不仅仅是一场技术革命,而是中国文学在经历了先锋文学的青春冲动之后的一次文学再出发。

由于篇幅所限,本书的编选,只能取"新散文"之一瓢饮,书中所选八位作者,皆是"新散文"运动的发起者和主要实践者。作品依照作者的齿序排列,或可反映"新散文"创作三十余年的吉光片羽。

写于 2019 年 3 月 9 日,根据发言整理
原载《文学报》

---

① 路遥:《早晨从中午开始》,第 16 页,北京:北京十月文艺出版社,2012 年版。
② 路遥:《早晨从中午开始》,第 15 页,北京:北京十月文艺出版社,2012 年版。

钟鸣

1953年生于四川成都,当代诗人,随笔作家,毕业于西南师范大学中文系。1992年短诗《凤兮》获台湾《联合报》第14届新诗奖。2015年获"东荡子诗歌奖"批评类奖。出版有随笔集《城堡的寓言》《畜界,人界》《徒步者随录》《涂鸦手记》,三卷本随笔《旁观者》等。

浮生看物变，微风燕子斜

一

记得谁讲过，二等民族是拿给正直民族作材料的。此刻，我想，不识五谷，未辨郊野、昆仑，不曾解力田、星火、古器与春情的我们，虽也是鬻文自食其力，怕是要给"人农则朴"的作调料了。

有言"春秋物盛，冬夏气盛"，故叙春很难撇开物的文明。凡涉物，西人好抽绎"操持""感知""思"，都源于亚里士多德的认识本源，我民好统自然而讲"人道"，也叙哲学的"知"："致知在格物，物格后而知至"。即知物的本末，这些都没多大差异，但，太求知与物间的平衡，自然的限制，东亚就比希腊呆板些，若"制器者尚其象"一类，竟会由夫子叹欹器堕落到一切物的直观，甚至操作的直观，用时髦话说，或即"模型"，故《尚书》言："人惟求旧，器非求旧，惟新。"利弊皆有，倘若偏执理解起来，易酿惰性。荣格窥破这界线，故宣判"东方直观得过火"。结果呢？——我们的自然是被直观破坏着的，人是实用、犬儒的，我们的器，除了古老的发明，今日之"山寨"，也未必新，西人好究行文背后，此时与彼时的历史，吾民知今疑古，人人沉湎迂怪巷间之言……此宿命，几乎是笼罩性的。

所以，禹铸九鼎，王朝一个一个地灭着，而鼎彝之器，则一直搬迁祭用到秦始皇时代的某个春天才遗失，很蹊跷。旧所谓"班宗彝作分器"，即一国亡后，便毁其宗庙明堂，搬走祭祀用的礼器，瓜分宝物，拆散族裔，因种姓，灭与被灭沾亲带故，所以，物尚幸运，天下还是天下的象征，换瓢子罢了，至后世"阶级革命"，才真正给予摧毁，玉石俱焚，天下也不再容忍旧的象征。

难怪孔子答哀公时还能说："天下，器也。"荀子详尽一步："国者，天下之大器。"这是过去农耕文明以天地、阴阳、四时、日月星辰为本孳乳的观念，故《管子》言："不知四时，乃失治国之基。"都无非强调，人类平衡自然与社会，非怀天地之心不可。由道理看，这没啥错，但，现在谁还会这样去看呢？因社会的运转，即便窄于农事，也早脱离传统意义的自然秩序，人文殊死，旧称"失秩"。农用的传统《尚书·洪范》：农以明农用，隐括经典有三方面，叙之三经："农祥晨正指东方七宿房星，天之经也；二曰井方启土，地之经也；三曰用天之道，察地之理，趋勉趋时，人之经也"。这大致可窥农耕时代的人文。尽管，现在，大家都很难接受社会各种失衡，涉自然颇多，天天嘟囔着，但失秩太久，科学、新思想滥觞反加害，既未缓解食物链，也未培植信仰，公正，思量下来，恍若诗家形容的："仰面贪看鸟，回头应错人"，一国恍惚而已。

虽说古人以为，测万物情性，养民无过，乃人文至尊，但，对于过度依赖现代货币与威权而绝自然人文的我们，恐怕一下要求太高。所以，愚虽也可谓读写之人，到这般年龄，大家好像都等不及似的，非得弄个框框，把价值告诉别人。

而愚呢，则有些死皮，像梁漱溟先生说的，既没过佛家生活，也非孔家生活，虽偶读《圣经》，作文学看，却并不狂热。想耶稣第一要义，便是荐献自身，成全别人的信仰，自古冥思都由街头哲学孳乳，孔子、苏格拉底类，即便传道，旧时黔蜀颇多，也多择穷乡僻壤，但闻热闹、宣教处，尤其读过点书的，不再说逸民而举耶稣，而也不妨精准地捞着名利，便知是道具。怀疑起来，便觉得我等注定没有真正的宗教人生。再行坊间，所遇皆化缘的神仙、鬼灶、方士，俗不可耐，闻学府又渎于慎言、长治……，遂知，雁北乡，实在南，不是为了求诸骨肉、毛血、大小形体，而是应和自然的塑造。所以《释名》言"形体"，首叙仁义："人，仁也。仁，生物也"。

既作生物，便敏于自然，而自然，细究至个人，怕很难是原型。若近来陇蜀接连地震，最厉害一次前夜，愚与内人，整宿难眠不知原委，事发后，方知感应，又很容易附会至龙脉、朝政。而古人也的确认为，自然与人相仿，得于气，精耗神竭，都有完蛋的时候，故"川竭，水脉绝也。山崩，地脉绝也"。中国人又好龙脉的说法，即便愚不信，未必别人也不信，天子的风水师乱点鸳鸯下来，容易弄出灾难。这都是明知"失秩"，还偏执强求的结果。所以呢，虽愚得玉版，数载沉浸古奥，天命神授华夏龙脉，也只想顺顺学理而已。孟子逸语极好:"人之所知,不如人之所不知"。即便岁首,亦不过如此。

　　春为何物,就愚而言,除脑海残留时间、月份、青绿一类,至多知"春分夏至",便倥偬一片,旧时斗建时序、改元、教令如何,正月为啥称"孟春",秦始皇何以讳"正"改"征",一概不知。念过诗,晓得"春日迟迟,我心悲伤""鸭先知"一类,但,究竟如何,仍很糊涂。

　　人一生无数回写过、念过的"春"字,都鄙夫家,谁都识的,但,其中的变化、微妙,却也未必。春先从"林",后从"艸",汉玺有两不从,仅从"屯""日",即《说文》:"屯然而难"。既叙根茎、植物,由森林到草丛,便不能不察自然的颓败。若仓颉简化再造字,水泥塑造摩天荒原,南陌春山荡平若土坯,岂还有风信子女郎?这时再读T. S.艾略特的《荒原》,便一点也不费解:

　　　　一年前你先给我的风信子;
　　　　他们叫我作风信子女郎。

　　这里的"风信子",即是春之象征。春寒多雨水,凡春见二十四番花信风,梅打头,楝收尾。应该说,每种树木,每种花,都像孟子说的:"春省耕而补不足",也是可坐下来赏玩的景色。《开元轶事》记,唐代长安女子游春,野步凡遇名花,则设席藉草,以红裙递相插挂作宴幄。想来也很美。今日我们所言"风景",即由旧时"景风"来,《尔雅》:"四时和为通正,谓之景风,天地中和之气。"所以,倘若历法乱了,风非柔风,那风景便是错位的。

《礼记·月令》所载春帝,今天的人不信。其实,那帝,也无非是大家认可的符号,敬授人时,别误了耕作,循"春播夏种,秋收冬藏"的规律,所以,古谚道:"一年之计在春,一日之计在寅"。现在,芸芸众生城里边倾轧,少有理会春的细致。春有"孟、仲、季""三春""九春"之分。三月季春,又曰"暮春",或"末春""晚春"。孟春在首,故名称最丰,称"孟阳""孟陬""上春""初春""开春""发春""献春""首岁"。整个春天,还视阴阳、节气、明暗、农事、禽鸟、风物、秘色,而有"立春""春分""春寒""春风""青阳""青春""良辰""太皞""勾芒""玄鸟""青瓷"之说。这些,如今都关押到书里去了。

即便大家厌倦了城市,渐渐又喜爱乡居、天文起来,或晓得斗柄指东,天下为春,却不一定了解,春何以又言"蠢"。《说文》:"春之为言蠢也,物蠢而生",即"蠢蠢欲动"。由自然生动貌,强扭作人事或社会学形态,很早就开始了,如《尔雅》仅记"蠢,不逊也。"晋人郭璞注为:"蠢动为恶,不谦逊也"。恶,或与"败"、"淫"诸字同,本呈中性,后被意识形态搞坏过,讹以为"阶级敌人"或"过度风流"云云,遂朽为农工红鞋所踏的蠕蜎,未敢擅用。愚原来并不太懂,或不尽懂,现在知道了,蠢蠢,乃春时万物所出貌,也就是生动貌,如草木扎扎而出。

立春当游苑,这是老少都知道的,观灯赏花,士农工商,庶民稚童，手舞足蹈，满城吃东西。自然人文有沿革，里社不再，而先农非先军，酬和民劳，带来和气，张弛有度，并非繁琐哲学。《梦粱录》记，春时，宫女好百草斗戏，而官吏则以进农书为尚。现在，怕惟红包、密谋不遭白眼。记得幼时游青羊宫，孩子们都闹着吃酥锅盔、油果、荞凉粉一类，最负盛名的是"一炮三响"，即童谣所唱："青羊宫，好热闹，糖油果子三大炮，不要钱，不要票"云云。别看此小吃，技艺颇难，一团软软的糍粑，要经手掷过三重竹簸，声响不同，碰碟收尾声，入碟再滚芝麻、黄豆末、白糖，观、聆、吃浑然一体，非有绝技不敢售。今人囫囵，形为虚设。仅风俗一事，即可观文明半途而废。

二月花市，混称"蚕市"，民国间又掺以"劝业会"，遂面目不清。相较而言，元宵灯会还纯粹点。旧时，正月十五称"望日"，家家得祠门户，门上插杨枝，迎紫姑，还好，是平民神，同时，设酒脯白粥，插箸筷子以祭。《史记》载："汉家以望日祀太一，从昏时祠到明。"元宵前后三夜放灯，有说肇始周显王，有说始于唐明皇，以祀三官下凡：天官好乐，地官好人，水官好灯。释教混黄老返侵华夏后，又时兴供奉舍利，放光雨花，燃灯绕城的遗迹，遂生出后来的夜游观灯、灯会一类。

现在，经营灯会，怕只看好门票收益，电力灯会，达官庶人好财，吃喝一通，鹑火如何，日月相望如何，是不知的。不过，孩子们滚纸糊车灯，莲花、兔子还生动得很，笑语喧哗，春联，剪纸，谜语，非衬了爆竹，小吃，否则，不会太吸引人。为讨水官欢喜，滚纸灯时愚还落过水沟，陷淤泥中，吓得父母半死，印象很深。春天于四季发生事情最频，人人都很活跃。四季言分至，分至春秋言分，夏冬言至言启闭，故闻青鸟敢竞桃李色。青鸟即仓庚，俗称黄鹂，鸣于立春，止于夏至。据说，古时游春，多著青衣，剪纸燕写对联称青书，或用青囊盛百谷、瓜果种，相互遣送，以祝产子，怕都与苍精有关。这些都失传了。

阅《周礼》即知，四时温差色异，叙之青阳、朱明、白藏、玄英。旧时百姓达官，顺应时节，著衣佩玉，都讲究调韵，谓之"五色"。如孟春，穿青衣，佩苍玉，夏日则朱衣赤玉，秋季则白衣白玉，冬天黑衣玄玉。这些习俗规矩，怕只有旧籍里游着的蠹鱼享受了。城春草木，五行东方为春，故"东"又训"动"，有言"东方"即"动方"，这很新鲜。

叙天上地下物动，即《礼记》所言："东风解冻，蛰虫始振，鱼上冰，獭祭鱼，鸿雁来……"但鸟雀既来细叮咛，那人也定会响应其间。难怪道家有"三元""三官"之说，即天地水矣，能为人赐福、赦罪、解厄，"或又以为始皆生人……天气主生，木为生候；地气主成，金为成候；水气主化，水为化候。用司于三界，而以三时首月候之，故曰三元"（《陔余丛考》）。春天，虫鸟诡谲怪生很多，祸福难料。民间旧时传说，就有鬼鸟。据《荆楚岁时记》言：正月间，夜多鬼鸟，家家得槌打木床、窗户，还得捩狗耳朵，熄灭灯烛，才能禳之。不知狗耳朵为啥与此有关系。

这不能不让我联想起古扬州域内福建一带畲族妇人的狗头帽，

怕与盘瓠的传说有关，现在是看不到了。

　　我查了下，《玄中记》叙鬼鸟较详："此鸟名姑获，一名'天地女'，一名'隐飞鸟'，一名'夜行游女'。好取人女子养之。有小儿之家，即血点其衣为志。故世人名为鬼鸟。"这颇似希腊神话的普洛格涅，也就是奥维德《变形记》和梵经中的"药叉"，或"夜叉"，蜀语称"母夜叉"，后来，随世俗化的中国，转义与"泼妇"同。西蜀唤"母老虎"，沪地称"雌老虎"，洋盘后称"白相人嫂嫂"。改革后，泼辣生财，又衍为"富婆"，去欧洲疯抢皮货、豪表、钻石、化妆品、胶囊药丸，美国之牛仔裤，澳洲的奶粉，东瀛之马桶盖与蒸饭煲云云，岂不又成了后现代的"夜游女"。

　　这些寻常百姓事，本怪不得个人，工业文明，东风败，故言不足，遂取西学，食不足，匮有余，又如何让大家不迷恋"外国货"，文学之"洋泾浜"。媒介学叙之"机器新娘"。意大利皮鞋重塑了灰姑娘的美腿、臀部，但国王仍是旧的画中人，叫花子心高却又性无能。离物而言"自性"，释教所好，表面似乎超脱，既抚伤，便又走抽象的极端，效用由今日民风看，纯敛庙产，百姓遂也自慰，一并都不再神圣。故欧阳修云："佛氏怕死，故每以寂灭无生为说。老氏贪生，故每以返老还童为说。"吾民之灵魂鸟，隔代多化生偏执狂，此民族性，其实是给黑格尔一流看透的：模仿极为高明，却不求甚解，所以，才把望远镜悬挂作装饰，兵舰给诱到东瀛被窥个底朝天，满足发明火药的伟功，却执火铳招摇，义和团吃喝刀枪不入。既然，我们如是好玩具，西人遂发现，只需换物的外貌，这模型，我们就得一直玩下去。若置入历数文明衰败一方的视野，又如何不是端了古老的瓠食器，沾沾自喜，终被塑料盒替代的结局。生物进化为媒介塑造，也含退化的表现，很早就有人提醒，但我们执迷不悟。

主观想来，禽鸟化生的本事，鹰化鸠，鸢生庶鸟，望帝作子规，精卫填海，乙鸟产契……都由各生命派生语境，孳乳孕育的象征。那姑获，也一定是中世纪不能生育孩子或被霍乱、兵燹夺走孩子妇人的缩影，刺怨深了，便恍兮惚兮掠了别家孩子来养。此情愫，春天最容易伤感，故《淮南子》叙："春女悲，秋士哀，知物化矣。"这样的变奏，我们所知甚少。春天推移神明，神明即阴阳，遂使万物化生。鸟亦如此，虽为阳禽，但，即便雌雄，拔羽毛作实验也不同，据《鸟兽考》言，鸟羽置水中，沉者雄，浮者雌。所以，天气一旦柔和，要怨东风，自有燕降鸿来，故《毛诗》曰："春日载阳，有鸣仓庚"黄鹂。也无非是生命徒劳的悲歌！

亚里士多德说过：生命即灵魂渗透物质。但皮阿提（Donald Culross Peattie）以为，至少不是水母、牡蛎、牛蒡中的灵魂，也未必是奥古斯丁视之灵魂的道德特性，或即那一切活跃的微生物？记得，幼时本地顽童爱邀约说"逮虫虫"，应在那季节。孩子们即传说的"百虫将军"，见啥都逮个正着。那是古老礼教所不许的。即言逮，便看得见，能上手，如夏蝉春蜻蜓，蜈蚣呀，黑甲虫呀，牵牛子，瓢虫，蝈蝈一类。但，虫豸微物，怕比我们通常知道的春蚕、蜘蛛、螳螂、蚯蚓、蚊蚋、青蛙、蟋蟀……要多得多。故《酉阳杂俎》叙物异，言"广动植"："甲虫影伏，羽虫体伏。"阅陆凤藻的《小知录》，但凡旧称，几乎不知。即便叙蚕，却不知"魄蛾"即蚕，《尔雅》称"蟓"，再熟，则名"珍"，自成一体曰"独茧"，二三并生叫"同功"，黑色带麟角的，又称"冰蚕"，不食桑叶类。春蚕比夏蝉命好，虽叫得欢，或在呼吁人类烦躁后别伤害它们，也未可知。因有的地方挖蝉蛹作补品，几乎绝种。人啥都能吃得精光，让人怀疑传说的饿鬼是否真有。饿鬼又称"薜荔鬼"，或"焰口"，火能消化物，焰为嘴，啥还不能吃，据说，能活五百岁，只有释迦弟子阿难遇到过。

又若，现在礼佛隆盛，民间据各自需要，新添混合了不少：有把圣母观音化的，衍生品即十字架捻珠合成；旧以陨石为天铁，后来，索性以地铁为天铁；汽车多了，遂生"方向盘神"；爱收红包，遂造"红包娘娘"；送子留洋，怕还得造"洋观音"……如是下去，神即自己。泛神拜佛若此，大家理当知印度的鹿野苑、尼泊尔的太子、犍陀罗的造像，但却未必知僭越的虮像。陆氏《小知录》有叙。此虫豸，大概是民主的化身，专吃壁头画的僭主、帝王、领袖像，吃的地盘敷啥颜色，就随身变啥色，成群结伙密贴上去，还不乱阵，晃眼看，还是壁头偶像。这是很奇特的一件事。

再说蝉，我们知夏蝉，却未必知寒蝉。寒蝉略小，称"蜩"，一名"蜺"。蔡邕《月令》："鸣则天凉，故谓之寒蝉。"大致在立秋时。后成为"整肃"间，雅人或右派胆怯的代名词。其实，寒蝉并非不鸣，而先鸣，以告秋冬将至。一旦不叫，则反意味着有人要遭流放。偌大动物园般的社稷，这么一叫，一提醒，便命很短。

《酉阳杂俎》叙:"三十日死。"所以,寒蝉非不鸣,而是严寒到来前孤愤中的绝响。等茂林只剩了蜕下的空壳,虫界众生,偷食土蛹后,方又相互取暖,言"百足不死"。

看来,孔子是对的:"丘之于道也,其犹醯鸡与?"醯鸡为何?其实,也就是天天叮咬我们极厉害的蠛蠓。《埤雅》:"小虫,似蚋,乱飞者也。"譬若人,言生物之蹟动、难免互戕挤压。黄老言:"众人熙熙,若享大牢,如登春台"。后民情恶化,鲁迅转喻为"血馒头",如今化纸浆做馒头,血性更稀。《庄子》曾说,"道在蝼蚁",波德莱尔也叙过"蝼蚁之城",都言以小观大。因蝼蚁犹如人类社会,并非一根筋似地奔向前去,文明与野蛮,时刻会交错,大家相信未来,也迷信丛林法则,成群结伙,擅斗争、算计,聚散无常,却又盲从精明利用民情的君王。所以,观察它们,犹如观亿万族群,朋党,甚至诗丐,何必非南柯一梦?这春天的活路,真可谓纷繁呀,虽古今有别,道理相通。唯旧时,立春始,百虫浩荡,都先言祭祀,帝籍,神媒,再说凡俗的享受,迎春于东郊、乡野。这些也纷纷湮灭或改造于革命,让人即便沐浴春风,也未能闻美妙的木铎声,民间采风也就是那时刻。

所谓帝籍,即天子会在孟春之月,亲自在划定的田里躬耕,使用耒耜一类。何以非用耒耜作样子呢,因耒耜是极古老的农具,据传,包羲氏殁后,为神农氏作,后来者再持圣人农用,便会思前朝生民之策,生民,养民,才能得天下。故孔子也承认:吾不如老农。耒耜虽早被机械取代,但知农用蕴含的传统精神,于培养现代人的天地之心，也并非无用。就像愚游日本，在奈良偶睹男女青年练习弋射，虽今日任何场合，即便战争，也用不着这原始的弓矢，但，身心的协调，力道之运用，意志的果断，包括器物整饰至精，勤而不匮，乃解决问题、避危险、超越目标的保障，这点，怕现代人都该领悟，尤其擅人格分裂，好狎兴，以俗为病，嗜口号言饰，不重实际改变的吾民。这不能不让人想到，麦克鲁汉（Marshall McLuhan）关于科技塑造人的著名观点（包括一切春之农用、媒介），实际，可视为西方觉悟教育可塑造人的延续：媒介的影响力，并不发生在观念的层次上，而在改变我们感官的使用分配比例或知觉的型模。此原理，庶几可谓西风压倒东风的诀窍。风的塑造能力，吾民彼此相恶是不知的。如眼下，大家便体验了网络、手机、微信、云数据的负面介入，表面看，似乎大大延伸了人之能力、扩大了沟通范围，而同时，它又更深地加剧了人之冷漠与分裂，以及社会组织新的部落化，服膺权势效应。先进器具，模型之塑造，助落后民族之黑暗，这是发明者未曾预料的。

所以，再回头观天下一切器物，遂叹，自神农教耕，诸子百家起，雅人墨士，鸿儒也罢，莫不看好农政，叙水利、农器，或即"耒耜"、"敧器"的神话后效，一夫不耕，天下受其饥，即便周公也强调过"君子所其无逸，先知稼穑之艰难"，——概因稼穑、民食，攸关一国生死进步，即便古老淘汰不再使用的櫌、耙、艾、镰、轮毂、犁铧，也无不表现着人类求诸便利所蕴含的精神，故《释名》："犁，利也。利则发土，绝草根也。耒，即舀，耜，齿也，如齿断物。冶金为之，称"犁鑱"。人的偶耕和牛耕虽早为机械顶替，器有古今之变，但，人与粮食和土地的关系，却本质未变，就像哲人所言：词语在现实中永远扣留着物。否则，大家就不至于困扰转基因一类问题了。所以，海德格尔建议，观社会特征，主要观其物性和人的操持，操持即必含历史的认知，如是，我们便也不难理解王士禛说的：

> 昔神农作耒耜，以教天下，后世因之。佃作之具虽多，皆以耒耜为始。然耕种有水陆之分，而器用无古今之间。所以较彼之殊效，参新旧以兼行，使粒食之民，生生永赖焉。

再听歌德所言："我通恨一切只是教训我却不能丰富或直接加快我行动的事物。"这句话，竟打动尼采，促成他关于历史价值的思考。固然，一切工具都是暂时性的，关键在我们用了各种工具，要使这社会发生什么？就像令吾民迄今困惑又难息"耻辱"的"甲午之战"，大家都是东亚人操持西洋兵舰、火器，一边兵败如山倒，一边，则如小泉八云说的："从未损失过一条船，打过一次败仗的日本，曾将中国的势力摧毁过，造成了一个新朝鲜，将伊自己的领土扩大了，使东方的政治方面，全部变了颜色。"——注意，这"颜色"迄今挂在民族主义脸上是变化的。这局面，怕不惟政治所致，而多由文化发生。"发生"这个词，碰巧也涉及春的名和内涵，《尔雅》便记："春为青阳，一曰发生。"概因立春，万物始荣。

这物自然也含了耒耜,其名实、形制,徐光启《农政全书》,陆龟蒙的《耒耜经》,聂崇义的《三礼图》,魏一川《六经农用集传》,程瑶田《通艺录》都叙之甚详。斫木为耜,揉木为耒。斫,即"削",削木使其尖锐,揉,揉木使其弯曲,或还要借助火,使竹木弯曲。在金属工具替代之前,耒耜的制作,颇为讲究,尺度要合卦象,取材得取山南山北的阳木和阴木,称之"季材",否则不能坚韧。农耕时代的权力象征,多为礼器、农器,剑钺圭璋,取法天地之象,亦如罗马"法西斯"权杖的斧头束柴。礼仪制度下的农业过了时,科学遂兴,农器也就一并作了古物,若人惟求旧,孟春的天子耕作,会弱化为领导植树,戏谑模仿,供养上帝却不知。

再说"神媒",即仲春玄鸟(燕子)飞临时,人们会以太牢祠于一位名"高媒"的神祇。至于所祀青帝、风师,治春日的青帝是谁,无神论盖莫知。孔子答郯子问,称苍精即太皞,而神,则名勾芒,木官,风伯即箕星,后称飞廉。如今,这一概莫有,虽不再禁迷信,大家也只是胡乱叩头烧香,旧称"淫祀",没啥效果,肥了装神弄鬼一族,反惹祸端的也有。然后,便数十万人倾巢践春,绿荫下搓麻将,杀鸡烹鱼,废气接踵,吃喝拉撒,暴殄沉湎,四方枝断草蔫,垃圾遍野,万头攒动,春色也黯然。

这些都因为环境、习俗遽变,另一时代,也必侧目而变,知识、理念遂成鹊巢之鸠。如所传"凡分至启闭,必书'云物'为备",便不知究竟。人但凡作过坏事,宦吏不光明,苛政蠹虫,旧俗在立春时,制诰三公,据说可免狱,还很灵……但,并不主张轻易为之,说明风险极大。如今，却闻有人，感觉风向变了，大难临头，三公莫有，即便写啥文书，怕也识不得几个字，有汉水外来官吏，因不识"沔阳"，每念即错，恼怒遂令改"仙桃"。呜呼哀哉！倘若危殆命运，没文化的，也多黔驴技穷，使唤巫祝一类，若契桃木，插裤兜，怕不行。风水师打妄妄，出馊主意，却未必真知春天，或那桃的厉害。

首先，天地给予人类空间、环境，人流通其间而相啟。所谓"啟"，即《说文》"相襍（杂）错"。本谊铸造用词，若铜剑、钱币，铜锡合金，或铅铁合范，都讲配给、比例，不能为所欲为。若《考工记》所叙"功金之工"，刀剑斧斤钟鼎之属，遂孳乳"六齐"之说，齐，读若"剂"，药剂的"剂"，即各器金属原料配给不同，然后以成形，完备谓"齐"。原料的混合，得益于民族工艺的经验和意识，遂孳乳"啟"，从"殳"，含操持、役使意，合于五行，自然法则，又得益于人，非简单"混淆"，便不可讹为"淆"。借用于哲学、社会学，即段注："贤不肖混啟，经典借为肴字，《礼记》借为效字"。故董氏《春秋繁露》言："故人气调和，而天地之化美，啟于恶而味败。"

这里说得极清楚，美为恶所败，与春不容。虽然，恶，可据现世情况具体而论，但，蕴含的道理说说还是可以的。所谓立春，乃因春木气始，气正，方可立。想想，春固然美，美在天之鹑火，素云，地之农祥，蚕桑，云飞白鹤，气渐东陆……皆盛德，合而治春，称之"嘉时"，"韶景"。既言嘉，言光明，如何能容黑暗败兴的脏物。恶人干了坏事，却想保利益，又免惩罚，一厢情愿，不是愚蠢还是啥？那样的势力，其多半不知，春的发生，春之际，即以青道（东陆矣）祛魅的时辰，按《易》所言，即"退贪残，进柔良，恤幼孤，赈不足，求隐士，则万物应节而生，随气而长"，此即所谓春令。若性本贪残，又如何置身春色褒其贪残。这不大可能。很早，中国人据自然节气，便结出政治的理念，即《大戴礼记》的"孟春论吏之德行"，考良莠，依刑法惩劝。旧时为农业，后世为工业，为电子时代的控制与离合，但，花到时该香的还是香的，有童心该喧哗的仍然喧哗，树木逢春，该集鸟时，还得集鸟，而阴湿的毒豸、蜈蚣、蝼蚁、苍蝇，怕要循入粪便，粪便则绝非青玉！

　　能逢春的树，必得木神青睐，是不会给恶人脸色的。其中，那夭夭桃树，初九始结花蕾，开繁以后，更衬得大家面目，亦如桃花，光明灼灼，即所谓"桃花贵人面"。当然，吾民的脸蛋，一给弄得舒服妥帖，芳香扑鼻，有时也容易生出错觉，以为人人皆可买通神仙郭由，骑了桃木变的羊，上山成仙，成陋习的俘虏。岂不知，桃为五木之精，本就出自阎府，降居人世，为制服百鬼，驱散邪气。但，大致是为良民厌邪恶，捉小鬼来的，非为邪恶厌伏邪恶，为此鬼捉彼鬼。这样的常识，竟不解，岂非咄咄怪事？即便汉代的王莽，善恶无论，因惧高祖，还知砍掉桃木，那传说擅射的羿，也是被桃杖打屁股给打死的，二桃可杀三士，桃梗土偶能阻孟尝君……这些故事都说明，桃木绝不可能不辨善恶，便一律助纣为虐？桃木可厌邪气，白头宜种桃，但，于公民社会，常识、道德彰著，邪气、蛮横之人，不可能凭了桃梗便排在明火执仗的恶势力之外，想象作"老大哥"，既欺瞒羸弱百姓，卖官鬻爵，还能拥夸父的大片桃林，渊明的花园，享红尘的清净、香粥、延寿，那都是春之云数据——倘若有的话，所不许的。即便桃木契成棍子、神荼、郁垒，插在偏执狂贪婪的裤裆里，怕也是要咬蛋蛋的，不会象征什么。

眼里没了这些俗物，再观春天树木结实，才能感触真自然："园有桃，其实之殽；园有棘，其实之食。"这是旧时借春木，叙作国君，便该有一国为养，园外的莫太理会，否则，便很难扯到俭啬。要一国人民岁终岁首，欣喜若狂，非宽怀赡养平等不可，多给生计百业，莫反当提款机。民俗节令，培养人民活泼的精神，寓教于乐，自生魅力，怕比空筑秩序更佳。总之，春天，该养民。虽旧邦能新民者，谓养民。人民轻盈，犹如燕子，变春祭为娱乐。土牛，社腊，神仙莫有，沐兰汤喝枭羹，既奢侈过时，也非生态，斗鸡残忍又低俗，大人玩秋千蹴鞠太萌，民间大致也就杜绝，遂剩元日、庙会、寒食，待等天涯游子和各处的桃花流水。郊游称"燕游"，君子所居称"燕居"，野餐吃东西称"讌饮"。和煦的春风，荡尽了那些旮旯里的隐晦之物，倘若是开明的民族性格，便该风物眼量，大家都有乐子可寻。

见陈元靓《岁时广记》所列养眼的春色，孟、仲、季，共数十种，愚觉得有趣的是：花信风，榆荚雨、杏花雨、凌解水、桃花水，梦春草，移春槛，随蝶幸，斗奇花，装狮子，赐柳圈，看菖叶，栽杂木，鬻蚕器……淡然有致，都很怡人，只是渐湮不再。

作者撮合材料，忒添有"游蜀江"一景，遗憾的是，今日，河渠之政，随工业早衰没了。太史公作《史记》，有河渠书，称"河"谓"河道"，"渠"谓"水利"，班固改称"沟洫"。那么短时间，山川与人的尺度，已生变化，何况后来，人口暴增，伐森林如草芥，河流干涸改道，土地日蹙，大禹时代治水，称"敷土""刊木"，今日取石核炼矿、榨石灰、水泥，衍生化工，谓之"炸山""平地""开发""拆迁"，把改变地质结构讹以为"愚公精神"。古称建房曰"版筑"，今日谓"钢筋混凝浇灌"，农用语转工业行话，遂大地层层剔尽，河流越显纤弱。我们50年代出生的，整肃之际，还偶闻杜撰的"水泥罪"一类。如今，水泥越来越大面积地凝固城乡，填塞河流、沟渠、湿地，筑超级体量的大坝、楼盘，酷热难熬，年复一年，不察原委。

愚所居成都，稽考名称，颇有些讲究。旧言"一年成市，三年成都"，言建构规模，故此"成都"不能对等古制。就"成"字而言，实际源于匠人沟洫之法，东源先生叙过："一夫百亩，夫三为屋，屋三为井，井十为通，沟在井间，通十为成，洫在成间。"所以，言羲皇肇始，必叙"碗丘""成纪"。过去，学官多乱猜瞎懵，颇多附会。愚据古器舆图，方才明白，愚所居，正是夏侯氏九丘之首，殷人的亳京，汉时官驿，唐宋的避难所，府壤华阳，沃野浩莽，拥黑水、江、汉为华夏古濑，为大堋，为国邑，成贡中国最丰，迄今却茫昧不为人知，难怪国权难熬，耗了多少民财，竟不知宗祖所在。

而愚不才，能由白丁守西蜀获知一二，定是某种天命，让自己打内心从未疏离为异乡人，都与土地隐秘的诱惑相关，才慢慢觉悟为漫游者。幼时的幻景，现在回顾起来，如此清晰，是可以替代现代化枯燥的。那时满城古墙、苍松、芙蓉、青石，野寺，混合传说的海眼，龟迹，老子骑出关的青羊，鲁班疏忽滴墨飞升的柱龙……孳乳愚不少想象。郫、流二江环绕，犹如观音的净水瓶泄出，七桥，十八门，少城，大城，出得半街一街，即见溪流波光，浣纱制笺，雅人俗人，南蛮北狄，东夷西羌，乡党外戚，经秦汉混合后，犹如夷夏，便再难分辨，民众素好享乐，公私不分，逍遥自在，既听弦歌，也观俎豆，所以，文翁石室与宝瓶镇水的石犀，连带那巷间饮茶的竹椅石墩，在林荫蕈光下，同样可以含雪吐春。城隍庙、江渎祠、文殊院的香火旺，与蜀儒的敏而好学，均非猝然近古，实在是风土、春野的缘分，才特别尚清谈，幻想，深邃起来，如钻牛角，却并不孤陋。否则，如何有扬雄的《太玄》《方言》，即便秦始皇，也知如何巧取蜀荆之材，统一中国。

所以，陈元靓的春日景观，在愚眼里，实在还该添几处，阅傅振商《蜀藻幽胜录》，就成都行政区域和附近残剩可感的如下：南桥品茶观古堰，武侯祠览《出师表》与古柏，乐山（嘉州）观佛，往江津赏古寺壁画，彭州宋塔，耶教旧址上书院……其他，怕只有通过碑铭浮屠琐记或蜀刻领略了。成都自古本书院学宫为最，汉石室为廉吏文翁设，如今，石经残剩一二，凡人看不到，党庠换了时代和内容，最见衰败，还不如少陵草堂诗教温文尔雅。游草堂，宋人任正一《游浣花记》有记夏游，明人杜朝绅《存梅记》叙观梅，高适说"人日"，春光迤逦，唱和颇多。宋人张鉴叙《赏心乐事》，各地大同小异，月令不同，正月计有十事，秩列如下：岁节家宴，立春日春盤，人日煎饼会，玉照堂赏梅，天街观灯，诸馆赏灯，丛奎阁山茶，湖山寻梅，揽月桥看新柳，安贤堂拂雪。

这些概属吴地景致，其名胜至少还该添一处，即旧时吴王阖闾所兴九曲路往游姑胥台，在台上的春宵宫豪饮。但是，倘若那春宵宫，如黄鹤楼、雷峰塔改作水泥去登临，怕也只能得"半春"。其实都明白，花钱造古雅，虽说仿新如旧，那古雅的内蕴，若隐若现，却是造不出的，不光事关审美，也涉材料。愚这些年见了多少"人造景观"，最后揩油都是死的，只留下百姓节令的宴乐，餐饮，吃一直很热闹。这方面，鄙土超过他乡。百姓相互最爱戏称"好吃嘴"。宋人费著的《成都游宴记》所述甚详："成都游赏之盛，甲于西蜀，盖地大物繁而俗好娱乐。凡太守岁时宴集，骑从杂沓，车服鲜华，倡优鼓吹出入，拥导四方，奇技幻怪，百变序进于前，以从民乐……"。

不过春天民乐，倘若只剩大家拼命地去吃东西，从早宴吃到晚宴，怕也未必健康。旧时游春，多强调"观"字，但，今天我们怕体会不到了，故读"人骑瘦马来"，定睛看，则多快餐胖子。天天强饮沽来酒，讹诗人必酒，自然起哄作的也是"跟斗诗"跟斗即翻筋斗。辜负了景物，再多病也寻不到。

但凡我们不在那春发生的土地上，如何能知春之究竟？见了那款款而飞的燕子，虽有泥窝，但土壤日蹙，瓦椽鸢窗，灰飞烟灭，只能无所适从，那不正是贤者忧惧无所告的样子吗？雷公、风神、木神、伏羲、女娲、蚕丛、鱼凫、烛龙、神农雨师、蚩尤五兵、洪水时代葫芦的传说,大致知道,但,春神如何,却很含糊。没见谁谁谁说,那就是春神,犹如波提切尼《维纳斯的诞生》那般确切。春神当然不是维纳斯,但"维纳斯雕像"却很古老。

愚注意到,西人治东方艺术史,以为此种雕像未曾入远东,但由西北估人得玉质维纳斯雕像后,便知非是。古物上的各种奇谈、谬误,多与今日脱了实际的学官相仿,宁可在学府舒舒服服地唠叨"禹迹茫茫"、"传拟时代"、"榷而为论"、"其文不雅训"云云,而对长江流域新出玉板、图册、坟典、龟甲一无所知,当然就无从了解江之所藏,西戎所是。犹如农人失了田畴农器,不再敷土的大禹,怕也只得去做倒卖"顶子"(出租车)的小市侩。

殊不知,即便太史公撰史,也得先沾地气,洞悉"阴阳四时,八位,十二度,二十四节……四时之大顺,不可失也"《史记》,方可著"历书""天官",即便巴蜀,他也是"南略邛、笮",游历稽考过,历史轶事、民间传说、谀闻、神话,无不采纳,遂倡"儒者以六艺为法"。

那尚书,更是大地之书,"九州之志,谓之九丘",地矣。王应麟《诗地理考》:"班、孟坚志地理,叙变风十三国而不及二南",风,即"风土之音",通于山川疆域,其实,也不过是孟春民间採诗之作,都可归于地矣。採诗民风,止于民国。偶得张镜秋所著《樊民唱词集》(1942年),念里边三字经似的《伊腊词歌》,仍觉清芬宜人。稍早时,还未被慈禧太太的西洋钟闹着的观堂先生,将诗词,话本,史籀,新学,几乎一切文艺,包括其寻访的卷轴、鼎彝、封泥、石经、地券,曾作药引子的"龙骨",雪堂的拓本,敦煌抄卷,窭斋考据,一概名之"古雅"。

诗人咏春,固然也在古雅内,但不能落套。就地近而言,关于鄙乡咏春的旧体诗,读过些,仍觉得没超过杜工部的。少陵近识峨眉老,远观成都碧鸡坊,客蜀作诗,佳作多生花重锦官城。就四季分类而言,窃以为,叙春天的琢磨最细:"好雨知时节,当春乃发生。随风潜入夜,润物细无声";"舍南舍北皆春水,但见群鸥日日来,花茎不曾缘客扫,蓬门今始为君开";"野日荒荒白,春流泯泯清";"二月六夜春水生,门前小滩浑欲平。鸬鹚鸂鶒莫漫喜,吾与汝曹俱眼明"。

而使愚眼明心里偏爱的,还是他春日在草堂水槛边所咏:"为人性僻耽佳句,语不惊人死不休。老去诗篇浑漫与,春来花鸟莫深愁","细雨鱼儿出,微风燕子斜。城中十万户,此地两三家"……

那草堂水槛,愚少年游时便觉出有些眼迷离,舒服得很。那时尚未作诗,感受还完全说不上,也不解卜居、诗圣、遣兴,只依稀觉得新松林昏、雀啄黄柳花、廊桥蜻蜓款款飞、乡间春畦乱水……都很养眼。后来的远行、归乡、聚会、青春期空谈恋爱,也引为据点。入大学,随曹慕樊先生念过杜诗,才又领悟《秋兴》之妙、"沉郁"之说,后来重游,方知工部恨新松不高的心境,也渐明白,诗人活命惨淡经营时,世人,即便自己,也都平凡如乡绅,不以为"神圣",绝没得"石角钩衣破"《奉陪郑驸马韦曲二首》来得具体,更不消说,诗翁去邛崃寻白瓷一路的内心快活。愚曾作白话诗《邛崃行》

记此事，或曰"双重现实"，说"接地气"也未尝不可。诗人至耄耋之年方狂，乃因俗物过目太多，此即"风物眼量"，寻了最难的方式，亦如春水，盈濡而进，试那玄圃、古雅，不一定非佯狂养人。

这大概是"民俗"的根本，非革命反常化后，诗家所倡放纵、低俗一路，以白话反叛雅言，讹当众撒尿为"自由"，犹如帝王炫耀砍头，林业缘饰伐木，春禁伐木，杀幼虫，大家怕又有所不知。社会不贵知耻之士，思仁义不在富贵之先，其恶果，现在大家也满城兜着走，云下喘着，怨也罢，訾议也罢，似乎已晚，否则，杜甫也懒得写"风俗淳"了。民俗固然欲望丛生，《释名》："俗，欲也，俗人所欲"，但，都有自然的调节，约束，否则，我们何须缅怀那古老的自然神，正缘其造化，我们才有了山水禁忌，男女残剩的一丁点风流，方桌上来，虽不再焚香展玩古雅，却还识得旧漆，能辨事物，也就依稀能解人道，或还有《孝经》所言"移风易俗"的挽救。即便作诗，在愚看来，怕也与民俗的改造同理，否则如何新？

春天来了，折花林影动，都有细物念古木，在民间徘徊，即所谓"花时不称贫"，连花也以物显，善恶失计更是伤春，强辞不亦悲乎！

略举一例，那旧时的显宦豪绅董文敏，大家是知的，书画名震天下，无敌手，有现代画家作水墨"董其昌计划"，想必慕其名，却未必知，此公也作恶霸，鱼肉乡里，凌侮士夫。施存蛰《北山谈艺录》有记，叙"有《民抄董宦事实》一书，叙其事甚详，当时乡评，殊劣劣也。"这事一想来，明代尚可，其实，也未必，其卒召毁家之祸即可知，更不消说，于今日正常的公民社会，更行不通，此世道不同。故观其尺幅尚可，恶不能学。今日社会，遽变十分厉害，书写与作画殊异，不是山水范式能解决的，语言格物，正如海德格尔说的，必取得一经验。经验淤污，权力兴废，飞黄或穷达，断可知。要想高明，应知"天命之谓性，率性之谓道"，否者何必作诗。

所以，今人多慕诗圣，摘其言，却未必知杜诗多效汉乐府，循其自然，涉现实幽思，也非强辞、危苦，而是得地之宜，万物非春不长，固能达难达之情，出乎自然，就这点，作诗与农事，莫有两样。《周礼》言："凡治野，以土宜教甿稼穑，而后以时器劝甿。"甿者，即桑田农事。作诗，也必然有器关照。旧时叙室庐，窗外多植佳木，堂内则陈金石图书，凡依门扉遐思，便隐约有湘妃的影子，那是竹的功劳。今天的筒子楼享受不到。

但这不妨大家偶尔念旧，套了农事来劝诗，缅怀我们的文明，换眼光再观自家现实。愚总以为，语境笔札，尤涉时令，为生动、变化，自然还是当季择了舆地写得好。我阅过的《枕草子》、皮阿提的《四季随笔》、亚里士多德的《动物志》、刘向开篇即叙舜耕的《新序》、德龄记嫔妃哄慈禧的玉兰、张岱的西湖谭，芥川龙之介的《小白》、寒山所吟春女南陌、鲁迅叙《从百草园到三味书屋》……意境非凡，时代、环境、长短、规矩、琐碎勿论，莫不应和了当时当地的风俗。胡思乱想，春的没落，或春的高远，阳晖烁四野，其色苍苍，即便不分乾坤、古今，幻想埃及帝王与庶人同闻的蝉鸣，换作春寒料峭的沼泽，或鄱乡峨眉的蛙鼓，避了兵戈戾气，内心比赋，一定会起微澜的。至于是否雅道，叙了牛鬼蛇神，不可结识，便俱落二等，这就有点无可奈何了，一概视为"春水漫"，也未尝不可。

2017年8月于蜀

卡夫卡和他的动物园

一

谙熟卡夫卡的人，谁都明白，他所迷恋的"失败"，或不可能——反对父亲所象征的官吏世界，用布拉格犹太人的德语（德勒兹称之"少数文学"）把德语啃成根光骨头，这些都不全是语言的问题，所以，对后来者要作真正的联想，尚需要些勇气。生活如此无趣，而卡夫卡则率先愿意成为这注定无趣的普通人中的一员，"他时时处处被拥挤到理解的极限，他也喜欢把别人推向这极限。"而恰恰正是这极限，让人绝路逢生，弄出些迷恋来，倘若没有，便可能成为最乏味的人。卡夫卡认为，文学随着鼹鼠的死亡开始。而对于读者，则是随着解答新的问题开始。

就像我，冬日在露台晒太阳读书（蜀地多阴，晒太阳便为乐事），爱自问些傻问题，若无圆满的解答，便再读些书，侥幸又回到老话题上来。比如，我为什么会喜欢这个作家，而不喜欢那个，迷这本书而烦那本？低级回答，自当是仁者见仁，智者见智，红萝卜，白萝卜，各有所好。问题是，都是红萝卜也存在那样的问题，则又当如何？——比如，陀思妥耶夫斯基与屠格涅夫，我就迷恋前者，轻视后者，还有曼杰尔斯塔姆与帕斯捷尔纳克，都奉献了那时代观察最敏锐的一面，虽说生死在天，但，曼氏为了讥讽斯大林丢了命，却得到了以塞亚·伯林的最高评价，光个性是说不走的，抑或出于某种特殊的信念，又如何不是迷恋，才区别许多的不同，或即旧时的风雅。所以，《论语》叙及"子所雅言，诗、书、执礼皆雅言也"，朱熹集注释曰："雅，常也，执，守也。诗以理情性，书以道政事，礼以谨节文。皆切于日用之实，故常言之礼，独言执者以人所执守而言，非徒诵说而已也"。这大致就是欧人说的"以文行事"，用来衡量数载诗坛，遂不能不发"当代诗歌，多为言辞胜利，而少有人性胜利"的感慨。这些不能单怪罪批评，长期不以常言执守精神所致，怕也是游戏文字大家自招的。正如《孟子》所言："人必自侮然后人侮之，家必自毁而后人毁之，国必自伐而后人伐之"。此语境，可谓漫长。

若取这段话的意思，正面延伸，便可说，人必自己迷恋，然后人方能迷恋之。自己迷恋，不是说，迷恋自己，而是说，其人有所迷恋。所以，很多人，误读了卡夫卡，以为卡夫卡是很迷恋自己的，其实，卡夫卡的"沼泽世界"并不为自己所设，是为我们所有人而设，为所有莫名丧失了空间，或置身于荒诞的弱者所设。这些荒诞，我们每日都能碰到。他的《诉讼》《变形记》《城堡》，甚至《中国长城》，都用了旷古达今的笔法，或似中国的春秋笔法，刺官僚机器，叙说虚无与腐败,遗忘的反是自己,垂询的却是冷漠的现实。个人消失在所有之中,用卡夫卡自己的话说便是:"谁与狗一起躺在床上,谁就和臭虫一起上身"。所以,本雅明称他的"遗忘"是个大容器,"一个无尽头的中间世界就是从这里显露出来的"。他迷恋这个容器,也就是迷恋某种我们可称作"空间"的东西。最早的空间,是在他和父亲之间展开的,从他那封著名的《致父亲的信》就能看出:"仅仅你的体魄那时就已压倒了我"。还有许多小事(卡夫卡也称作"这些小事"),都看出,他父亲把他当做了一个物品,支来支去,结果,让一个完整的世界一分为三:"一个部分是我这个奴隶居住的,我必须服从仅仅为我制定的法律,……第二个世界,它离我的世界极其遥远,那是你居住的世界,你忙于统治,发布命令,……第三个世界,其他所有的人全都幸福地、不受命令和服从制约地生活在那里"。但卡夫卡认为自己的境况是"永远蒙受耻辱",因为他面临两难,服从不是,不服从也不是。这条裂缝,深深地扩展到他几乎所有的作品,甚至包括各种各样情景下的微型动物们——地洞里的老鼠,轮船上的猴子,房间里的甲虫,亚历山大的战马,沙漠中的豺狗,阁楼上的线状动物——"奥德拉德克",或半猫半羊的杂种……。而恰恰不见卡夫卡自己,他的名言即:"不要为自己画像"。本雅明就此曾说过,没有任何一个作家能像他那样认真地履行了这一信条。他的写作,延续了21年(从1903年写《观察》到1924年去世),而他对人类身处自己营造的处境迷恋至深,所以,也就饱和了那样长的时间。就连他的结局,——放弃婚姻,让其友人勃罗德焚烧其手稿,都很清楚地说明,他想完全遗忘掉自己,从身体之遗传,到精神的递嬗,由此告诉、或暗示世人,他是非常明白自己所迷恋的处境,是一种绵延不绝,完全令人绝望,而又人人皆知的生活方式,他一个人是永远也无法获胜的。这样,他也就把一个文化迷恋者的语境,交给了大家,其形象,也就是卡夫卡在小说中描述的"饥饿艺术家",永远的饥饿状况,永远需要这状况的饥饿表演。创造文化,而又为文化所缚,这悖论的社会也就是一个荒谬的马戏团,"它有无数的人、动物、器械,它们经常需要淘汰和补充。不论什么人才,马戏团随时都需要,连饥饿艺术家也要"。

卡夫卡叙述的故事都很简单,读其长篇小说,跟读一则短文,没本质的区别,因为结局都很简单,甚至,可以说本来也就没什么结局。比如《日记,1910—1923年》中的一条:"对马只有着着实实地抽上一鞭子,慢慢给它一个踢马刺,然后一下子抽出,现在再用所有的力气将之刺进肉里。"事情之发生或许仅仅有人迷恋这种事罢了。《城堡》也是如此,在马克斯·勃罗德看来,小说完不完成都没什么关系,反正讲的就是一个关于无穷的可能性的故事,村长出来,最后城堡秘书出来,一级一级的,没完没了,都解决不了问题。跟K投入战斗,没任何胜算一样。两边加起来,也不过是客观上,或许所有的人都迷恋那样的胶着状态,跟我们现在机构里混饭吃的一样,一边抗拒着(包括偷懒),偷奸耍滑,又一边为其安全感着迷,仿佛是一场"战斗",跟歌德的格言相似——"谁不停地努力奋斗,我们便可以解救他"(勃罗德语)。所以,体系里的人，有时会比外面的人表现得更加愤世嫉俗，也更加危险地玩世不恭。中国之精神财富，有多半是为油滑或阴险气稀释着的。而且，大家深深地迷恋其中。

这种迷恋，或许其深刻的背景本身就处在悖谬之中。卡夫卡有许多片段，描写了这样的悖谬。比如下面这段："乌鸦宣传，只须一只乌鸦即可摧毁天空。这是无可置疑的，但对天空来说却什么也没有证明，因为天空恰恰意味着：非乌鸦的力量所能及"。类似的很多。

我也很想搞清，卡夫卡式的迷恋其本质究竟是什么，窃以为，其挚友勃罗德所写的传记中有段话疑为精要："可以说在生活斗争的准备阶段，已经存在的童稚者的耸肩，……这些'不切实际的人'也许会删除思想和痛苦的某些空洞无物的环节；最终人们会发现，他们不仅比别人感觉更温柔敏锐，也更接近真理和最深处的认识。因此一个'童稚'作家的世界观能够攫住我们的心，童稚在此并非弱点；它只是对存在的不幸的基本情状的一种比较诚实、比较认真的理解"。这跟孔夫子的"大人不失赤子之心"极相似。其来源，虽已有很多人谈过，涉及有德国作家克莱斯特，霍夫曼，歌德，法国作家福楼拜，巴尔扎克，英国作家狄更斯等。但根据卡夫卡自己的描述，恐怕还有陀思妥耶夫斯基的影子，或许也是较隐蔽的影子。卡夫卡日记中有一条，就是他叙说陀思妥耶夫斯基的话："特别的思想方法。感觉上的渗透。一切都是作为思想去感受的，即使是在最不肯定的状况中"。勃罗德也回忆过，卡夫卡的笑声，很像陀氏小说《罪与罚》中斯维德利盖洛夫的声音。陀氏也是我很迷恋的作家之一，其《白痴》《少年》《女房东》《醉》《地下室手记》最能体现此类作家之迷恋的。而迷恋的真髓，尚在他们清晰地意识到"失败者"的哲学含义，故吾类，则必准备殊死搏斗。卡夫卡下面的话就是最好的一个明证："巴尔扎克的手杖上写着：我在摧毁一切障碍，而我的手杖上宁可写的是：一切障碍都在摧毁我"。

二

卡夫卡曾对人说过：我的小说是一条关闭自己眼睛的道路。这就是说，他观察或描述事物，用的是不是直观法，而是近似童话、幻想的方法，这点，他谈到过：一切对我来说都是虚构。用他在书信中的话说就是，当一群管道工在风雨中爬上俄罗斯教堂钟楼顶时候，他必须把他们看作是史前时代的巨人，否则，他就什么也不是。这跟爱丽斯穿过镜子，看到大如世界的环境像棋盘一样。卡夫卡曾描述过，他在镜子中看到自己的样子，很陌生，赶快就放弃了。

所以，当他谈及动物园的时候，我们可以不认为那是动物园——通过1914年3月的一则日记，我们就发现他在动物园遛达，但不是看动物，而是谈恋爱。他真正的动物园其实是剧场、电影院和马戏团——主要是马戏团。动物在剧场和电影中，都是道具，只有在马戏团，才成为真正主动的表演者："马戏团很庞大，它有无数的人、动物、器械，它们经常需要淘汰和补充。不论什么人才，马戏团随时都需要，连饥饿表演者也要"，加上老虎、斑马、小丑、吉普赛女郎、大礼帽、火焰、鼓声、嘈杂的音乐、烟花火炮、掌声雷鸣，一下就让人恍若童年，并把爱说话的人逼到次要的地位。这里，是由动物确定人的关系，演员，观众，孩子，大人，戏班首领……。最终的角色是儿童。儿童的经验告诉我们，他们大致有两个最感兴趣的场所：动物园和马戏团。两个都是富于戏剧性的场所，所以，两者都有父母监管着，就像本雅明形容的，母亲出现了，乘坐旋转木马的孩子们便赶紧跳到地上，怕他们因为高兴出事，怕意外："我们不能拒绝这样一种想象，即一个孩子在戏耍时孤零零地玩着一种闻所未闻的爬沙发的游戏或者诸如此类的游戏，可那位已经完全被忘却的父亲在一旁瞧着，且一切比它呈现出来的样子安全得多"。比较而言，只有马戏团有可能把监管者的目光吸引开去，加入新的关系之中。关于动物园和杂耍园，卡夫卡站在动物的立场也考虑过："当我在汉堡被移交给一个驯兽者的时候，我很快就认识到摆在我面前的两条出路：要么进动物园，要么进杂耍戏园子，这就是出路；动物园只是一只有栅栏的笼子，一进到这只新的笼子里就算完了"。所以，卡夫卡把爱情的场所放在了动物园。而杂耍场，却是摆脱固有秩序和控制的地方。除非表演需要，他才会自己装在笼子里，放到马戏团去，像《饥饿艺术家》里描写的那样。

在《剧院顶层楼座》里，卡夫卡表达了那种纠正——以为是羸弱的女艺人，摇摇晃晃的马，冷酷抽打的老板，相反变成，雄壮的灰斑白马，深情的剧院经理，迎接着一个漂亮的女士，仿佛他钟爱的孙女，从帷幕飞身而出。经理也不是很舍得扬鞭策马——这说明了马的重要性，决定着演出的成功，经理和演员骄傲的程度，同时，自然也就调整了监管者冷冰冰的态度。正是这点，卡夫卡感动地哭了。在马戏团，他老是坐在很后面的位置，便于观察，谨防过分感动。马戏团的帐篷，犹如一只"家庭澡盘"，在这只澡盆里，马戏团和所有的大型哑剧，决定着城市愉悦的程度，和商业必要的成功。其间，可爱的动物们却功不可没。卡夫卡把这称作"动物的优势"。

三

卡夫卡说："我可怜的人！"应该这样理解：我必须常常独自一人。只有这样，才能取得"单独状态的成就"。——但这时，有人开始侵入了，首先是他的父亲。赫鲁曼·卡夫卡一开始就不经意地置自己的儿子于不利。他，或他的祖先犯了个小小的错误，——就是取了"卡夫卡"（Kavka）这个姓氏，捷克语就是寒鸦的意思。他父亲，还用乌鸦作过商店招牌的图案。但凡看过乔叟《坎特伯雷故事集》的人都知道，乌鸦是一种由于说了真话而无辜受罚的动物。

他的一则寓言也暗示了这种处境："乌鸦们宣称，仅仅一只乌鸦就足以摧毁天空。这话无可置疑，但对天空来说它什么也无法证明，因为天空意味著乌鸦的无能为力。"

在一般父亲容易产生的冷漠和习惯性的敌视中，卡夫卡不得不小心翼翼地加倍热爱自己。他常常把自己看作是事物的两面：既是被爱者，又是爱者；既是审判的一方，又是被审判的一方；既是行动的人，又是阻挠行动的人。就像布鲁费尔德和他的狗一样，是一个相互施爱，相互乞求和迂请的对立物。也像那两个白底蓝条纹赛璐珞球，"在镶木地板上交替地跳上跳下，一个球着地，另一个就在高处，它们不知疲倦地玩着这样的游戏"。这种球内部还有更小的球，卡夫卡称作"滑稽的球"。

卡夫卡存心要把自己训练成自己的爱畜，途径是缩小自己，只引起自己的注意。通过这种脱胎换骨的浩大工程，可以达到两个目的：

第一个目的是和父亲对抗："我承认，我们在相互斗争"，而且，这种斗争，被卡夫卡命名为"甲虫的斗争"。因为他父亲曾把儿子的朋友比作是一只甲虫，一条狗，而卡夫卡则是狗身上的跳蚤。这在他那封著名的《致父亲》的信中就严肃地提出过："无论牵涉到想法或人都是如此。只要我对一个人有一点兴趣（就我的天性而言，这种情况并不多），你就会毫不考虑我的感情、毫不尊重我的评价地对这个人破口大骂、诬蔑、丑化。比如像伊地语演员略伟这样的天真无辜的人就遭到这样的命运。你还从未见过他，就用一种可怕的方式（我已忘了何种方式）把他同虫相比。你还经常在谈到我所喜欢的一些人时，脱口而出地用上那个关于狗和跳蚤的谚语"。这个谚语，也出现在他的日记中，是在针对他的朋友洛维时，卡夫卡的父亲便引用了这个谚语："谁与狗一起躺在床上，谁就和臭虫一起上身。"其实，这倒也不完全使卡夫卡尴尬或不幸，他知道，一当他真正地变成父亲随口提到的那些昆虫和动物，那他便永无安宁之日。虽然父亲不喜欢他,但还没有到要让自己的儿子与人为敌的程度,他还常常听他朗诵自己的小说嗳。尽管这样,甲虫的斗争仍然在他的小说《变形记》里完成。卡夫卡胜利了。

另外,卡夫卡感到自己的肺出了问题,要不呼吸为什么会那么困难呢?他担心自己会窒息而死。他怀疑这是人多的缘故。呼吸道也有毛病,像K一样。他感到头晕,气闷,没有窗子就活不了。显然,空气的合理分配,有赖于每个生命都找到适合于自己的体积。越是庞然大物,就越容易造成呼吸的贫富悬殊,自己容易倒毙,别人也活得困难。

卡夫卡非常清楚,在空气稀薄的情况下,应该减少动作,缩小体积,增加肺活量。但是当他真正变成甲虫或老鼠时,却发现这个层面并不如想象的那么好。稍不同的是,生活在这一层里的生物,只不过不像人类那么明显罢了。他们有各自的巢穴,不轻易走动,彼此看不到具体的模样,只能听到一些吞噬食物和空气的声音。卡夫卡也从没有见过这些邻居:"既然是陌生的动物,为什么我见不到他们呢?我挖了好些陷阱,想逮它一只,但我什么也没有发现。我想,可能那是小而又小的动物,比我认识的那种还要小得多"。面临这种局面,卡夫卡除了想弄清楚它们的身份外,没别的事想做:"不找到响声的真正根源就不停止挖掘……稍力不从心,我至少也掌握了确实的情况"。这样,卡夫卡为了看到陌生的动物,更微妙的动物,不得不再次缩小,变形,微弱。

四

马术，我们称之为梦的马术。

马是马戏团最重要的动物——多为白马，而卡夫卡的马与之相比，除颜色、速度相差无几，但仍有很大的区别。首先，它是一个幻象，穿梭于现实和历史之间，每当回到现实空间，它们会因为速度降下来而发烧，颤抖，打喷嚏，胡话连篇，所以，连卡夫卡自己有时也认不出来。仿佛它们跑错了地方，或成了化身，随身带来了遗忘症。这在卡夫卡的小说《乡村医生》里描述得很清楚。尽管，这些马——有时是五匹，名字分别叫作"法莫斯"、"格拉萨弗"、"图尔内门托"、"罗西那"和"布拉班特"，但多数时候是两匹，我们知道其中一匹叫"艾雷沃诺尔"。它们长期待在楼房临时改造的马厩里，随主人的居住移动，这让许多房东头疼，但也没什么特别的办法。因为它们常常偷跑出来散步。即使派上两个管马人，也没有用。因为，一到晚上，那匹叫格拉萨弗的马会升空俯视管马人，很想踹他们，但一般不会，而是催眠他们，其他马便能自由自在地到外边徜徉，也不会走得太远，以便天亮之前能回到原处。但凡经过之处，有些杂沓，凌乱。

关于这马厩的位置，根据卡夫卡的描述，在A城，某楼房的院子里，靠近一家运输公司的仓库，有时，它们会跑出来，喜欢空荡荡的街道，当它们走动时，会用蹄子打出火星来，十分用力，说明它们对新的路面很好奇，几乎摔倒，这点令人瞩目。见过的人，马上就意识到，这是他们从未见过的一种马。有的人好奇地想追上去看个究竟，但没用，因为马毫不费劲地会和他们保持一定的距离，让他们始终看不清马的脸部，更不用说它们的表情。与其它马车交错而过时，用心不良的人，会拿鞭子抽它们，它们也会受惊，但并不加快步伐。速度是最重要的。在另外一个空间，它们的速度，曾保证过自己奔跑的荣誉。换了空间，道理应该一样，——这是它们所想的。这些马究竟来自何处，对卡夫卡来说，这个问题一直困扰着他。

卡夫卡有时觉得，马好像是从他转向墙壁的脑袋里跑出来的，越过他的身体，跑下床来，然后消失不见。卡夫卡跟着出去，便来到一片森林。他感觉，森林中，有灵魂在斗争，偶尔还能听到武器打击的声音，所以，空气让人虚弱。卡夫卡不得不怀疑，这些马是古战场遗留的未死的鬼魂。所以，他想到了果戈里的雪橇马，在《死魂灵》中，著名的乞乞科夫驾驭的是辆折蓬马车。他四处收购死灵魂，面对虚无。林子里，他看不见这些马，显然，马隐去了。往往在他要离开时，马才会跑出来，在他面前打个喷嚏。细心点，会发现，马的膝部流血不止，但只要卡夫卡一转身，做个鬼脸，再回过头来，马的膝部又变得完好无损。森林倏然不见，一切都熄灭了，留下空旷荒芜的原野，滔滔的大河。

在小说、随笔、日记、甚至书信里，他都反复强调了这两匹马并非来自人间。即使你站在窗口，只要愿意，头部微微后仰，它也可以把你拉近马车，拖入世间的和睦，"你可以驾着非人间的马，到处流浪"。至少它们中间的一匹,"还曾经是马其顿亚历山大国王的战马呢"。它的使命仿佛是助人脱离战火轰鸣,而沉迷于民族古老的卷帙之中。卡夫卡遵循了这个使命。

从各种迹象看,卡夫卡遇到的是传说中的仙马,所以,他十分心疼。他认为人很坏的一面,就是鞭子高悬马头,抽打它们,反复用马刺锥它们的躯体。——问题是,他为什么不告诉人们,这是什么样的马呢?——以加以阻止。从留下的文字看,估计有两个原因阻碍了他的告白:

首先,他很快就明白了,这些马过去非常有力量,不同寻常。所以,利用攻击者的马作自己的坐骑,这是他前进惟一的可能性,但这就要求他具有相配的力量和灵活,这点他是怀疑的。还有就是,现在是骑它们的时辰吗?对于卡夫卡这样的自我怀疑者,需要相当长的时间。自己情况如此,就更不消说,还要去告诉别人,怎样来驾驭仙马了。

另外,他很早就发现了仙马隐秘的功能。这在他最早的散记中就谈到过,但号称喜欢卡夫卡的人们却没注意到这点——就像从前卡夫卡身边的许多人一样,他们只是好奇,却不能发现马尾巴的功能。这篇随笔叫《公路上的孩子们》:

我听见马车驰过花园的栅栏,有时,我也看到它们穿过树叶上那些微微飘动的缺口。在炎热的夏天,车上的木制轮辐合辕杆叽叽嘎嘎地响个不停!我坐在我的小秋千上，正在我父母的花园里的林间休息。当马车经过的时候，花坛顿时变暗……。这时，鸟儿像喷雾似的飞起，我用目光追随着它们，看它们一口气向上飞去，直到我不再觉得它们在向上飞，而是我在降落，于是，由于懦弱，我紧紧抓紧秋千绳索……。月亮已升起老高，月光下一辆邮政马车驰过。到处起了微风，在沟里也能感觉到它，附近的树林开始沙沙作响。

我们只需注意，马车经过时，光线变暗，风沙骤起。卡夫卡也逃离不了用这种白雪公主的方法描述仙马的传统。关键这里还涉及到一个累与不累的哲学话题，用卡夫卡的话说，只有傻瓜才不会感觉到累。卡夫卡自己觉得很累，就像哈姆雷特王子，鬼魂经过时，让人恐怖，胆战心惊，也让人疲倦。他终身最喜爱的日记，唯独一篇只写了两个字："太累"。这是一种先天的累，黯淡，失败，厌倦，麻木，再度恢复，构成了不易觉察的细腻感情。就像在《变形记》中，他抱怨父亲所觉察不到的那种感情："我挑上了一个多么累人的差事！"——是写作吗？甲虫翻身吗？还是穿过荒诞的法院的大门？明明知道累，为何又偏要那样做呢？显然，他在拖延，在思考自己的累，时间，生命，因为生活里预先存在着一种"格里高尔似的累"，对其探讨，折磨所有的人，所有读者。他几乎所有重要的作品，也都具备这种特征——想想《变形记》《诉讼》《一条狗的研究》《地洞》；还有他给父亲漫长的信，他和菲莉斯漫长的恋爱等等。一个人经过另外一个人时，被经过的人会改变亮度，或暗，或明。这早在《心不在焉地向外眺望》的短文中就表述过。延伸开来，当高大的父亲经过他时，他感到自己正逐渐暗淡。和菲莉斯交接，他不光累，觉得困难，而且毫无光彩。最后，这种经验延伸到他最伟大的小说《城堡》中。说穿了，这故事，整个就是不错的寓言，一个测量员，无独有偶，经过城堡后，表面看什么也没发生，但整个城堡却开始黯然无光。

五

卡夫卡想象过许多动物：仙马、一种叫"奥德拉德克的生物"、豺狗、猴子、耗子民族、蛇、狗、老鼠、乌鸦、巨鼹、鹤、猫、狐狸、紫貂、龙、甲虫、鳄鱼、毛驴。仙马已说过，值得提起的是，卡夫卡的仙马不光能变成亚历山大的坐骑，还能变成律师，也能变成一个叫伊莎贝拉的人。但仙马究竟什么样，缺少具体描述，除了心灵纯洁，能离地升空这点，和广泛传说中的仙马布拉克一样。根据博尔赫斯的考证，仙马布拉克在伊斯兰传说中很多。《古兰经》里就有描述，说布拉克曾把先知穆罕默德送往七重天。布拉克的原意就是"光辉灿烂"。卡夫卡个人认为，只有当仙马能帮助那些不知在何处等待牲口的人驾驭它们而去的时候，才算得上名副其实。而多数指鹿为马，高呼前程灿烂者，很快就被甩在了后边，这才发现自己骑的竟然是四条瘦腿的毛驴。他们尚不知道，仙马更通俗的别称就叫作"改变者"。在《一千零一夜》中，仙马布拉克，被描绘成人的脸孔、驴子的耳朵、马的身体,翅膀和尾巴却是孔雀的。在中国,古籍记载的更多,五花八门,一般归类为杂交动物。有种动物叫鹿蜀,是《山海经》记载的,它们出没在一座叫扭阳的山上,整体形状像马,但身上是白色的条纹,有点像斑马,但脑袋却和老虎相似,尾巴超长,在地面扫动,而且,能够把很大的树和木桩连根拔起。无拘无束,永远保持着一种姿势和速度,那就是高昂的头和慢跑。发出的声音,富于节奏,韵味十足,很像人类在歌吟。据说,这个国家,舞文弄墨的人,都渴望弄一匹仙马,摇摇晃晃骑着四处游荡,直奔京畿,为了写出令皇帝喜悦的诗篇。这样,他们就能安身立命,终身衣食无忧。如果,仙马鹿蜀不幸患病死去,即使它们的皮毛,也能让得到它的人及子孙平步青云。但多数学究认为,真资格的仙马不是鹿蜀,而是更厉害的天马。天马主要的特征是白色,能飞,这点和布拉克相似,但体魄不及布拉克。博尔赫斯说,布拉克比驴大,比骡小。天马大小很像狗,但它的头部是黑色的。见人则飞,说明,他们不负担任何使命。飞的时候,还自呼其名,性格喜怒无常。中国人看中的正是这点,威风,——因为好怒。著名的汗血马就是其变种。皇帝出征的时候,一般要祭献三百来匹这样的马,考虑到天马会飞这点,很困难,所以,天下为之一空,人类再也看不见它们了。象里尔克在著名诗篇《致俄耳甫斯十四行》第2部,第4首中说的:它们把空间不断让出。看来,天马是因为其谦逊而慢慢地绝种。

关于"奥德拉德克",鉴于是一种我们从未见过的新的线形生物,下面最好直接引用卡夫卡的描写。

一部分人说,"奥德拉德克"一词源于斯拉夫语,并试图以此来说明这个词的形成。另一部分人则认为,此词源于德语,斯拉夫语只不过对此产生影响而已。但是,这两种解释均不可靠,人们完全有理由认为,两者均不准确,尤其因为它们并没有赋予这个词以一定的意义。

当然,要是的确不存在叫做奥德拉德克的生物,谁也就不会从事这样的研究了。初一看,它像是个扁平的星状线轴,而且看上去的确绷着线;不过,很可能只是一些被撕断的、用旧的、用结连接起来的线,但也可能是各色各样的乱七八糟的线块。但是,这不仅仅是个线轴,因为有一小横木棒从星的中央穿出来,还有另一根木棒以直角的形式与之连接起来。一边借助后一根木棒,另一边借助于这个星的一个尖角,整个的线轴就能像借助于两条腿一样直立起来。

人们似乎觉得,这东西以往曾有过某种合乎目的的形式,而如今它只不过是一种破碎的物品。然而事情看上去并非这样;至少没有破损的迹象;任何地方都看不到足以说明这种现象的征兆或断裂处;整个东西看上去虽然毫无意义,但就其风格来说是自成一体的。此外,有关它的情况,无法较为详细地说明,因为奥德拉德克极其灵活,不容易抓住它。

他交替地守候在阁楼、楼梯间、过道和门厅里。有的时候,他几个月不露面;在这期间,他大概移居到了其他的住所;可他又必然回到了我们的家里来。有时,人们想同他讲话。当然,人们并没有向他提出一个个问题,而是像对待孩子——他的矮小就诱使人们这样做——那样对待他。"你到底叫什么名字?"人们问他。"奥德拉德克。"他回答说。"你住哪儿?""没有确定的住所。"他边说边笑;但这只是一种像缺肺的人发出的笑声,听起来就像是落叶发出的沙沙声,谈话通常就这样结束了。此外,就连这些回答也并不是总能得到的;他常常长久地默不作声,看上去就像一块不会说话的木头。

我徒劳地自问,对他该怎么办呢?难道他会死去吗?一切正在死亡的东西,以前都曾有过某种目的,某种活动,正是它们耗尽了它的精力;这并不符合奥德拉德克的情况。由此可见,他将来会不会带着拖在身后的合股线咕噜咕噜地滚下楼梯,一直滚到我孩子和孩子的孩子的脚前呢?显然,他绝不会伤害任何人;但是,一想到他也许比我活得更长,这对我来说,几乎是一种难言的痛苦。

这种线条形、或线轴形的楼梯动物,阻碍着人在建筑中的一切攀爬。我们不小心,在黑暗中,从楼梯滚下来,以为是什么绊着,其实,那就是奥德拉德克在作祟。尼采在《查拉图斯特拉》中认为,奥德拉德克就是毒蜘蛛。也就是卢克莱修所说的"四处飘荡的肖像":它们是如此的精细,以致在空中相遇的时候,很容易就相互结合起来,像蛀丝或金叶一样,这比起那些能整体占领眼睛,并击中视觉的动物肖像要精细得多。因为,蜘蛛吐出的毒丝能随风而至,侵入身体表面的每一个小孔。

根据他的描述，人类为了表达生命与道德的超越性，便修建了塔楼、庙宇、石柱、和阶梯，以便上去眺望迤逦的远方和幸福的美景，但这时，出现了毒蜘蛛。它们铺开黏糊糊的网罟，在上面等候，无论你怎样努力快速攀登，毒蜘蛛都会在你前面，一般藏在楼梯的转弯处。他们不光捆缚一切向上的人和动物，咬他们，麻醉他们，而且，还制造各种幻象和影像，破坏人的判断力。所以，尼采呼吁，凡想借石块表现在高塔上的人，必须用大智慧了解其间的奥秘。而且，最有效的办法，是目光超然一致，且走且舞，使毒蜘蛛瞬间晕眩，失去平衡感，这需要高度的协调能力。一般人很难做到。人类史上的巴比伦塔，空中花园，都是因为奥德拉德克的出现而未能完成。然后，失修，荒废，导致最后的坍塌。卡夫卡认为，修建巴比伦塔如果有可能不去攀登它，建塔的事就有可能得到允许。或者可以理解为，如果，登塔者，始终谦逊地置自己于奥德拉德克之下，或许，我们能指望它退到最高处。

在基督教的圣画中，楼梯怪物，不是毒蜘蛛，而是乌鸦，狮子，带翅的吐火龙，孔雀，毒蝎，蛤蟆，独角兽——敏捷的化身，古法语的 vistesse，就是敏捷的意思，还有模仿太阳的独眼怪物，射出强烈的电光，甚至巨大的蜗牛。卢克莱修认为是三个脑袋的狗，三副胸膛的妖精，或三个身体的鸟怪。都喜欢螺旋形的梯子。要越过它们，手持十字架，神情专注可能是惟一的办法。十字架象征两条楼梯，奥德拉德克见到它，会瞬间反应不过来，以为来者想声明不会通过它把守的通道，攀援者乘虚而入，只要超过了楼梯怪，在它的上边，奥德拉德克就不再理睬。间隙很小，多数人难以做到。有人建议，用树枝分散其注意力，吸引奥德拉德克缠绕更容易些，但都失败了。更可笑的是，许多人认为，把建筑，教堂，塔楼，完全更世俗些，布满镶嵌画，塑造偶像，暗道密布，音乐回响，这样就有可能不和楼梯怪相遇——于是，产生了哥特式的建筑，螺旋梯是最明显的标志。爱尔兰诗人叶芝认为，这未尝不是种办法，但未必生效，而且，还有可能由此破坏宗教的单纯性，陷入梦游。他在《幻象》这本书中探讨了许多这方面的问题。甚至认为，在旋转的螺旋体上，既不是人的问题，也不是守护神的问题。他认为卢克莱修在《物性论》中提出的观念是对的——任何复合动物，或精细的肖像，是因人精细的心灵才呈现出来，亦如双目所见，推而论之，那么，心灵的修炼也可以让奥德拉德克不复存在。在这个前提下，叶芝在第四卷《普路托之门》中，承认了线形动物奥德拉德克的存在：

> 当愚人缠在
> 线轴上的思想
> 不过是松散的线，松散的线；
>
> 当摇篮和线轴已成为过去
> 而我最终凝结成
> 一片阴影，
> 像风一样透明，[22]

至于卡夫卡描述的杂交动物，话题虽然十分古老，但让人深受感动。这只奇特的动物，一半像小猫，一半像羊羔。它是我父亲遗留下来的财产。但是，到了我的时候，它才发展成为半像小猫半像羊羔的杂种，以往的时候，与其说是小猫，不如说它是羊羔，如今它是两者兼而有之的怪兽。它的头和爪取自猫，而大小和形体则取自羊；它的眼睛取自猫和羊，目光狂乱，不安地颤动；它的皮毛柔软，紧贴身上；它的动作既像猫又像羊，有时蹦跳，有时潜行。它在洒满阳光的窗台上蜷缩成一团，不时发出呜呜声；在草地上，它发疯似的乱跑，简直无法抓住它。见了猫，它就逃走，见了羊羔，它就发动进攻。在月夜里，它最喜欢沿着屋檐走动。它不会像猫那样咪咪叫，而且害怕耗子。它能够在鸡舍旁守候好几个小时，却从来没有利用时机去杀害一只鸡。这只动物虽然属肉食动物，但吃的却是加糖的牛奶。它不会被其他单纯的猫和羊承认，只能作为事实接受。恍惚看，它没有什么用处，但当主人遇到倒霉、失败的事情，它就会流出悲悯的眼泪。正是这点，它给卡夫卡提出道德上的问题——或许，屠夫的屠刀对这种动物是种解救，但人却必须立即采取理智的行动，保护这个传家宝。看来，杂交动物的出现，是对人类最后的考验。

卡夫卡梦见过的动物也不少，有种鳄鱼，其可怕之处不在于它们的皮肤粗糙，能潜行很远的水面，而且，随时张着血盆大口，而在于，它们用自己的尿水就能烧毁地球上的森林，巨大的树木。可见其温度之高。中世纪就有人意识到，全球变暖，就是因为这些超高温的鳄鱼尿,而不是人类的烟囱筒。有种似驴非驴的动物,和其它普通毛驴不一样的地方在于,它任何东西都不会吃的,除了来自苏黎世碧绿的柏枝。事情也没这么简单,如果你直接喂它,它也不会吃。除非,你把柏枝放到桌子上,它才会去吃,而且,吃得精光。最重要的区别是,它像人一样,是直立的,不用四肢。直立的动物,大多出现在中世纪以前的宗教圣书中。他也梦见自己,不能躺下来,因为,只要他一躺在床上,立即就会改变身体的形态,变成鳞目翅类,要么是大甲虫,要么是鹿角虫,或金龟子。还有种动物,不断地搔脚跟子,不屈不挠,当作每日神圣的使命。卡夫卡认为,黑猩猩,大力士,裸跑者,脂肪过剩者,好出风头的,悄悄制定坑人方针、玩弄文学充英雄的人,都属此类。出人头地,搔脚跟,自始至终相互冲突。还有种猴子,命名自己为"红彼得"——因为,每当他们做错一件事情,脸就变暗,红下去,然后,又变得浅些。但这无助于改变现状,他们还会继续心痒痒地犯错,并欣赏自己的那块盛开的大红疤。红彼得还有个特征,就是用肚子思考。另外一种动物,看得见,却摸不着:

这就是那个拖着毛茸茸尾巴的动物,一条长达好几米的尾巴,就像狐狸那样的。我很想把这尾巴抓到手里,可是办不到,这动物老师动个不停,尾巴老是甩来甩去。它像一只袋鼠,但它那几乎像人一样扁平的、椭圆形的小脸上无特点可言,只有它的牙齿颇有表达力,无论是遮掩着还是龇咧着。有时我有一种感觉：这个动物想要训练我，要不然它为什么总是在我下手去抓的时候把尾巴抽开，然后又静静地等着，直到我再度受到诱惑，它又一次跳走呢？

于坚

昆明人,写作四十余年。著有《于坚文集》等四十余种。获鲁迅文学奖、朱自清散文奖、百花散文奖、华语文学传媒大奖年度杰出作家等多种奖项。现任云南师范大学文学院教授。

理塘记

六世达赖在一首诗里面暗示他将会在理塘转世。"理塘"在藏语里，有金黄、平坦、镜子的含义。金黄是秋天的颜色，这是一面秋天的铜镜。知道达赖箴言的人就瞪大了眼睛，想看看是个什么样子。亚丁机场相当荒凉，只有两个登机口。行旅一出来，内地来的乘客纷纷开箱子，找出厚衣、帽子、围巾，就地更衣。回家的人微笑着，坦然而出，还没有冷到令人惊慌失措，内地人未免大惊小怪了。天空倒是灰沉沉的，正在玻璃窗外面酝酿着更严峻的局面。这趟航班来自成都，登机的时候天还没亮，热烘烘地，睡不着的四川人在路边小店门口光着上半身玩麻将。不过飞行了一个半小时，已到冬天。从机场出来，马上进入高原，草原已经秃顶，一只乌鸦剃须刀般地沿着山的边缘缓缓地飞。仿佛从形而下进入了形而上，从世俗的沼泽来到了孤寂的天国。

白色的仙鹤呵

借给我翅膀吧

我不会飞得太久

去理塘一转就回

    （本文中仓央嘉措的诗系作者参考多种汉文
    译本转译，下同。）

  公路边的山坡上堆着些石头搭成的小塔，藏语叫做玛尼堆。"那一日＼垒起玛尼堆＼不为修德＼只是要卸下心灵之湖上的石子（仓央嘉措）有些地方曾经塌方，收拾干净后，有人用石头堆砌一座座车轮子高的玛尼堆，祈祷不再塌方。塌方的地方有，没塌方的高岗上也有，这些地方为什么有个玛尼堆，就不知道了，只是令荒凉得到一个纪念、敬畏。与中原将土地庙置于田野边缘，祈求丰收不同，此地敬畏那些完全无用的地区，敬畏它传递出来的感受，原始，遥远、难以亲近、令人不敢轻举妄动……有的玛尼堆上插着彩色的风马旗，有的顶端放着一个羚羊角。到了山顶，必如有一个巨大的玛尼堆，覆盖着刻满经文的石片，风马旗围着它狂舞。各种各样的玛尼堆令大地成了一种作品，暗示着这些大块头并非物质，而是暗藏着巨大威力的神物，一旦它被惹怒，就会发生灾难。玛尼堆代表神灵已经接管了这个危险地区，护佑着这段公路了。公路确实惹怒了它们，它们经常塌方或者掀起洪流。都不知道它在何处，忽然就涌出来，冲毁了公路。与西藏人对大地的理解比起来，克里斯托弗的大地艺术就太做作了。玛尼堆意味着一种世界观，大地是梵的身体，

"伽耶特利就是存在的所有这一切，伽耶特利是语言，语言歌唱和保护存在的这一切。确实，伽耶特利就是大地，因为存在的这一切立足于它，不超出它……梵是所有的这一切，出生，解体和呼吸都出自它。应该内心平静，崇拜它。"（《奥义书》）这种起源自印度的古老世界观在西藏早已不是观念，而是作业。在一段洪水冲毁的公路边建造一座玛尼堆就像在田地里施肥一样自然。除了海德格尔，谁会认为扔在土豆地里的一双疲惫的农妇鞋子是作品呢？西藏到处是作品，人们通过各种艺术暗示着大地的非物质性。

　　死神在背后跟着
　　步步紧逼无可奈何
　　但是眼前的糖和苹果
　　还是要动手拮取

　　　　　　　　　　　　（仓央嘉措）

到了一片平坦的高原上（海子山自然保护区）沼泽和硬地之间散落着无数石头，大大小小，无边无际，一直滚到天际线下，就像是月球的表面。还可以想象它们从一只大口袋里被倒出来的情景，似乎刚刚结束，上一秒还在滚动，现在已经一动不动了，被牢牢地钉在大地上。（科学家说这是古地中海海底石砾堆积）有些是巨大的土豆，那些小家伙似乎一直梦想着长这么大，它们终于实现了，但也永远离开了土豆。有的是大头大颅，藏着眼睛，面目深邃而诡秘,在近处看,有点恐怖,像是怪兽刚刚闭上的血盆大口。大地这个工厂真是神奇,造出来这样怪物,普遍的浑圆,普遍的丑陋、粗粝、愚昧,很少摞在一起。也有摞在一起的,有个巨岩猿猴般蹲在一个石头祭坛上,祭坛表面长满灰白色的苔藓,朝着苍天、孤独、高于普遍,就像贡果。曹雪芹想象过这样的场景:"却说那女娲氏炼石补天之时,于大荒山无稽崖炼成高十二丈、见方二十四丈大的顽石三万六千五百零一块。那娲皇只用了三万六千五百块,单单剩下一块未用,弃在青埂峰下。"他或许亲临,亦未可知。古代发生的事情,许多已经隐匿、沉默。诸神的棋盘,朝这边去,石头一个比一个大,朝那边去,一个比一个小,漫山遍野都是灰色的大石头,有点英格兰或者希腊的风格,在阴郁天空的映衬下,就像一幕哈姆雷特悲剧的舞台。恍惚间看见一个使徒或者《呼啸山庄》里的奴仆希刺克利夫在石头之间奔走。"当时,耶稣被圣灵引到旷野,受魔鬼的试探。"(《马太福音》)但是除了格萨尔王的队伍,恐怕谁也不敢在此地奔走,海拔接近五千,呼吸困难,头有些痛。这种风景很难被小资产阶级美学赏识,他们喜欢懒洋洋的阳光、睡眼惺忪的白云、甜蜜的花朵和忧郁的羊群,他们相信情种仓央嘉措必在那样的地方转世。这是森严、凌厉、荒芜、冷漠、考验、磨砺之地,星子似乎昨夜才从天空掉下来、干掉。失去了金色,还俗般地成为黄色、灰色、黑色、褐色……表面像砂纸一样粗粝。仿佛仓颉造字时发生的"天雨粟"那种场面,地老天荒,一颗颗藏着思想的头颅凝固在荒原上,造字的大神已经隐去,带走了它的文字,天地静穆,看不见一个字。乌云在天空中转移着战线，有些短剑在云端里亮出。

意大利考古学家G·杜齐早就发现西藏地区有许多大石遗迹，在杜齐看来，这些巨大的石块、列石、独石、石柱是人为的，他怀疑与原始宗教的祭祀有关。这块高原确实有一种宗教感，某种大教堂的废墟。或许信仰就是由此被启发而诞生的。石头的厚重、坚固、永恒、孤独遗世、深不可测、裹藏着黑暗之心，似乎唾手可得却被粗糙的表面迎头一击、挡住……或许启发了敬畏、祈求、深究、寻求庇护的愿望、凸这种原始形式被想象成具体的祭坛、灶、房子、井护、墙壁、城堡……一切都可以用石头搭起来，石头不再是石头。

一块大得就像小山的巨岩上刻着藏文的六字真言。"黑暗字迹如豆／遇水逝者如斯／内心的图像呵／永远不会消失"（仓央嘉措）被雨水洗得有点模糊，刻字者走回天空去了。偈语的含义已经遥远，说出它们的人已经不在此世。别管什么意思，唵嘛呢叭咪吽，只能信，跟着念，围着转就是了。有的刻在山壁上，有的涂成彩色。许多人不信，不屑一顾，开着车疾驰而去。公路上的汽车很少在这里停下来。

找了块石头坐着，望着这岩石荒野，其间浸着水，形成了沼泽，沼泽上开着花，小花。是羊羔花。卓玛告诉我这个名字，她仿佛随着这些石头星星下凡，美丽非凡，站在荒野上。她在理塘县的一家机关工作，被派来接我们。

在路上遇到一位女子

>一阵芳香随风而逝
>就像拾到了一块绿松石
>唉　又丢失了
>
>　　　　　　　　　（仓央嘉措）

石头群中间藏着一条河，朝着高原下面流去，带着石头，滚下去几十公里。公路跟着河走，直到石流消失。在一个转弯处，煤炭般的石块堆积在天空中，就像一座刚刚爆破的矿山，魔鬼住在那些山头上，亮着各式各样的几何形脑门。大地混沌初开的样子，被一把锄头挖得横七竖八，令人胆寒，这种地方才是转世之地。其景象就像格萨尔王史诗《歇日珊瑚宗》一节里描写的：鳄鱼发出弹颚声。上界的天神可知吾苦衷？岭国的大军往哪里前进？八大寒林墓地中，护法神摩诃噶拉请明鉴！东北天湖的主宰，茶曼那茂热瓦，是三界之主累子天王，黑色的大鳖身上挂，血淋的脑盖骨手中拿，白额枣骝骡胯下骑，五条长蛇佩全身，上好人皮装鞍鞯。只请你，将白黄骰子与拘牌和疫病武器投敌方，站在血海旋涡中"，造物主创造的如此血腥又纯洁、暴戾又温柔、沉重又轻盈、险峻又平坦、热烈又酷寒的高原，如何会产生"千里莺啼绿映红，水村山郭酒旗风"那种风景中的书童才子、佳人韵士？"住在布达拉宫中，我是持明仓央嘉措，离开拉萨的宫殿，我是流浪者宕桑旺波。"（仓央嘉措）17世纪末的藏语并不轻松，相当沉重。仓央嘉措的生活世界中充满着政治、权谋。"虽有达赖喇嘛之名，并无实权。第巴独掌大权已久，达赖喇嘛只能作为傀儡存在。生活上遭到禁锢，政治上受人摆布。"（《百度》）我们时代的想象力相当贫乏且轻浮、乖戾。将一位宗教领袖想象成写浪漫主义的浅薄情歌的浮浪之辈，仓央嘉措在汉语里面轻飘飘的。仓央嘉措的诗就像脱口而出，但它依然是箴言、密咒，而不是滥情的谣曲。这位伟大的诗人就像萨福、迪金森、威廉·布莱克或者古诗十九首、俳句的作者，阅读他，总是令人一次次在真理的层面觉悟到什么是诗。

这位伟大的高僧其实是一位尤利西斯式的人物，大地之子。"火猪年当法王（仓央嘉措）25岁时，被请往内地。""次第行至东如措纳时，皇帝诏谕严厉，众人闻旨，惶恐已极。担心性命难保，无有良策以对。于是异口同声对我（仓央嘉措）恳求道：'您已获自主，能现仙逝状或将形体隐去。若不如此，则我等势必被斩首。'求告再三。仓央嘉措无限悲伤，话别之后，遽然上路，朝东南方向而去……"（《仓央嘉措秘史》）喇嘛阿旺多吉所著）

长青春科尔寺是1580年第三世达赖喇嘛索南嘉措创建的，是康区历史最悠久，规模最大的藏传佛教黄教寺庙。长青春科尔为藏语译音，"长青"意为弥勒佛（即未来佛）"春科尔"意为法轮，"长青春科尔"意为弥勒佛法轮（标志着法轮常转、妙谛永存）。寺院像黄金和红色岩石搭成的宫殿，高踞在县城北面的莫拉卡山的山坡上。山坡脚响着叮叮当当的声音，几个拉萨来的小铜匠在一个院子里敲着铜皮，其中一个已经完成了一尊佛像，佛首安静地躺在一截木墩上，红铜。长青春科尔寺里面住着许多匠人，他们少年时来到科尔寺,一直住在寺院里,"志于道,据于德,依于仁,游于艺"。诵经、雕刻、画画、缝纫。香根活佛说起他们。巴登多吉活佛身材高大,脸堂黑红,目光慈祥。他请我们吃土豆、麦饼、牦牛肉、番茄汁、牛奶、酸奶。那是我吃过的最淳朴的食物。一位嬷嬷和一位大叔弯着腰来倒酥油茶。活佛谈着他的寺院。长青春科尔寺曾遭火灾,但是出现了奇迹,次要的东西被毁灭,重要的东西火魔无法近身。

> 初恋的女子送我的经幡
> 飘扬在高高的树梢
> 大雄宝殿派来的护林僧呵
> 请不要朝它投石
>
> （仓央嘉措）

降母带我们去科尔寺,她睡过了头。"我是从梦里面跑出来的",她家离科尔寺不远,就在莫拉卡山脚下,到了科尔寺还要上一段石梯。她一路小跑着上,随便吃了个她母亲做的牦牛肉包子,到了我们面前,还在大口喘气。这个小姑娘长得像一头鹿,机灵聪明。不是一般地聪明,她对科尔寺的种种了如指掌,从童年就在琢磨这座寺院的含义,她喜欢在那些高墙和柱廊的阴影下面玩耍。弥勒殿门口木头柱子上刻着一组浮雕,刀法古朴简练。最重的大象在底层,上面是猴子,猴子上面是蛇,蛇上面是一只鸟。动物的体积越来越小,越来越轻,含义越来越重、越深。大象象征大地,蛇象征劳动的智慧,猴子象征着收获果实，但是，最高处的鸟带来了种子。降姆说。她才21岁，说话像一位教授，满腹经纶。但是身体像花朵一样开放着，美丽灵动，在大雄宝殿里飞翔着，这是她的喜悦之殿。弥勒殿里，喇嘛们已经坐定，开始念经。就像一群蜜蜂出勤，嗡嗡之声集聚在大殿中央，阳光从东边的窗子烟雾般地漫进来，许多隐秘的角落在雾里出现了，一幅唐卡上，蓝度母似乎磨了一下身子。

　　在彼东方山顶
　　新月转动光轮
　　圣玛吉阿米容
　　自我心中上升

（仓央嘉措）

　　达姆指着六界图说她不喜欢天界，太脱离人间了，她喜欢人界。大殿宽敞高迈，金光灿烂。弥勒佛下面的地面上有一块厚木板，木板中间有一个模糊的人形凹槽，是磕长头的人们的身体磨出来的。"你运气好。我带人来了50多次，这个门都没有开。你一来就开了。"供奉酥油花的殿也开了。降姆一边跨进一道门槛，一边说，"所有的门都开了"。

　　她说了一句诗。我接着她的写：

　　太阳的门打开了

过路者都看见了那个鸡蛋

黑夜的门打开了

过路者都看见了那只乌鸦

石头的门打开了

过路者都看见了那枚戒指

马儿的门打开了

过路者都看见了毛垭草原

苹果的门打开了

过路者都看见了洛桑卓嘎

白杨树的门打开了

过路者都看见了那个木匠

弥勒殿的门打开了

过路者都看见了那个大肚子

村庄的门打开了

过路者都看见了那群牛羊

看得见的门打开了

看不见的门打开了

所有的门都开了

过路者都看见了那一家子

在门洞里　围着一张安稳的餐桌

无论满足还是忧戚　没有人会走开

长青春科尔寺对面有一群死火山。三世达赖索南嘉措的白马走到这里的时候，看见了这些山，他看见的不是山，是诸神在打坐。这时候白马不走了，倒下来死掉，转世了。科尔寺就建在白马倒下的地方。几百年，已经被历代高僧和匠人经营成一群伟大的建筑，坚定、饱满地暗示出崇高、庄严、神秘……唤起人们的敬畏之心和亲近的愿望。一个地方是否在得住，在于它是否有个可以转、可以消磨时间的地方。"到某处去转转"，这句家常话其实意蕴深远，一个地方，如果没有可以"转"的去处，那就在不下去。理塘在得住，人们日复一日地转着长青春科尔寺，许多人转了一辈子，这是一个巨大的法轮，这个法轮不像法这个词那么枯燥抽象。这个法轮上宫殿巍峨、百鸟集翔、林木葱茏，幽深的殿宇中藏着无数宝贝，住着慈眉善目的僧侣、陈列着精雕细刻的柱廊、壁画、雕塑、风铃叮当、香烟缭绕、颂经声此起彼伏……这是一件无与伦比的作品，没有博物馆戒备森严的界限，直接敞开在大地上，天空下。

轮回的思想来自古代印度的婆罗门教，婆罗门教中的轮回是说自我轮回于天、祖、兽三道中，就像从一间房子走进另一间房子。"舍此蕴已复趣他蕴"释迦牟尼将轮回思想发展形成佛教的六道轮回。轮回的理论高深莫测，为此诞生了无数雄辩的高僧大德，但是对于那些不会辩经的众生来说，轮回就是转动，转动就是像轮子一样环绕着某个象征性的空间转，一个湖、一座山、一个寺院、一块石头、一块土地、一头牦牛、一种手艺……日复一日，不问为什么，转就是了。开始，结束，回到起点。再开始，元贞利亨，觉悟者自会觉悟，轮回者自会轮回。为什么转？如果去问那些环绕着长青春科尔寺步行的人，无人能够回答。有人回答过这个问题，那是一位乞丐模样的黑暗男子，他说，转就是了。

> 拉萨摩肩接踵
> 琼节遥远安静
> 我少年时代的恋人
> 住在琼节那个地方
>
> （仓央嘉措）

七世达赖的故居完好无损，依然是1708年1月9日他出生时的样子，有点寂寞。朴素得令人肃然。这个时代流行的偏见是，伟大也必然是某种高大上者。这才是伟大，一道小门，陷在地上，得弓腰才能进去。这是理塘县车马村的仁康家，传说，当他诞生时，他母亲靠的柱子流出了狮子奶。水缸、瓦盆里的水都变成了奶，那是没有电的一天，星星很亮。我们去的时候附近正在施工，停电了。"这种事情是不多见的。"降母说。我们回到了1708年的黑暗里，在微弱的光尘中辨认。这老屋就像一个襁褓，进去的人似乎都成了婴儿，为世界古老的存在、时间而震惊，而心怀敬畏、而自省。格桑嘉措的母亲在楼底牛圈的一根柱子下生了他。降姆说，生的时候，她母亲没有奶水，柱子上就流下了狮子奶。木柱子上有些灰白色的痕迹。墙壁是沙石舂成的。木梯、灶台、泥巴舂成的地面、房子竣工后就一直进来的十七世纪的光,刚够看见家具的轮廓,一切都要摸索。一块础石是长方形的石头,柱底的石面有一片浅田,降母说那就是七世达赖的脚印。一面墙上画着仓央嘉措,达姆说,这是世上唯一的一幅。他出现在天空中,光圈环绕着他,面目清秀而坚毅。下面是布达拉宫。二楼是这家的起居室、厨房、卧室。达赖七世是一位艺术家,他画画,做泥塑、唱歌,房间里挂着中世纪的唐卡和七世的自画像。不知道起自何处的光在唐卡上移过,十四世纪的金箔在佛的身上亮起来,佛是赤脚的。周围世界的一切都改变了,这房间还持存着古老,从前被日常世界遮蔽着的圣光敞开出来。强烈的神圣感,这么近。门后面的墙角藏着一只牛皮缝制的椭圆转经筒,漆黑,像是用黑暗的舌头做的。似乎达赖还坐在某个角落里,正在熬制酥油茶,他是不是仓央嘉措?

　　七世达赖故居的旁边,建着一座小护法殿。后院里长着白杨,这种白杨与一般的白杨不同,不是向高处长,朝着粗壮长,有点像菩提树。故居对面有一个转经房,度母的彩绘随着转经筒的吱吱声时隐时现。滴在地板上的香油。一位转经者幸福的脸忽然走出黑处。宗教和诗都为人生解释意义所在,宗教贬低在世的意义,诗肯定。藏传佛教有接近诗的东西,它没有那么严峻孤傲,它也肯定在世。

　　　　半夜溜出拉萨城堡
　　　　与密约之人幽会
　　　　离开时冬天更深

> 雪地上留下两行脚印
>
> （仓央嘉措）

转世是一种回忆，写作就是一种转世。

> 东方印度孔雀
> 南方工布鹦鹉
> 各有各的故乡
> 最后都要飞到拉萨
>
> （仓央嘉措）

在理塘转得久了，似曾相识燕归来，觉得自己似乎来过。有些康巴人在菜市场里面逛，穿过一排排剖开的、树墩般的、挂在铁钩子上的牛肉块。他们刚刚从草原出来，其中一位长得埃尔维斯·普雷斯利，另两位是堂吉诃德和桑多、还有小赖子。二十年前，我在滇藏线上的一个帐篷里见过他们，我们玩了一个下午，喝酸奶、唱歌、照相。还是这么英俊、年轻，披着波西米亚式的长发，目光明亮。他们骑着摩托到来，将一袋牦牛肉夹在后板上，扬长而去。草原随着冰川萎缩，他们放弃了牦牛，但是没有放弃那种豪放和天真，还可以喝一口。那位卖牛肉的四川人不知道我为什么要拍血淋淋的牦牛肉，厉声呵斥。一个老妈的摊子上摆着金黄的玉米籽、松明、人参果、糖和盐巴。另一个门挤满卖松茸的人，弥漫着巨大的香味。

有一些人在卖牦牛肉干。

　　有一家藏餐馆,奶茶味道很好,正喝着,来了个猫王(埃尔维斯·普雷斯利)模样的年轻人,可以坐你对面吗?当然,就坐在我对面,倒了一杯酥油茶给他。就聊起来,他说,他喜欢生小孩,生很多小孩,一家子热热闹闹。他刚刚跟老婆吵了一架,跑出来喝一杯。"回家的时候她就好了,她叫格桑曲珍,卖酥油的。"有一对老夫妇坐在隔壁的小桌子边,手搁在膝盖上,一个在一颗接一颗地捻珠子;一个在晃转经筒,眼睛闭一阵又睁开,无声地念着经。像是牦牛变的,他们养了一辈子的牦牛,动作表情都受到影响,总是低着头在吃草的样子。他们年纪一样大,50岁的时候卖了牛和房子,上路了,转山转水转寺院,随便住在什么地方,已经在路上走了两年。我给老爷子看香根送我的手串,有一股轻微的香味,我问了一个愚蠢的问题,是什么木的?老爷子说,香根活佛送的吗,就是好的。这个小店卖包子,馅是土豆泥,味道好极。有人要去厕所,老板叫他的娃娃,你带他去。旁边一家挨着一家都是温暖的小店。炉子,挂着羊皮、毛线、棉衣、布。藏装不好统一规格分成XLM,要量身订做。店子里有烙铁、剪刀、缝纫机、线团,女裁缝总是在踩她的机器。黄色的酥油铺、红色的铜器店、白色的乐器店。冬天穿的裙子。有些高大的人走来走去,氆氇里面藏着些东西。我看见一个青铜的马镫,他说是清代的,亮铮铮。开价12万呢。有一节骨头,混杂在玻璃柜里的一堆料器里,我有某种感应,买了。后来有好事者告诉我,是一节人骨。一个人教我手谈,把我的手拉到他的长袖子里去，掰着我的指头。一家古董店，老板是个小伙子，每一件都是从草原上收来的。各式各样的陶锅、水瓢、研臼、酒壶、马镫、马灯、马嚼子……全都被烟熏的漆黑。马匹也一样，人们煮奶茶的时候，它们在一旁站着。有一个石瓢，熬煮酥油的，似乎曾经被伦勃朗画在一张木质桌子上，那桌子上坐着12个人，还有面包。旁边一个来理塘县开会的法国人也喜欢，我们因为一起看中它而瞬间成了朋友，彼此心仪，相视而笑，虽然他几分钟后就离开了。马云买了一杆秤，秤砣是一坨石头，表面缝着皮子，秤过无数黑夜的样子，可惜那个数字没有记下来。800元。街边上有个转经堂，外面街沿支着一排旧沙发，都塌陷了，但还可以坐，走得太累，就去坐着歇。经堂里面走出来一个妈妈，给我一个苹果。

沿着科尔寺的墙走，墙很厚，覆着瓦，哈达般围着寺院。转一圈要一个小时。一位老妈妈晃着转经筒，念念有词，日复一日，她就像一位女康德，至少像康德一样守旧，"从未离开过出生地柯尼斯堡。护城河边的家。在那里，没有人找到过"贴着墙纸或者被粉刷得很美丽的房间、油画藏品、铜版画、丰富的家用器具、豪华的或者稍微有点价值的家具——甚至连一间对一些人而言只不过是一件家具而已的书架都没有……当人们走进屋子时，'一种安宁的寂静就这样笼罩着'……当人们走上楼梯……经过左侧一间十分简朴、毫无装饰、部分被烟熏黑了的前厅后进入一间大一点的房间，虽然它意味着最好的房间但没有展现任何豪华之处。一张沙发，几把套着平纹亚麻布的椅子，一口摆放着一些瓷器的玻璃柜，一张放着他的银币和攒起来的金币、包括一支温度计和一个蜗形腿台桌的办公桌……这就是所有的家具，它们挡住了部分的白色墙壁。就这样人们穿过一扇简陋的门进入到同样简陋的无忧宫……"（本雅明）她每天11点出来，绕着科尔寺走上一圈，12点回到家里。她从来不会眺望星空，也不琢磨科尔寺的经卷，仿佛它们只是一座山、一棵树、一条小路。她绕着科尔寺转了一生。莫拉卡山的山顶飘着白云，几头牦牛卧在那里。看不见它们的眼睛。来到这里，寺院就在下面了。

一些秃鹫在西边的山峦上飞着，山岗苍绿，那边藏着一座天葬台。隐隐听得见斧凿声。

> 死亡临近
> 死神已出现在幽暗的镜中
> 有些事还没有做好
> 有些事还在做着
> 　　　　　　　　（仓央嘉措）

有一天我忽然接到理塘打来的电话，"仓央嘉措是我们这里的"。就像某种伯利恒式的召唤，那个马槽。我即刻想到海拔4500米，想到气候、想到草原、想到骏马、雪、花朵、藏獒、僧侣和大道上一步一磕头的香客。要不要去？这是一个来自身体的问题。神总是住在令人犹豫之地。这个电话来的时候还是八月，我颤抖了一下。仓央嘉措，这是一个会令身体产生反应的名字。从前我在西藏漫游的时候，无数的人都在说仓央嘉措，开咖啡馆的女老板，酒馆里醉醺醺的歌手、司机、诗歌爱好者，教授……只有匍匐在地面一截一截朝着拉萨磕头挪动的香客从未说起他。

降母家就在科尔寺旁边的山坡上的洞嘎村，一座灰白色的小堡。用了些现代材料，看上去还是城堡。一座水泥石梯通向门洞。外面是一个花园，有菜地，一只黄狗。二楼的窗口可以看到旧的理塘城，一个混杂着泥巴、石头、木料、牛粪、羊圈、经堂、轮辙、拖拉机、轿车、作坊、飘在院子中央的被单、插着经幡的屋头……一个手工打造的城，灰黄色。在暮色中，就像一座辉煌的废墟或者一幅塞尚的画，圣维克多山那样的颜色和立体感。仿佛打造它的那双手还没有撤去，还在捧着它。一只土碗。古老的事物都是废墟。有乌鸦在碗沿上飞过。泥泞的小路上，有人赶过一群羊。有个穿羊皮大褂的老爷子躺在一把藤椅上，让最后一点夕光照着他的腿。一只狗在墙边搭起一条腿撒尿。一位叫做旦珍的姑娘挺胸朝叫做次仁的小伙子家的大门走去。有人蹲在水槽边洗拖把，水从山上投诚般地奔下来，终年不绝。说不出这是村庄还是城市，住在其中的人都是城市户口。鳞次栉比。每家一个大院，安装着可以开进中型卡车的大门。草原溪流、白云青山、星子明月轮流环绕着这只碗，住在其中的人们就像米粒一样已经感觉不到了，那是必然的。

"你要注意来自云层上的鹤的叫声，它每年都在固定的时候鸣叫。它的叫声预示耕田季节和多雨冬季的来，它使没有耕牛的农夫心意如焚。那时候，你要精心养壮牛棚里的头角弯曲的牛。

须知说一声'借给我两头耕牛、一辆大车"是一件易事,但对方以"我的牛有活要干"为借口加以拒绝也同样易如反掌。富于幻想的人常口口声声说造一辆大车,但竟不知造一辆大车要有上百根木料,你得事先留意把这些木料聚藏在家里。"(赫西俄德《工作与时日:神谱》)

  赫西俄德的这些话放在旧理塘城,听上去一点也不刺耳。这个小城邦有记载的历史可以追溯到1272年。这是一个信仰者、劳动者、亲人、熟人、朋友、邻居、兄弟、姐妹们的城邦。"老吾老以及人之老,幼吾幼以及人之幼。"以现代主义的标准来看,这个小城邦很落后,不便,充满肮脏的劳动、活计、各式各样的家庭作坊。身体在场,专注于各种无谓行动(比如,每个人都是慢吞吞地低着头、没有目标似的走路,仿佛背着一朵云。一下雨,道路就泥泞,遍布大大小小、深深浅浅、轻轻重重的脚印以及牛后跟、羊趾、马蹄、狗爪、鸡足、鸟蹼……旧理塘的地面可是细节丰富。晴天有晴天的地,雨天有雨天的地、阴天有阴天的地,阳光灿烂的早晨有光辉灿烂的地。一位长青春科尔寺下凡的喇嘛经过十三家人的院子,驻足了四次,第一次他听到羊叫;第二次他看到一只乌鸦;第三次他踢开一块石头;第四次他扶起一截倒在路边的木头,因此觉悟了金刚经里的一句"须菩提如来说有我者即非有我,而凡夫之人以为有我。"一个小孩放学回家,一路上聆听长者的三次教诲。"天冷不要玩水,关节炎的!""靠边走!""让牛先过!"学校可不教这些。)这个崇拜柯布西耶那种"光辉之城"的时代必然无视理塘,理塘已经先行被设定在拆迁名单上。只因为长青春科尔寺的屹立，理塘老城才得以继续，这是一种古老的依靠、庇护。与现代主义的方便快捷、宽阔宏伟、患着洁癖因此无所事事、想入非非的新城不同，理塘有一种老母鸡般的氛围，这是一个窝，而不是小区。

在这里，人生如戏，生命创造着自己的作品（每条路都是自己的脚一步步走出来，劳动的痕迹在理塘城到处都是，抹在墙上的牛粪是一种手工，每家的图案都不相同）。人生如戏是生命的超越性形式，其初衷是游戏，好玩。"生命必须充满可以消磨时间的戏剧性，人生因其戏剧性（诗性）而超越了生命的动物性无聊。人们慢慢地做着自己要做的事，少有行色匆匆者。随处可以遇到正在为自己劳动的人。劳动没有被赶走，劳动是好事、喜事、美事，劳动就是行善。劳动不是挣钱的苦役，劳动者像玛尼堆一样被尊重，无论那是什么劳动。放羊的人、骑摩托的人，蹲在自家门口修车的人、晾衣服的人、喂马的人、抱娃娃的人、拉车的人、倒垃圾的人、提水的人、乞讨的人、木匠、铁匠、铁匠、守着小卖部的嬷嬷（她像猫那样劳动）……菜地、牛、羊、马匹、看门狗、乌鸦与人和睦相处，"四海之内皆兄弟也"。现代主义的目标是将一切都改造得更为整洁、方便，快捷，但是，当一切都方便的时候，世界也丧失了意义（电梯通到山顶的时候，登山这件事就消失了，落日、朝阳、山阴、山阳、山麓、山路、山崖、惊险、艰难、恐惧、胜利、喜悦……都消失了）劳动消失了，工作取代了劳动。劳动是戏剧，工作则是"活着"。劳动并不像现代主义辞典暗示的那样是人类的枷锁、奴役。

"劳动是商品的真实价格"（亚当·斯密）。放逐了劳动，世界也就失去了意义。现代化的城市里时间相当难消磨，无所事事并不意味着幸福。劳动为生命带来意义。劳动创造的意义比宗教更早。古汉字的劳，就是剧的意思。据，甚也。甚，甘也。甲骨文的劳，字形是用心高举火焰，这是一个照亮、一个仪式、一种升华。劳不是苦役，而是人的出场。庄子说："夫大块载我以形，劳我以生，佚我以老，息我以死，故善吾生者，乃所以善吾死也"劳就是善，就是对大块感恩戴德。德配天地，就是劳。"古者人臣功有五品：以德立宗庙定社稷曰"勋"，以言曰劳，用力曰功，明其等曰伐，积日曰阅。《史记》劳是一种超越性，超越动物性的赤裸生命对生命的黑暗控制。劳动是生命的诗性、戏剧化敞开，劳动是心甘情愿的，去在场，不是"活着"的枯燥复制，仅为"活着"成为"真实价格"的赤裸劳作（可参阅阿甘本的"赤裸生命"）。"人充满劳绩，但还诗意地栖居在大地上。"（荷尔德林）

> 大胡子的藏獒呵
> 比世人更有神性
> 从深夜来到黎明
> 就像黑暗归来
>
> （仓央嘉措）

老理塘城充满着意义，到处是时间的作品。某种长青春科尔寺似的布局，对万事万物的尊重，敬畏，哪怕它只是塑料，水泥、粪便。理塘匿名建筑师们奇妙地将古典材料（泥巴、木头、瓦、牛粪、水源……）与现代建筑材料（铁丝网、水泥、钢筋、玻璃、塑料）整合在一起，阐释了一种后现代的诗意。舒适、和谐、好在，充满人性而坚固，方便出自会方便，丰富出自有丰富。海德格尔会经常看见凡·高画的那双鞋、劳森伯格会发现他的灵感材料、黄宾虹会发现他的线条……风吹雨打，依据宗教、人性、所尊重的、所忌讳的、所必须的、所喜悦的……日复一日地调整，不像现代主义小区那样一劳永逸。生命就是劳动。那只汽油桶已经成为作品、那面墙已经成为一幅画，一堆柴禾、一个雨水踢出的小坑、半截混杂着碎石和泥巴的老墙、牛粪糊成的墙、一排编织得就像毛线团的电线、镜子，离开它本来安放的卧室，被谁搬到自家的院子里靠墙搁着，照出了一只正在沉思的乌鸦……

> 初恋的女子送我的经幡
> 飘扬在高高的树梢
> 大雄宝殿派来的护林僧呵
> 请不要朝它投石
>
> （仓央嘉措）

"出产谷物的土地一年三次为幸福的英雄们长出新鲜、香甜的果实。""要时刻记住我的忠告，无论如何你得努力工作。这样，饥饿或许会厌恶你,头冠漂亮、令人崇敬的地母神或许会喜爱你,用粮食填满你的谷仓。因为饥饿总是懒汉的亲密伙伴。神和人都会痛之恨之,因为其禀性有如无刺的雄蜂,只吃不做,白白浪费工蜂的劳动。愿你注意妥当地安排农事,让你的谷仓及时填满粮食。人类只有通过劳动才能增加羊群和财富,而且也只有从事劳动才能倍受永生神灵的眷爱。劳动不是耻辱,懒惰才是。"(《工作与时日 神谱》赫西俄德)这些话在理塘草原上一点都不唐突。理塘一再令我想起这本书,在世界的大部分地区,这本书已经束之高阁,就是偶尔翻翻,读起来也像是梦呓。

"我仍然生活在我阿尔特阿登的牧师宅院里,我用我的农田简单而又满足地来养活我和我正直的家庭:农夫是天生的、对哲学规则一窍不通但朴实无华的哲人(Rusticus abnormis sapiens crassaqueMinerva)。(古罗马诗人贺拉斯的拉丁文谚语。)我与我贤良可敬的妻子幸福热诚地相处,而且我很高兴,我的四个受到良好教育的、听话顺从的孩子满足了我那几乎可以确定的期望,即他们将来会成为勇敢正直的人。"——约翰·海因里希·康德。就是这样,康德的弟弟1789年8月21日在给他哥哥的一封信中说的这些话完全适用于理塘。

格萨尔广场上,人们每天傍晚都聚集起来跳舞。劳动者的舞会,舞姿也是对劳动的赞美、感激。互不相识的人或者有好感的人手拉着手,随时可以加入进去,无论你是谁,县长、僧人、未婚者、已婚者、瘸子、老者、孕妇、英俊与美丽的一对、民工、骑手、来自草原的牧人、旅游者、司机、卖牛肉的人、卖松茸的人、拉姆的妈妈……音乐有一种微风般的旋律，大家像春天的树枝缓缓摆动着手臂，或者像是在收割青稞。到了9点以后，大家就回家睡觉，广场空无一人了，广场还在兴奋着，脸上闪着光。

  就是父母也不告诉的秘密
  说给了初恋的爱人
  爱慕她的不是我一个呵
  我俩的海誓山盟大家都知道了

（仓央嘉措）

  央宗卓玛是理塘招待所的服务员，每个早晨都能听见她的笑声。她就像一个风铃。笑起来露出雪白的牙齿。她是招待所的领袖，赛马大会需要为那些跳舞的人和骑手们提供午餐，她请来左邻右舍，帮着做羊肉包子。嬷嬷们说说笑笑，她们包的形式就像是在做一朵朵花。一个上午，招待所餐厅的桌子上已经摆满了一笼笼白花花的包子，等着蒸呢。斯米开着一辆蓝色的皮车来了，他把包子运到了草原上。

  降母的母亲是一位健壮的美妇人，母鸡般地在房间里缓缓地移动，做酸奶，烹制牦牛肉、蒸馒头、舔火、捣酥油茶。她鼻梁很高，脸颊红得像苹果。她在理塘的街上开着一家藏餐馆，5点钟就要起床。她的一生无法写长篇小说，都是琐碎的细节，没有什么大波大浪。每天要去长青春科尔寺转一圈。降母坐在她旁边,她不停地摸着降母的手。降母的父亲比他妻子矮些,精瘦,是个汉族,在县里上班。降母说,她父亲生病住院的时候,她去照顾他,熟人老是要问,你父亲是不是很有钱呵。他们的意思是他不配她母亲。"美丽的伊卓拉姆\是一位猎人的爱妻\却被霸道的官员\诺桑杰布抢去(仓央嘉措)"降母的爹爹可不是这种官员,这个老实人正在炉子边加柴呢。降姆捶了他一拳说,她父亲年轻时相当英俊,在众多的骑手中取胜,后来就长成另外一个人了。他父亲叫我们多吃肉。降母说,同样的牦牛肉,每家煮出来味道都不一样。她母亲煮的牦牛肉,有一种轻微的甜味。我们吃了牦牛肉馅的包子,油浸人参果、馒头。外面暮色渐渐发黄,灰掉,黑暗来了,穿过那些古老的道路,跟着晚归的牛和羊走进城邦深处。

　　白塔环绕着一个转经廊。廊口坐着一排老人,那是一个乐器。整日演奏着,每个人的手力不同,经筒发出的声音也就不同,有的像是流水穿过石头,有的像是在磨刀,有的像是老门的枢纽,有的像是春天穿过青稞地的风,有的像是一只鸟钻进树林,有的是乌鸦的手风琴,谙哑地叫唤,有的像是在咳嗽……人一拨拨地来,三个、五个、一个、孙子跟着祖母、相爱的一对、老友、同僚、姐妹们、异乡客……一拨自成一曲。听上十曲,一个下午就过去了,最后,自己走过去再转一圈,独奏了一曲,回家,天黑了。

　　拉姆家住在白塔旁边。她养着一条漂亮的黄狗。她丈夫在丽江做生意,她自己在县文化局上班。客厅很大,摆着一排铜锅。架子上有一张拉姆年轻时在草原上拍的照片,曾经登在杂志的封面。典型的康巴女子。

> 这个月我要远走他方
> 下个月便回来
> 现在的月亮是圆圆的
> 等它只有一半的时候再见
>
> (仓央嘉措)

拉姆带我们去了毛垭草原。毛垭草原美得无聊,令一切相形见绌、无所事事。星空将它一向高不可攀的毯子掷到了大地上,满地的星星。我们躺在上面,很不自在。拉姆站了一会儿,忽然打开,跳起舞来,司机柯桑在一旁唱歌,他自己唱起来了。在毛垭草原,跳舞、唱歌情不自禁,人们时刻准备着跳舞、唱歌。一触即发,一片云、一块草地、一条溪流。不会唱歌跳舞的人在草原上很孤独,会唱歌跳舞的人也不会自鸣得意,没什么,毛垭草原的每一根草都会唱歌跳舞。

牧民赶着牦牛像国王般走在大马路中间。后来的汽车不敢催他让路。劳动者毫无自卑感。大地上看不见塑料袋,只有草、溪流、山岗或者翻开的泥巴。孤零零的东西是电线杆。

乌鸦早早地就来了,它把喜讯传遍草原,要赛马了。

此刻,草原上的天空像是一个大雄宝殿,里面站着各种姿态的天神，许多神托着塔。有的变成了狮子、大象，有的变成藏獒，有的变成了鳄鱼、有的变成了绵羊、有的变成了度母、金刚……都低头看这个棋盘般的草原。"现在，我要给心里明白的老爷们讲一个故事。一只鹞鹰用利爪生擒了一只脖颈密布斑点的夜莺，高高飞翔到云层之中，夜莺因底爪的刺戮而痛苦地呻吟着。这时，鹞鹰轻蔑地对她说道："不幸的人啊！你干嘛呻吟呢？喏，现在你落入了比你强得多的人之手，你得去我带你去的任何地方，尽管你是一个歌手。我只要高兴，可以你为餐，也可放你远走高飞。与强者抗争是傻瓜，因为他不能获胜，凌辱之外还要遭受痛苦。"（《工作与时日·神谱》赫西俄德）

草原上十年没有赛马了。旺堆和灰一直都等着这一天，他已经三十五岁了。上次赛马的时候他还是个看客。把自己的马放得远远地，不敢牵过来。现在他身手不凡，日日夜夜跃跃欲试，草原将每个男人都提拔成骑手。灰是他那匹灰马的名字。它不是买来的，也不是在马厩里出生的。有一天他在草原中的一个水塘边遇到它，它正在喝水，等它喝完水，它就跟着他回家了。它美得就像一个女人，它可不是女人，"竹披双耳峻，风如四蹄轻"。它跑起来就是一团灰，不跑也是一团灰。草原倒像是爱得发狂的女子，毛发卷曲，身体平坦，渴望着它来践踏。草原在它的蹄子下面就是一面鼓。无人知道这些，旺堆只是在深夜里骑着它在草原上走，拨打出一串忧郁的鼓点，就像伟大的蓝调乐手，忽然向北，忽然向南。白天，这匹灰马几乎看不出来，一位农夫，低着头，站在草原上。

旺堆家乡的人都来了，他们带来两乘牦牛绒织的帐篷，是拉姆大娘带着一帮姑娘织的。用一辆蓝色的农用卡车拉来。他们搭帐篷可是好手，他们经常得在一场冰雹打下来之前就得搭好，冰雹这匹劣马总是脾气暴躁，瞅着它还远远地在冰山下面溜达，几秒钟就冲过来砸得你满头满脸，掉鼻子掉耳朵。经常与天气较劲习得的智慧和速度使他们从来不会失手。失手一次可就惨了，次仁家的有一年在暴风雪到来之前，少系了一个扣子，十二头牦牛就无影无踪了。他们在两个帐篷里铺开毯子，支好锅子、架起羊腿，拧开煤气灶，将羊杂扔到锅里去煮着，羊腿则要烤着吃。老老少少围成一圈，喝着、谈着、玩着、睡着，偶尔走出去玩玩马，等着赛马节结束，要十天半个月呢。小汽车像海浪一样涌进草原，银光闪闪的浪头凝固在赛马场边上，这种景象是过去的赛马会从来没有过的。但是其它还是老样子，草、天空、风、阳光、一张张晒得焦黑的脸、甩着长袖子，登着亮闪闪的牛皮长筒鞋。有些人戴起口罩来了，受到电视机的影响，要护肤。但是旺堆和灰坚决不戴，太阳已经对他们无可奈何了，再暴烈的日头下，他们也高视阔步。大家从车子里走出来，一堆堆滚到草原上，打开了豪迈的笑声。也有不开车的，从草原深处走出来，从雪山那边翻过来，从沼泽地穿过来，从灰尘滚滚的公路上逃下来……这些好人总是笑吟吟的，黑脸膛子和茅草般翘着的头发之间嵌着一排白牙齿，牵着一匹脏马，不停地说着扎西德勒。许多人走来走去，发出在天堂里走动的那种声音，这种声音平时可听不到。主席台附近的人最多，密集得就像小山，赛马的起点和终点都在这里。几个警察和认识的姑娘们开着玩笑，许多人是邻居。有人扔个矿泉水给他，他是楞人，没注意，矿泉水就打到他的屁股上。外地来的摄影家抱着长焦镜头，在人群里蹿来蹿去，目光凶狠。一旦被他盯上了，抬起镜头就扫射，射得那个可怜见的连连躲闪。斯旺大爹伸手挡住了他。斯旺大爹是个头人，有三座帐篷的都听他发话，他是队长，他们住在毛垭草原后面的草原的后面的草原上，挨着格聂神山。释迦牟尼说这是殊胜的清净修禅圣地。""倘若我有万米白绸缎，我将把岗波贡嘎包裹起来。"五世嘉木样·贝丹坚赞在格聂建造达青寺时，说了这番话。"没有任何词语可以形容这座高大的山峰，在这里任何旅行者都可以体会到藏人的心情，不由自主地称之为圣山……"1877 年，旅行者 William Gill 说。到了斯旺这一代，格聂神山还是那个样子。斯旺相当自豪，他在草原上走，像一座塔在移动。他骑马，马必须借他的力，才能走。拉姆和几个中年妇女围成一圈跳着舞，就像草原从未出现过的植物，草原上的植物就是草，很少有拉姆这么高的。她摆着手，模仿着天上的一位神。降姆忙着用手机拍照片，她的微信群里传来一阵阵惊叹。旺堆牵着它的灰马走到马群的最后面去等着，有几匹马正掀着屁股拉屎呢，冒出小股的仙气。一些姑娘和小伙子也在学习跳锅庄舞，他们期末考试考得有点呆，挥舞着僵硬的手。他们一直盼望着找个空子跳上一转，赛马大会最后要在手拉手的大跳舞中结束，任谁的手都可以去拉，他们都看好了自己心仪的手呢。拉姆一巴掌打在小罗布的手臂上，再抬高些！别像电影里的猴子似地缩着！长青春科尔寺的僧人也来了，他们搂肩搭脖，到处走走，看看，然后找片茂密的草坐下来。这时候，才看出人们为什么要顽固地住在理塘这个地方，一代又一代。在俗人看来，这地方可是没法住，海拔那么高，寒冷、荒凉、肉少。天堂也是各式各样的，不是一个。理塘人可不以为苏州那些软绵绵、肉多的地方才是天堂。孩子们趁机四处流窜，看能不能找到点什么新鲜玩意，每家都把自家最好的东西带来了，酥油、荞面、羊腿、毯子、绿松石、金项链、天珠、唐卡、拖拉机、日本丰田、德国进口的摩托车、手机、尼泊尔进口的氆氇、印度进口的丝绸、毡帽、在布达拉宫开过光的念珠、糌粑、小苹果、番茄、闺女、小子们、婴儿……正在唱歌呢。小娃们从这个帐篷走去那个帐篷，撕块羊肉啃着，或者喝两口可乐。有时候看见一个关着门帘子的帐篷下面的缝里有些脚滚来滚去，就像打滚的母羊蹄子，就蹲下来弯着脑袋看一阵子。拉姆的母亲像座塔似地坐在草原中间，草原陷下去一块，她什么也不做，看着大家走来走去。四川人趁机卖水，他拉来了十几箱矿泉水，像个守财奴似地守着，大家都忘了带水，要走到草原深处的池塘里去打水，得走上十分钟呢。他赚了一笔小钱，数了两遍。其中一张在数的时候飞走了，害得他追了半天。铁匠茨多走到哪里都背着他那个大袋子，里面装着铁锤、牛皮做的风箱、火钳、铁砧子、蘸火的木盆、酥油、荞麦饼子、一壶酒……他在任何地方都能点着火，他才不用打火机呢，他掏出一撮火绒，用两块木头擦一擦，烟子就在草原上升起来，骑手们就围过来了，他们的马掌得换一付了。旺堆戴着一副绑着胶带的墨镜，他一过来，姑娘们就低下头去揪草根，有人自己瞅着自己的脚，她们都穿着高跟鞋。五颜六色。内地人运来了许多高跟鞋。他穿过她们，就像穿过一丛丛春天的格桑花。他对她们毫无兴趣，他只想着骑马。他并不在赛马会的名单上，他只是来骑马的，在这里骑马和在草原上骑马是不一样的。在那边，有时候骑上一个星期，只遇到一辆鬼影般的摩托。他还没有跑上公路，已经一溜烟不见了。有许多人走三天三夜来这里骑马，他们要把自己的马好好地骑一骑，好像之前他们骑的不是马。他们很少这样骑马，比如脚不离开马镫，身体却钻到马肚子下面，这是爷爷们的骑法，那时候草原上还有狼，骑手得躲在马肚子下面，开上一枪。但他们做梦都想这样骑，这是一显身手的好机会。他们已经骑着马在这里走来走去，走了很久，赛马大会要明天才开始呢。他们已经举行了许多场比赛，三匹马的比赛，八匹马的比赛，两匹马的比赛，旺堆参加了其中的大部分，他总是跑在第一。他的马得了一个绰号，就叫灰。呵呵，他本来就叫灰嘛，他没有对谁说过，他才不会傻到去告诉别人一匹马的名字。它一甩开蹄子，灰尘马上腾起来，似乎是一团灰在跑，其它的马害怕地捂着鼻子，纷纷落在了后面。也可以说是火焰在跑，草原被烫的尖叫，纷纷躲开。但他们没有叫它火焰，而叫它灰。它是一匹灰马。旺堆披着长发，他从来没有剪过头发，他用一根带子扎着它。

到赛马大会正式开始的时候，旺堆的灰已经跑不动了，他和它一道躺在草原上听着，在草原和赛马大会之间，有些草从来没有踩过，无论多大的蹄子，也无法踩遍草原。它竖着灰耳朵，蹄子摆在地上，尾巴像月亮那样弯曲着。他们安静地听着远处那些鼓槌般的疯狂蹄子激烈地敲打着草原，观众激动地站起来鼓掌。那些参加比赛的马头上戴着花朵，一匹接着一匹跑过，有些骑手在马背上表演了各种杂技，倒躺在马背上，或者垂到一侧的马镫上，那里的草被警察们保护得很好，跑起来没有一点灰尘。

旺堆和灰睡着了，醒来的时候，满天都是星子，草原上的花又回到了天空中，在黑暗里开着。灰站起来抖抖毛，扬首看看天空，甩了一下尾巴。它只看了一眼，就低下头去吃草。

> 白色的仙鹤呵
> 借给我翅膀吧
> 我不会飞得太久
> 去理塘一转就回
>
> （仓央嘉措）

2018 年 8 月到 12 月 10 日

原载《钟山》2019 年第 1 期

塌方之地

拉罕站在江岸的峭壁上，脸色发白，他本来是一个古铜色的人，被高原的太阳晒成的。其实这是他家的屋顶，房子建在峡谷的西边，悬崖上面斜坡的半山腰，距江面有十来米，伸出头就能看见江水。坡上还挂着一条水泥公路，细得几乎看不见。公路上车子不多，司机只敢慢慢地开，经常会有石头滚下去，尤其是在这几个月，夏天的洪水慢下来，两旁被雨水泡松的山体就发出种种可疑的响声，树根松开抓着泥巴的手，石头摩拳擦掌，泥巴开始喘息，似乎就要醒来。这山体里面关着狮子、熊、鳄鱼、龙、虾兵蟹将，它们是在几万年前就被造物主关起来的，总在盘算着一有机会就逃出去。这条江是一条生路，只要逃到江里，就能跟着投奔大海。站在屋顶看江，仿佛站在摩天大楼顶上，只是没有那么垂直。江水日日夜夜在峡谷下面流着，几乎听不见声音，整个雨季，只是背着一只棕黄色的袋子在低头赶路。中午拉罕扛着一袋包谷上来倒的时候，还看见江水满荡荡地，边缘上的小浪像狗牙齿一样啃着山脚。到他将第十二袋玉米倒在太阳能热水桶支架下面的空处的时候，就看见江水忽地落下去，仿佛袋子的口被解开，一条江几乎漏光，河床露出来一大片，凸出来一个个黑油油的石头砣，就像骷髅。他吓得愣住，他一辈子没见过这种事。拉罕一直觉得它就在河水下面，现在河床都快要见底了，却没看见它。他退后些，想靠着个什么，但什么也靠不住，往后看看，山离他的新房子老远。

吃饭时拉罕看了手机短信，才知道上游出了大事，距离他家几十公里的地方大塌方，上游被堵住，形成了一个巨大的堰塞湖。电话叫全村人准备疏散。如果一旦泄洪，翻江倒海地滚下来，谁知道它要卷走什么。它性情不好，反复无常，经常闹着事，现在闹了大事。拉罕家的地基是不是经得住它折腾，不知道，他们才搬来一年，还摸不透这块地的能耐。房子是统一盖的，一个村有三十几栋，比以前的泥巴和木料盖的老房子坚固，用的是水泥砖头，安装着玻璃窗，门是铁门，大梁里面埋着钢筋。但是不知道基础下面如何，地桩只能浇灌在坡面上，感觉上很结实，但是结实下面是不是结实，不知道。基础一般需要三层结实来保证，人的能量只能把握第一层结实，另外两层看不见，只能根据表面的其它迹象来判断，比如，第一层上面有一棵大树，那么大树的根必深入到第二层，更细的根必侵入到第三层，可以放心了。所以拉罕祖先的经验，盖房子要靠着树多的地方。这个山崖上一棵树也没有，地貌像是含一张嘴里的残缺不全的牙齿，建筑队浇灌的时候拉罕就很担心，那些从公路上一袋袋搬上来的水泥看上去就像是牛屙在岩石上的屎。但是验收的时候技术指标完全合格，拉罕初中毕业，有几分相信科学。这件事他相信科学，那件事他相信它。但是有时候他很迷惑，事情不是那么简单。说明书说得清清楚楚的情况，最后发现它在后面藏着。她妈有一次重感冒，吃它的药根本好不起来，就到县城里去打针，马上好了。可是过了半年，拉罕她妈身长出了一个东西，好像它会报复。又吃它的药，那东西就不见了。

拉罕扔下袋子，走下楼进了厨房，他妈在电炉上煮了一锅子土豆，烙了荞麦饼子，电炉的火候是死的，不好掌握，不小心就会烙糊。拉罕的妈学习了半年，才记住了开关，掌握了火候，总是觉得没有柴灶烙得好吃，缺少烟子味。切了一大块奶渣，还有一小碟子蜂蜜。一锅子清水煮的蔓菁。拉罕吃得三心二意，有股苦味。他想得远，就算这次没事，将来可说不定。妈妈问他，白塔给要盖好了？拉罕说，还没有呢。这件事像阴影一样掠过拉罕的心里，他有些后悔，当初他同意搬下来，是因为羡慕那些在公路上飞来飞去的摩托车。他决心加快进度把白塔盖好，丢下碗就走了。

蔓菁我从来没有吃过，我还以为是萝卜。我第一次吃蔓菁是在此称家的新房子里，她嫂嫂从他家地了挖来的。此称告诉我是蔓菁（一种古老的蔬菜，张岱的《夜航船》记载："蜀人呼之为诸葛菜。其菜有五美：可以生食，一美；可菹酸菜，二美；根可充饥，三美；生食消痰止咳，四美；煮食可补人，五美。故又为五美菜。"）现在很少吃了，一般都用来喂猪，只有老人还喜欢吃，有种远古的素味。此称是个没什么名气的小说家，写得好的家伙一般都没有名气。

此称十二岁的时候学会了汉语，上学，读书，然后留在城里上班。七年前，我在一个文学讲习班认识了他，一见如故，仿佛小时候一道玩过泥巴。他请我到他老家去玩，那时候我们正走在草原上，远处是松赞林寺，秋日，金光灿烂的大殿外面飞着许多乌鸦，有几只离开了大殿飞过来，不久就经过我们头顶，没有一丝影子。我沉默了一阵说，我会来的。此称接着就说，那么从现在起我就天天等着。那一天我在草原上许下了一个诺言，你对此称这样的人许诺，与在松赞林寺许诺无异。此称高一米八，瘦得像块牛干巴，脸庞很大，高鼻梁，目光炯炯，眼睛像是大理石上刻出来的，有点像希腊的那个雕塑大卫。他不畏风雨，仿佛穿着另一种衣裳，下雨也不打伞。上过高山之巅，喝过高山上的水，进过洞穴、翻过悬崖，还走过雪地。有一回在山路上骑马，那匹年轻的劣马一鼓屁股，将他摔下去，一只脚还套在马镫上，拖着就跑。此称急中生智，一边用手杵着地，一边轻唤马的名字，马听见了，竖起耳朵停下来，放了他一命。这也是它干的事，它无所不在，有时搬动月亮；有时点燃火山；有时候点燃森林；有时候朝着春天的眼睛泼水；有时朝一匹马的肚子踢一脚，一只赤红的小马驹就光溜溜地下地了。它有时还干涉人家的婚姻，尼玛的婚姻才进行了一半，它一扯那根鞋带，这场婚姻就陷到沼泽地里去了。它无所不在，不知道它会在哪里显身。它这次显示相当可怕，金沙江疼得像一头狮子那样跳起来，长嚎不已。此称说，他老家那边的星星相当大。

第七年的时候，我终于上路，要到此称家去了。昨天上午，斯朗开着车来接我们。他家在县城出去几十公里的江边,不是一条容易走的路。我们先是在独克宗古城的停车场问那些戴墨镜的、样子老练的司机,他们正靠着自己的车子招徕客人。嗯呀,去那个地方70多公里,相当难走嗳。这个要1000块,那个说1500块。要价相差很大,说明了他们都害怕那条路,心里没底。钱给得多就豁出去了。一个司机悄悄跟上来,问我,你答应他没有?刚才我悄悄拉你的袖子叫你莫答应,我只要800,更令我疑虑重重。后来我们还是坐了此称家乡的司机斯朗的车。此称说,自家人,靠得住。斯朗先将车子开到加油站补好备用轮胎,然后才上路。道路两边都是青稞地,青稞已经干掉了,空阔的田野隔三差五地支着青稞架,青稞一束束干巴巴地搭在架子上晾着。青稞架都是三角形的木架,每个架子都拖着一道阴影,就像金字塔,使大地有一种仪式感。青稞杆闪着银色的光,朝太阳唱着沙哑的歌,它们只会唱这只歌,而且还要风来伴奏。乌鸦蹲在高处,俨然是指挥大师。这种晾晒青稞的方式云南西部独有,使粮食显得很神圣,令人敬畏,会下意识地感恩,粮食很少被浪费。走了二十多公里后,到了尼西这个地方。本地的坛坛罐罐自古都是尼西的陶匠做的,已经做了两千多年。这种陶很神秘,泥巴是土红色的,捏好之后,放在土地上,盖上稻草,点火,慢慢地烧,烧出来就成为黑色,那种厚重的黑,就像大象看见的黑夜,就是它的颜色。这个时代的旅游者不喜欢这种土巴巴的乌黑,他们喜欢亮闪闪的东西。陶器店冷冷清清地开在公路边。百度说,有个陶匠叫孙诺七林,11岁就跟着他爷爷罗布思珠学艺,做了43年的陶。

汤堆村136户人家，有20多户做陶，都是跟他学的。外乡也有慕名来学的，有教无类，只要肯学，他都教。美国、日本、瑞士、印度，台湾人都来买。背包客称他为艺术家，他不置可否，继续做他父亲教给他的那些，为藏民家乡的餐桌、灶台，为神庙做。"产品价格非常便宜，就是生活用品的价，并没有因为出名把价钱提高。而在一些饭店，旅游景点出售的黑陶器，价格昂贵，而且图案现代繁复，十分媚俗。"这样一个孙诺七林，要去拜访！汤堆村刚刚下过阵雨，一个黄泥巴糊的窑在冒烟。苹果、石榴、梨子、木头屋檐在滴水。牦牛靠在泥巴和草叶春成的墙根边，低着头，仿佛都是那个窑里烧出来的，黑得看不出眼睛。一位娘子提着桶走过，说他家是烧陶的，就带我们去她家。进了大门，院子里对着些烧好的火盆。火盆的边沿上蹲着三个兽头，娘子说，古时候就是这个形式的，也不知道是什么兽。"他在楼上"。让我们自己上去，就沿着陡斜的木梯上到二楼，有个门半开着，走进去，黑漆漆的房间里有一个小窗，窗口坐着一个中世纪的人，穿着旧夹克，手指粗糙而有力，正埋头做着一个东西，窗口进来的光线刚够照亮他的工作台。他沉浸在自己的泥巴中，就像正在写作的卡夫卡。我们进去他也不知道，做到一个段落，这才抬起头来，一张古铜色的、结实的脸，掩饰不住的喜悦。我们一走，他又低下头去了。不知道是不是孙诺七林。

到了奔子栏就要过江。奔子栏是一个译音，意思是"金色的沙坝"或者"公主起舞的地方"，在白茫雪山的脚下。白茫雪山进入冬天时候，这里还是夏天。小镇正在赶集，老远就听见弦子的声音，集市有一段聚集着卖弦子、卖木碗的、卖刀的、卖盐巴的、卖面条的、卖糖的、卖毯子的……赶集的人不多，几个人闲着没事，就一起合奏，听得大家都忘了买东西，想跳锅庄。这就是传说中的斯特卡罗集市。有个小伙子和他爱人在卖一种木果，上面布满梵文般的花纹，此称说是菩提根。

集市附近的山上有一个寺院，叫做东竹林寺。1667年开始。现在有僧侣300余人。三十年前，我来过这个寺院，只遇到一个僧人，他正在蓝天和阳光下穿过大殿前面的空地，红袍外面一只赤裸的手臂闪闪发光。这次再访，我去了厨房，两个僧人正抬着一桶酥油往锅子里倒，看见我，就请我吃奶渣，又给了一袋子苹果，他们自己种的。寺院里面藏着几幅古老的唐卡，用布蒙着。

在山顶的一家小馆子吃午饭。馆子里有几个包间，脏兮兮的玻璃窗外面是一片伟大的风景。空阔，深远，无数的峡谷在天空下组成了一座大雄宝殿。一只鹰像老僧那样飞着。老板自己是厨师，也收拾碗筷，炒的菜就种在馆子下面的地里。从他的锅子边就可以望见他的土地，有个妇人正在弯着腰割玉米，地已经空了一大片，玉米秆一堆堆地跺着，"像是被缴获的枪支"。馆子里没有洗手间，我出来走到天空下小解，忽然看见远处云烟中，一座金字塔般的山峰露出来。此称说，那是"巴拉格宗神山"。我说，我才看见你就说出来，你是不是山神派来的。此称学会汉语后，就开始写小说，我看了一篇，《没有时间谈论太阳》，写得太好，仿佛是胡安·鲁尔福那一派。他并不知道拉丁美洲上世纪发生过一场文学爆炸。

我立刻寄给马原，那时候马原正在主持《大家》的小说栏目，马原说，如果于坚说好，那就是好。即便发表了，也没有几个人看，这个时代看什么都只是看个标题，这篇小说的标题不会引人注目。他写的是大地上的故事。吃罢饭，说是再看看巴拉格宗，许个愿，已经被遮住，看不见了，仿佛是一个幻觉。老板说，你有福气，许多照相的人来了十几趟，一次也没有看见。

在东竹林寺的上面，还有塔巴林寺，是个尼姑寺。建于1772年。一路上都是波斯菊和菊花。芦苇还是那么明亮，令人忧伤。塔巴林正对着巴拉格宗。空阔晴朗，千山万谷，一只鹰在乱云飞渡中划着小舟。寺院前面是一片水泥停车场，卓玛说，以前是一片草坪和苹果树。后来来的车多，就改成了停车场。我说，改回去吧，卓玛点点头。厨房外面一个树桩上放着一块黑糊糊的长石头，卓玛说是杵棒。已经传了很多代，都不知道是哪位僧人找来的了。这根黑而粗，光芒沉闷的杵棒必知道某些事，那么多手都过世了，它们的汗还留在上面。旁边有一栋大房子，年轻的尼姑们正在里面辩经，每个人都红扑扑的，袍子是红的，脸堂也是红的，像一堆红苹果在经堂里滚来滚去。又跟着卓玛回到东竹林寺，她要去找她老师许个愿，请他主持一台法事。他老师住在寺院后面的山顶上，三间小屋，后面是峡谷，巴格拉宗是群山之王，白发苍苍。群山是深灰色的，犹如下垂的僧袍，依偎着巴拉格宗。一处山脚凸出来一根蘑菇般的黄色山包，独一无二，此称说那是神的男根。此称看见的世界与我们不同，一切都是神的身体，他走路有点战战兢兢，害怕伤到什么似的。

卓玛的老师来了，给我们几个苹果、一杯酥油茶。卓玛跟着他进了一间小屋，一进门就跪下去，说了她的事。卓玛说好，此称也走去跪下，请老师为他持戒，从此刻起，他要永远戒酒。他出来说，我已经受戒，从今天起，他要戒酒三年。一件大事就这样完成了。那时候，万云无踪，天空干净，一朵白云咿咿呀呀地飞着，唱着，落日西沉。

进入金沙江峡谷时天色已暮。一路上多处小塌方，每处都有两三个工人在疏通，推土机奋力转动着，这个奴隶工作相当卖力，只是手臂上从来不会出现肌肉。它累得就要断气，它一辈子都在搬运石头，就像那个西西弗斯，石头永远搬不完。这里的搬走了，那里的又滚下来。都是它干的事，滚下来的石头它又送会山上去，谁也不知道它是什么时候干的，看上去今天滚下来的石头和半年前滚下来的石头完全一样，连滚的方式都一样。戴口罩的姑娘举着个小旗站在虎口上，神抖抖的，要她挥动旗子，车子才能通行。塌方的地方就像一个采石场，土是灰黄色的，藏在里面的石头黑得像煤，一个个抱着头逃了出来，挤在公路上。峡谷惊心动魄，树很少，各种地貌，有的地方像巨大的盆景，有的地方是光秃秃的大象脊背、有的地方是死火山的残骸、有的地方是柱状节理……新建的村子都在公路边，有的开了小卖部，加水站。木匠也搬到了路边，他们在灰尘滚滚中改着木头。洗衣妇也搬来了，蹲在一根细细的水管子前面搓着织物。墙上刷着标语，每次出现建筑群都从标语开始，几乎每一面墙都被它占领了，令人忍不住要去读，就像在读一本流动的标语口号簿，"要致富，先修路"，到了田野才戛然终止，田野像个君王似的命令它们解散。读了一路，也就大致知道了这些村子在干着什么，想着什么。路线相当惊险，转弯的地方经常看不见前面的路，方向盘要打到底，经常看见坡上睡着汽车的尸体，四个轮子朝着天，仿佛这是一条战线。

天黑前到了此村的村子，就在公路边上，白花花地一群长方形盒子，挂着些经幡，冒出烟子。斯旺一摆轮子，就进了村。几个年轻人站在村口，都在玩着手机，没听见狗叫，也没有小孩子跑过来。无人搭理我们。斯旺说，村子开始规划的时候，是规划成城里面小区的那种模式，每家三层楼，一个小院，一个车库。那时候斯旺还当着村干部，坚决反对，牲口住在哪里？又在哪里种菜？规划的人最后妥协了，增加了后院、侧门，牲口从那里进出，住在简易房里，只是它们的粮食要用车拉过来。土地还留在老家的山上，开车去要50分钟。后院还有一块五米见方的地，可以种点菜。粮食就晒在楼顶。全村一家挨着一家，安装了自动感应开关，一有动静，灯就亮起来。没有狗。

此称家本不在这里，他家搬过来不过一年。早先，高原上的游牧者会沿着河流南下，河流两侧并没有住的地方，都是干透的峡谷、乱石。但是经常会有溪流从峡谷两边流出来。逆着溪流向上，深入进去，里面就有森林、雪山、草地、山地、野鸡、松茸、虫草……河流只是这片土地上最枯燥的一条缝，便于交通。人们总是顺着河流移动，要住下来的时候就离开它。拉罕的祖先不知道什么时候来到这地方的，顺着溪流进去，走三四个钟头之后，就到达一片开阔的山谷。远处是雪山，周围是森林，熊和野猪站在林子边张望。相当可靠的样子，祖先心中一喜，就在小坝子上安家，种地。几百年下来，成了一个村子。

得闲了，就为周围的山命名。这个是夏青赞日梅布神山，娜瑟崩巴（夏青赞日梅布的老婆），那边是岗拉边松三兄弟……这个是扎顶，山顶有个洞，里面供着许多擦擦（一种用泥巴在模子里复制的偶像，烧制而成。）又在夏青赞日梅布神山下，盖了萨帕神庙。几百年过去，都不知道是谁取的名字，谁放的擦擦，谁盖的神庙了。后生以为本来就有名字，本来就有神庙。从前发生的事都成了传说，传说就是"听老人说。"有一天，老老小小围着火塘烤火，牛在旁边的木栏字后面默默地嚼着草，眼睛发亮。格姆为珠姆编着头发，此称的哥哥在一个木架子上用推刨推着一块板子，他母亲在黑暗里坐着，织着羊毛毯子，他父亲在喝奶茶，他妹妹在做作业，獒在外面守着，仰头看着星空，它总是以为危险来自那个方向。此称自己坐在一根柴上……老人就说了，传说多年以前，印度八十大成就者中的八个来到金沙江一带。远古修行者会结伴到大地上漫游，寻找心有灵犀的地方。有的去了喜马拉雅南面，有的去了印度河，有到来到云南高原，有的去了澜沧江，有的找到一座石头山，有的人找到一个湖，有的找到一座雪山，有的人找到一条溪流，有的人找到一处峡谷，有的人找到一个洞……大地是神的身体，总会找到一个心心相印的地方，终身都找不到的就死在路上了。尼巴觉是那八个成就者中的一个，当他来到夏青赞日梅布的时候，看了一眼，心里亮堂堂，就不走了。其他修行者继续走，不知所终。尼觉巴转生在一个人家当了长工，煮饭、放羊、砍柴、犁地，什么都干。他犁地的时候，一只手捏着个羊皮酒壶，喝一口，吆喝两声，另一只手扶着犁耙，牛从荞麦地走到包谷地去了，把田埂都推到了，他也不知道。放羊的时候石子代表羊群，任由羊只到处去吃，傍晚时只要收拢石子，羊群就会全部归圈；他去打水，木桶装满，横着背回家里，水一滴不漏。他用种种方式向村人暗示自己非同凡响，但是村人根本看不出来，只是觉得他疯疯癫癫的。有一天，村里来了个安确，指着尼巴觉对他的头人唱了一只歌"太阳掉泥潭，蛤蟆上雪山，狮子当奴隶，烂狗做主人。"村里人还是听不懂。尼觉巴养着一头奶牛，每天早上，他烧根香，然后吹响法螺，牛就会自己上山，灌木丛自己让开一条路。傍晚再次吹响法螺，牛又回来。他的牛养得油光水滑，走在山上就像一匹匹缎子。一天傍晚他吹起法螺，回来的不是牛，牛的尾巴和头骨来到他身边。原来牛吃了村人的玉米，被宰掉了。尼觉巴一怒之下就施法术，山坡就发生泥石流，村庄瞬间被埋掉，成了"伊葛"（看不见的村庄）。后来村人在山间行走时，还会听见鸡叫和狗吠，有个村民在山里采松茸时，累了睡在林子里，进入了这个泥石流下面的村子，绝不是做梦，他们拍着胸脯发誓。我真地进入了那个村子喽，还喝了水呢。尼觉巴法力巨大，令人佩服。有个人自称是尼觉巴转世，将一个马蜂窝藏在怀中里，到了晚上召集全村人，说村里鬼魅横行，他要替村人驱鬼，然后胡言乱语了一阵，就放出藏在怀里的马蜂。马蜂只是围着他叮，却不去叮鬼魅，就被村人识破了，赶出村子。

有些萨满、巫师不服，但不敢面对面与尼觉巴斗法。有三个家伙胆子大，用干草做了一个尼觉巴的偶像，然后用针扎个不停。尼觉巴顿觉头痛欲裂，就知道有人在害他，以毒攻毒，用酥油做了三个小人，放进烧滚的油锅里去，酥油一化，那三个挑战者就变成一股烟，几把骨头扔在一棵栎树下面。尼觉巴在夏青赞日梅布神山下住了很多年，后来不知所终。是尼觉巴盖了萨帕神庙。

以前去神庙是顺着峡谷地的溪流边的下路走，尼觉巴也是从这条溪走上来的。公路修好后，小路就荒废了。荆棘、蔓草、乱石、卷土重来，桥也倒了，过溪的垫脚石也跑掉了，小路被野蛮重新缠住，只听得见溪水在幽暗的苔藓和盘根错节里树根里穿行，敲敲打打，像一个年迈的筑路工。斯旺经常地要停车，走去搬开滚落在路中央的石头，他搬不动的时候，此称下车去帮一把。这是世界上最惊险的道路之一了，如今在南美、印度、尼泊尔这些地方还剩下一些，其它道路都笔直宽阔地通往罗马，耐克公司相当焦虑，它生产的越野鞋越来越没有路可走，人们甚至都很少走路了，追求交通发达，行动方便成为世界潮流。这条路孤伶伶地悬挂在悬崖边上，有些是地段铺了水泥，有些是土路。水泥路铺好后就没有维护，护路队只管干线，石头大大小小、日日夜夜滚下来，堆在路上，路面被蚕食得很窄。之所以还能勉强走，全靠司机们自己维护，他们每次经过，都要下车好几次清理路面。车轮子擦着悬崖边缘，就像在钢丝绳上过峡谷的杂技演员，斯旺要开得相当精确，一毫米也不能马虎。但是他开得太马虎了，一只手扶着方向盘，就像尼觉巴犁地似的，稍微转两下，另一只手拿着手机听，和谁说着家里包谷的事，牛奶的事、鸡的事。他说，以前，有些干部要下乡，先打一个电话下来，叫村里把乳猪烤好。但是不必担心，斯旺在这条路上走的多了，就像熟悉自己的肠子。他真是有先见之明，车子才开到草山，轮子就爆胎了，停下里，换了轮子。一直担心着再爆，幸好没有。

此称的老师鲁绒也坐在车厢里，他戴着一顶毡帽，穿着他那件常年不脱的灰色呢子短大衣。他的脸像是雕刻过，藏着许多深邃的沟壑。他已经 84 了，在夏青赞梅日神山下度过了一生。听说我们要上神山，他像小孩子一样高兴，也要跟着去。鲁绒是村里的萨安确，安确有点像萨满，负责村庄的非物质性事物，向神灵转达村子的各种诉求，转达神灵的指示。此称上个月写的小说《解封》里有一段："那是在初夏，地里的庄稼成熟了，鸟雀们飞进田里啄食麦穗。村里的年轻人整天跑在田野里驱赶害鸟，一面等着曲吉老爷通知开割。有天早上，某个嗓门尖锐的男子站到村子对面的土坡上，对着全村人喊道：'今早可以开割啦！开割时要面向东南方向，其后可以随意行事。'话音刚落，所有人叫嚷着纷纷奔往田里。一片又一片金黄的麦子，纷纷在田地里倒下了。曲吉老爷选择开割吉日不需要去圣洞里，他是看藏历本决定的。如果天气不配合历本，想在收割前下场暴雨的话，曲吉老爷背着手站到屋顶看看天，而后把历本丢到一边，对旁边的人说："去通知吧，怎么方便怎么割，如果有人熬夜收割,要注意安全。"就是根据鲁绒的事添油加醋编出来的,他在微信上发给我,我看完就发给《大家》杂志的编辑,我只认识《大家》的编辑。安确不是靠学习考试,上大学获得个文凭什么当上的。鲁绒有一天在山中放牛,忽然他会做法事了,像是一个人记忆复苏,从前的知识、经文、仪轨全部在脑中复活,他就会跳、会唱、会说,知道山上的什么东西是法器了,一切照着做就是了。安确是占卜者、老师、领袖、诗人、歌手、外交官、历史学家、匠人和放羊人。他家的地也种着青稞、土豆、小麦和蔓菁,有三匹马。有个教授说,"据说这类在远古时代的巫师,都能通神,且能同鬼神通话,能上达民意、下传神旨;可预知吉凶祸福,除灾祛病;还能从事征兆、占卜,施行召魂、驱鬼等巫术。他们是人与神之间的桥梁和媒介,在某些场合还被视为是神的代言人。总之,巫师在藏族先民的心目中,享有十分崇高的威望。对于这些藏族原始时期的巫师,由于在藏汉历史文献中已无据可寻。因而,对他们的名称、传承、服饰、法器、神坛、咒语、巫术、占卜等等,我们都几近一无所知。能查找到的资料,也是微乎其微,更何况那些远不可及的年代的巫师了。"他一无所知,这些人不在资料里,而在大地上。其中一位就在我和此称身边,手紧紧抓着车厢里的拉手。车颠簸得就像是筛子。尼巴觉的故事就是鲁绒告诉此称的,他教此称学习藏文,念经。有一天,此称带着鲁绒给他的一本古老的经书去山上读,那是一本道歉经,享用了大地之物,必须祈祷、赔罪、道歉、感恩。后来他睡着了,一头驴就把经书吃了,它以为是它的草。所以此称没有成为一个安确，而是成了一个作家。从前，全村都对鲁绒毕恭毕敬。自从电视机运到村子里后，他就渐渐被年轻人小看了，只有此称等少数几个还相信他。他搬到新房子以后，那些法器有找不到了，他知道，是它带走了。它的一套你不做了，你就得下凡，它铁面无私。

穿过原始森林，一路上的树木、鸟、溪流此称小时候就在着，他不知道它们的名字，他只知道栎树、柏树、松树和秃鹫的名字。许多鸟他都认识，只是不知道它们的名字。他知道每棵树的位置。"走到这棵树的时候"，一件事发生了。今天发生的事情是，我们在一棵巨大的被闪电斩首的树下面坐下来喝水，一只鸟也不叫，一片叶子也不掉下来。这些树老得就像它的祖先，它们从墓地里爬进了树。年轻的树也长起来了，它们也有自己的秋天，黄生生地站在老树的另一头，秋天的金黄令它们更显年轻。

夏青赞日梅布出现了，心动。在高蓝的天空中，浮着一座金字塔般的棕红色山峰，寸草不生，像是一堆从天空倒下来的沙了。"须菩提！若有善男子、善女人，以恒河沙等身命布施。若复有人，于此经中，乃至受持四句偈等，为他人说，其福甚多。"（《金刚经》）夏青赞日梅布是男神，他老婆叫娜瑟崩巴，女神睡在男神盘着的膝盖下面，幽绿而丰满，布满森林，戴着山泉打造的耳环，日日夜夜叮叮当当响着。然后出现了一片开阔地，像是一片哈达，贡献给夏青赞日梅布。哈达上树林森然，溪流淙淙、空着的地方种着青稞，土豆、蔓箐、果树……庄稼地边上围着被风雨洗得苍白的木条板，与安第斯山区或者比利牛斯山区的围栏一样。几片云在蔚蓝的天空上缓缓地跳着锅庄舞,有一棵树上埋伏着三百只鸟,我们不知道,走到近处,一齐飞了,铺天盖地,鸟屎翻滚。一条小路穿过田野,消失在神山下面。此称指着山那边,那边是县城,一早走,晚上可以到,要翻两座山,翻过去就是雪山,到了雪山顶就可以翻着跟斗滚下去。风景相当好,但是看一眼就得赶紧跑,否则会死。此称从这个山头走到那个山头,一辈子都在追逐那些他永远够不着的云。

　　林子边出现了一栋白色的房子,飘扬着经幡,那就是萨荣神庙。神庙有两间房子,一间是正殿,一间是偏殿。环绕着一条小路,尼觉巴的白色灵塔紧紧挨着。后面有一棵树,苍老得就要倒下来,尼觉巴活着的时候它就在这里,神庙盖在这里,或许也是因为这棵树,它是可以依靠的。旁边还有一股溪水,散漫地渗出来,喝了一口,味道神秘。安确弯腰解开扣在门槛上的锁扣,门开了。里面漆黑,这里没有电。依稀可见里面有一张长供桌,上面摆着宗喀巴的黄色小塑像。墙上挂着几张黑糊糊的唐卡。偏殿里有古老的壁画,但是被火烧了,只有些残迹。

　　安确找了些柏枝,在神庙外面的陶炉里点燃,献上菊花,洒酒,一股青烟升起来,朝着夏青赞日梅布滚去。鲁绒念念有词,这些词是祖先传下来的,不知道是什么含义,念就是了,神听得见。过节的时候,全村子都来这里,骑马,走路,背着娃娃,扶着老者、兜着酥油,奶渣,麦饼,青稞酒……他们在神庙前面的草地上跳舞、唱歌,喝水,饮酒,朝夏青赞日梅布神山磕头,献哈达。有时候踩到流水上,弄湿了脚。遥远草原上的遗风还在,小伙子们在山路上赛马，需要比祖先更高的技术。他们一遍又一遍地唱着这首歌：

> 护佑世界之神，
>
> 念青卡瓦格博。
>
> 护佑此方之神，
>
> 夏青赞日梅布。
>
> 头顶无需毡帽，
>
> 山头白雪皑皑。
>
> 腰间无需缎带，
>
> 山腰林海苍翠。
>
> 双脚无需鞋子，
>
> 山麓清泉潺潺。

（此称译）

朝拜了夏青赞日梅布，就去鲁绒姑娘家吃午饭。他儿子也搬下去了，每天要上山来守着地。搬到新村后，每家的老房子都必须拆掉，以防占有两处地基。老村只留下一两处简易的房子和白塔，让种地的人避避风雨，还有萨荣庙，打死也不敢拆。鲁绒家旁边本来是铁匠屋，已经垮了，炉子、火钳、凿子、占子都还在，被压在倒塌的木梁下面，铁匠走的时候，什么工具也没有带，下面用不着了，买就是。鲁绒的老宅建在一处山崖上，场子上晾着玉米，边上堆着柴，几只黑鸡在旧拖拉机的轮子下面啄着什么。院子很长，尽头是个小厨房，之间支着可以烧火的铁灶，这个灶也是桌子，天冷的时候，可以一边取暖一边喝酒。周围围着一圈有羊皮垫子的小凳。我们坐下来，喝酥油茶，吃荞麦饼和乳猪肉，还有一锅子清水煮的蔓菁。又进来两个人，正在地里劳动，听说安确来了，过来看看，就像刚刚从地里刨出来的泥巴洋芋。这里的洋芋不是外地引进的种，是自在的。不像普遍的洋芋那么圆，是瘦长的，短粗的，像红薯。此称说："我家以前最多的是核桃树，爷爷种下的，还有苹果树、梨子等。家旁边的山上有很多桃树，都是野生的。田里种着青稞、玉米、蔓菁、荞麦、小麦……我小时候开始就放羊，有100多只，牛有10多头。还养着马、骡、驴、鸡、猫、狗、猪……羊已经卖掉了，江边上没有草。"此称说要去他家那边看看，就跳下玉米地不见了。

接到了文件，在公路边建新村子让他们搬下去。补助标准：整组易地集中安置，搬迁农夫建房每户补助10万。进城安置，补助20万元。如果不搬，就近整组集中改造，新建农户每户补助6万，加固改造每户补助3万元。要求是，要搬就全体搬。不搬就一家都不搬。就产生了争议，鲁绒、此称和一些老人主张就地改造。年轻人想搬走，相持不下，就到洞里去找它理论。

他正握着一个手机，穿着一条牛仔裤。

鲁绒引用此称的小说说："两位兄弟，我还是以前的想法。我已经习惯了这里的生活，离不开这里的。我的羊群也离不开这里。离开了这里，我不知道自己到底能干嘛。"次仁答道。这是他第一次用这种口吻跟前来动员他的人说话，要是在两年前，他都是用一些特别尖锐的话骂走他们。那时，他在村里还有一群志同道合的老伙伴，他们成天坐到一块，把现在的村庄和被指定的搬迁点做比较，他们没有在新的搬迁点上找出任何优势。但后来，其余的人都被家人，或者工作人员说服了，只有次仁一直冥顽不灵。

"您看都快两年了，全村40户，都已经搬到江边的移民点。当初你还和家人闹翻了，与他们分了家，自己一人留在这里，你不仅享受不到我们的任何惠民政策，也给我们的管理造成很大麻烦。如果你签下这份搬迁协议，对你自己和家人都是有益处的。您以前也当过多年的村长，不是个不谙事理的人。您看看这里，现在都成什么样了，我们刚才过来时，发现村口的大路上随处都是野兽的脚印，很不安全的。"工作人员口沫横飞地讲着。

"野兽我倒是不怕，它们还不至于成为这里的主人。你看我都快70了，只是希望能够体面地死在这里。"次仁喝下一口酒说道。
（此称《羊群》）

它说："这是一个好的模式。柏拉图说了，要相信理念、万事万物都有抽象的模式，你家的马，无论黑马、黄马、我记得你家还有一匹花马，梅花马，都是马，这匹马看不见，但所有的马都在模仿这匹看不见的马，因为它是马的真理。世界要跟着真理，真理放之四海而皆准，不要跟着感觉。感觉永远没有尺度，乱糟糟的。新村就是一个恒定的真理，方便、实用、舒适，也容易管理，去城里买东西就快了，可以坐汽车，何乐而不为？"

鲁绒说，"以前你不是这么说的，你说道法自然，何况孔子早就说过了'不患寡而患不均,不患贫,而患不安,盖均无贫,和无寡,安无倾。'"我只是觉得不安。

它说,我现在改变主意了。要跟着世界潮流走,你不走,就要落后。你看看你现在,连手机都不会用,买盐巴都要用手机付钱了!"

年轻人一起鼓掌,向前看!向前看!

此称说,"老村虽然落后,也不富裕,但是很好玩,每天都有事情做,就是站在林子里看一片叶子落下来也可以看三分钟呢。晚上都不需要电灯,月亮照着就像白天一样。记得我们躺在月光下讲鬼故事?有个诗人赫尔德林说了,人充满劳绩,但还诗意地栖居在大地上。新村方便是方便了,但是不好玩,多出来那么多时间,如何消磨?生活的意义来自细节而不是真理,没有细节的生活是无聊的生活。"

有位青年引用了《共产党宣言》里面的一段来回答他。

"过去那种地方的和民族的自给自足和闭关自守状态,被各民族的各方面的互相往来和各方面的互相依赖所代替了。物质的生产是如此,精神的生产也是如此。各民族的精神产品成了公共的财产。民族的片面性和局限性日益成为不可能,于是由许多种民族的和地方的文学形成了一种世界的文学。"

这是世界文学的时代,此称同志!

鲁绒平生第一次感觉到自己孤独虚弱,理屈词穷。他再也说不出话来,丫的话都说陈词滥调,毫无感染力,他早就发现自己的舌头一天在缩回去,现在他已经失去了舌头,肯定是它干的。事情就决定了，用了一个上午。

　　此称的嫂子每天不亮就要出门去地里劳动，她骑个摩托，戴着口罩，到地头要骑50分钟。拉罕也要做事，最近他一直忙着盖那个座白塔。拉罕以前住在山里的时候，是个木匠，还天生会画画，家里墙上壁画都是他画的。尼觉巴有一次去伯利恒的时候，经过他家，住了一个晚上，对这些画赞不绝口。搬到新房子他就没有画了。只是在经房和客厅的砖墙覆盖了一层木板，世世代代，这些地方都是木质的。拉罕两口子一出门，家里只剩下妈妈一个。新房子很方便，每层楼都有洗手间，还可以沐浴。妈妈披星戴月，每天4点就起来盘腿坐在经堂里念经，念上一柱香的时间就没事了，独自坐在厨房里等着天亮。天亮也没有事情做，水泥铺的院子总是干干净净，不用打扫。房间瓷砖，干干净净，也不用打扫。她从这个房间走到那个房间，看看窗子关了没有，在走廊上站一阵，去后院里看看江水。偶尔出门到对门她妹妹家坐一下，离天黑还早着呢。

　　以前她妹妹家离她家有两里路，要经过几块田，两条溪，还要爬个坡，她走过去的时候空着手，回来的时候要捡一大把野荠菜，用干草捆着。做饭也不需要柴，用电炉，很快做好，她又没事了，此称28岁的时候学会了写作，从前的事，他可以无巨细地记下来，他记性好。他的记性得自她母亲，他母亲记性也很好，搬到新房子一年了，妈妈还牢记着老家的灶台、牛圈、菜地、青稞地、泉水、木桶、柴堆、挂在墙上的玉米、犁头……成日念叨，在那里总是有做不完的事情，摘菜、搬柴、舂酥油茶、腌肉、捅火，摸摸马的脸；

给鸡撒一把青稞；将此称的洗干净的裤子换个地方晾，摊开在一块木头上。看见那棵树下出来一窝蘑菇，捡回来留着做汤。在月光下拎桶水。秋天，收来的玉米都晾在屋顶上，金黄一片。住在附近写书的海德格尔先生有时候回来她的厨房里坐坐，沉默不语，他好像在等着什么事情的发生，有点忧郁。

  塌方的地方被它自己冲开了，水又涨起来。涨得毫无节制，都越过了从前的水平线。拉罕决心在冬天到来之前就把白塔盖好。

2018 年 10 月 25 日
原载《钟山》2019 第二期

冯秋子

出版《圣山下》《朝向流水》《塞上》《舞蹈的皱褶》等数十种散文集，获首届冰心散文奖、在场散文奖、三毛散文奖等；散文作品三次入选全国十佳优秀散文排行榜，获《人民文学》《北京文学》《散文选刊》年度散文奖、在场新锐散文奖等。多次参加国际艺术节、舞蹈节、戏剧节，并赴欧美亚国家舞蹈中心或剧场表演舞蹈剧场作品；与生活舞蹈工作室合作创作演出的《身体报告》，2004年获第25届苏黎士ZKB国际戏剧节大奖。

我与现代舞

我一直记着皮娜·鲍什说的"我跳舞,因为我悲伤"。她是如何把对人、对所处世界的荒诞、困顿、忧虑以及悲伤,印刻到每一部作品中的?我曾以"我跳舞,因为我悲伤"为题,写过一篇较长的散文,其中有一段描述了初闻这句话时带给我的撞击:"这是埋藏在我心底的话,也是我一辈子也说不出来的话。从那一刻开始,我与现代舞像是有了更深、更真实的联结。皮娜·鲍什质朴的光,在这一天照进了我的房子。我听到了许多年来最打动我的一句话,说不出心里有多宽敞。"

一九九八年夏天,文慧的"生活舞蹈工作室"开始了常规训练,她希望我做《生育报告》的编剧,也做舞蹈员。我们一起练习,冬夏寒暑无阻。一年后,一九九九年七月,发展到四位女演员参加这部作品的排练:文慧(东方歌舞团舞蹈编导)、王玫(北京现代舞团编导)、王亚男(东方歌舞团舞蹈演员),还有我(《文艺报》

副刊部主任，作家）。

实际上，这部作品是在排练过程中生成的。但刚开始谁也不知道该怎样推进这部想要构造的作品，文慧让我写了一个又一个提纲和梗概，我对于用文字描述舞蹈作品比较陌生，尤其是大型的现代舞蹈剧场作品，可资参照的资料一点没有，凭借想象，费了半天劲写出来，到文慧这儿，跟她感觉中的有距离，而她确实又说不清楚究竟想要什么。她从文本中挑出一些单词，能刺激想象、激发灵感的词句，作为动机元素，让舞蹈员就这个词句做即兴练习。

我们接着谈，接着排练。我接着写。文慧接着拆解文本，衍化它作为练习动机。

我们的练习进行了四十多天以后，文慧意识到，她想做的这个现代舞蹈剧场作品，只能在开放的空间里，在实践中，在身体和心灵的融会中生产出来。因为当时选定的三个演员，加上作为编导的文慧自己，共四个人，都不知道究竟要表达什么，大家的身体还没有做好表达的准备，就是说，人们的身体还不是那种能表达所求的身体。只能以演员现有的身体基础作为起点出发，尝试训练，并去发现那一个身体具备什么，能够表达出什么，怎样表达出来，那个身体还有哪些可能性，应从哪里入手，去激发，去感受，去培育，去发掘，去发展。从演员的角度看，我们是不是有思想的习惯，有思想的自觉性，我们的肢体表达思想的能力是怎样的，现在比较严峻的课题是，要求演员的表达更加内在，作品会更多地触及模糊性的东西，那么演员怎样把思想贯注进练习，又怎样把握思想的方式和思想的肢体，引导好、控制住自己的肢体感觉及肢体语言。其实，每一天的练习，都在构造和推动这部现代舞蹈剧场作品。不断被拆解的文本和我没完没了被加入排练的叙述，排练和思考强度、力度巨增，每个演员的脚步和汗水，在排练的日月里和出水泥、脱成砖石，一块块蓄积，从一截墙体，到一堵墙，终至一间屋。在新的意识和训练方法帮助下，每个人的身体慢慢苏醒、一点点地觉悟，身体的表现潜力和对作品空间的拓展，日益不同，也逐渐被自己发现，被大家注意，被文慧抓住。我们每做完一个练习，拿出时间一起谈论这个练习，把它谈通议透，谈到擦出火花，便去进行下一个更有难度的练习。这样的练习无论对演员，还是对将要完成的作品，都更为深进；这样的排练，彰显出探索和发现的魔力。我们的全部努力，旨在寻找和完成每一个自己。参与这部作品排练的演员，有了不同以往的成长体验。

我感觉到自己获得了解放，因为我不再被一种书面形式困扰，不再被捆绑着去"探索和发现"。我的手脚并用于舞蹈本身——在土地上，我能做什么，我曾经做过什么，我怎样成为"我"，并成为与大家协作的"我"——我这样理解，一个舞蹈员，和文慧想要他做的舞蹈。这个过程，我得以重新认识自己。文慧规定我以另一种方式，即以叙述语言和叙述内容连缀和贯穿作品。语言及其实质性内容生长在生活舞蹈里。语言叙述生活，身体叙述舞蹈。生活和舞蹈引起语言、发展出这部作品的结构和内容。

《生育报告》排练的日子，文慧让我反反复复地做一些练习，有时，是其他专业舞蹈员们在做一种即兴练习，她觉得人们的身体质感、心理装备还没有完全走上愿望中的路径，她觉得他们的身体有些飘浮，就让我进去，做一些练习。很多时候，我做的练习，需要一边动作身体，一边加入叙述；有时单纯一些，只是在里面叙述，让她们听着我的声音，听着我的内容自然而然地进入状态。我在里边，恍惚觉得，乡村的土坯教室里，一架偶然保存下来的旧风琴，正在我的手里，粗粗拉拉地起奏、轰鸣。我在为她们伴奏。有意思的是，每回我都忘记了自己仅仅是做一下"伴奏"，是在一旁尽一些责任。我往木地板上一待，就进到了它的世界，每回都像是第一次，像是与她们生就谐和一致，即兴的舞蹈，即兴的弹奏，每个人全心全意地投入，很过瘾，也很有理性，扶持着、拓展着一种整体的空间概念。很多时候人们没有阻碍，没有虚饰，没有表演欲念，也没有发泄和抱怨，不解和疑惑，无奈和忧伤。我忘记了其他，灵魂进到的那个地方，让我动心。那一时刻的感觉和发生的东西，攫获了我，因为与活着这件事有关。大家展开了很多美好，也裸露了些许摧折美好的缘由。总之，是非常复杂，又非常简单的，是对世事的一些知觉。

那个时间里，我只是在村庄的房子里弹奏，或者只是踩镫上马，在草地里行走。

也许正是在这些练习中，我不知不觉、但是比较彻底地接纳了现代舞，可能因为它是以我喜欢的方式进行的。

我对大家讲了自己感受到的女子的美。我说，女子心里有多美，容貌就有多美。人越长大越是这样。参加排练的每一个人，都更加朴素自然了，很多时候真的都非常美好。

我和文慧同是二十世纪六十年代初出生的人，我们能够做更多的交流，交流得更深一些。我们相互感受着继续的成长，推动着那种成长。她多次跟我说到这样的话：现代舞让我们看到更多，懂得更多，让我们看到自己，也看到别人。

我知道，了解和创作现代舞，不知不觉中，也成了我心里的需要，它也是我不想说话，尚可以选择进行的一种创造和表达。至于现代舞能不能够说出我的话，仍然需要去尝试，去发现我与现代舞能够牵引起来的东西，寻找自己对那个作品、对舞蹈剧场这种方式的可能性。就像多年前我选择写作，是因为总能看见活着的缺漏，总想把存在的东西，理出让人看见繁复、思考混沌、探望灵魂的一些渠道，写作能够让人想到弥补，想到尽力，想到长进。现代舞和写作一样，都是在沉浸、寂寞的时空中去完成内心的觉悟。

我知道，没有现代舞，我跟文慧还会是朋友，但不会像现在又是朋友，又是自由选择了共同爱好的合作伙伴，更多地去珍惜对方，并因珍惜这个人，而想到尽力协助她。在工作时，如同在生活中，都将自己最真实、朴素的东西放到里边，她从她的角度使力气，最大限度地容纳不同的身体质感、舞蹈元素、情绪状态，并且把她的根本性的舞蹈观念，放在对于人的基本点的尊重上。我从非专业舞蹈演员的角度行使力气，给出我的阅历和经验、认识能力、感受能力所能达到的地界的东西，每一种练习，每一天的练习，都努力去做。文慧处在关键的时候，精神容易紧张，我便充当拾遗，去做她顾不过来或者没有看见、没有意识到的事情，就是说人们思维上的、心里边的那些困难的东西，那些工作，或许就是和她或他做一些练习，做一些倾谈，在她或他完成一种练习的时候，与之讨论那个练习，探讨对那个练习的理解和把握，也没准儿只是开个玩笑、说个笑话，松弛人们的疲累和紧张。那个时间里，心理上、情感上、思维上，人们也许需要，毕竟是人在跳舞，人在完成舞蹈，人在使舞蹈具有品质和深度，人在使舞蹈具有人性浇灌后，消化悲苦、生长美好的指望。心境停顿和坠落的感觉是阴惨的，我们在那样的情境里，盘桓的时日已经足够多了，被啄蚀的疼痛至今刻骨铭心。去缩短一些什么，拉长一些什么？我是这么想。我们都希望那个集体中的人们，每一天，都清静地把自我的能量运送出去，通畅、明亮地投入练习。那些牵制人、扭结人、阻碍人的东西，真真切切，成为舞者解放出来的坚韧的土地，成为放射人性光泽的平台。

有时候，尤其是间隔一段时间再行排练的时候，文慧打来电话，叙说头一天的排练，说我讲述的，或者我做练习时候的状态，对大家有特别有力的触动。她本来不踏实，担心大家不在状态，她希望要的从心里流转出来的东西，人们没有准备，做不出来，现在看到我能进去，她就知道，人们都能进去了，只是时间问题。她是说，在某些方面，我给出来的东西，是她需要的。而我没有什么障碍，不需要过程，我能够一直持续。

排练结束以后，我们在回家的路上，回家以后的电话里，经常沟通。

我喜欢现代舞的无规定性，这是吸引我的地方。内心的余地和力量，为思维的伸展，开辟出通过炽热气流的线路。它尊重所有摸索中的方式，不以简单的概念论断对错，而尊重它形成的真实过程，看重真实过程的方向、高度、审美趣味，和在那个方向上承载的重量和质量，看重它所选择的方法，是否能够准确地、人性地表达出人与事物（或是那个作品）。它更遵循、尊重自然规则。

人们慢慢学会掂量，掂量地下、地上的自由，之于人的更为深广、严苛的含义。

舞蹈自身的规则，与自由是什么样的关系呢？文慧希望通过努力，抓住既在规则之中，又在规则之外的东西。她似乎看到那方天地，可以更大更深地挥发她对生活舞蹈的理解。

我还想不明白，一些原本的内容，和我们希望获得的意义，它们究竟是怎样一些东西。包括现代舞的自由，它在哪里，它蕴涵了什么。每一天练习出现的不同状态，生活在其中给予了怎样的支撑。现代舞的精神自由，在泱泱的表象中荡漾，被人痛苦地抓到。它是生活，又不完全是，它是再植了的真实生活，灼晒日久，沤断了枝蔓，终于成为凝炼的"人真实的活着"。但是人果真能够面对真实存在的领域，正视"人活着"的事情，真的有足够的准备，去接纳"活着"，而不仅仅是打开"活着的场面"，做一个作品拿走，抛下"活着"本身？说真的，人们不是每一次都能够直接到达适当的位置，练习和思考一段时间以后，痛苦推脱、绝望挣扎，这一类麻烦都经验过了，在没有其他解决办法的情况下，不得不做出一些调整，做出比较理性的选择，重整精神，去努力地接近或者是到达应该去到的那个方向、那一位置。

这个现代舞生活空间，包含了艰苦的掘进过程。它对于"活着"的尊重，所占的比重大过往前迈步时候流泻出来的浮躁，而且因为大家的努力，尊重"活着"的比重越来越大。这也是大家确实看重和珍惜的方面。

至于自己，我信守不开生活的玩笑。人们说过我的写作，比较多是在规则之外。除了内心对于自由的渴望和护卫，给予我不被羁勒的勇气，我其实并没有注意到人为规则和自己的关系。我不很懂得人为规则，很少去意识它。没有进到人为的规则里面，是天性使然，天性没有选择要进到人为规则里面去。就是说没轮到我去思考这个问题，已经这样了。在我蒙昧的年纪，它帮助我选择了一个生长环境。几年前意识到人为规则这个问题以后，我不时地去感觉它。如果没有人为规则，那片天地会是怎样一些生长情况呢？它在我心里是模糊的、深奥的，具有无限多的可能性，因而我格外地敬畏没有人为规则的东西。这使得我酷爱无规则的艺术方式，以为世界的一部分真相源发、萌动自那里。我在其中苦苦思量，在模糊中用劲潜游，它所具有的独特路径、独特魅力，让我着迷，吸引我去投入更多的精力。

好的现代舞作品，进入人心目里，就像好的著书；而好的著书，你会留存它们，倾心关注那里面展示的存在有些什么启示和意味，感受和体察源自不懈探求的悲悯和关怀，而你便会站在那个起点上，参与活着，参与担待，参与建设。

但是，我还没有想好，"生活"与"舞蹈"，"人"与"舞蹈"，有怎样的关系。"生活舞蹈"，到底在多大程度上，从生活中延伸和再造了人，比如作为子女，作为社会一分子，怎样长大、做人；作为妻子、母亲或父亲，作为家长，作为工作人员，每一天怎样生活、工作，怎样剥离流懈、漫怠、毁坏，怎样长进；怎样发现身边的内容，与你息息相关，也与别人相关；你想鼓励自己，也想鼓励旁人，于是，舞蹈产生了？

过往的岁月里，偌大一个北京城，三四个人，也许是五六个人，在春夏秋冬的傍晚，自觉地汇聚在一起，为心目中逐渐理解的"生活"的艺术，"人"的艺术，不弄虚作假，不虚张声势，诚实地从脚底下开始，从身体的最里边开始，寻找心灵与觉悟的契合，寻找自然源地及其本质与后天开发的谐和或悖逆，寻找人活着及其行动的理由。然后试着向外延伸，直至那些日常存在中，人能够把握到的程度。一个练习做下来，常常汗流浃背，然后大家围坐一圈，交流刚做完的练习。年轻的、不再年轻的人们，感受和倾谈这个排练厅里的训练，那些渗透在时间里的磨练，可感可触，已然接续了作为人的日常功课——教人怎样做人。

我记录下切实的发现，也记载了困惑和隐痛。回过头来整理录音，仍然会被实际的现场内容所触动或迷惑，为已经过去的日子，为每个人真实的成长，和属于他们个人的朴素表达，为每一束摩擦出来的灵焰，长时间地感动。

那种真实的存在，潮湿，饱满，富予质感，如青灯点燃。

每一天，我们和别的很多舞者一样，也在寻找"我们的现代舞"。我理解，漫长的实践过程，就是生活的一部分内容。因为看不见现成方式，只好一边走一边摸索。这需要每个投身其中的人，既然爱它，就倾心尽力，把它当成自己的一部分事情来做，当成自己的一部分生活去过，使自己和舞蹈一同成长。然后把个人发现的，检索和感受到的，融化进"生活舞蹈"。有一天，能够创造出与自己相关，并能够超越自己，表达更多的人心底内容的舞蹈。

在这个过程里，人，自然而然成为现代舞包容的第一元素。这决定了它必是心灵的舞蹈。由是，现代舞也焕发出人对于艺术更深刻的要求。

没有现代舞，文慧还会是一个出色的东方舞编导，但拿不准她会不会像现在这样脚踏实地面对生活。没有现代舞，我发现的东西还是会比较多，但不会有舞蹈与人这一部分；我发现世界的方式不会有从舞蹈开始，从舞蹈起步去理解人，看见人性、人道精神，进而以自己能够的方式进行舞蹈这样的实践路途。而当我能够试着进行舞蹈艺术的创造和表达，从三十八岁到五十岁，十二年间，多次站在国际上重要的艺术节、戏剧节、舞蹈节以及欧美亚国家舞蹈中心或城市剧场的舞台上。和职业演员一起表演的时候，我明白，它们和我通过别的方向获得的,并且尊敬和蓄积的,是并向一致的,与我的思想取向是吻合的。我在舞蹈中,同样感受到心灵的自由和思维的宽敞,感受到沉默地存在,或是在生活中,或是在冥想中,或是在阅读和写作中,也或是舞蹈中,都能拥有这个世界给予我的宁静和安详、尊严和长久。多少年来,我一直不想多说话,写作也不够勤奋,皆因为我的想法,因为对身在其中的这个世界难解的怀疑和忧虑,对于世事存有深深的悲伤和哀痛。人是和缓地存在着的,劳动,或者冥想。许多朋友对我说过,要多写一些,说我写的东西具有一些意义。而我固执己见,不以为表达有多少乐趣,不觉得人能够表达什么,表达本身有多少意义。本质上,我不大信任言说。当然这也和我的语言不能够表达出更接近我心里的声息有一部分关系。确实发现,沉默着能够保存更加完整的东西。只有在读到、看到、听到出色的文学、艺术、哲学、历史、思想,独步屹立在习以为常的日暮时,才感激表达,感激存在表达。

就个人而言,我还是不想过多表达。我在欣赏那些进入我心里的创造的过程,已在和他们或它们进行很好的交流,各处何方,见不见面,是不是朋友,不重要,重要的是他们或是它们最好的发现和创造已在我心里,他们或是它们的重要,和我的生命一样,最后,我进墓地的时候,他们或是它们,已与我融和为一体,我携带着他们或者它们给予我的好东西,同时也把我内心的好东西融汇到他们之中。但是我将会是死亡者,他们或它们却是永生的。一直以为,那种能够欣赏、曾经美好的共同性,也是长久的、具有积极意义的。

我在许多时间里，在劳动中，或是终于舒缓下来，一个人坐在地毯上，阅读或冥想，保存和丰富那种超越存在的美好。我的生命在此间流逝。不能回避，无奈，羸顿，逃避，遁迹，啄蚀人类良知的退却的腐朽，那些传统文化里被人谅解的没落和腐朽，也已悄然地进驻到我的血管，我在末世的腥风里，以另一种自以为清生，实则与无为、与不承担的邪性，相互容忍的同道形态飘荡。很多时间，我不以为意，沉浸其间，不拔出脚。

现代舞多多少少改变了我。

我很尊重的朋友、女作家筱敏，在她主编的一部多人选集的前言，讲到书里所辑的人文随笔，她说那些作品，"是诚实的，正直的，善良的，可以分明地感知人性的温暖和关怀的热情，不但深入大脑而且流经心灵。"她还说了这样的话："思想的自由远大于美学的意义。实际上，也唯有思想自由，方可能达至大美的境界。"我意识到，上佳的现代舞，也将如此重要的籽种融合于精神的土壤，也有那些锐利、执著、超拔的随笔一般的意义。

我曾采访京郊山区特大洪灾，在一九九一年六月的一个傍晚，泥石流瞬间冲走怀柔县、密云县相接壤的四个村庄。踏着河道的累累砾石进山，一个星期磨烂两双旅行鞋。零零星星碰到农民从死亡之地往外转运一口锅、几根木条，他们告诉我，那个地方除了鬼，只有狼在号叫。我继续往里走。那个雨夜有二十三人遇难。无家可归的农民一面用铁丝网住石头修筑拦洪堤坝，一面跟我叙述他们的家园，说是现在村庄的地界上，"想种一棵葱的土，也没有了"。后来跟踪采访到了灾民的搬迁地，找到那位年纪比我大一点的妇女张秀莲，她失去两个女孩，她的公公王玉勤失去了老伴，小叔子失去了媳妇和儿子。一个家族，一根树干，两条枝杈，三处关节都有断损。张秀莲的小叔子和她的公公被激流冲走，又被大浪掀到坡坎，后由淤塞的树根挡住，死里逃生。张秀莲是大儿媳，她的丈夫其时在北京城里打工，逃过一劫，当他闻讯赶回无村无家的"老家"，却是痛不欲生。张秀莲说，人们夜夜能看见他们兄弟媳妇穿一件蓝布裙子，漫山遍野游走，听见兄弟媳妇喊叫被泥失流冲走的儿子，让儿子回家吃饭、睡觉。张秀莲和丈夫、还有小叔子返回山里找了，什么也没找到。被大水冲走的小叔子媳妇还是不"停省"，夜夜显现她的魂灵儿，夜夜出没山村遗址寻找儿子。而他们至今没有找到张秀莲的大女儿和小叔媳妇的尸骨。我安慰张秀莲，你还小，还可以再生。等出了张秀莲的家门，背转过去，为他们身心全是风霜，为这种"重新开始"的废话，我禁不住痛哭。你看着孩子蓬蓬勃勃追赶着季节生长，小胳膊小腿一天天有了力量，突然间，他们离你而去，你眼瞅着他们生，又眼瞅着他们死，而你和他们被分隔在两个世界里，你拉不住他们，也不能代替他们，他们是你的生命，是你灵魂中闪闪发亮的星星——但是你无能为力，只能听凭命运的摆布。你空空荡荡，一无所有，你又回到了从前，回到了未被开发的童年。这十几年结婚、养育的岁月，就只能成为过去，成为你的痛苦记忆了。什么是开始？生孩子就是开始吗？眼泪哭不出，人的开始,哭不出那是一些什么内容和步伐。

孩子让我知道,这个世界,有什么,没有什么;要什么,不要什么;干什么,不干什么。孩子,和艺术、和宗教一样,让人回到原本没有装饰的地方。

王玉勤老人的二儿媳妇在傍晚,在看孩子吃饭的时候,和孩子一起被水淹没了,从此她的魂灵出没空谷荒野,满世界去找她的小孩。都是母亲和孩子的事,都是土地和庄稼的事。我母亲经常感念"千年的草籽,万年的鱼籽"。草原上的人莫不知道,只要有一点土,有一点水,即使过去千年万年,草籽、鱼籽还会生长。

若心枯萎了,再不有土,再不有水呢?天哪,从哪里能长出一只救助他的手呢?

我们只不过是存活在这一段时间里。为什么跳舞?为什么阅读、写作?为什么恋爱、结婚?这是人的一件又一件精神和物质的工作,延续人的一些生长。

需要面对的困难,过去有,现在还有不少。困难的是回到地面以后,从眼前开始迈出的一个一个脚步。我在排练厅和剧场里,得到孩子给我的初始的东西。这是非常真实的磨炼。我想,它也是我们的生活舞蹈包含的内容。

十二年间,我和文慧的生活舞蹈工作室合作,创作、演出了《生育报告》《与民工一起舞蹈》《身体报告》《时间空间》《37度8》《裙子》《回忆》(一小时版)《回忆》(八小时版)等舞蹈剧场作品,并多次参加国际艺术节、国际戏剧节、国际舞蹈节及欧洲、北美、亚洲其他国家的剧场演出，也在国内一些城市，如北京、上海、昆明、深圳的艺术节上演出。其中《身体报告》于2004年获第25届苏黎士ZKB国际戏剧节大奖。我也由一名非职业舞者，成为有职业精神和职业空间的舞者。

即使将来跳不动舞了，不想跳舞了，我还会以真实的人的方式活着。

有一个晚上，我们站在凯旋门下。有雨，但在雨中，有一炷圆型圣火，是不怕雨浇的，在雨中燃烧，两侧摆放着鲜花扎成的花圈。这个地方永远有鲜花，有花圈，纪念为人类新生活而牺牲的人们，纪念人类曾经遭受的苦难，和人类不屈服于邪恶的斗争。圣火风雨无阻，昼夜不息，长明于凯旋门下。淋透衣衫，淋透身心，能够接进家门一炷星火？雨水浇灌了心田，圣火燃烧着羞惭。我们的脚步迟迟抬不起来。在外边，和在家乡一样，常能感到历史的烙印，感到历史在人们心目中的重量。

那是本世纪初始，应邀在法国国家舞蹈中心演出，是在巴黎最后一场演出前，二十几分钟时间里，我一个人在排练厅静穆沉思，想到那天上午去卢浮宫观看耶稣受难的多幅巨幅油画。血流印在他身上。我在画像前驻足良久，回想圣经，回想遥远的日子，回想心传纸授所描述的，和现实中的人们对于流血日积月累的经验。耶稣的面容，他与众人的距离，恰到好处，他的苦难，全部在心里，他没有交还给别人，没有推辞命定，转嫁责任，他的身上凝聚了所有的可能和锲而不舍，但也铁板钉钉地嵌进了牺牲。我站在耶稣像前，回想一个人在自己的地方艰难存在的原义。这是在巴黎的最后一天，我冥想了耶稣受难的时间。之后，我往那张桌子、演出正式开始之前就已进入的序曲或前奏所展开的地方走去，我将坐在桌旁的一张椅子上，对围拢在我身边、或者坐在我身旁、坐在我对面椅子上的观众即兴叙述一些故事。我和他们说话，也听他们和我说话，和他们交流，并且应对由此发展出的内容，甚至转化突发的意外使之成为合理的舞台元素。我陪伴第一个走进剧场的观众，及至最后一个进到剧场的观众，参与进我们的演出。

  我回到原处，在原处起步。

清理

我随生活舞蹈工作室先后三次参加在德国汉堡实验艺术中心举办的国际艺术节。二〇〇三年十月的汉堡实验艺术节，集中了中国元素，名为"中国季"，主题围绕中国的现实生活和艺术创造。平日身处不同地方的中国当代艺术家，应邀在艺术节上展现自己的作品，有舞蹈剧场、绘画、观念摄影、行为艺术等。我们受邀演出两部舞蹈剧场作品：《身体报告》和《生育报告》。

十月八日，艺术节的开幕式上，我们将首演《身体报告》。

导演文慧要求，演员下午三点准时进剧场做准备。晚上七点演出开始。

我带了笔记本电脑去剧场，想抽空写点东西。

自来汉堡，忙于排练，没能给巴顿写信、打电话。苦于对不上合适的时间，我有空，在北京住校读高中的巴顿不是上课，就是已经入睡歇息；他有空，我这边正在排练，抽不出身来。心里很不踏实。今天不知有没有可能联系。

一

汉堡天天下雨,雨不大,时断时续。早晨出门没雨,地皮湿晶晶的,有一些浅水汪。没出百十步,细密的雨点就可能落下来。另一个时间出门,阴天,下小雨或是中雨,不一会儿,雨水骤停。几个小时以后,反正不出半天工夫,又下起小雨或中雨。

连日来往复循环,持续这般。一场秋雨一场寒,中西方差不多都是这么个理儿。

在小雨中慢走,秩序悄没声息。一个人或两个人,一直走。感受雨水砸在地上、树叶上的声音,砸在房顶、墙壁、下水管道和井盖上的声音;感受雨滴渗透到衣服里、鞋子里、头发里、睫毛里的清切、清幽和清越;感受潮湿土地的气息;感受前后左右的植物气味清新,房屋安静矗立,在本来的地方,坚守着自己的方向,不相同,不干扰,不打击,不冲突,同生共济。细雨中的人和物,在各自的地方和平地依存,合理地摆放。

大雨的内涵不同。对那些比它势弱的物质,大雨总是严肃清理、硬性推导,使它们扭曲自己的形象,与残疾,与败落,与失策,与恐惧,与无奈,与丧失尊严和秩序,与赤身裸体……构成一重又一重现实的景观。自然衍生中获得的教训和经验,对哪一种类而言,更在急需时、更在"裉襟"那儿呢?胜败的双方,都有自己汲取到的东西,但像天条一样,强劲的雨还是会浸入,自上而下地收拾它们。它们往好了选择,是在雨中、在风中、在沙石俱下中硬活过来,然后慢慢缓释，起手翻造，再一次整理和装扮身姿，继续风光无限，至少再抖擞一些时间。它们的伙伴，雨、风、沙石，总能处于优胜中，季节性地对弱势的诸种物质进行置换和改造，几番辛劳，几多欣悦，弱者的姿态千变万化，甚至死而后已。不过基本上，确实能再现出它的精深。

强劲的大雨，显示着侵犯者的性能，进入到自然界来，横向联合另一些强劲的兄弟，比如风暴、冰雹、泥沙、洪水，对自然界诸多种类的生物进行大肆杀掳，换一下视角，也许是清偿？关键在于这些东西，离不开雨，离不开风和沙石，在被雨水以及其他严酷形式的冲刷、浇灌中，找到自己的位置；在穿越风险的历程中，死活脱落成现在的绝妙姿势。

它们之间使用了什么样的语言呢？是雨声、风声、沙石碰撞这样一些声音吗？我觉得不那么单纯，还有包裹在抵抗和重生中的一些声息。在打击中，在抵御中，它们显然已经找到了牺牲和再生的平衡分寸。

在雨中走路，能享受到寂静。我自己和它有一个相互接受的过程，早先我没有意识到，是有考验在其中的。我无意识中迎接了它的考验。这符合我的心性，在雨中我能够沉静下来。还有，被清洗一下的潜移默化中的内容。这是现在我写这些时意识到的。

其实，是我喜欢在雨中行走。在北京的时候，很多次，我骑车走到半路，下起雨了。工作单位到家的路很长，平时快骑需要五十七八分钟；雨中骑车，仅一半路程，要用去四五十分钟。遇到大雨，凭借粗浅的经验观察天象，要是估摸不出几时雨可能停，我就继续上路骑行。待在一个地方等着雨停，困在人堆里度过几个小时，不如上路，再用四五十分钟，怎么也到家了。反正是湿，没那么要紧。

接受了被淋湿这件事，其他就没什么了。衣服湿了，到家换洗即好。就是去躲雨，也避免不了被淋湿。挤在过街天桥下一条不宽的无雨地带，堵在一个商店门口，或是建筑物浅浅的房檐下……待几个小时，我不以为然，不觉得非这么做不可。再说雨中骑行，很有意思，我喜欢体验不同的东西，有点不惧怕事情的性格使然，在事情中，有耐心体验和欣赏，有兴趣经历一点磨炼。

适逢汉堡雨季。离开北京前，为带不带雨伞，问过同做舞蹈剧场的另一位同伴、法国戏剧演员艾斯黛拉，她说不知道汉堡下不下雨，她还没去想雨伞的事。我决定带。二〇〇一年在巴黎，带了雨伞也保不齐不被淋着。那次在巴黎十几天，天天下雨，没见过晴天。可现在是十月，那次是一月，一月是欧洲大部分区域的雨季。十月也会有雨吗？看来是带对了。贺竹梅没带雨伞，很多时候和我就伴走，两人撑一把伞。

我把走路当玩耍。如果能够走着去目的地，就不坐车。现在，总能感到右脚大拇指外侧骨关节作痛，左脚比右脚痛感稍轻一点，但走路走长了，也疼得够呛，已经影响到我迈步，能看出走路姿势已然不同。这是困扰我的真实的麻烦。也许走路走狠了？不对，是排练过程发现的问题。去年八九月开始发作，到十月、十一月，疼

清理

痛加重。拇指外侧那块骨头突显出来，右脚比左脚的更明显一些，总是右脚先痛起来。排练时一不小心两只脚的同一块骨头碰到一起，钻心地痛。我有空就坐在地板上按摩一会儿两只脚疼痛的部位，不知道这样做有没有帮助。想过看医生，又觉得这种情况在别人身上时有发生，是常见病，没听她们说看医生看好的，就没去医院。有时疼得厉害，隐约滋生出一点悲观，心想，或许将来有一天，我会因为这个部位的伤痛，放下舞蹈，放下体育运动。这也没准儿。万事皆有可能，个人只能从积极的方向去努力，振作精神，不想悲观的事，不作这种路径和方向的思维，为没有疼痛的时间、为美好的景致，保持轻松和愉快。

　　树木还是绿的，与黄杂糅。常见到缀着桔红色小果子的树，果实是橙色，叶子间有红和黄，特别明显的三种颜色集合的树。街道两旁还有不少别的色彩柔美、简约的树。二〇〇三年八月的时候，我在哥本哈根，在那儿的最后一个早晨，在哥本哈根的街道上，我捡了两小串橙色的果子，它们刚从树上掉下来。我把它们夹在自行车后尾上，去看了博物馆，又去了剧场，然后再去机场。它们躺在我的帽子里，或者说穿戴着我的帽子，两串橙色的果子来到了中国。现在，两串小果子静卧在一只粗砂碗里，我从哥本哈根带回这只碗盛放它们。干了的果子仍然鲜艳、生动，很好看，很耐看。自然之物总是打动人心。我从不同国家、不同地方捡回有质感、又好携带的小石头，把它们归置在木筐、木盆里，和那些从别处得到的石头一块堆儿相处。另一部分，是我带回来的树木果实，或花木枝节，也从各国、各地方捡拾回来,放在家里大大小小铜质的镂花盘子里、篮子里。

二

一进剧场,就听导演文慧招集大家去化妆间开会。大家聚在化妆间里等候着,半个小时过去了。忙着装台的苏明、文宾、吴文光没法参加,他们在为今晚的演出紧张准备。文慧只好改到舞台上去开会。这样更好,我们一边热身,一边把会开了。

文慧说:今天是我们的首演,也是艺术节开幕式的首演,大家的状态到时候会非常好,我相信这一点。来的人会很多。那边空间的艺术展,图片已经展出来了,院子里有两个人做行为,六点钟开始做的。我们这边本来是七点钟开始演出,他们那边的展出正在进行,希望我们开始的时间再晚一点,艺术节组委会就把我们的时间改到七点四十了。我们先把自己的东西准备好,然后去那边参加艺术展的开幕式。我也想看一看行为艺术。愿意去的人就去,不去的可以待在剧场这边。开幕式结束后有艺术家和记者、观众的招待会。我们的演出结束,是十点半,他们那边也结束了,酒会一块儿举办。到时候大家喝喝酒、聊聊天,放松一下。

文慧大概讲了这些内容,当然鼓励的话也很多。

我一直活动身体。时间还早,可以把身体活动开。但也不能运动过量,不然演出就没力气了。五点多,我回到化妆间开始化妆,我想早早做完这些事情。因为不清楚哪个房间可以打电话,耽误来耽误去又错过了给家里打电话的时间。那时已是北京时间晚上十一点，没法给我母亲打电话了。她睡眠不好，如果睡着了再醒，不容易入睡。自从几个月前我父亲去世，母亲就睡不好觉了。明天再找时间给家里打电话吧。

我去展览厅观赏了了几位中国艺术家的作品，返回剧场。

幸亏想到再看一看《身体报告》那些切入的"点"，有一处被清理舞台的剧场工作人员无意中碰触，移动了位置。

想到把那只尼龙口袋里塞的衣服重新装置一遍。过一会儿在舞台上，我往出扒拉衣服的时候更便利些，确保在台上能快速有序地从口袋里往出剔、抛衣服，在细节的地方做到位。

又检查一遍我使用的道具，放心了。

在黑暗中，我做了默祷。请父亲保佑我，在遥远的汉堡，首场演出能够安宁、沉着，能够有激情、有韧性、有秩序，能够保持节制，并能有创造力，和大伙一道将作品往前推进。我怀想着父亲，心里踏实下来。父亲去世后，我祈祷时，下意识地通过父亲，请他代为连接自然和人，与它们建立沟通和交流。以前，我是直接与上苍、与土地对话的，现在，父亲离开以后，他也成了我祷念的路途中不可缺少的桥梁和灯台。我知道，我与父亲，有了另外一条通道相见。父亲的意义有了扩展，在任何地方，我都可以与他沟通，祈祷他慈悲安宁，并请他保佑我的母亲和我的兄妹。他确实是这样做的，宽诚、包容。

有了父亲的鼓励，我能够勇敢地去做该我做的任何事情。没有过藏头露尾、瞻前顾后、患得患失，也不会退缩，内心总是存有尊重，而对艰难险阻无所畏惧。我可以，我能够，安静、平和地面对生活。很感谢他。

看来父亲是愿意我这样的。他帮助我这样生活，帮助我这样度过我的日子，包括失去父亲、个人生活又发生变故的这一段特殊时间。

演出前五分钟，我们围成一圈，手拉手默默传递能量。文慧用英语和汉语复述了拉手的意义："我们今天在一起，分享共同的创造。我们每个人都是好样的，互相传递鼓励……"文慧捏一下旁边人的手，那个人再把她的信息、包括自己加入进去的信息，传导给下一个人，从这一个传递给另一个，人与人连接起来，把心里的力量汇聚到一起，那么就是今晚的演出。是啊，我们清理了自己，鼓励了自己，也鼓励了别人，每个人做好准备把最好的东西带给演出，让表演自然发挥，让艺术的翅膀生长出来，让我们的艺术作品达到想要创造的、大家想象中的高度。

此时此刻，相互之间的拉手，很宝贵、很必要。我自己确实每一次都能把不尽是欢乐、不尽是安顺放下，从中摄取最好的元素，进入演出。大家日久养成习惯，总是等待我第一个迸发出"嘿——"的声音，大家跟着，齐生生喊出"嘿——"把一口粗重的气息凝聚为共同的心声。万事就绪，只待演出时间一到，东风渐来。

但是之前，二〇〇一年在葡萄牙里斯本演出时，出现过障碍，那次，到了跟前，我没能发出声音。在内心深处，我等待着，想要跟随凭管是谁发出的声音，只作为先期的一个带动音声，他们或许谁去发起，而后我和大家伴随，我们的声音拧成一股绳……结果，大家举起拉着的手，缓缓走到中心，等待着那声"嘿——"没有，音息全无，众人气馁，气韵涣散，无不失语。演员和剧场工作人员都憋闷着，酝酿五分钟之久的能量，该发出来时，汇集到一起的力量未能传送出去，现场暗哑、失神。那种感觉有点惨不忍睹，至今想起，仍然觉得不好意思，很是羞愧，也有些不堪回首。虽然，当时文慧笑着替我解围，说："冯，你不出声，我们都出不来声呀。"

好黑暗。我无地自容。

这种情况不会再出现了。

这种结局我没有预料到。声音凝聚起来了，能量没有传递出去。这是一件小事吗？不能说事小。个人的情绪、状态没有调动到最佳状况，说明还没有做好演出的准备，起码显示到了演出前十来分钟，心里还有一点麻烦，身体里还有一星杂质，头脑中还有一处短路，眼睛还散着一些神儿。这样的身心装备，待会儿在舞台上就可能自相干扰，该表达到位的到不了位，没有耐心、没有耐力把它做到位，坚持不住、持续不下去那些看似简单的事物，没有在按部就班中创造奇迹的底气，也扛不住演出的时间、抵挡不住观众的眼力。心里有麻烦，而接受有麻烦的自己并不容易，那种感觉真的不好。几年来，不断排演、演出中，大家印象里我没有什么阴影，从不被自信不自信一类问题困扰，心理素质相对比较结实。

里斯本那一次经历，在国内外的剧场里、在舞台上，对我是少有的体验。感觉到有任性的成分，因任性而牵涉到的东西，由任性带给自己的难为情，都超出预想。从内心来讲，我不觉得牵涉或者伤及他人的个人化行为有什么意思。此外，关键的，没有做好准备的话，走上舞台，会没有力量，没有支撑的理由，没有对于艺术创造的充分信心，也没有兴致和其他演员、和观众，甚至是和自己的艺术理想建立全面的深入交流的关系。自然地，表现力也会打些折扣，直接影响到演出的质量和效果。细究起来，我当时只是不想出声，心里不是那么想说话，那一天，不是那么愿意做一个带动他人的人。而且大家在一起的时间很长，彼此熟悉，我以为我没出声，别人会补上去，结果没有。这件事，说小不小，说大不大，毕竟有玩儿的意思在里面，既严肃、专注，又比较轻松、愉快，而且相互之间配合默契、训练有素。但是，实际情况是，一个游戏落空了。大家疲惫地笑一笑，沮丧和理解都有吧。那种感觉也是真实的。那一时刻，落空以后，我意识到，其实事情不小，自然中行进的积极、优良的元素，是长期蓄积、酝酿和栽培的，它是生长的有机物流，是顺应人性、人心和事物的生长方向的催生素，有简单而深长的正向协助的理义。偶然出现的个人的小状况，一旦放诸于需要相互协作配合、共事达成的集体创作，它有可能会成为一座堤坝的薄弱环节，或者干脆就是往房子里灌冷空气的墙角上的漏缝或漏洞，也有点像西伯利亚寒流侵袭而入的风口。我怀着歉意。大家爽朗地笑了，说："重来，重来。"随后这一次，如常地发出了声音，我先"嘿——"出声，大家随即和声，我发现自己改变了心境。又以饱满的状态，全力以赴投入到演出的各个环节当中。对大家的宽勉，也心存感激。

这之后，我在心里超越了那种个人化的感觉和情绪，不管当时作为个人心境痛快与否，那一时间里想不想做一件事情，或者是愿不愿意带领他人，即使是一个动作、一种声音，出于责任感和协作精神的考虑，不会在类似的选择上作停顿和滞留。当然前提必须是合适的事情，不危害他人，不给他人带来困扰，也不挫伤自己。通常，我谨记不会为个人心理的任意什么状态，做情绪化的铺张。这项工作是个人所选择的生活依托、责任和喜好，职业精神里面应该有自我克制的内容，有自我认同，并调动出个人的最佳状态以符合工作的要求，给出工作全面的合作和促进。这也是必不可少的职业精神之所系。它是重要的，个人于此，应敬畏有加。

具体到我自身，以非舞蹈者、非演员，从事专业舞蹈剧场的编与演，与职业舞蹈演员、编导，纪录片编导、影像摄制，灯光师，装置艺术家等专业人士合作，在北京、上海、昆明、深圳的国际艺术节，在国际艺术节、舞蹈节、戏剧节，在欧美以及一些亚洲国家和城市的舞蹈中心、剧场，应邀演出与交流，个人的艺术生命行走到这一段时间，我面对了这一考验，面对了可能出现的任何艰难的挑战，并作了妥当处理。一生里可能有的疙疙瘩瘩，遇到了，将它铺展开，顺应、消解和安顿，剩下来的，是不疲沓、不倦怠的人应该有的朴素、诚实的创造性状态，和对于艺术，永不轻慢的职业精神。这些，作为起点，继续走出。

剧场，舞台，考验了我，也磨练了我，从这里，从这一方向，也获得了成长。个人有没有一丁点儿不快乐的时候呢？有过。只不过从此以后能够把它放置下来，很好地转化掉、消解掉，而不致于夸大和放纵，让它影响到自身，影响到进行中的事物，影响到整体。在葡萄牙里斯本发生的那个小插曲，那件拉手而没能把聚积起来的能量展放妥当的事，帮助我认识到职业精神之重。此后，很多年、很多场次，舞台表演前前后后的整个过程中，不曾发生过个人性质的分秒之间的停滞，尽管每一次上场前，做能量传递时，不尽是轻松的，但是从做拉手开始，人已进入全面的演出状态。个人的事，仅是个人的，让它回到个人的空间去，由自己去解决它，保存它，甚至是继续去掂量它，找到最终消化它、承担它的办法。

现在，我能够给出剧场这个空间更多它所需要的东西，也能够容纳剧场和剧场以外其他的空间里更多的东西。我学习到，剧场能够聚集的艺术之生长和映照的自然规律，关于它的栽种和梳理，以及它的生长。我体会到更多艺术的真义，回到清醒，继续上路，我以为是内心世界更富有弹性、更宽大结实的征象。而这仅止是从事舞台艺术创作基本的生活和工作方式。

其实，是作为团队中的一分子，比较恰当的方式，有幸认识到，为时不晚。换一个角度表述，就是不要分散别人的精力，不要让别人额外关注自己，尽量不影响到别人，是对别人和自己基本的尊重；而不让别人分心费神，不带给别人麻烦、阻碍，不消解他人的正常愿望、积极状态，是为朴素、真诚和健康的态度，是作为个人应有的行为准则和教养。要说民主和自由，先行对于民主的觉悟，先行对于自由的尊重，从个人开始，去做基础性建设，是为正途。

三

演员在剧场外面集中。预演将从剧场外面开始。

每个人出场穿的衣裤，包括裤腰和裤腿里面，塞进去好些衣服，有的演员把裹成团的衣服塞进去，演出服装被撑出各种各样夸张的形状，人也随之改变了模样，变成姿态各异的卡通人、卡通动物。六七个奇形怪状的人在做一种类似"鱼"的即兴表演。我们从剧场外面某一处开始，曲里拐弯、"鱼贯而入"，一系列往前、往内里面推导的动作突出了行动的理由。处在最前面的演员，做一个动作，其他演员迅速反应，就着他（她）的动作，挖掘出、延伸出自己的动作，众人相继的行为构成团队性的照应，有相对一致的东西，也有较强的个性色彩，这一组动作保持十几秒钟以后，演员们进入到下一组动作。由于队伍行进的方向发生变化，涌现了新的带领者，身处队伍前沿的她或者他，起手做出的一个动作，激发大家展开新的动作组合——这样，"鱼儿"进行的过程，又会突然调整和改变方向，产生新的带领者……"鱼儿"自信、执著地在一种规则或轨道里蜿蜒游动，去接近"鱼儿究竟想怎样"的兴致和目标，感染着剧场外面的观众。每一节，带领者的引导动作，是个人化的，大家在第一时间跟进带领者的动作，模仿它，甚至消解它，使动作变得更加贴切和出人意料，整个表演轻松、诙谐、默契。

一支形似"鱼"的队伍，在剧场外面神秘地游弋。剧场内，陆续入场的观众，透过舞台上四十多米长的落地白色幕布，观赏剧场外面正在发生的游历故事。安置在不同位置的摄像镜头录取并传送回"鱼儿"的谲魅视频。

汉堡的小雨又下起来。我们往剧场正门游去。门口，有布设的灯光，艺术节组委会邀请的行为艺术家苍鑫正在进行露天表演。他从一个纸糊的长方形箱子里露出脑袋，面朝一方。不时有人上前，拿一个什么东西，让他的舌头接触。他的纸箱一侧用英文写着："可以拿手里的任何东西让我的舌头接触，但拒绝性和毒品。"开场前，我曾去观看他的表演，见有人从口袋里掏出一串钥匙举到仓鑫面前，他舔了一下；那人变换了钥匙的角度，仓鑫隔着距离，仍然做舔这个动作，然后，苍鑫说："谢谢。"那人下去了。现在，"鱼"们往苍鑫那里游。面对苍鑫，"鱼儿"把他当作一个静止不动的树桩、物件，有距离地观察他，围绕他转游了大半圈，突然转身，向剧场的大玻璃门"游"过去。

"鱼儿"全神贯注，快乐而紧凑地变幻着队形。

进了第一道门，便是剧场的酒吧。不少观众正聚集在酒吧饮酒、喝咖啡、品茶、说话。西方观众习惯先在剧场的酒吧待着，快到点了，进入剧场观看演出；演出结束后，很多人仍愿意滞留在酒吧，继续饮酒、喝咖啡、品茶，谈论演出或私语。几条"鱼儿"扑腾、扑腾游过，附带了提醒：演出已经在进行中了。

"鱼儿"向第二道门、剧场的入口"游"去。想到观众大部分还没有入场,我们就在剧场门口盘桓,做了一些平时没做过的动作。观众进得差不多以后,我们往台口移动。这一过程,与观众有一些互动,观众的笑声不断响起。

这是正式开场前的衔接部分:演员在台口,与观众近距离接触,随后上到舞台。

不易察觉中,我们把舞蹈员王玫送进了后台。

其他演员继续就着幕布表演。幕布上映出了观众的投影,我们与幕布上的观众交流。于是,剧场出现了奇妙的一幕:演员和幕布上的男男女女、大大小小的观众构成了一种奇特的对话关系;而坐在台下的观众与舞台上的演员,真实场域中的观众与银幕上、影像中的观众,又构成另外一重真实而虚幻的关系。人们既新奇,又不知所措,想不到自己突然出现在幕布上,他们面对被放大的自己,面对无准备的、真实的自我,反应强烈,状况尤其本能,动作和表情极具表现力,映射在长长幕布上的那些细节,可以说魔力无穷。而观众的惊喜和欢悦也溢于言表,他们笑得闪失了表情——这一切,尽收于幕布,剧场里的气氛,在开场时已然达到不小的高潮。

演员们以个人的方式,用肢体动作,根据投影在幕布上的观众的形态,想做什么尽由演员去想象和发挥。很有意思,我面对的是一个女子的脸部。我半个身子着地,和她交流,她失笑了;我把手往上提了提,不完全是想捂她的嘴……轻轻做了两下小娃娃们常做的"拍哇哇"的动作,她笑得抑止不住。我拉开和屏幕的距离,远远地看着她笑出来的一滴口水落下……直到幕布上的影子消失,大家紧缩节奏，略微延续之前各自的选择方向，并非真的触摸、但是"触摸"着刚才出现过人影的幕布，余温犹在。收光。演员从侧幕悄然退下。

剧场静寂，一片漆黑。

四

音乐起。从幕布下方，演员缓缓拱出"水面"。

王玫最先出场。她肚子底下压着一个塞满衣服的大口袋，两条手臂做大弧旋幅度的游泳慢动作，从前上方划到后背，她的肚子捻着那只塞满衣服的大口袋，双腿随之向后方翘起，拖着肚子底下的大口袋一下、一下向前移动，整个人在舞台上是深度的鱼跃姿势，动作连贯、精致、一丝不苟。还没游到半场，弥散出的凄美气息笼罩了舞台，"嗖嗖"地往人心里钻，而王玫柔韧、沉着，如明洁的浮冰，顺着解冻的开河之水莽撞冲动的势头，缓缓游向舞台的左前方——这是演员眼中的左中右，就演员面对观众所处的位置而言。

第二个出场的是贺竹梅，她两腿夹着一口袋衣服，一手往前挪动，一手偶尔点一下地，帮助身体往前移动，这也是一个不可预测、能量十足的女子。之后是我，蜷缩着身体侧卧地面，塞满衣服的大口袋像婴儿一样贴靠在怀里；双手也似婴儿似的缩进怀里，但两手紧紧攥住尼龙袋的口子，上路了。一只沉重的口袋，一个侧卧的夜游者，沙漠中穿梭的蛇那样，看不见动作，但是静谧地潜行。口袋蠕动在先，人随口袋作S形的缓慢摆动，而胳膊是口袋和人之间重要的联接，胳膊悄无声息地押运着口袋和人，间隔开和他人的距离，向前蠕动。第四位出场的是文慧，她怀抱的口袋里，装的不是衣服，装了艾斯黛拉。艾斯黛拉蜷缩在口袋里，由爬行的文慧抱紧装了她的口袋，一点点地在地上滚动；文慧和"口袋"不时翻上翻下，行至台口处停住。亚男紧随其后出场，她两腿跪在口袋上，人在口袋上做跑步动作，借助动作惯性移动口袋，行至两米远的时候，她停止移动，跪在口袋上继续做原地跑步。

这时，我蹲坐在舞台上，从刚挪运出来的那只沉重的大尼龙口袋里，往出倒饬衣物，看似无意中，把衣服倒腾到场上该有衣服着落的每一个地方。

以往，我把掏空的袋子叠好，拎着它慢慢下场。还有没有其他方式？以前见亚男也是这样走下场的。后来又见亚男是拿空口袋搓身体，继续发展她和作了道具的衣服的关系。在汉堡演出，没看见她这么处理。无论怎样，都有辅助作用，都挺必要的，也很美。

记得文慧曾经感叹，这个时候，场上有点弱，只有郑福铭一个人在动，感觉缺点东西。在北京排练时，文慧试着找过她和口袋的关系，想在此时此刻给出一些动静去弥补场上的劲气不足。但是最终，没找到更好的办法，就作罢了。不得不留下郑福铭独自支撑局面。虽然这时，舞台上还有王玫。艾斯黛拉从口袋里站起来的前后脚时间里，王玫一直在坚持做慢动作的鱼跃。我想，如果增加一点响动呢？试试看，就把下场的动作调整了一下，改作用口袋掸和拍身着的衣服上和手脚上的尘土，又用手擦蹭了几下脸面。文慧和大家认可。我就坚持下来。

当贺竹梅、我和文慧先后下场以后,亚男开始快速地捡拾口袋里的衣服,将它们抛撒到空中,周围散落的衣服又被她抛起,舞台上方飞速飘扬起五彩斑斓的衣物。终于做累了,亚男缓缓站起,揉着手里的一件衣服,走向场外。

此时,艾斯黛拉还在口袋里。王玫还在缓慢地"鱼跃"。

郑福铭看起来漫无目的、实则很是讲究地选择着线路,狠命起脚。他像个失意的男子,对着地上的衣服发作,和衣服挑衅,向衣服开战。他身穿一件二十年前在中国的城镇流行的宽松老板裤,裤裆松垮,就要脱落、拖拉到膝盖的后弯窝了;上身是一件黑蓝色的隐花条纹"三紧服",即领口紧、袖口紧、下摆紧,也是二十多年前中小县城时兴的上装,每年夏天,在北方的大小县城举办的物资文娱交流会,沿街排列的小商贩的摊位上,竞相出售这种"三紧服";交流会结束后,到处可见男子们身穿三紧服,在县城的大街小巷昂首阔步、驻足观望、闲扯淡说……郑福铭支架的就是这种装束,他留着现在时的长发,身着改革开放后大江南北流行的时装,组装成一副与时俱进而又精力旺盛的"消费"姿态。舞台上铺展着零乱的衣服,郑福铭有时踩踏到滑溜的衣服上,身体站立不稳,他就随波逐流摔倒,只要能够站立起来,他就会对准衣服飞起一脚,对准掏空了的尼龙口袋、或者还装着几件衣服的尼龙袋子踢射出去。他过足了"破坏"的瘾,但我后面要堆拢的五个衣服"小岛",因为他下脚过猛,难度大幅度增加,衣服七零八落,很多已脱离了该在的位置。该死的福铭。

舞台左侧台口搭起的钢质高架上，甩出一根钓鱼竿，鱼钩垂钓着一只红苹果；掌握鱼钩的男子文宾（文慧的哥哥，音乐制作人，这部剧场作品的作曲和音响制作），对准目标——王玫迎合而去。王玫加速游动，她的肚子捻着口袋，奔向苹果。鱼钩上方垂挂的铃铛，在寂静的剧场上空清脆作响。

艾斯黛拉从口袋里钻出来。她盘着头发，身穿一件紫色的碎花背带短裙，漂漂亮亮地、出水芙蓉一般屹立于舞台。

猛然看见从"地缝"变出来的艾斯黛拉，郑福铭一改疯狂、暴烈，焕发出天使一样的面孔，一本正经向她走去。郑福铭定顿片刻，将艾斯黛拉和裹在她身上的尼龙口袋一并挑起，如同对待一根直不楞登的木料，他把她扛起来，走进了后台。

王玫还在鱼跃，那个响动中的钓鱼钩，始终与她对接不上，却似一个巨大的诱惑，将王玫的全部兴致吸引到那个小小的、无以把握的虚渺地方。终于，她耗尽能量，像一件落地的衣物，仆伏在那只苹果的阴影下，没有了主张。

五

王玫伏地之前，我已推着一只一米五宽的大拖把上场，一边拖带、聚合行进"线路"上的杂乱衣物，一边盘算着怎样不走弯路、不是为了收拢衣物东一下、西一下地去做动作，而是尽可能合理地收拾起散落在远处的衣服，从衣服里挑出那些还装着半截子衣服的尼龙口袋，如熟练的清洁女工那样，不浪费一个动作，看哪个衣服堆瘦小，就势把半截子口袋里的衣服倒上去，快速抖落两下口袋、叠好，方便待会下场时把它们顺带捎下去。我按先后次序，将衣服撮成五堆，它们分布在舞台前后五个互不遮挡的方位。造型上，五堆衣物，形似五座小山，不完全规则，但从观众席看过来，一目了然，五座山包不会重叠在一条路径上。这个过程，会有一些麻烦，比如衣服过于集中在某一处，另一个方向或几个方向没有几件衣服，构不成一座山的材料。衣服少的地方，要想办法，推别处的衣服过去。我在上场前，从幕布的缝隙观察好我该如何下手，怎样挖掘那座堆积了过多衣服的大山、从中取材。刚一出场，是干一干、查看一下那么擦着地出来——不能显出清晰的目的性，是干的过程，自然而然完成——那时，已把多出来的衣服处理到没几件衣服的位置。每一个动作不显得多余，不虚张声势，做一下，有一下的内容。我的时间有限，容不得多余的动作去耽搁，再说，舞台上，不应做无效的任何一个动作。

我这里劳动没两下，神秘的女子贺竹梅身着一水儿的拖地蓝花旗袍，从右侧后台出现——仍是舞台上演员的视角方向。看不见迈步，她就上场了。女娲一样的贺竹梅，向左前台口移动。做清洁工的我，没有打盹、没有迟疑。我的动作不大、也不特别小，在场上安静、利索、不留痕迹，不突出"我"的动静，但是真的出活儿。在贺竹梅悠然翩跹、踱步过场的时节，我在舞台上做出了五座圆满的山包，而且把居中的山包做得很大。就是说，贺竹梅是我的督导，她斜穿舞台,踱步前行这一遭,我已清理好旧市场,规划出新战区。

贺竹梅往后下腰,双手自然下垂、轻松地反钩住,头却是直立的,眼睛注视前方……她以多年前所在湖南岳阳花鼓戏剧团专业演员训练出的过硬功夫,去理解,这里需要的是不用戏曲唱腔,也不用美声,自己摸索出一种控制中的拖腔,于是,她发出了源自地心的"衣——"的哼鸣,那声音艰难平缓、不露声色,悲喜沉寂、谦和有礼,如同冥冥中的天籁希音,由娇媚而执拗的贺竹梅载运起来、传送出去,播散至悠深的远处。

文慧和我曾经聊起,文慧自己持续做这个动作的时候,身体直打哆嗦。她指的是演出结束前的最后一幕,文慧、王玫、亚男、贺竹梅四位女子向后下着大腰,从右侧幕穿过舞台中线,向左侧幕缓步移动,如同此时的贺竹梅所做的那样,四人齐声哼鸣,依次下场后,闭灯,落幕,演出结束。文慧说,那一段,不止腰累,嗓子也累。身体向后弯曲,而面冲着正前方,她们的嗓子被压迫着,发出声音是困难的,发出规定的声音,尤其富有挑战。所幸有贺竹梅的带领,轻柔而超越的、埋伏在身体底部的那种音声,能够被牵引出来,并且能够有节奏地持续下去,环绕剧场,达成作品想要的静穆而卓越的效果。

现在,是演出开始不久,贺单独展示这种难度很大的乐音和身体姿势。她身着拖地两尺多长的蓝花布旗袍,哼鸣着"衣——"的长腔,从舞台中间慢速度斜向行进。我和她错开身,表面无意实则留心,为她清理出一条将要经过的路线,在观众眼里,我一直在专心致志地建立着五座"百衣岛"。我需要赶在贺竹梅下场前,用那把特制的一米五幅宽的大拖把,做出起码四个"岛",第五个"岛"也须准备就绪才行。第五个"小岛",根据经验,最好先有一些衣物堆在那里"垫底",我从对面的衣服堆儿,经过中间地带,那时,那里正跃动着王玫,她还在徒劳无益地寻找那个不复存在的苹果,被自己的想象诱惑着在那里挣扎,动作已然没有刚才的强烈,但仍不放弃希望,不放弃寻找那只流动中的、亦真亦幻的苹果。此时,王玫已瘫卧不醒,我把路经的零散衣服推到王玫跟前——在我手上,王玫也是物件,她被混淆进其他衣物中,而我像清理杂物那样,没有丝毫犹豫,把王玫和它们一起推到第五座"岛"上。衣服把王玫覆盖起来。也可以说,衣服把王玫埋葬了。

其实,怎么能说不是我埋葬了她呢。

我的表演没有慌乱,动作有序,既不夸张,也不拖沓,一直保持节奏。

"小岛"大小、小岛上的衣服数量多少,已分配妥当,它的布局也很便捷到位。比如,郑福铭在后面的戏里将要"占领"的中心岛衣物要多一些,他的"小岛"需要做大、做实,他是个很有力量的男子,落脚位置显著,处于舞台中心,地盘应做得更大;左后方,吴文光所占的"小岛",衣服相对少一些,但又不能过于少,最好是在他后面要进行的表演过程,能够把"岛"上的衣服全都穿在身上,一件不剩地由他包裹住自身之后匆促离去;剩下的三位女子,她们名下的衣服差不多一样多。五个演员将在各自的家园——"百衣岛"上，充分展示其魅力。五座"百衣岛"上的人，利用他们的家当，极尽表现他们的生存状态，表达他们和物质的关系，个人的占有愿望和消化方式，包括自身对生活的需求、他们的理解和创造的可能，还有他们规划自己生活的能力以及下意识的自然流露。守护家园的同时，他们进行"战争"，相互竞争、劫掠，逐渐演变成一场看不见硝烟战火的冲锋和较量。在欲望和生存的考验面前，人们的行为泛滥、失控；有所获得、或者有所失去以后，又不得不去面对现实，重新修整和建立与周边的关系。这一争战过程充满紧张、血腥和荒诞的意味。

六

我退下，旋即拎着一块抹布，回到场上，一场风雪征战过去了。我顺自己视角中的右侧舞台、从后往前，在虚拟出来的空中，擦拭一堵"玻璃墙"，或许是巨大的落地玻璃窗、玻璃房？这块抹布本是一条红花短裙，是文慧贡献出来的，不知她什么年代穿过这件超短裙。选择这条红底儿、绿叶配衬小黄花的短裙做我的抹布，是想用一块有颜色的布。我的这一部分表演、舞台的这一空间格局，是我在练习中找到的，我想起小时候经常使用鸡毛掸子，掸家里高处的东西，于是，延伸出擦拭想象中的"玻璃"……这段表演，是劳动中的自然动静，形体和想象，互相调动、合作，把人的一丝不苟、虚实有致、左右高低随机变化的状态和谐地化解进每一个细节中，虚构出舞台的多重空间，以便大家在同一时间里，面对和整顿正在发生的悲剧，演绎一出人间的喜剧。我体会，擦"玻璃"的女人可能有的方式，她会采取的步骤，她的身手，她的位置，胳膊能够伸展出去多远、收缩回来多少，变幻的站位，重复而又不断调整自己，想方设法把"玻璃"擦干净，在细节上决不马虎。这块红底儿碎花的抹布团在我手里，随舞台情形忽上忽下、忽快忽慢地运行。有时，怎么也擦不净某处污渍，我往那个地方呵一口气，手紧跟上去擦拭；支离破碎的污点，在我坚持不懈追究的动作里，消失殆尽。整个处理过程避免大而化之，避免没有理由的虚张声势，但是可以有偶尔的看似不经意，还有，即使正在兴头上，该止歇的时候要舍得停住手，能够节制的地方，尽力往里收。动作有时大一下，但不可以一而再地大，出去的东西要想着让它回来，气息往下搁、动作往里去，节制住自我，应为演员常态。有的放矢，不使"放"变形或变态，收放节约、收放自觉、收放如常，相适、相契，自然而然是相宜。

我随机往前移动脚步，将舞台当作一个大的 U 型空间看待和处置，用手擦出空间，用身体语言度量出空间，在那堵不存在的玻璃墙及墙角处，在有限的时间里，耐心地做一个清理者的基本功课。点与线，点与面，深进、发展。但总的原则，把握在自上而下，一截一截地揩拭、清理，于是墙面出来了，墙角出来了，洁净、亮泽出来了——我就势转到四十五度角的另一面，去擦拭新的这一面"玻璃"墙体。以前排练时，我反复寻找和体验这一部分，发现和寻找到擦拭的内容和方式，人和实际生活，人和艺术创造的生活之间的关系，还有，艺术创造出来的人性空间，和生命立场之间的关系。

演出进行到这里，场上的内容，像是在进行橱窗里的展示。文慧身着超长的红花旗袍，贺竹梅身着蓝花旗袍，她们直举两臂，向前的拇指和向上并拢的手掌呈九十度直角，手掌支撑出旗袍的肩部，做出一副变形夸张的旗袍"衣架"；而她们的两个大拇指正好顶在前方，撑起一个高耸的胸部。她们头部的位置处在笼罩出来的长旗袍的小肚子那里——这个穿旗袍的"木头"人儿是没有头的；旗袍领子紧扣着，分外有型、优雅、夺目，只是没有头颅，造型既悲伤、又唯美，充满魅惑，也让人担忧，进而心生惧念。

触摸、探索这一部分内容的时候，我也在其中参加排练摸索，身着长旗袍，反复体会自己和长旗袍之间的可能，长旗袍穿在身上，不同于其他时候的感觉是怎样的，不同之处在哪里，这件长旗袍有什么含义，那个身体又将如何……后来，慢慢感觉到，人们走进了一个死胡同。于是，我被提拎出来，和他们拉开距离，去创造另一种存在，开辟另一个场域，在另一重范畴里，去建立既和他们有关、又和他们无关的生活，去发展和他们不一样的生命形态与舞蹈方式，进而与他们平衡、协作与共生。

比如我以清洁者的身份出现，一个既真实又虚幻、既深度介入又自由超脱，随时打破一些情调、形势，将艺术的胶着状态蜻蜓点水似地进行抵触和变通，由此，完全不同的两种力量，从各不相同的角度积蓄的涵义，同时加入进来，共同构成这部作品的立体效应。整个舞台上的人物造型和行为举止，既怪诞又有趣，既合理又生生地流泻出隐痛。

在舞台上忙碌的郑福铭，如一位搬运机器人模特的工人，他把这些长度超出他一半的机器人模特扛来扛去，几位女演员跟随他、顺应他，做出机械、顽皮而又僵硬的反应，形状就势被改变了，形成各自为阵的姿态，造型感突出，观赏性强烈，很好地调剂了剧场的气氛，活跃了观众从多个层面、多种角度对这部作品认识和开掘的热情。单就舞蹈而言，这场橱窗里的旗袍曼舞，真的很唯美，而且兼具现代艺术表现手段，那些灵活机动的调遣，随时随地渗漏出幽默感和荒诞意旨，带有末世悲怆的深邃质感。

我和舞台上的人们，各在自己的位置进行表演。从台下观众的欣赏角度考虑，我跟靠近台前、台后位置的演员，尽可能不重叠在一起，至少降低重叠的时间。故而他们在一侧表演，我就在另一侧相对空阔的地方多逗留一下，即多擦一会儿这里的"玻璃"，去展开或延伸一些细节；看他们往这边来了，我就降低身体或者干脆蹲下，去擦拭"玻璃"的底部，伺机向我将要前往的方向移动。有一会儿，我和吴文光、亚男他们两个重叠了，当时亚男坐在地上，向上伸起胳膊支撑出身着旗袍的隐形人的上半身——她的头藏匿在棉布旗袍中，形体看上去是像一个沙发，也像一个坐在地上的大比例人偶，随吴文光的引逗而动一下这里、动一下那里。吴文光是自由的，他穿一件松松垮垮的西装，是他以前穿过的，拿来做这个作品的服装道具；他手里提一个半大不小的人造革公文箱，如一名二十几年前乡镇企业的主管或者是一名推销员，也像一个油汪汪、乍乍呼呼的饭馆老板，屁股兜里插着一个套了花里唿哨硬壳壳的手机，口袋不大、手机不小,把屁股兜勒得紧绷绷的,吴文光身体一扭动,就掣动了手机的按扭,它叮铃铃、叮铃铃铃响起来。那是从小商品市场买来的模型手机,小孩的玩具,不足一元钱,事先录制了吴文光浓重的云南语音"喂,喂……"另一段是"常回家看看,回家看看……"的歌曲唱段,再往后是吴文光对着手机重复问的"喂喂,你在哪儿"。他一面撩逗亚男,一面听任屁股后面响动那位当时流行乐坛有些名声的歌手陈红演唱的歌:"常回家看看……"文光急慌忙乱,一会儿倒地,一会儿斜转身体……移动出许多此情此境中他所扮演的人物特有的姿态,将时下市行的人们变异的精神相貌、心理情状,以略显夸张的喜剧动感呈现在舞台上。

七

我继续整理舞台,整理悲喜交集的生活现场和舞蹈理由。

舞蹈剧场《身体报告》的演出继续往下进行。

"我"是一个清理者,一个与现场"多余的东西"又对立又统一的人,一个似担负着维护某种秩序和卫生责任的人,一个有正当职业权利的监察员、检查员,一个清洁工,一个见有不对劲就带着疑问上前的人。

"我"蕴含着一种复杂的背景。其实,连"我"自己也不清楚,"我"还能干些什么,应该干些什么,或者不去干什么。

同时,"我"心理正常、心智健全的人,有属于"我"的身体姿态，"我"的思想、情感，"我"的真实愿景，甚至欲望，"我"的个人化的生活习惯、兴趣爱好、工作方法……等等，我的不一而足起与止的细节。

"我"这个人的身影，不时出现在场上，穿行在舞蹈剧场的过程中，修缮时间裹挟而来的种种花名册。而整理本身，清除的本意，又带给这个世界一些疑惑，带给人们新的事物浸染或者说污垢，没准儿也带给现场真实的垃圾……这是清理者本人，勤勉的所作所为本身所携带的一些庞杂内容。

不过，这个形象也像是一个符号，包含了清理的原义，她出现在该出现的每一种时刻，勤劳熟练，默不做声，恪尽职守，提炼出劳动者的认真、精确的认知，不经意体现在舞台上，聚合了人民群众努力生活和工作的结实形象。她漫游在名为《身体报告》的舞蹈剧场的过程中，独立自主，风雨无阻。

她像一只无所不在的探视镜头，又像一座流动的派出所，也像一个肩负"维新"、改造使命的收容站。她是一个消化机器、制作机床，一个产生噪音和发酵腐朽的废品收购站，经常为污染大气的破旧厂房外墙涂抹一层干净的白土装饰粉。

她有平民的身份和质朴的形象，作为社会机体其中一个层面的代言人和践行者而独自存在。本质上，她属于微不足道的一介市民，被自身认可，被环境默许，也似乎被赋予了神圣的职能。她是公共生活中必不可少的一个环节，她类似于社会的眼睛和公家的鸡毛弹子，是公共话语的铺垫者、研修者，也是其固有秩序里粗中有细的拆解者、细中有粗的破坏者，还是不可或缺的建设者。她，对于大多数人来说并不陌生，但是她所携带的涵义却给予人们印象深刻的感受，进而联想翩跹，盲目、生硬、冷漠、麻木、滑稽、荒诞、温湿和认真，一步一个脚印。但是，她的身心诚恳、持重，以惯性带动着从不知疲倦、从不加抱怨的繁重的体力劳作行动。时而主动，时而被动，时而显现欢喜，时而隐忍伤悲。

这种形象，人们熟悉，但我要自然地、坚定不移地，有章有节地延展她的生命里面的个人生活，展开她的真实内容，显现她的个人习性和欲望井境。尤其是她的个性，为了适应生存，曾经被不算短的、不加修饰的生活修整、融会，经过差不多是在狭窄、阴暗的下水道里削足适履的生存磨练，形成了她日益顽强的、有魄力、负责任的钻研精神。她从个人的视角，努力拼接出对险象环生的客观世界的认知和准备，她尽了最大努力将这些她认识和理解的东西，控制在她勤劳的两只手掌中。每一回上工，每一次出行，每一次果决地起手去操持她的具体而微末的世界里最基本的生活秩序——她的职业生涯中波澜不惊、尘土一般生生不息的存在，她不慌不忙，成竹在胸，从容不迫，应付自如，日理万面，不知疲倦，如常既往地使一切重归了然与谐和。她的专业程度精深，执行能力有效，而且把样样事物料理得让人无话可讲。再看她那厢，不急不躁、充满乐趣；自嘲、幽默，埋藏在衣服的口袋里，随手一翻就有，似乎抖露不完，出去一种，又埋进去两种。

她的劳动者的本色，也体现得淋漓尽致。她不惜力气，做一件无论怎样复杂、细微的工作，总能提纲挈领、抓住要害，从事物的关键部位入手，从那些容易被忽略的细节着眼，走第一步，似乎已经远眺到了五步之外。那位大数学家华罗庚先生创造的优选法，意思就是根据问题的性质，在条件许可的情况下，选取最优方案。这个意思展开来，再说清楚一点，就是在一定条件下使成本最低，消耗原料最少，生产周期最短，科学家华罗庚老人把这种最合适、最好的、最合理的方案，称为最优；把选取最合适的配方、配比，寻找最好的操作和工艺条件，给出产品最合理的设计参数，叫做优选。相比科学家，这位接住地气的普通妇女，劳动惯了的保洁工、清洁者，她的旺盛力量，她的劳动态度，来自地心，来自她认为本来就该持有的式样，图腾向上，绵绵不绝，她不懂用数学探求宇宙深奥的真理，没想过针线那么小的营生里面也有些世界性的大道理、天地间的硬道理，但她具有一眼就能落到事物的实质那里去的基本功夫，从根儿上，她能捋出最重要的，以此类推，先做什么，后做什么，怎样做，做到什么程度，心里明白得很呢。她的生命，像极了她手上的大拖把，盘握在它的主人手里，横竖有用，是她生活的依托、立命的武器一样。而且，她给出的动作最小，却可能最大化地完成了要做的事情。她该是那位华罗庚老人科学的优选法最好的实践者和证明人吧？也许她就是华罗庚的理论生发的理由也未可知。在她那一方面，也许她认为，所有的女人都是那么活着的。所有的男人大同小异就那么活得吧。但总有一点不同，不同的地方表现在：高兴的时候，自己知道有多可笑，别人不一定知道；伤悲的时候，

清理

自己知道一下、不知道一下，别人呢，绝对摸不清头脑，当然没人在乎她的头脑里面究竟是怎么啦，她想些什么、她的意欲又将如何、她自以为重要与否等等的一类东西……说是那么说，顶多有人同情她一眼、同情她一脸，那又怎样，谁有工夫搭理谁呢。何况是在一个需要清洁的现场。

但是，她知道，大是由小连缀而成的。这个浅显的道理，却常被人们忽略，即使习以为常，有一日终于注意到它了，蹑手蹑脚走出七八里、十几里路程，难耐、难受、难以为继，恨不得将其丢弃到脑后完事儿。受约束的生活，是那些人们，他们昼思夜想要摆脱掉的，到那一步，她这么想，到那一步，就是拿命跟约束硬抵硬抗呢。所以知命者，知约束。知约束者，尽是些本分的劳动人民。一步一个脚板印子，大步往前溜达吧，跨过去了，管他是不是没人走的路；不走，日子里头重要些的事情缺欠火候，你想成个事，没一点可能性；醒过闷儿来，回头看，路还是要走的，一步省不了，也是剩不下的。老人讲话，功夫下不到，成不了个甚形状，更不要恣意妄想其他的，连最基本的事情也做不到，就比如你垒不牢、码不好一堵墙的圪楞角角，还想咋样？想都不要想，莫非你还能盖出个经得住折腾、屹立不倒的大瓦房？

她的行动，可谓一丝不苟。那种投入，投入时候的单纯、素朴，甚至是美好，令人尊敬。这使她彻底归属于劳动人民的光荣队伍，成为了劳动人民中的一个积极分子，也让她由衷地骄傲和自豪。这似乎又是不能替代和选择的，她确实是众多社会人群里的一个，隶属于社会的基石里边的一粒沙砾，过去说的确实更中听一些，她的阶层是社会要坚决依靠和绝对信赖的力量，现在普遍说法，他们是社会底层，贫穷而低贱，没多少人真把他们当一回事情。她和她的阶级成了边缘人群，穷困人口，下岗者或者无业游民，他们的文化素养有限，去适应含金量高的技术、技能全然不占优势。离上帝远——他们中的个别人自我解嘲的时候这么说，也那么讲：离魔鬼近；离老家清新封闭的乡村远，离浑浊奔放的大城市近，但和大城市的新生活遥远得够不到一点点边。无能为力，无可奈何？她承认生活中有不同的方式，她现在选择的，正是她能够把握到的。不拘生活规定谁待在哪里，做些什么营生，下哪种力气挣钱养家吃饭，用哪种笨功夫成家立业传宗接代，最紧要的是守住自己的生活。在那个可靠、可触摸的范围里，活出个人的基本模样。

　　她一时半会儿没法冲破这个阶层，到达别的阶层。有人念念不忘过去发生过的那种文化革命，不是已经结束了吗。那以后虽然见到一些相似的水汽泡泡、小打小闹小波澜，终归是形不成如文化革命那样疾风暴雨般全覆盖的、强劲而又深入的阵势。唉，也许再不会出现那样的时候了。不过她也知道，许多人还是蛮怀念那种岁月的，常能见到曾经熟悉的那种震命、呼啸的身体和心理症状，不少人一有点什么事情，兴奋得满脸通红，眼睛和他们的身体立即游移四处。她做清理工作，走到哪儿，都能见到曾经岁月里那种横竖不入眼、时时枕戈待旦的影子。音声也蛮像的呢。她在心里捋了捋、重温了一下，觉得不止声音像，身体动作也差不了多少，尤其那种心气劲儿更是活灵活现。不拘身处哪里，他们一个个的，一点火就着；现场气氛也是，点把火就会喷发。她没敢说出另外的感觉……要是个人有不切实际的欲望，靠砸烂捣碎本该遵守的秩序才能实现的话，她不敢想，那得是多么自私自利的人，这种人办下的事情还有个好嘢？她不能相信。不管怎么说吧，那种真实的日子，已经翻过了篇儿。有些人不愿意承认早已经翻过那一篇了。他们活在过去。可是她活在今天。她跟那些人不一样。关于这一点，她可清楚了。但她相信，一旦发生那种情况，她和她的阶层可能不会不作为依靠的力量。也想过，那是好还是不好嘢？想到这里，她总是感觉头晕脑胀，一时不知她身在哪里，她是哪里的人。她是河北哪里的人啊？关键时刻，她说话尾音带出"嘢"。重要的话，想都没想就会用到"嘢"。她听到这个字，基本能恢复理智，回到常态。

其实，她的"嘢"也没发出声，心里的话，是自己跟自己说的。

但是人的觉悟，经过努力是可能实现改变的，可以提高一星半点。这也是应该的、正常不过的事情吧。

这个方向，对她有些吸引，她愿意人们活得好。她愿意试试，自己往好了活。

活得好，好活一点。这就是她的念想。

人们都好活起来，垃圾多了还是少呢？有时候，她也会这么想一下问题。

我想，"清理者"这一角色，是由她的个人特性推动着去饱满和发展起来的，注入了个人的创造品质，她的愿望，她的心理，她的秉性，使得她所担负的这项公共责任，变得更加浑厚多元，同时，也有些莫测高深。

舞台上的每一个演员，也赋予了这个角色更多的意味。他们利用了各自所肩负的任务，夸张了她的权利属性，她在自己的活动空间，最大限度地伸展了某种权限。就是说，是她发挥了更多主观能动性，创造了属于这个空间之"王"的虚拟感觉，她付诸了实际的行动。这是一个小人物的真实故事，与别的人们的世界也许有所不同，但就这个生命而言，她是巨大的，力量无穷无尽。既可伸张、又可迂回、曲折，她的柔韧性超常，可以作为牺牲，也或者是一个标志，一种榜样。谁知道呢。

我们的作品，在剧场、在大家心里，一点点地丰富和成长。

演出谢了五次幕，大家跑上跑下五回。这是前所未有的。观众反应出奇地好。也许是演出真的好。这个作品，他们喜欢。对他们来说足够新鲜，他们理解了。我不知道。观众中有不少是中国人，他们拍手拍得更欢实一些，也许他们真的喜欢，而不仅仅是出于中国人的情感因素。德国人拍手也很起劲，因为单是中国人拍手，不会有那么粗重的声浪，不停下，不喘息，不犹豫，直到演员再次跑出来鞠躬、谢幕。台上、台下，大家都很尽兴。

演出后去酒吧坐下。吴文光对另外几个赶来的国内的行为艺家说，他做烦了，厌倦了，想放下一段时间，一个人回老家云南待三个月。他和导演文慧刚说笑没两句，话题扯回到演出前几天，他们两口子一直在进行的战争，气氛又一次紧张起来。于是，又扯出另一排沉重的话题。

生活舞蹈的剧场，也在进行中。

宁肯

小说家,散文家,北京作家协会副主席,主要作品有《宁肯文集》八卷(上海文艺出版社出版),包括《天.藏》《蒙面之城》《三个三重奏》《环形山》,另有长篇小说《沉默之门》,散文集《思想的烟斗》《我的二十世纪》《北京:城与年》。
获第二届、第四届得老舍文学奖长篇小说奖,获首届施耐庵文学奖,鲁迅文学奖,首届香港"红楼梦奖长篇小说奖"推荐奖,第四届《人民文学》长篇小说双年奖,美国纽曼文学奖提名,中国好书奖,2014年《亚洲周刊》十大小说。作品被翻译成英语、法语、捷克语,意大利语。

天湖

他们蹲在草地上开始用餐，举杯，吵吵嚷嚷。风很大，吉普车停在一旁，两侧的车门都敞开着，听得见风穿车而过的呜呜的响声。他们吵吵嚷嚷。而远处，越过他们模糊的头顶，牛羊星罗棋布，还可以看见一两枚牧人的灰白帐篷。骑在马上的人站在荒寂的地平线上，像张幻影，一动不动，朝这边眺望。然后，就看见了那片蔚蓝的水域。很难想象，在西藏宁静到极点的崇山峻岭中，还隐藏着这样一个遥远童话世界。据说，在西藏高原隆起的远古，海水并没完全退去；在许多人迹罕至的雪山丛中，在高原的深处，还残留着海的身影，并且完整地保留着海的记忆，海的历史，以及海的传说，只是这些传说只能到鸟儿的语言中去寻找了。

现在，阳光远离我们落在湖上。湖水明媚，光滑，我们却掉进苍穹巨大而混乱的阴影里，整个湖盆草原都是这样。这里气候多变，天空布着阴云，呈现出一派莫测高深景象，弄得草原苍绿、深邃，有如大片夜色，一直伸展到湖边才豁然开朗，打开一个蓝色透明世界。这湖光山色,纵非天上,已殊人间。他们高高举起酒杯,杯影与湖光重合,还有刀叉声——那么,那湖的光影里就是传说中的岛了?隐隐约约,似隐又现,有点像大堡礁。不,一点也不像。她一峰独秀,脱颖于湖心,并且还戴着一顶迷人的雪帽,并且还微笑着么?他们吵吵嚷嚷。或者千年一笑也未可知。他们乒乒乓乓。最好还是别笑吧,如果孤独,就永远孤独,就醒着,读着太阳和满天的群星。

地上扔着腊肠、熏肉、酒、打开的罐头、撕剩的面包和留着齿痕的骨头。一把亮闪闪的藏刀。那个矮墩墩的家伙站起来,举着一架"尼康"一类的玩意儿给另外几个拍照,嘴里还咬着一根火红的香肠,他们都快活而且油腻地笑起来。司机却笑得勉强,他是个军人,酒量很大,表情坚定,不时瞥一眼空荡荡的吉普车,并且每次都把目光停留在我身上,我靠着吉普车不停地抽烟。

我决心已定,就是说我要不顾一切独自去湖边。那时候我可能因触犯众怒而被扔在这儿,不过我断定他们没这个胆量。倘他们有的话,也不会放弃去湖边的打算而停在这里大吃大喝。当然了,也说不定。那也无所谓。不错,一"路"上车颠簸得太凶——沿着驮盐牦牛踩出的"路"开到这里,再也无法靠近湖边。下车步行呢?一是时间紧,当日还得返回,二是没这个必要。对了,没这个必要。这就是他们反对我的全部理由。如果大家伙儿把各自的满足与怯懦收集在一起,力量当然也貌似强大,再无动于衷的人也会感到孤单无助。这时候就特别需要酒量。好吧,把给我满上的那杯酒,我始终没过去喝的那一杯抓起来，干了！

　　扔下杯子，我径直朝湖边走去了。我知道他们都吃惊的盯着我的后背。我的背部感到了他们还没来得及商量的目光。我走得很快，有点儿像跑。后来竟真的跑起来。不管怎样，我应该快去快回，别叫他们过于难堪，尤其是别让司机，那个挺不错的军人太为难了。我多少有点紧张，但主要还是兴奋。一坨坨刺猬状的玛札草或者叫别的什么草在我脚下咔咔作响，偶尔还能看见一朵暗红色的达玛花，开得并不鲜艳，但在此地也称得上鲜艳了，真像俗话说的"万绿丛中一点红"。你不用经意看她就会从老远的草丛里跳进你的眼睛，你还以为发现了一颗红宝石。活佛花开得就普遍了，随处都能看见那一顶顶钻出草头儿的黄帽子。至于点地梅、满天星，那已不是我现在的心情能留意到的了。那得细品，平心静气，屏住呼吸，才能联想到诸如星空、银河，或者童年摇篮曲什么的。总之那属于沉思默想，或半睡眠状态，我这状态不行。我心潮澎湃。我在奔跑。我心里只有一池湖水，只想着快一点儿，再快一点儿，直扑湖边。

　　我已深入草原腹地，视野越发辽阔，荒远，陌生。现在，当我头顶混乱的苍天，当我如此渺小地置身在如此浩瀚的大草原上，我才猛地感到地球确实是圆的，圆得使山脉都显得矮了下去，群山仿佛悄悄后退着，在地平线边缘下面不时地探头探脑，露出几许牙齿一样的银峰，就连海拔七千多米的念青唐古拉主峰在此地也不过才露出半个雪白的脑袋。当然，这里海拔也已近5000公尺。我猛然想起一件事，并且暗吃一惊：据说人在高原切忌奔跑，特别是在

4500米以上，倘奔跑或剧烈运动，就极容易突然昏厥，乃至暴死。多可怕的说法！事实证明这不过是吓唬人玩儿的。

当然了，我还是放慢了速度。

我小心谨慎但我无法使自己停下来。时间不多了。一条不宽的河拦住去路。尽管不宽也是条河。这该诅咒的同一条河已经是第三次出来和我做对，它那种流法成心跟你过不去，你不知道下一回它会打哪儿溜出来。河水清浅，冰凉刺骨，全是遥远冰川的雪水。岸边杂草丛生，有蜥蜴隐匿其间，要十分当心。不过躲开了蜥蜴，尾随的鱼群是无法摆脱的，你赶都赶不走，有些胆子大的还会在你的小腿肚上亲亲热热地咬上几口，那才叫你开心呢！

总算过了河。此时满目的湖水真叫人激动。这是最后的冲刺了。我又抑制不住地跑起来。隐隐欲裂的头痛又一次向我发出危险的信号。但我此时就像穿上了"红舞鞋"，想停也停不住。至今回想起来，那仍是我生命历程中的一个老大的谜。平时我很珍惜自己，注意饮食起居，冷暖适度，甚至留心自己的肤色、脉搏，哪怕有一点儿小小的不适就疑神疑鬼——当然那通常是在我比较无聊的时候。现在我完全推翻了平时的我，甚而置美妙的生命于不顾。不过话说回来，人的一生能有几次把自己径直交给上帝？什么也别想了……天湖在望，天湖伸手可及！

最初看到的湖岸上那顶灰白帐篷已立在眼前。一群面目不清、衣袍褴褛的孩子叉着两腿站在帐篷前，仿佛训练有素，整整齐齐站成一排，都用乌黑雪亮的眼睛看我。接着帐篷里面又钻出几个高大

天湖

男人，动作迟缓而坚定，后面还跟着两个蓬着头、露着白白牙齿的女人；其中一个袍襟里还伸出一颗婴儿油亮的小脑袋，很像一只警觉的小松鼠。最后出来的是一个黝黑但面容干净的少女，忽闪着一双深邃的充满黑色梦幻的大眼睛，一副无所谓的表情。我想除了老人，倘有老人的话，这个部落的人都出来了。他们所有人都目不转睛地看着我这个不速之客，奔跑的疯子，不知发生了什么事，好像就要采取一致行动。其实我同他们一样，又何尝不感到某种威胁！我尽量不看他们。当他们发现我并没什么恶意，并不对他们构成威胁，而且是朝湖边去的时候，他们开始窃窃私语，指指点点，后来竟嘻嘻哈哈嘲弄似的笑起来。自然我也随之轻松下来。我朝他们友好地挥挥手，那里爆发出一片兴高采烈的欢呼狂叫。

　　有趣的是一个男孩子居然反复模仿我挥手的姿势，其他孩子也竞相效仿，许多条手臂戏剧性地挥舞着，一时间草原洋溢着土风舞的味道，就差一点音乐了。不，音乐在天上！此时，太阳西垂，阳光正从湖上辉煌地赶来，草原沉浸在红色热情的气氛里。大群的水鸟从我和那些欢乐的孩子头顶上掠过，无数双翅膀让湖光山霭托浮着滑翔。没有声响。此刻才体会出地球也是无言的。但滑翔的鸟群里唱出了第一声欢叫，霎时间，天空布满鸟的语言，无色的却又多彩的传说漫天飞舞——终于，我一脚踏到了浩瀚的湖边！

　　飞翔着的传说变成了宇宙的歌咏，像《欢乐颂》，像贝多芬的交响乐戛然而止——我真想一头扎进湖水，扎得深深的，今朝今世再不回头——那里应是沉寂的，又是喧哗的，冰冷的又是炽热的，无色的又是极度绚烂辉煌的——而只要超越那瞬间的迟疑,就会在那属于永恒的一瞬获得欢乐的永生!然而,就在这时候,泪水蒙住了眼睛……。

也许……生命之泪也许谁都有过。

谁都有过的生命达到顶峰时潸然泪下的片刻。这时所觉出的疲劳也许是最感人至深的。那就默默的让泪水横流。老天在上,没人打搅你。那就回味你刚刚开始不久却已创痕斑斑的平生。而现在不过是一部宏伟交响的序曲,它结束了,在你 26 岁的时候……

此时,阳光已经熄逝,水色苍苍茫茫。湖水无言,我亦无言。那么,面对即刻降临的下一轮儿黑暗,我们再见了。

再见,纳木措。

我转身,朝着大面积的阴影,朝着艰辛的却责无旁贷的人生走回去。暮色浓重,我带来了夜,他们仍在等我。随后吉普车载着叫骂在草原上飞快地奔驰,仿佛为了拼命摆脱夜的追赶。我拿出备用的氧气袋子把导管插入鼻孔,在他们的声讨中昏然入睡。仿佛听到他们还在抱怨司机,好像要不是司机固执己见他们非把我扔在纳木湖不可。自然是气话。好了,回到拉萨我请客。

原载《散文世界》1987 年第三期

沉默的彼岸

1. 湿地

从无雨之河开始的漂泊与沉思，到了雪线之上突然中止了，鼓声从那儿传来。正午时分，火山灰还在纷扬，鼓声已穿透阳光，布满天空，沿着所有可能的河流进入牧场，村庄。所有的阴影都消失了，鹰从不在这时候出现，一群野鸽子正沿着河流飞翔。闭上眼，静静地躺在湿地和沼泽之中，面对天空，鼓声，阳光的羽毛。大片的鸥群从你身体上掠过，你摆着手，示意它们不要离你太近。但你的周围还是站满了鸟群，它们看着你，看着湖水，看着湖水流线型从草丛和你的身体上滑过。

一个人，躺在隆起的天地之间，有时也在刺破青天的山峰上，就像雪豹那样。那时积雪在你的体温下融化，阳光普照，原野的亮草弥漫了雪水。这些浅浅的像无数面小镜子的雪水汇成了网状的溪流，它们打着旋儿，流向不同，不断重复，随便指认一条，都可能是某条大江的源头。

不，不是所有的源头都荒凉，没有人烟。

在我的行迹中，生长着岩石，冰川，汩汩的泉水，同样，也生长出了帐篷，村庄，正午的炊烟。村庄或石头房子几乎是从岩石上发育出来的，经幡在屋脊上飘扬，风尘久远，昭示着时间之外的生命与神话，存在与昂扬。村子太旷远了，以致溪水择地而出，从许多方向穿过村庄，流向远方。桑尼的弟弟，一个三岁的男孩，站在时间之外，在没有姐姐的牵引下，那时候正走在午正的阳光里。

这是个没有方向的孩子，只是走着，时而注视一会太阳。

毫无疑问，男孩不是第一次单独出来，或许他想念一条小溪？一只飞鸟？但无论他向哪个方向走去，他都会走到上一次的那条小溪。他不可能走得太远，小溪不允许，小溪拦住了去路。

正是融雪季节，圣丕乌孜雪峰不动声色，却有涓涓细流渗流下来，到了村中也不过尺宽，村子几乎成了网状的湿地。三岁男孩上次就到过这里，但他曾涉过这条小水流么？或许，这一次他要试试？

他眼睛一眨不眨凝视着欢畅清冽的流水，他没有鱼的概念，但他在看什么呢？看一颗琥珀色卵石的滚动？看沙金的跳闪？他试着用一双小手去拦截水流，结果水流一下涌到身上，他一屁股坐在沙地上。

他没有任何玩具。除了自身一无所有。

他的小鞋湿了，脱下来，结果他发现了鞋，鞋成了他的玩具。他拿起鞋，端炕头了一会儿，慢慢放在水里，立刻就灌满了水，然后提起来，倒下去。如是反复动作。这是姐姐桑尼汲水时的情景。

他开心极了。这时阳光已不在颤动，鼓声远去，午后的山村空灵，寂静，一如笛声里的空谷回音。男孩玩得兴起，已浑身湿透，不小心小鞋落在水上，立刻漂起来。小鞋顺流而下，像船一样航行。

男孩呆住了，异常兴奋，直到小鞋从视野中消失。他拿起剩下的另一只鞋，又端详了一会，然后，轻轻的再次放在水流上。小鞋再次航行起来，顺着水流，像一片树叶，漂向远方。他失去了一只鞋，却拥有了一只自己的船。

他彻底的一无所有，脸上出现了茫然。

你走吧，你对自己说。黄昏前你还有一段路程，你还要渡过那条不远的大河。

到了河边，牛皮舟靠过来。过了河，老人问你，要不要等，你说不用了。这时候，整个河两岸没有一人。你向山里走去，老人没马上离开。你想目送老人到对岸，但老人似乎也想看着你离去。事实上，整个一天，你是老人唯一的乘客。

你几次回首，发现牛皮舟仍在这边岸上，老人背对着你，固执地等你，却望着对岸。你决定不再回头。你站在山顶上时，正是一天中两个惊人相似的时刻：黎明与黄昏。这时候你再次朝下望去，暮霭中，老人已到了缥缈的对岸。

2. 寺院

有时候，像一种召唤，当你走进鼓声的时候，同时也就走进了那传说中浩瀚的白色的寺院。你何时穿越了那片冬天的树林，那谜一样的村落,那些狗叫、卵石、沟壑、水声,你都浑然不觉。白色的寺院群依山而建,像一艘白轮船泊在山坳里,远远看去寺院有着无数蜂窝一样的窗洞,窗洞仿佛自山体开凿而出。无法断定寺院建筑的年代,也无法知道那里有着多少双苍老,智慧,永恒的眼睛。时间在这里无迹可寻,视觉上更是应接不暇,扑朔迷离,无论从哪个角度把握都是不可能的。没有出口,但似乎又到处都是出口,而每个出口又都是事实上的入口。阳光打开或关闭,随时都可能出现一座宏伟的经堂,一个隐秘的院落,一个重檐和回廊之下幽深的天井。阳光一束或几束打在天井的深处的廊檐下,就有水从岩石里渗出,但淙淙的水声并非来自于此,可能是上面。上面,一线水槽在阴影和阳光中贴檐而走,但水声是因更上一层的垂落而产生的。不,那又是另一种声音,另一种时间了。

那就撤出身体吧,撤到无数条高墙曲巷中的一条。

站在石阶上,站在蜂房一样窗洞里传出的嘤嘤的经声中,终于感觉到了风。如果感觉不到,很可能你突然面对的是一处岩壁般的高墙,一扇紧闭的大门。这不是出口,但很可能是真正的出口。你进不去;如果你进去了,时间将会顷刻流入,永恒将不复存在。但我还是进入了,虽然我看起来仍站在门外。门是虚掩着的,里面的世界辉煌,隐秘,香火盛大,桑烟轻扬,三千长明灯跳动闪烁,照得红袍身影们在金色佛像前飘逸舞动。鼓声咚咚,这是一面深藏的人皮鼓,它源于某种酷刑,但据说惟有洁净美丽的女人皮才配制作此鼓。这是高原神秘的鼓声之源,任何一处空气和水的颤动都始源于此。身着红氆氇的苍茫老僧们面对面成行端坐,经幢一条条从顶部垂下,上面遥遥有小的回廊和倾斜的天窗,阳光落不到地面,只能斜射到经幢并透过经幢,落在高处的雕梁和壁画上。大殿两侧壁画幡影重重,神殿中部,一张黄缎卧榻上,一个看上去已非人间的老者仰卧着,已奄奄一息,某种东西正在脱离他的肉体,至少有三百名喇嘛正口诵经声伴他在中阴得度的路上。

这里是最后的出口,与天界仅一念之遥。一位神明般的主事老僧此时抓住了老人的手,轻握并以悠长的丹田之音念念有声:老人呵,注意我的话,好使你能选择易走的路,你的脚愈来愈冷了,生命已离开你的双腿,冷气正在向上蔓延,你要镇定沉着,抛开生命进入实相之境,毫无可怖之处。老人呵,你要沉着,长夜的黑影已侵入了你的视线,你的生命正在接近,愈来愈接近最后的解脱了。主事老僧一面指引,一面敲打着弥留之际的老人,从锁骨敲到头顶,这样似是让灵魂无痛苦地解脱出来,老僧手舞足蹈的指引似在指点着灵魂沿途的陷阱和避开陷阱的道路:老人呵,山岳朝向苍天,默不作声,清风拨弄流水,花自盛开,你走近时鸟不振翅,它们对你不闻不见;老人呵,你的视力已经丧失,气息已经衰尽,你与人间已无瓜葛,你走你的路,我们走我们的,依照我们指的路线继续你的前程吧……

卧榻上的老人身体内部不断传出有节奏的声响,这种节奏随着神秘而盛大仪式的继续,那时鼓声激越,寺顶高处吹响了低沉的法号,把被度者脱身而去的体滑声传向四野和天空。鼓声催促,并召唤着远方的人们，寺院崇高入云的大殿上，每一条幽静的石阶上朝圣者每日都络绎不绝。人们带着酥油来，带着糌粑来，带着哈达，银器，宝石来。那些个日日夜夜，白山碧水，天高野阔，没有故乡，倾其所有，不问归程，用每一次身体的长度，把河流，山脉，草原与圣地连接起来。在天堂的路上，没有死亡，只有灵魂的飞翔。

3. 黄昏

许多次，我试图穿越浩瀚迷离的寺院，我成功了，但只有一次。许多次的迷途而返之后，有一次缘着细小的水源，寻着微弱的水声，逾墙而过，穿过从未到过的颓圮的院落，到了寺院的底部。我气喘吁吁。这里并不平静，事实上每天仍在发生着事情——每天都在坍塌着——放眼望去，这是一个每天都在微量增加的庞大的废墟。我不知道这里已坍塌了多少年代，繁衍了多少传说，我走着，一个人，在阒无人迹的瓦砾、残垣和断壁中，我是废墟中唯一有形的生命。甚至很可能许多年来许多世纪来，我是第一个涉足此地的人，按照有关说法我已走进可怕的传说之中。是的，不错，这里的一切迹象都表明这儿是亡灵的集结地，许多等待出发的亡灵有的据说已等了几个世纪，永远不可能再转生，最终据说会风干变成墙上斑驳的痕迹。诸如此类吧，总之，这是非人之地。某种细微的坍塌声像水滴尘落，有时一小块石片悠然坠地如一片树叶。如果这时突然狂风大作（据说经常这样），雷雨交加，我不知道还会是什么样的情景，还会发生怎样惊人恐怖的亡灵飞舞的景象。够了，赶快离开，一刻也不能再耽搁了，一次涉足，足矣。

然而，这儿其实是心由之路，想超越迷宫的寺院这儿亦是秘径。是的，我穿越了呼啸的亡灵，语言的亡灵，建筑的亡灵，最终逾墙而过，上了一条秘密山路，啊，风，终于够着风了，是大自然的风，不是废墟的风。高处的风很亮，满目夕照，一派火红！我来到了半山腰上，快接近山顶了，我坐在一块飞来石上，坐看黄昏，云起，远方的河流。我的来路，下面寺院的顶部、背部尽收眼底，一览无余，而其正面的庞大、威严与神秘全失，所有正面的伟大的布局在背面都失去了应有的联系，各局部堆砌在一起又孤立无援，再加上那正面无法看到的诺大的废墟，我认为我看到了事物虚弱的一面。唉，谁像我总是喜欢探究事物的背部呢？特别是那些威严事物的背部。现在，整个寺院只不过是我辽阔视野中一部分，而且是很小的一部分，只要我稍稍抬起一点点目光，庞大的寺院立刻就会被我忽略。我并非坐禅，在信仰之地我却是一个怀疑论者，当然，我是温和的怀疑论者，温和到不会向别人说的程度。我不喜欢猛烈的事物，不喜欢强烈、激情，然而眼前的猛烈又让我惊异，我是说黄昏，大面积的阴影。由于地形貌的原因，高原的黄昏盛大，猛烈，刚刚寺院零乱庞大的背部还在阳光中，转瞬间就掉进从山顶俯冲下来的巨大的阴影中。

是的，高原的黄昏是猛烈的！大面积的阴影还在快速地移动，树木，村庄，田野，鸟群，云，水面，纷纷陷落，这会儿它的前沿差不多已抵达一条火红的大河的边缘。火红的河流自东向西，追着落日，源远流长，阴影在巨大的火红面前似乎难以渡河，一时停住了。但周围在变暗，在用更大的维度吞噬流动的火红。然而源远流长的河流几乎有着无限的流域，它快要与另一条更大的河流汇合了，虽为浅浅的远山所阻，河流仿佛一下黯然消逝、不知所终；然而隔过那一线黛色的岛屿般的山脊火红的光影再度出现，而且逾发辽阔，高远，盛大，水光粼粼，浩渺无边，——那是拉萨河与雅鲁藏布的交汇处，那里像扇面一样，打开了一泓天水相接无限寥远的金色滩涂；滩涂上无数面椭圆的小水泊，像无数面漂浮的马蹄形的梦；这些梦让晚景一照，璀璨无比，闪烁跳动，简直像女娲以五彩之石刚刚补过的还在微微颤动的一角桔色的天……这就是我的黄昏，我每天的黄昏。

只是今天，我在高处，在冈底斯－念青唐古拉山系的一块巨大的飞来石上，对岸就是火红的喜马拉雅，我的视域我的黄昏无限广大。我曾见过许多黄昏，见过海上黄昏，见过平原黄昏，见过沙漠和蒙古人的黄昏，那都是超静的伟大的黄昏，是诗歌长河中旷古不变的黄昏，只有这里，这伟岸高原的黄昏才是震古烁今、独步天下的黄昏。它宏大，剧烈，被大团的铅云崩射，被河流分解，被佛光普照，被蜂拥的百万大山纵横切割，以致整个高原几乎要通体透明……

旷古今，哪一个伟大的诗人，作曲家，帝王，能接得住这里的黄昏？也许只有贝多芬、海顿、巴赫、李商隐、李白、秦皇汉武，向晚驱车，登临古原，他们的共同出席共同有演奏或可能接住这每天都横空出世、大道无形、立体倾斜的黄昏。是的，这是音乐的黄昏，甚至音乐的悬崖，所有恢宏、细微的节奏、旋律、跳跃、休止、奏鸣、交响都在这地形的折皱，倾泻的光影，地球的黄昏中……

这里，高原的黄昏何曾像古老中原诗歌那样超静？从来没有，事实上，从一开始，从高原浮出海面之日起，高原的黄昏从来就没平静过。我无法想象这纵横的高原曾是地中海，不能想象她辽阔的海面曾迎迓过多少美丽的海上黄昏？那时据说这片海域近东向西，其蔚蓝的波涛差不多波及了整个阿尔卑斯、喜马拉雅、冈底斯地区。后来据说印度板块从南面，也就是从差不多相当于现在澳洲的位置上漂移过来，最终与欧亚大陆相撞，于是海底抬升，高原隆起，伟大的喜马拉雅与伟大的冈底斯并行浮出水面，雅鲁藏布江开慢慢的川流两山之间。

那么，那片古海退哪儿去了呢？据说一直近东向西，退到了现今的北非与南欧之间，阿尔卑斯山脉一侧，也就是现今的地中海。这是板块学说理论，同时也是诗的理论，因为这几乎已经接近于童话。但如果西藏不产生童话，还有哪个地方能够产生童话呢？学者说，雅鲁藏布江是印度板块与欧亚板块相撞的缝合线，就是说喜马拉雅属印度板块，冈底斯属殴亚板块，雅鲁藏布江一川携两大板块两大山系，这是一种说法，也是童话；海水退去，但据说并未完全消失，高原深处还残留着海的身影，海的记忆，以及鸟的语言，比如那些人迹罕至、海一样颜色的高原湖泊，它们不仅蓝得像海，而且味道相同：咸的。有人甚至称拾到过变异的活的海螺，我肯定是见不到了，但我相信。我相信会有一种现实性的神话，而且我也在其中。我无法不展开种种遐想，我满目黄昏，我是温和的，但有时内心也异常猛烈。

4. 磨房

七点钟，太阳还高高的。阳光照在田野上。青稞麦长得不好，到了收获季节还没人来收获。就这样度过整个季节吗？也许就是这样，一直到冬季，到来年春。那时候再深翻一遍土地。前面有了树，一线矮树。一线矮树构成了简单的风景，谁知道矮树下会不会掩映着一条小溪呢？或者一条大河的小支流也未可知，结果就是。还没走到那线矮树，就隐约看到了它的光，它弯曲素静的身影，多朴素的小河呀，它的源头不会很远，但你是不会找到它的。隐约中居然还有一座小桥。小桥埋在了土里，就几块石板，几乎不能算是座桥，就称它是座桥吧。

踏上石板桥就进入了树丛。河水流过小桥分成了两股，左边一股稍宽，右边一股已近水渠。事实上也是如此，这股水流是专为前面的磨房而开出来的。两股水流或靠近，或分开，到前面大约一公里的地方又合为一处。葱葱草木差不多把整个水域都覆盖了，特别是两水的中部，树木比河两岸的灌木高出了许多，因此也茂盛得多。一条小径在林木中似有还无，因为走得人少，绿茵茵的草坪总是不断漫过小径，小径由不得就有些荒芜。一个人，午后，或黄昏，走在两水间微微隆起的林荫小径上，除了河上的水鸟，偶尔的鸭鸣，

· 174 ·

再不会有什么能打扰你的心了。说真的,也许是你打扰了它们呢。许多次发生过这样有趣的情形,一只突然窜进林中的银鸥箭一般把我的视线带到另一侧的水上,一线浮游的像雪一样的鸭鹅便晃动着脑袋,煞有介事地大叫几声,仿佛我的视线侵犯了它们的领地,我绝无此意。

我不过是随便走走,可能的话再看看那水上的磨房。天还很亮,我已经听到水轮转动的声音了,我还闻到了炊烟的草香。渐渐的磨房的轮廓在林中和水上显露出来,水车巨大的轮子缓缓地转动着,扬起了好看的永恒的水花。磨房骑在水上,它是我所能见到的所有石头建筑中惟一的全木质建筑,长方形,没有屋檐,像是一座廊桥。我无法想象,以石头建筑著称的民族早年是怎样建起这座全木质磨房的,尽管它丰富的色彩已经腿尽,线条,雕花,形式已被久远的风雨剥蚀得面目不清,但当年透红的底色,独特的风格仍依稀可辨,也因此更有了一种时间感和沧桑感。事实上没一个民族不是古老的,没有着自己独特的历史沧桑,并且今天仍在延续着。如果说每个孩子都是未来,那么每个老人就是历史。

我不会轻易打扰磨房的主人。那是个生着灰眼睛的老人。其实她并不老,只是看上去已是个老人。可能是因为阳光和别的关系,她的中年看上去比青春似乎还要短暂,就像这里的草原似乎没有夏季,还没完全变绿就已开始泛黄。而且,她那双眼睛,雾蒙蒙的。她叫卓姆,头发已经花白,但还梳着辫子,含着胸,许多次闪现在学校房前屋后的黄昏里。我们远远的打过照面,但她总是怯生生的,没有勇气走到我跟前。她停了磨房的活来找我却怕遭到最后的拒绝，迟迟没敢张口。她是为孩子的事，她的儿子永毕因上学期动手袭击前任班主任而被逐出校园，我是继任者，当然既成了上学期的事实。但是永毕一如既往每天早晨随着固定的上学读书的人流来到学校，仍然在教室外与同学打闹，说笑，嘻嘻哈哈，只是不再进教室。随着每次课间之后的铃声，校园奇迹般地安静下来。永毕一个人留在教室外，不走远了，斜背着书包在教室四周徘徊，游荡，累了就坐在教室窗根下晒晒太阳，偶尔也拿出卷了的书，在炫目的阳光下翻两下，然后又放回书包。一旦教室内有什么动静，永毕就会迅速地站起来，把生着雀斑的脸贴在窗子的护网上，一动不动朝里看。

通常教室的歌声最让永毕最为激动，这时候他会像猴子那样上到护窗网上，把整个瘦削的身体印在明亮的窗上，同时也印在窗外绵延的蓝色山脉上。那阵子，通常是下午，卓姆黑色的身影也开始怯生生闪现在校园。开始我完全不知那是永毕的母亲，因为那完全是一个老人的极缓慢的身影。直到有一天我转过墙角听到永毕叫了我一声，我回过身，却没看到永毕——他已及时闪到墙后，出来的是花白头发的卓姆。

那一天我一下就明白了，这些天这个徘徊的影子大概是为我而来。显然，那一天老人鼓起了勇气，但是因为紧张两肩不住地颤抖，仍含着胸，低着头，双手合十，连续不断地说"咕叽咕叽（求求您求求您）"。起初她还对着我说，但慢慢的她的头抬起来，最后已是面向上天，就在那一刹那，我看清了卓的眼睛，那原不是一双银灰色的眼睛,而是一双患着白内障的眼睛,并且已为水雾笼罩。尽管那时只是黄昏,天光尚亮,我认为月亮已经升起,只是月华为浮笼罩,像白内障的月光,但同时也是一个苦难母亲的月光。

永毕又来上学了,仍然淘气,管不住自己,但是每每想卓姆的目光我都原谅了他,我批评他,提到他的母亲,他也不觉得什么。

5. 桑尼

桑尼,下来,快下来。你要摔着了。下来,桑尼,大家都在等你。现在该你了。你准备一下,大家都唱过了,就差你了。格吉,格吉,先进行下一个节目。

桑尼从旋柳上下来,险些摔倒,拉珍和仓曲扶住了她。

林中之舞。她们出来了,几乎是飞翔着,从蓝白色的帷幔后出现在草坪上,展翅飞翔。仙女也不过就是这样了。雪顿节还差几天呢,她们就穿上了仙女般的夏装,花枝招展。她们边唱边跳,银鸥掠过水面不时地冲向小岛,冲进歌声,甚至把晶莹的水滴洒在她们头上。她们歌唱,整齐地甩着长袖,像林中之妖,都脱胎于飞鸟。桑尼没有上场,和拉珍靠着同一棵树,面对的却是两条不同的河。她们是乡村的女儿,水泥厂的孩子现在都像白度母或绿度母,像唐卡一样欢乐。

两条不同的河一条是拉萨河主河,一条是它在密林中的支流。拉萨河是很大的水,有雪山映照,小支流上有廊桥和磨房。是的,我们在一个小岛上,小岛有个好听的名字,叫尼雪林卡。小岛是孩子们夏季的乐园。今天我要让所有的孩子都快乐，歌唱，我差不多做到了，他们一踏上小岛立刻就消失在丛林里，他们多快活呀，飞奔着，扯着蓝白相间的消夏帷幔，把小岛几乎装扮成了夏日别墅。

拉珍穿得一点也不比城里孩子逊色，头上盘了漂亮的红发绳，特别银饰和绿松石使她成为一个盛装少女。只有桑尼，桑尼依然故我，两只短辫垂在瘦削的肩上，看不出与平时有什么变化，甚至没穿藏装，还是平时的胶鞋，已经小了的棕色条绒上衣。上衣刚刚洗过，带着白霜，看得出洗得很苦，实际上桑尼还是做了准备。坐在地上的人都吃着，喝着，嚼着，桑尼也不例外。桑尼带来了一小瓶自制酸奶，一小袋红糖糌粑。我说，桑尼，给我一点你的红糖糌粑吧。我说，她们的我都吃过了，现在我想偿偿你的。桑尼张开手，不知所措，脸红了。我拿了一小块，放到嘴里。我还喝了她的酸奶。我说，桑尼，我听到过你的歌声。桑尼低着头，脸红得像火。我说，桑尼，有一次我从山上下来，进入村子，很远就听到了你的歌声，我看见你背着柴，一蹦一跳，一见我你就不唱了，还记得么？桑尼摇头。我说，你就唱那支歌吧。

桑尼不语，脸越发红，甚至连旁边的拉珍脸都红了。我喜欢她们的脸红，就像喜欢朴素的土地。可是桑尼的神情里除了羞涩还有别的东西，我说不上是什么东西，也许那支歌透露了她不愿让别人知道的东西？她只愿在没人的时候对自己唱歌？那支歌多动听呀，她一溜烟跑回家，理也不理我，可是她的脸多红呀。

高山的流水哟向东流
我的家呀在南头
请你请你拐个弯哟
把我带回家门口

高山的流水哟向东流
我的家呀在南头
太阳就要落山了
羊群还在山外头

桑尼家养了一大群羊,有四五十只,一大早桑尼要把羊赶到山沟里去,让两条狗看着,然后来上学。桑尼还要背柴,劳动,有时候课堂上桑尼她座位空着,一天不来,或者两天。但有一次一连空了三天。我问拉珍,桑尼呢?拉珍摇头,问桑尼的邻居仓曲,仓曲也摇头。我叫上丹巴尼玛、拉珍以及仓曲,我们去了坦巴。坦巴坐落在圣山脚下,是一片个倾斜的村庄,再往上就是圣山上的哲蚌寺了。桑尼家住山根儿,几乎是村子的底部,溪水绕屋而行,山谷的风最先从她家屋顶掠过,经幡总哗哗响。那天阳光直射,午后,我们走在去坦巴的坡路上,过一处高地,前面有两个小小的人影,仓曲遥遥一指说,那就是桑尼。我们紧走,在转弯处看得更清楚了,两个背柴人弯腰走着,拉珍说,左边一个便是桑尼。我仍看不出那个就是桑尼,因为两人背上的麻袋都太大了点,而且样子差不多,全遮住了她们的身子，只能看见麻袋下面两只脚在地上移动。拉珍喊，桑尼，桑尼！两条麻袋停住，缓缓转过来。两个都是女孩，她们只停了一刻，简单回头看了一眼我们，又继续走路。我问仓曲到底是不是桑尼，仓曲说是，拉珍和丹巴尼玛都说是，我们一同大喊起来。

桑尼终于停下，她的同伴迟疑地继续向前走，不时地回头张望一下。桑尼停下却没有动，也没有转过身来，我看到的仍是麻袋的背影。如果没有下面两只脚，如果仅仅是麻袋稍稍脱离于地面的那种倾斜在乡间路上的姿态，那很像是漂浮或遗落在路上的一个梦。麻袋生出了脚，独自走在午后乡村路上？

到了桑尼跟前，我说，桑尼，为何好几天不来上学？桑尼深埋着头，不语，身后柴火为她挡住了骄阳，阴影里桑尼一张汗水浸透的火红的面庞，头发散着热气，洗过一样。我说，把柴火放下，桑尼。桑尼挪动了几步，把柴火倚在墙上，借着墙的一点支撑，腾出手，解开肩胛和胸前的绳索，慢慢蹲踞下来，一点一点放下了柴，可以想见，再背起来是多么的难，也因此她不是背也不是挎，而是让同伴把麻袋捆在了自己身上，不到家就不解下。途中歇歇脚也要背着柴火歇。不知道她已走了多少路，柴火从哪里捡来，仓曲说，是从拉萨河畔一个部队锯木厂那儿背来的。我回过身，朝下望去，我差不多看见了那条河，我先看到了公路，然后是树丛，透过树丛能看见一点亮水。那是一条不算短的下坡路，而现在是上坡，可能走了一上午了，现在已是午后。

是因为背柴不能上学吗？我问。

桑尼掠汗，完全不想回答我的问题，看了我一眼，毫无羞涩，可能太累了，太累的人通常都是淡漠的，无论大人还是孩子。她看我一眼差不多也相当看一眼阳光，这是她不乐意的，但那一刻我看到她的瞳孔呈现出一种让我吃惊的琥珀色，好像有什么熔化了。无疑这双眼睛与高原的太阳有关，与对太阳的复杂感情有关，她无法恨太阳，只是无奈，甚至无视。

我说，丹巴尼玛，星期天我们一起去锯木厂。

桑尼，明天来上学吧。

我不能批评桑尼什么，几乎是恳求。桑尼不说话，眼睛望着别处，一声不吭。我想，我得见见她的父母了，不是批评桑尼，我想可能是父母原因。我听说桑尼的父亲在城里工作，我很想同她父亲谈谈。我问桑尼，父亲什么时回家？桑尼一愣，仿佛没听懂我的话。我说，我想同你父亲谈谈。说完，我注意到桑尼的表情的变化，通常桑尼的沉默是难以把握的，但这次不同，随着嘴角让我吃惊地抽动，泪水突然流出来。我不知道发生了什么，而且，她那被太阳反复灼伤，熔炼成琥珀色的眼睛一旦盈满泪水，似乎说明了什么。我没见过盲人流泪，但我认为我见到了。

我忘记了某种忠告：小心提到父亲。

原来她没有父亲。她的生父只在坦巴住了三天，之后她出生了。她的继父时间长一点，二十个月吧，那年她九岁。这个男人现在在城里，她去看过他。他离开后再没回来过。

我说，阿妈在哪儿？

桑尼揩着泪，指了指前面。

走，我说，丹巴尼玛，你来背柴。

桑尼抓住柴包，丹巴尼玛抢了半天也没抢下，我说，丹，算了，你就帮她托着点吧。桑尼重新把柴包捆在自己身上，丹帮她系上绳子。我不知为什么要系上绳子，这是一种习惯？我不认为是农奴时期留下的习惯。仅仅是一种习惯。

我们来到麦场上。尽管我已预感到桑尼母亲的个性，但见了面还是让我有些吃惊。这是个与桑尼完全不同的女人，一个强壮的女人，一身厚重的黑袍子，一条灰色包头巾勾勒出一张白而线条强硬的脸。大而凸的眼睛由于脸上皱褶的扯动有点变形，几乎敌意地看着我。我说明来意，桑尼这几天为什么不能来上学，女人的回答非常严厉，几乎疯狂：她说有人打她，骂她，我叫她上学，她不去！说得简截，生硬，咬牙切齿。这是个总是处于愤怒也总打不败的女人，由于愤怒，脸上的皱纹很像高原的褶皱。

有这事？我不相信这是可能的。

桑尼，告诉我，是谁？我问。

桑尼不语，她漠然的表情告诉我，她什么也不想说。显然她不认为这有什么可大惊小怪的，所有人都知只是我不知道。

你们知道么？我说。

我的样子把仓曲和拉珍吓坏了，丹巴尼玛告诉我是旺金和尼玛次仁，他们常骂她，说她臭，骂她脏，还打她。我一拳打在丹结实的胸上丹：为什么你从没对我讲过！你还班长呢！

旺金，我在心中咀嚼着这个名字。

我去过旺金的家，他家有着我所见过的最豪华的经堂，他的父亲不是用青稞酒而是用啤酒招待我。

我说，尽量压着怒火，如果是因为这件事，桑尼，明天来上学吧。桑尼摇头。我说如果不上学，读书，什么都不会改变。桑尼看了一眼母亲。甭看我，母亲说，明天你把达娃送到拉萨去，放他那儿你就走！桑尼的眼泪立刻又流出来。达娃是她的弟弟，她可不想那么做。我说，桑尼，这样吧，明天你先不要去拉萨，先到学校来，上学的事我们明天再谈，好么？

这一次我的话起了作用，桑尼揩着泪点头了。

事情总算过去了，桑尼没去拉萨。

我去了旺金的家，他父亲仍用啤酒招待我，我说，我还是喝青稞酒吧，旺金父亲吃惊地看着我。谈到旺金打人的情况我尽量和风细雨，但还是怒不可遏。

我还有丹还有桑尼，我们一同去了锯木场。

我喜欢桑尼，由衷地喜欢。我说，桑尼，有些东西并不重要，比如新衣服，以后总会有的，但你有的别人可能永远不会有。我说，要不让拉珍和仓曲跟你一起唱？你看行不？拉珍，仓曲，来，你们，桑尼，你们一块唱一支歌。

拉珍邀请桑尼。

桑尼终于站起来，脸红红的，掌起响起来。

她们唱的不是桑尼的歌,是祝酒歌,很普通的歌,她们面对河流,阳光,飞翔的水鸟,声音有点不同,只是我发现桑尼基本上没怎么张口,脸一直通红。拉珍和仓曲径自唱着,我不由得叹气,让桑尼开口太难了。一曲终了,拉珍和仓曲退下,就在这时桑尼开口了,正是我要听的歌:

> 高山的流水哟向东流
> 我的家呀在南头
> 请你请你拐个弯哟
> 把我带到家门口
>
> 高山的流水哟向东流
> 我的家呀在南头
> 太阳就要落山了
> 羊群还在山外头

6. 丹

有三种时间同时存在于一个空间,老人,孩子和树。树立于村头,孩子站在树洞里,老人坐在树下吮吸着夕阳,但那溪边黑袍裹身汲水女人回眸的一瞥又意味着什么?那是惊人的一瞥。老人,孩子和树,瞬间,被收入这飞逝的一瞥之中。

这已是另一种时间。我不在其中。

我站在时间之外，在早晨的围墙里面，因此可以十分清晰地看到老人飘然而逝以及丹巴尼玛掠过天空的身影。我起得很早。睡在岩石上的鹰起得更早一点，在东方刚刚泛白的时候，它们就已用完了早餐，带着神圣的职责飞向天空。它们是使者。我来到的时候，天空已无迹可寻，下面只空留下一个油腻的圆台。

圆台四周，芳草疯长，达玛花盛开，活佛花汇成了宁静如幻的光感，据说这幻缈的光感即使到了夜晚也不会完全消失，不仅如此，还会更加恍惚，更加迷离，仿佛月华幽放的花朵。圆台就在这花丛中，浅浅地高出地表。人已去，但神职人员的工具犹在。刀具。横七竖八。已残破，但刃部雪亮。一把板斧。一枚指甲。一件红色的薄衣被抛置于台外，但绯红的袖管弯曲地仍搭在椭圆形的台沿上，弯曲，仿佛生命犹存，仍有话要说，仿佛仍在够着生命的世界。

我的目光再次投向天空。天上有什么呢？我看不到天空后面的东西。完全无迹可寻。我的眼睛一亮，我还是发现了什么，不是在天上，而是在地上一小片静静的花丛中，那是一双乌黑的发辫，梳得很整齐，摆得也整齐，周围是鲜花。

一个少女，在这里，在花丛中的天葬台上，与早晨一同冉冉升起。但那可怜的老人为什么就不行？风烛残年，在这里解脱，升入伟大的天穹，是老人一生的向往和夙愿。他被肢解了，很安详，那些使者也来了，但它们就是不肯下来。它们下来了，但立刻又飞走了，无论身着红氆氇的大师怎样召唤，它们还是飞走了。这是极罕见的情况，甚至只是传说中发生的事情。这是让死者和生者都不能也无法接受的。

可怜的老人。

可怜的丹巴尼玛一下子飞翔起来。

强烈的高原阳光下，丹住的石头房子黑洞洞，与阳光形成强烈的对比，以致我刚一走进去什么也看不见，只感到了潮湿和阴凉，实际上并不潮湿，完全是一种错觉，因为太黑了。渐渐的适应了黑暗中呈现的事物，我从混乱和黑暗中看到一个模糊不清的老人，确切的说是一张脸。老人躺在角落里，显然太老了，以致无法断定老人的年龄，我认为有80岁或一个世纪了。老人已经显形，两腮凹陷，半张着嘴，眼珠或不如说是眼眶直勾勾地望着房顶，吃力地向我这边转动。他还可以支配眼珠，但已不能支配自己的萎缩的脑袋。头部有稀疏的但并不特别白的头发，仅从花白头发看应该不到一个世纪。

丹巴尼玛的父亲从里屋走出来，同样是个小老头。我说明来意，小老头完全听不懂我的话。我跟丹说，找个懂汉语的人来。丹跟父亲说了，小老头点着头出去了。这是一次临时决定的家访，丹近来反常，旷课，完不成作业，打人，他是一班之长，如此表现，我还能管谁呢？但我还是给了丹很多机会，丹却视而不见，依然故我，毫不体谅我的苦心。我无法理解丹，丹变得已不可理喻，我说他还向我瞪眼。终于，我不能再心平气和，我骂丹，我说我当初瞎了眼怎么让你当班长，我说丹，你惭愧不惭愧呀，惭愧不惭愧呀！我揪住丹的衣领，仿佛要他醒来，丹怒目之后像要打我的样子，但是突然捂着脸，蹲在地上号啕大哭。一边哭丹一边道委曲，丹说，他再也受不了了，爸爸整天骂他，打他，嫌他吃得多，不让他吃饱饭，常常早晨饿着肚子来上学，中午放学回家没有饭吃。他管教淘气的弟弟，爸爸却捧他。丹说不想上学了，想回当雄老家去放牛，找舅舅，可他又舍不下爷爷，爷爷病重，爷爷快要死了。丹哭说不下去了，捧着脸跑了。

我喜欢丹，丹是我的影子，健壮，憨直，我们一起度过了无数的星期天。一起去逛街，爬山，涉水，朝圣，进香。丹饭量大得惊人，每次我都让丹放开肚量吃，他吃五个馒头或三大碗米饭，我认为他吃饱了，后来我才发现他只吃了半饱，因为有一次请友人吃饭，我下了三斤面，结果朋友没能如约，我说丹这回看你的了，丹全吃了。丹抹抹嘴，说这一次真的吃饱了。

四月的沙噶达瓦节，释迦诞生和涅槃的日子，也是全民朝圣的日子，丹是全班惟一在七天之内围绕寺院磕完七圈长头的学生。那个星期丹像个土人似的，额头，手，膝盖骨全磨破了，六字真言何止念了千遍万遍。桑尼磕了两圈就累倒了，那些日子她为丹提供了至少十二瓶酸奶，桑尼的母亲在最后一天为丹做了一副护膝，让桑尼送给了丹。丹的虔诚是出了名的。丹是爷爷在寺院带大的，一直长到了九岁丹上学为止。爷爷一辈子在寺院里烧柴做饭，我曾问丹，爷爷算是喇嘛么？丹说当然算。

丹从没对我讲过他家中的情况，直到那天号啕大哭。现在丹坐在了老人身边，说着知心话，我听不懂。我看到老人的手颤抖着伸出来，丹就接过爷爷的手，轻轻握着，老人喉咙发出一种奇怪的声音，表情非常激动。我问丹爷爷怎么了，丹说爷爷就是这样，老了，爱哭。是的，我看出来了，老人是在哭。老人的声音又大了一些，丹搂住老人的脸，对着爷爷耳朵，喃喃地说着什么。老人也说话了，我听不清，丹回过头来对我说：爷爷说，包包里有钱，不要饿肚子；爷爷说，他死了，要我背他。说罢，爷孙俩抱头而哭。

丹的父亲带来一个人，是丹的小学老师，叫罗布，我们认识。我跟罗布谈了丹最近的情况，我说丹从小跟爷爷长大，可能同父母有隔阂，父母也可能有些偏向，这对孩子成长很不好，我说丹是个非常好的孩子，将来会很有出息的。罗布一句一句地说给了丹的父亲，并且我听得出还有所发挥。我们谈话的时候，丹洗了脸，拿起墙角处的酥油桶打起酥油茶来。不一会，茶打好了，丹给我和罗布倒了一碗，也给父亲倒了一碗，最后端了一碗到爷爷跟前，俯下身，把茶送到爷爷嘴边，一口一口地向爷爷嘴里送，我看见老人的泪再次流出来。

我告辞的时候，再次向丹的父亲强调，不要随意打骂孩子，更不要让孩子饿饭。我走到老人跟前，老人颤颤地伸出手，我抓住了。老人瞪大眼睛看着我，好像要把我看穿看透似的，无法解读老人此刻的目光，但我知道，这是一个陌生的激动的行将谢世的老人的目光，我将成为他近一个世纪的最后的复杂记忆与期待。我要走了，但老人却抓住我的手不放，丹使了很大劲才把老人的手扒开，然而就在这瞬间，我看到老人的眼底悠然升起了一层淡淡的白雾。

一个星期之后老人谢逝。没有葬礼，只有家人默默祈祷和送行。那天晚上，就是出事前一天的晚上，丹忽然跑到我的住所，告诉我今夜将为爷爷超度，凌晨他要背爷爷去天葬场。丹说我可去看。我知他们的习俗，一般天葬是不让人看的。丹知道我一直很想但从未一睹天葬的神秘过程。当然可能还有别的原因。我告诉丹，好好送老人去天堂，我会在这里为老人烧一炷香的。丹悲伤而又欣慰，因为爷爷终于能去他想去的地方了，生前他的爷已无数次在天葬台躺过，祈祷过，早已把自己献身于此，进而预先就交给了天堂，这是顺理成章的。

那夜很静，我从未焚过香，我的窗前青烟冉冉。我不知不知佛事何处进行着，但我却觉得那超度者嘤嘤嗡嗡的低吟声就在我的窗棂上，就像这晚的月。但是那个黎明鹰没有下来，下来了一下又飞走了，没有将分割好的老人送上天空。

丹是和黎明，和那些鹰一起失踪的。

7．秋天

我知道，这不是一个短暂的情绪，秋天带来的喜悦不是歌唱，而是皱纹深处的安宁。新学年伊始，没有了丹和桑尼，但所有的孩子像果实那样摆在我的面前。他们长了一岁，我没有理由不爱他们。我答应过，要带他们去那条山谷。我们穿过坦巴，穿过桑尼家的后墙山，进入了风和圣皮乌孜山谷。

圣皮乌孜山外表看光秃秃的，山顶云雾缭绕，常年积雪，下面一直到山脚都是球状风化的岩石，没有一丝植被，那些松散的卵石看上去它们关系不错，实际上每一个都是孤立无援的，随时都可能一哄而散。但山谷就不同了，因为水源的关系，因为避开了昼夜的温差和风蚀，因为阳光充足的驻留，山谷溪水长流，植物丛生，草坪终年不衰。有一年冬，雪后，阳光明媚，我进入谷中，沿着冬天清冽的溪水，我发现了多处冰川。通常，这样的山溪进入冬季就会变成整条冰川，但这里不然，冰川是偶然出现的。我注意观察了一下，我发现，偶然出现的冰川是被阴影留住的。阴影留住一小段岩石上的溪水，溪水就变成了冰瀑、冰屋和冰冒，而阳光驻留的地方，溪水明快，哗哗作响，岸上的草坪隆冬之际竟茵绿如春。

　　我喜欢这条山谷，我把它称作内秀谷。今天我要带他们认识岩石和植物。我多少知道一点沉积岩、玄武岩、花岗岩、页岩和片麻岩之类的知识。我认为石头是大地最悠久的语言，如果不知道岩石的种类，划分，由来，我们怎能和山脉相处或交流呢？你心中没有它们的语言，它们的历史，就算你想沉思点什么也是不可能的。植物同样也每天都诉说着什么，虽然孤独的野山榆寡言少语，象沉默的老人，但花朵纷放的野蔷薇和山枝子就十分喧哗了，至于满天星和点地梅简直一天到晚，不停的喊喊喳喳谈论着它们的邻居。植物的语言是大地最丰富的语言，山间一朵很普通的花，你很可能叫不出它的名字。叫不出花朵的名字会使孤独的人感到郁闷，茫然。我注意了一种花很久，就是叫不上它的名字，后来才知道叫活佛花，心一下子就豁亮了，以后再见到这种花就像见到了老友，我会蹲下来，和它说会话，是呀，人这时怎么可能孤独呢？

因此，对于我，光阴从未流逝过。我呆在时间中，就像呆在羊卓雍、纳木措或斑戈湖的湖心。湖水不会流失，反而会有许多的时间注入。有那么多赶来的时间，河流，鸟，我活得寂静而充实，还有这么多成长的孩子。他们围着我，我也并不老，我们在山谷中。他们问这问那，好像我是先知，我什么都知道，我说，其实我们知道得都很少，我们不可能都知道它们，我们只是它们中的一部分，而且是很小的那一部分。

午餐和歌唱是同时进行的，在谷中一块盈满阳光的草坪上，她们自由组合边舞边唱，不像在尼雪林卡那样经过精心准备，这一次完全是即兴的。事实上任何一次出行都伴着即兴舞蹈和歌唱，除非下令禁止，我又怎么可能禁止呢？我甚至不能禁止每一次的青稞酒。

每一次的酒都使我陷入寂静和回忆。我看着他们野餐，歌唱，舞蹈，我也在其中，但好像又超然物外，我常常看见我自己。我看见我拿着一片叶子，向他们讲述这一片叶脉与另一片叶脉有什么不同。我还看见我站起来，招呼一个攀在岩壁上的男孩。下来，我说，下来，你要摔着了，桑尼，下来，快下来。桑尼从旋柳树上下来，我说，桑尼，该你了。桑尼和仓曲靠着同一棵树，面对着两条不同的河。拉珍呢？拉珍，我听见我在大声喊，然后我看见了仓曲，仓曲说，拉珍在那儿，就在那儿呢！我的意识掠过河岸丛林回到了山谷。这时候我听到了一声尖锐的忽哨。忽哨来自山谷一侧的山峰上，那是一堆寂静的浑圆的卵石。不错，卵石有时也会寂静地发出忽哨。

我认可这里一切可能和不可能的事物。但这次我错了，卵石动了起来，并且有着模糊的五官，天哪，那是五六个男孩满是尘土的脸！他们是长年住在山上的放牛娃，我曾见过半山腰上缓慢蠕动的牦牛，但还从没见过它们的主人，今天终于见到他们了。他们的颜色与大自然浑然一体，就像卵石之于山峰。我不认为他们一定要走下山来，也不一定非要在山上建所学校，只要一间教室，一间草棚或石屋，挡挡风雨，足矣。事实上越是接近自然的人越能接受接近本质的教育，我想，在山上的讲台上，面对溪水长流和太阳鸟的鸣啭，这些孩子会比山下或城里的孩子，更加聚精会神地倾听我的讲解和有关历史的陈述。

我不是圣徒，但我确已洗尽铅华。

8. 盛会

向北，向北，深入大草原，深入藏北辽阔的腹地，深入生命的极限。黄昏的某个时刻，我以为我看见了海市，后来才知道那是草原一年一度的潮汐，一年一度的盛会。所有天各一方的帐篷，所有的老人，孩子，马，酒，风干肉，少量的羊都在路上，都在向一个传说中的地方云集。彼时人迹就像原野上的涓涓细流，从所有的方向汇向藏北，汇成川流，汇成湖泊，汇成万头攒动的人与马牛和羊的海洋。那不是几天或几个星期就能形成的，有的已经到了，有的还在路上，但对于我，一个同样地平线上的人，我的前方，我所突然看到的情景就成了瞬间发生的奇境：人们骑在马上，欢呼着，雀跃着，摇着手臂，哈达，毡帽。

狂潮——一年一度生命的狂潮——以突然的横空出世的方式显示了人面对自然马背民族面对天空的力量。草原不再空旷一色，不再寥远荒寒，数万顶白色彩绘的消夏帐篷像迷宫，像海底打开的贝壳，象不明飞行物胀满了藏北草原。劲风吹拂，帐篷城整体地波涛起伏，波澜壮阔，万头攒动。

这是草原最盛大的节日，是展示纯粹生命，英勇，爱情，胜利和欢乐的节日。这里没有朝佛，没有经轮，没有五体投地，所有人都是站着的，在马上的。我认为我到了古战场，到了格萨尔王战后狂欢的人民和队伍里。最英武的是男人，最美丽的是女人，这个古老的事实以一年一季生命潮汐的形式在这里完整地保存下来。男人们个个都是好汉，他们头缠火红的英雄绳，身挎腰刀，袒露着臂膀，昂首挺胸，高视阔步。女人个个是花朵，是盛开，是一身鲜艳夺目五彩缤纷的盛装，头戴或棕，或绿，或黑的藏式阔沿礼帽，耳畔坠着松耳石，身上挂满了铜镜、银元、红玛瑙、绿松石、银宝盒，走起路来丁当做响，仿佛带了一个小小的乐队。现在，即便我见到了丹和桑尼恐怕我也难认出他们了。

人山人海，在一块略微隆起的平坦的高地上，我看见了骑手们，他们正整装待发，都是历年负有盛名的骑手。自古英雄出少年，我还看见了非常年轻的骑手，说不定那其中就有丹，我这样想。我想我失踪的学生丹在草原上驰骋上几年，一定是一名疯狂的最出色的骑手。但不要再寻找了，我想所有的人都是丹，都是桑尼——我的另一个学生。我试呼找到他们，但现在我觉得所有人都是他们。

枪声响了。我背过身去。我是温和的，须以温和感知这一切。我听见马踏草原的声音。我觉得草原在颤抖，马群在呼啸，天空在狂欢，我有点受不了，我只能背过身去，我需要一个相对远一点地方，最好是一座无人的草山，远远地感受这一切。一个人在大海上会觉得孤单，恐惧，被巨大的自然力量所震慑，但站在岸边就会觉得拥有大海。我希望我回到岸上，我的心力弱得不行，我需要岩石，天空，远处的山峰和雪。我必须积蓄一下力量，以准备很快就要到来的更大规模的夜晚。

我希望先给我力量，然后再给我夜。

夜，黄昏之后，大幕拉开，银河初渡，星汉灿烂。草原盛大的夜晚开始了，古老的全体人民的土风舞开始了。所有的帐篷都点燃了白炽灯，巨大的夜幕下，万顷晶莹透明的帐篷，远远看象热气球那样漂浮着，荡漾着，此伏彼起，此起彼伏，而一切又为更广大的夜所笼罩，如果大海底部也有神秘辉煌不为世人所知的夜晚和舞会，那这里就是。而舞蹈的牧人此刻就像鱼群的盛会，数以万计的人手挽着手，肩并着肩，划腿，跺脚，旋转，狂欢，摇撼了夜，颠覆了夜，草原人旋起来了，旋起了星空，旋起了草原。没有音乐，也无需音乐，全凭着丹田之气，全凭着金属般的喉咙，全凭着人类原始的心跳：

号号号号号　号号号号号　号号号号号　号号号号号
号号号号　号号号号　号号号号　号号号号

号号号号号　号号号号号　号号号号号　号号号号号

这是生命的直觉，活的史诗，古特提斯海的波涛，人类初创时的第一次盛会，是团聚，是庆典，是欢乐颂，是一个伟大诗人的梦想：

> 如果世界上的姑娘都愿手拉着手，她们可以联成一个大圆圈，围绕着海洋。
> 如果世界上的小伙子都愿当水手，他们可以用他们的小船，在波涛上架起一座美丽的桥。
> 这样，我们就可以联成一个围绕全世界的大圆圈，如果世界上的人都来唱歌。
> 　　　　　　《围绕世界的圆圈舞》——保尔弗

原载《大家》1998年第3期

张锐锋

山西省作家协会副主席,一级作家,中国作家协会散文委员会副主任,中国作家协会全委会委员。上世纪80年代开始文学创作,出版散文著作二十余部,曾获郭沫若文学奖、赵树理文学奖、十月文学奖、五个一工程奖等多种奖项。

算术题

序曲一

粗糙的木柱，支撑着倾斜的、四边形单面泥皮屋顶，简单的、细碎的木格状窗户上，糊着厚厚的粗麻纸……一棵高大的老榆树上，悬挂着一口铸铁的、呈喇叭口形向下敞开、带有波浪花边的大钟，在上课和下课时都要敲响。每当到那一时刻，一个满头白发的老头就会神秘地等待在树下，腰里别着一个双铃马蹄表。他低下头，不安地低头看着表盘上的指针，然后以缓慢的动作解下绕在树上的用来敲钟的绳子……这一切，仿佛是一个放大了的、出自西洋的能工巧匠之手的报时装置，它是趣味和精确性的完美结合。

我很难忘掉我们的乡村学校，它那里的无数日子，已经凝结为一个铁块，压在了其他日子的上面，短小而沉重。我时时能够感到它的存在，感到它的力量。我记得那里的许多细节，包括学校的正方形大院里两个角上栽着的枣树，石头井口旁边倾斜地放着的敞口水缸，以及井口上立着的辘轳和它的被磨细了的摇柄……我的心脏跳动的声音里已经含有他们的声音，我的呼吸里也有着它们的呼吸。到了夏天的时候，许多毛毛虫从榆树上顺着一根透明的细丝线悬吊在空中纳凉，又使它们被微风吹得晃晃悠悠，就像坐在秋千上一样。

它们干扰了我们的视线、经常挡住我们进出教室的路径。它们的充满诗意的生活和我们的苦恼形成对比，在教室里，我们可能正在为一道算术题发愁。设立未知数 x，建立方程式，运用各种公式……一个抽象的世界将我们牢牢地控制了。为了得到一个正确的方程、一个合乎题意的解，孩子们趴在有着几道裂缝的木桌上皱起眉头、苦苦思索。老师一直在教室里走动，他的冷漠的表情不断转向另一个方向，就像作业本上的算术题一样变化莫测。纸和笔之间摩擦的沙沙声……好像发生在另一个时空里。

实际上，算术使我们获得快乐，那种经历种种艰难之后突然的灵光闪现，那种从复杂的迷宫里挣脱的快意，获得那惟一的解之后升腾起来的幸福，数字和方程式曾经填充了童年时代的时光，使我们的作业本上的空格里有了实在的内容。它让我们不断地发现了能够解答的事物，正是那些算术题里秘密设置的障碍，让我们感到了智力的力量。一个个未知数里，都有自己的影子，我们殚思竭虑地扑捉的不过是一个已经存在的自己。

有一次，我在一只过去的箱子里找到了一本书。这一木箱的表面已经蒙上了尘土，铁锁已经生锈。里面究竟有我的什么？我开始对过去的事物发生好奇。时间流逝得好快啊，好像一切已经被洗涤干净了。

我小心翼翼地找到锁钥，插到锁孔里，轻轻地旋转，那沉闷的"彭"的一声，就像从远处、很远的远处传来的。这一声，带着时间的余震，我感到自己被摇撼、被一种外在的强力推了一下。木箱笨重的盖子打开了，里面的一切让人失望，箱子里根本没有一点金灿灿的东西，没有阿里巴巴的珠宝，也没有电影里经常出现的、被人争夺的寻宝图，只有一些过时的书籍，一些破破烂烂的儿时的作业本。这是一个秋天。突然从西方沿着城市高大的楼顶刮来的风，将窗外的两棵树上的许多叶子吹到半空。黄色的、脆质的叶片像羽毛一样撒开，一直飞到我的回忆里——漫长的回忆、浩渺的回忆，它们一页又一页地翻开。

一本书。一本算术课本，一本卷了角的作业本，我轻轻地翻开。

序曲二

很像是博尔赫斯的《沙之书》，它们拥有无限数的页码，我看不完它们。我看到了从前，我的确在从前生活过，我做过作业，我还算过那么多的算术题。那时，我究竟计算了些什么？我又算出了什么？现在看来，我曾经算过的，并非我真正要计算的，我所得出的结果，也并非是真正的结果。比如说我按照老师的讲解把不合题意的解舍去，这就是一种幼稚的错误。我得出了两种答案，又为什么必须舍去其中的一个？

而且，事情不可能计算出来，可以计算的东西太少了。我还记得我们做算术题的时候，总是托着腮想啊想，对那些深埋在文字背后的意义进行猜测，以找到一种求解的途径。途径肯定不是一条，就像歧路亡羊的寓言那样，我们消失在一条又一条岔路上。

一个农人在春天撒了多少种子，在秋天又掉在地里多少？一个牧羊人一天走了多少路，一条河里有多少个波浪？我们只能用自己的眼睛去看，却不可能运用方程式。世界从来强调的是误差而不是精确的结果，这就是算术背离生活的原因，也是我们迷恋算术的原因——有时我们希望走到生活之外、走得越远越好。

往事不曾消逝，它一直在喧哗。像窗外的落叶那样喧哗，像这个城市的道路、广场上的嘈杂，秋风一直在吹着，它把过去残留的热气全都吹到冬天的冰雪里，吹到时间以远。石板上曾经写满了密密麻麻的公式、数字，它证明我们作业本上的公式和得数不是一次找到，然而为了写下另一些内容，我们必须将它一次又一次擦掉。最后，过程被丢掉了，留下了以整齐的铅笔字填充的作业本。

在我的旁边就是一面窗子，它的木格已经发黑。不知什么时候，窗纸破了，正好露出一个小小的洞，它给了我向外窥视的诱惑。我经常能够从这里伸出视线，捕捉到面积不大的事物。一次，一只红嘴鸦落在了老榆树上，它沙哑地叫了几声就沉默了，两个树杈上的树叶正好遮住了它的眼睛。我只是看到从树叶中伸出一个红色的尖尖的嘴巴，猜测着它的忧伤。还有一次，一只蜻蜓轻盈地飞到了被那个窗洞扩大了的视野里，我看到了它绝美的飞翔姿态，一个又一个突然改变飞行方向画出的折线，它的灵巧和速度，它的嗞——嗞——嗞——的击翅声，它的透明的四个薄翼振动着，似乎都显示了算术一样的精确性，可我仍然难以判断它究竟是以什么方法飞行的。多少年之后，我看到了法国作家列那尔的《自然记事》，他这样描绘：从小河这边飞到那边，它总要在清水里浸一浸它那红肿的眼睛。它轻轻发出一点爆裂声，仿佛带电飞行。

实际上，我曾经看到过这样的情景——在小河边，也在野地里的水洼上面。可是，我透过窗洞的观察却不是那样，只有它的飞行姿态让人神往。一会儿，那一破窗洞里出现了一只眼睛，四周布满皱纹——算术老师从外面向教室里窥视，他经常这样偷偷地监视着我们的一举一动。那只眼睛把我吓坏了，它果断、有力地切断了我的视线，一只飘动的蜻蜓被一只可怕的眼睛替代了。我的算术作业本上只有一个算式，我还没有算出得数。当时的慌乱可想而知，只有胡乱地在作业本上写上自己也不知从哪里获得的数字，我知道这是错误的，正确的答案不在这里。

现在，我可以从飞翔的蜻蜓那里得出结论：我们所演算的一切，上帝已经演算过了，我们的存在仅仅是为了无数次的验证。

算术题

我们想一想自己曾经学过的东西吧。我打开自己曾经使用过的作业本和算术课本。时光的力量已经渗透在纸页中，它们已经失去了纯白的质地和光泽。我知道，时间总是有用意的，它施加力量必有所图，它究竟要告诉我们什么？一位哲学家说，短秤隐约地暗示出绝对之物。我想，我曾一次次算过的得数里必定含有关于世界的寓言，它们一直在时光里窥视着我们，就像那个破窗洞里突然出现的眼睛一样。

题1 流速

> 某帆船顺流而下，每小时行19里，逆流而行，每小时行5里，问流速划速各多少？

这是一个流速问题。我当初是怎样做这个题的？记忆将一些具体的情景过滤掉了，整个过程已经是一片空白。然而，解题的步骤还放在那时的作业本上。事情就是这样被光阴筛选的：它把不必要的东西扔掉。重要的是，这个题涉及几样要素——帆船、时间、距离和一条河流的流速。它们的背后都隐藏着人的力量，最后的谜底在于，人的手里操纵着双桨。

船是物质的，但它是时间的信物，只不过它一直漂流在波浪上。在中国的道德中，逆水行舟和随波逐流是两种完全不同的选择，人从这两种选择中决出价值和意义。随波逐流显然是一种最省力的方式，在相同的划速里可以走得更远。从某种意义上说，这应该是聪明者的抉择。逆水行舟则显得愚笨、不明智和不合时宜，但是，它更需要勇气。在现实生活中，这样的计算早就藏在我们的心底，它的得数却未必是唯一的。

因为这一切条件都是为目标而设，关键是我们的目标是在上游，

算术题

还是在下游。这将决定我们的行船方向——其中含有人性中的高贵和卑劣。我在儿童时代，曾在田野里的水渠里模拟过船在河流里的景象。我和别的孩子们一起，将一个蚂蚱捆绑在一片树叶上，然后将它放到水面上。我们用树枝划着水，掀起了层层波浪。我想，在树叶上的蚂蚱看来，一定是遇到了惊涛骇浪，它在上面颠簸着，根本不知道发生了什么。它只知道事情是突然发生的，却不知道事情的原因。它看清了树叶上的每一条脉络，也许看到了那条船的边沿，却不可能知道在它的上方，存在着一个主宰，一个孩子仅仅由于自己的兴趣而把它放到了波涛里。

本来它应该生活在草丛里，以它长长的、弯曲的后腿，经常改变跳跃的方向，呼吸着野草的叶子上环绕的芳香，让早晨的露水打湿自己的触须。然而它却被莫名其妙地绑架了，这就是一个蚂蚱的命运。孩子们对世界的仿造，乃是在浓缩着人的未来。

当然，我们也以纸来折叠自己想象中的帆船，但它易于坍塌、沉没。这让我想到从前的一个故事：在黄河里，一直满载草捆的船由于失去平衡而倾覆，船上的人们抱着草捆漂浮在水面上，渐渐地，河水浸泡了的草捆越来越沉，压倒了水的浮力。岸上的人们看着他们缓缓地没到了水面以下……在滚滚波涛里，谁也没有拯救他们的力量。

事情就是这样，不论朝哪个方向行船，都有着极大的危险。我们仍以最大的力量来计算时间、距离、流速、划速、船的位置，只要有几个条件是已知的，就能通过运算得到其余的未知。前面的那

道关于流速和划速、逆水行舟和随波逐流的算术题是这样解答的:

设流速每小时 X 里,划速每小时 Y 里

Y+X=19

Y-X=5

得: X=7　　Y=12

答: 流速每小时 7 里,划速每小时 12 里。

结果已经出现了。它使世界得到了化简,然而世界上的一切都是不能化简的,这就是算术的结论不能概括生活的原因。还有一点,那就是,划速和流速的相加大于划速和流速的相减,这是庸俗实用主义者的哲学结论。

题 2　搬运

货物 385 斤,用 5 牛 14 马搬运,或 8 牛 7 马搬运,都能一次运完,问每马每牛所能运的重量各多少?

一位西方的数学家雅可比固执地认为: 上帝是算术学家。就像柏拉图固守上帝是几何学家的想法一样——从人的角度看去,万物都有自己的用处,也有自己的限度。

马和牛是两种不同的动物,它们各有自己的特点、自己的性格。

算术题

我们都对骏马的洒脱飘逸充满神往，它代表着青春、力量、速度的美。历史上众多的英雄豪杰都与马紧密相连，因而，神骏就成为英雄的象征。远在公元前 10 世纪前后的中国周代，人们已经将马作为天行健的人世见证，汉代的项王更是名骓腾骧，剑光飘忽，纵横驰骋于万军之间。

公元前 500 年左右，整个世界发生了不同寻常的变化，一系列不朽的事件出现了……中国出现了孔子、老子、墨子、庄子、列子等诸子百家，印度出现了《奥义书》和佛陀，探究了怀疑主义、唯物主义、诡辩派和虚无主义的全部可能性，古波斯琐罗亚斯德看到了世界两种对立的本原、黑暗和火的搏斗、善与恶的较量，捕捉到了道德斗争的焦点。在巴勒斯坦，以利亚、以赛亚等一批先知冉冉升起，古希腊则更是圣贤涌现，荷马、巴门尼德、赫拉克利特、柏拉图、阿基米德……他们的名字像天上的群星闪耀，照亮了人间的道路，使一代又一代的后人们从他们的思想中辨认着自己。

为什么在这样一个短暂的时期能够展开如此广阔的空间？浩淼的天穹究竟向地上投射了怎样神秘的能量？一位欧洲哲学家对这一突然出现的时代——历史文化的同一性——作出了迄今为止最精深、最激动人心的假设：马，马的魅力、价值使我们的世界发生变化。

中亚国家的铁骑战车实际上早已突入中国、印度和西方，像楔子一样凿开了每一个孤立世界的门户。马匹在古代文明中的驰骋，剑与血的映照，使得不同种族、不同国度的文化在一个历史瞬间大放光芒。马使人类第一次摆脱了双脚活动的有限半径，突破一个孤

205

立的点上的生活，走向广阔的面积、走向远方。是马匹的力量使大地的不同板块对接、融合在一起，人类被笼罩在同一片蓝天下，要发生的就同时发生。

骑马民族以马作为自己的工具，体验到世界是如此浩瀚无疆，并在一次次的冒险、一次次的灾难中，体验到了存在的困惑和可疑。人生的自信和浪漫在青春的激情消失之后渐渐地平息下来，人们开始冷静地思索：我们究竟为什么而生，我们的生活究竟有什么意义？世界是什么，我们又是谁？我们……正在做什么而且能够做些什么……思想的激情爆发了，它象山洪一样不可阻挡。公元前3000年末期，印欧骑族已经抵达红海、地中海和欧洲，公元前1200年左右，浩浩荡荡的大迁徙推进到伊朗和印度，公元前2000年末期，其它骑族事实上已经卷入中国。马以优良的技术、统治精神把人装备起来，也以它的驯服、控制和感情之美以及骑手的勇敢精神，使世界在冒险和思考的交替中成长。

中国唐代的诗人杜甫一生爱马，因为他从马的英姿里看到了人性的舒展、飘逸之美，感到了自由的意义和向理想疾驰的快乐。他在30岁时写道：胡马大宛名，锋棱瘦骨成，竹批双耳峻，风入四蹄轻……中年之后仍然有着剩余的青春火烬：腕促蹄高如踏铁，交河几蹴层冰裂，五花散作云满身，万里方看汗流血，长安壮儿不敢骑，走过掣电倾城知！多么潇洒、任性、自由又充满活力的骏马！诗人却在一个污浊的世界上徘徊，只能看着骏马奔驰、云开云合、尘烟升腾……

回到我们的算术题上吧——在这里，从前的一切都消失了，诗人的一切想象被现实的力量击碎了。马不是用来奔跑，而是用来搬运重物。它要与牛来合作，一起将货物搬运到另一个地方。速度的魅力被废除了，必须以力量来较量。题意已经非常清楚，我们看看马与牛搬运货物的力量吧——

设每马运 X 斤，每牛运 Y 斤

$14X+5Y=385$

$7\ X+8Y=385$

得：$X=15 \quad Y=35$

答：*每牛运 35 斤，每马运 15 斤。*

结果就是这样，一切都在预料之中。我们的计算给出了更精确的解答。我相信，一匹马和一头牛共同做一件事情是多么不协调，马必须适应牛的缓慢的速度和松松垮垮的节奏，必须放弃自己的优点，也必须放弃自己过去的奔跑习惯，以变得温顺、随和、畏缩不前。这样才能够显得和牛一样笨拙，才能够显的齐心协力、忠诚可靠。从这一角度说，它的力气并不比牛更大，甚至还要小一些。这必然影响到人们对它的评价，因为它的使用的价值降低了，我们甚至不能相信这是一匹真正的马。它的飒飒英姿呢？它的洒脱和飘逸呢？它的英雄气概和狂傲不羁呢？一切都没有了，骏马的一切特点被沉重的货物压倒了、压垮了——一匹马，可能是一匹骏马消逝于牛群中。

　　这就是一曲马的悲歌、一曲悠长的咏叹调、一场人世的独幕剧。它在无声中表演，却让人看到了惊心动魄的沉默。牛当然是无辜者。几千年来，甚至上万年来，它一直是人类的朋友和好帮手，在田野的茫茫荒草里开垦，缓慢、不倦、沉重的步伐，弯曲、向前的犄角，已经退化了的野性，在寒风中抖动得短短的鬃毛，麻木的、一成不变的僵硬表情，一直被视为人类的榜样。然而，人们却用鞭子抽打着它，甚至用木棒不停地打在它的脊背上，几乎听不到什么打击的响声。这就是忠诚、力量的最后结果。

　　人们却津津有味的谈论它的优点、赞美它的耐力、计算它的力量。并且喜欢它乖乖地卧在牛棚里反刍草料的样子，因为它对世界的辽阔无动于衷，对一切现实中的事情都能够接受，当然，它知道一切也必须接受，漫长的道路通向天边，断灭了所有抉择的可能。它也不可能做梦，因为梦境的真相胜于事实的真相。一个叫史密斯的数学家曾感叹："算术是最古老的人类知识……它的一些最深奥的秘密与最平凡的真理密切相连。"

题3　分配

　　儿童分桃若干枚，若人数多6人，每人所得3枚，若人数少3人，每人所得多3枚。求儿童数及桃数？

面对一筐桃子，儿童们试图把它公平地分开，这是一个古老的问题。在茫茫历史及现实生活中，这一问题一直是最尖锐的，因为它几乎是无解的。让儿童们来分桃，这里有着设题者的苦心。耶稣说过：天国在孩子们中间。

中国古代有二桃杀三士的故事，阴险的国君正是利用了分配的难题，或者说，利用了一个不可解的算术题，以两个桃子的力量杀死了历经沙场的功臣。一种抽象的运算竟然有这剑刃上的寒光，这是一个流血的童话，一个针对智力而设的刺穿肉体的童话，两个桃子掉在地上的声音伴随着先人的遗恨和叹息，撼动了我们的魂灵。多少世纪以来，无数人试图探索公平分配的秘密，几乎都无功而返。

哲学家们绞尽脑汁地设想着人类的未来——他们凭借自己卓越的想象，在薄薄的纸页上建立起一个又一个最美好的家园：柏拉图以空前的激情营造了理想国，莫尔用全部力量打制了乌托邦，康帕内拉以自己的愿望搭建了太阳城，并在幻觉中看到了行星和整个宇宙的灵性。马克思以自己对穷人的同情和无产者的立场，在雪茄烟的烟雾中，探究了资产者获得财富的秘密，窥望到遥远的共产主义。中国古代的遥远日子里，先哲们同样在思考公平的问题，他们看到生活中的一切并不是自己所愿，也不符合善的理想。老子以冷静的智慧设计了小国寡民，陶渊明则顺着一条小溪找到了桃花源——他们想到，既然在现实中难以寻找到公平和正义，也无法制造绝对公正的砝码和无限精确的杆秤，那么就干脆丢弃世间的一切度量，使人们拒绝一切交换和分配，让人们重返混沌的社会。这不能不说是一个重要的发现，他们让我们不是向前、而是向后看到了实现完全公平的希望。

时间的箭头是向前的，它很少给我们找到公平、公正和正义的机会——这些东西注定要以不可企及的距离，放置于我们的思想里。它不能给我们一个理想的现实，却永远为我们提供行为的准则和依据，我们以此可以推敲正确和谬误、甄别污浊和清洁，寻找自己的权利和挑剔社会的残渣。如果我们失去了头脑里这把隐秘的尺子，人类必将由疯狂而灭亡。

儿童们分桃的故事，实际上是一个带有抽象意味的事件。我们为什么要计算儿童数和桃数呢，因为儿童和桃子的多与少是有着决定意义的，他（它）们决定着公平是否能够实现。在大人们眼中，桃子的数目并不多，它们的分配结果没有实在意义，不会对生活产生任何影响。然而，孩子们并不这样看问题，桃子是否能得到合理的分割，不仅仅是得到多少桃子的问题，这还与集体对待他的姿态相关联，涉及到对自己人格、尊严的守护。因而，必须经过精确的计算获得结论。

成人们的错误在于，他们遗忘了天堂的存在，天堂的知识被污浊的生活丢弃了，人们以麻木的表情面对世界。这是我们不幸和痛苦的根源。这一点，俄国作家陀思妥耶夫斯基看到了。他认为，儿童与大人们有着天壤之别，他们唤起了人对爱的渴望："他们像一群小鸟似的……他们的噪音向铃声一样清脆"。更重要的是，孩子们有着比成人更深刻的道德感和更为尖锐、准确的道德判断。陀思妥耶夫斯基一次证明了——"天赋的道德真理"。

我们计算桃子和儿童的数目,实际上是在又一次证明这一天赋真理的存在。我看到我儿时的作业本上是这样解答的:

设儿童 X 人,每人原分桃 Y 个,那么,共有桃 XY 个

$XY/X+6=Y-3$

$XY/X-3=Y+3$

得: $X=12$ $Y=108$

答: 儿童 12 人,桃 108 个。

这一得数能够说出什么呢?这一数目是多么吉祥,它意味着,108 能够被 12 整除,如果不计桃子的大小差异,那么,每个人都能得到公平的对待。在实际生活中,这是一次少有的例外,是设题者有意设计了一个理想态的事件。

我记得,在很小的时候,我和弟弟总是充满矛盾和怨恨,因为平凡的日子里到处都有不平。我们经常为最细小的事情争吵,实际上,那是天赋的道德真理不断地挑剔现实中的不公,是一种秉承了上帝意旨的道德训练。又一次,父亲用自行车带着我们进城。谁应该坐在自行车的前面?我们争执不下。谁都想坐在前面,理由是前面视线开阔,而坐在后面则被一个宽大的后背完全挡住了向前看的目光,这个人就坐在了一个人的阴影里。

父亲说: 弟弟比你小,应该坐在前边。这是最高的判决,然而

在我的内心里，还有更高的声音：为什么比我年龄小就应该获得更好的？我不能理解判决的理由、也不知道它的依据是什么。父亲说：不是给你讲过孔融让梨的故事么？你要让着弟弟。我说：那么，他应该先挑后面的座位。弟弟开始哭了，显然他不能接受孔融让梨的结局，当然我也不能接受父亲的安排——我们在自己的家门口谁也不肯让步，后来，父亲决定取消这次进城的计划。这样，我们都灰溜溜地失去了一次去热闹场所玩耍的机会。我们虽然有点失望，但决不懊丧，因为玩耍的机会相对于公平和合理来说，后者更为重要。

　　这是儿时生活的一个小小的细节，它使我们看到一个孩子所看重的东西。孩子们对事物的判断有着更为尖利的直觉，他们已经感到大人们处理日常事务中的漏洞和缺陷，他们因为没有依据而进退两难。在隐藏于我们内心里的公平、公正、正义这些不可回避的焦点面前，人们往往采取了回避的方法。然而，孩子们发现这些事情恰恰是不能视而不见的，我们必须面对它。

　　父亲给我们讲孔融让梨的故事，似乎找寻到了一个来自古代的榜样，好像遥远的时光必定能够让一件平凡的事件焕发出耀眼的光芒。大人们的反复讲述，越来越让我们感到这是一种陈词滥调。我们不能理解一个古代的儿童为什么要这样做，他的谦让仅仅是为了让大人们的自私行为感到惭愧吗？事实上，人们从来没有因此感到羞愧，多少年来，多少个世纪以来，人们为了自己的私利而一直进行着种种巧取豪夺，血腥的气味被风吹拂着，被雷雨携带着，从过去到现在，充满了人的苍茫历史，刀与剑的影子，一直飘动在大地上。

一个孩子在四岁时让梨的事迹，似乎培养了一个民族谦让的传统，更重要的是，它也使那些谋取私利的人们找到了理由，它给了不公正、不公平的种种事实以借口，应该谦让的一方往往是弱者。它同时使失去利益的人们放弃斗争，以谦让和理解作为依据，放弃自己的权利。这一切，使公平的理想离我们越来越远，使人身陷于污泥中，在生活里挣扎……算术题所得到的解答，只能让老师用粉笔书写在黑板上，让一代又一代的孩子们经过复杂的演算，工整地写在作业本上。

孩子们对每一个得数都作过验算，但在历史和现实生活中从来都没有得到过验证。一位西方作家在《艾丽丝漫游奇境》一书中说："算术的不同分支——野心、困惑、丑化、嘲弄"。的确，他看到了事实中的真理，或者说是污浊的事实本身。

题4 相遇

快车长 178 尺，慢车长 150 尺，二车并行于平行轨道上。若同向而行，自相遇至相离，需时 2 分 44 秒，若相向而行，自相遇至相离，需时 4 秒。问这二车每秒钟各行几尺？

两列快车在平行的轨道上相遇，差不多是一个人生寓言。我曾经讲述过儿童时代的一些游戏，其中一个就是捉迷藏中隐含的意义——一个人藏起来，另一个人去寻找。这是一个找寻者的故事，是一种对人的世界的模拟、一个仿制品。它的目的、价值和归结点在于，人喜欢隐藏也喜欢找寻，这一切都是为了最后相遇。

然而一切相遇都是必然性的体现，是上帝的安排之一，我们不能问为什么。比如说，一个人的出生就是这样，他必然与他的父母相遇，否则这一世界将变得不可理喻。为了享受相逢的喜悦，我们无意中已经做了许多的预备，有时，我们根本不知道自己所做的，原是为了未来的某一刻。从相逢到相离，究竟有多长光阴？我们从何时相逢又在何时离别？

唐代诗人李商隐在诗中描绘了相逢相别的景象：相见时难别亦难，东风无力百花残，春蚕到死丝方尽，蜡炬成灰泪始干。这种从相见到相离的过程在漫长的时间中，是如此短暂，它注定要被从生活中抽掉，就像烟雾那样消散。然而剩余的东西却这样长久地存在着，这是一个残酷的秘密：光阴无限地向前延伸是为了打开抽屉，取走本来很少的快乐，留下痛苦和空阔的寂寞。

诗人留在我们中间的另一首著名诗篇是《锦瑟》：锦瑟无端五十年，一弦一柱思华年，庄生晓梦迷蝴蝶，望帝春心托杜鹃……他在晚年时与自己的回忆相遇，一切都隐匿于时光的后头，以前的事情被重重迷雾遮去了视线。真实的事件消亡了，留下了虚幻的记忆……人的肉体消失了，以他的诗篇作为他曾生活过的见证。历史正是以这层层的白骨作为材料来搭建自身，并在高处谛听亡灵们的歌声。

　　让我们把时间的尺度缩短吧。对于一个人的一生来说，可能最重要的事件就是与人的相遇。在人生波动的曲线上，每一个转折点上都站着一个人——也许那个人仅仅是为你守候在那个地方，等待着你的到来。不朽的黎巴嫩诗人纪伯伦因为遇到了一位美国女子学校的校长哈斯凯尔而获得新生，他才可能在巴黎得到成长，从而写出那么多永恒的作品。他的《先知》《沙与沫》《暴风雨》和《狂人》等书，曾让多少人感动。因为与一个人的相遇，使他的情感、思想及灵魂与我们贴近了，甚至我们已经听到了他的呼吸声。挪威数学家、贫困的天才阿贝尔因为遇上了一个称职的老师霍姆伯厄，他的数学才华和激情才被唤醒。而他的老师也坚信自己遇上了一个空前伟大的数学家，一生以帮助阿贝尔为荣。这使得阿贝尔在21岁时就出版了他的论文——在这一论文中，他证明了用代数方法不可解一般的五次方程，数学家们为之呕心沥血长达三个世纪之久的工作及种种设想，被宣告无效。

　　事实并不都是这样幸运。出生于莱茵河畔的天才数学家伽罗瓦却在一条反方向的路上走到终点。他在很小的时候就开始读数学家们深奥的几何学著作，就像其他孩子读一本关于海盗的故事一样容易，因而他在16岁时就开始对数学做出重大发现。但是，他遇到了一群愚蠢的教师，一直备受屈辱。他们试图扼杀他的梦想。一位美国数学家贝尔以准确的譬喻击中要害：一只母鸡孵出了一只小鹰，他总是想怎样将这个不守规矩的家伙的双脚，固定在谷仓院子里那一大堆脏土上。这注定他不能考入工科学校，因为一些连给他削铅笔都不配的人坐在评判者的位置上。后来，他将17岁时的一个重大发现写成一篇优美的论文，交给一位著名的数学家，然而这位数学家竟然将这件事遗忘了。接着他在19岁时写出三篇重要论文，将其合并在一起，提交给第一流数学家们角逐的科学院数学大赛。伽罗瓦坚信，自己的成果将是那些著名学者们的研究踌躇不前。手稿交到了秘书手上，然而秘书将它带回家未来得及审阅就突然去世，这一凝聚了天才发现的论文也下落不明。一连串的遭遇，使一位真正的数学家有足够的理由诅咒这一世界……19世纪上半叶的一个夏日清晨，绝望中的伽罗瓦21岁，在微微的凉风中死于决斗。飘忽的时光中，他只留下了自己不朽的论著，共60页——它在图书馆的尘土中发出嘲笑，并反衬着那些相遇者的愚蠢和狂妄。

许多作家们对相遇问题表现出极大的兴趣。博尔赫斯曾在一篇小说中讲述过彼此找寻的故事，两个著名的草莽英雄因莫名其妙的结怨而一直寻找复仇的机会，但一生都未能相遇，他们的刀却留了下来——多少年之后，两个素不相识的人拿起了它，在格斗中丧生。这位美洲幻想家的结论是：人的仇恨已经凝结在钢铁里，兵刃的相逢替代了各自主人的未能实现的相逢，它使后来的两个陌生人以颤抖的手拿起了它。那时，不是人在格斗，而是充满仇恨的武器在厮杀……物质的寿命比人的寿命更久长。

这意味着一个完满的、流血的结局。更多的是等待,两把刀在收藏家的兵器橱里一直在等待时机,直到这一结局的实现、相遇的完成。还有另一位作家也描绘过相遇,不过是另一种相遇。那就是卡夫卡的小说《城堡》所描绘的,一个叫K的土地测量员应聘前往城堡,他们的相遇已经从文书形式上被肯定下来,然而兑现的日子却遥遥无期。K长途跋涉,到达一个城堡所辖的村落时,只能在这里停顿下来。他忽然发现自己什么权利也没有,无权在这里的小客栈投宿,无权进入城堡并会见城堡的主人伯爵以及部长,只有城堡里的一个信使为他传达指示和消息……这是一个相遇受阻的梦魇一样压抑的故事,相遇者之间近在咫尺,却被阻隔在两岸:K的生存的合法性因不能进入城堡而被取消了。

当然,这是一部未完成的小说。卡夫卡曾对他的朋友说过:最后的结果是,K的愿望将得到部分的满足。这可能是现实最后向执着者妥协的证明之一。实际上,K与城堡已经相遇,只是在接近它时感到了强大。的排斥力,他被推倒在虚幻的梦魇中,感到了被纠缠、被压抑、无休止的折磨。人,一直承受着精神摧残,这是被现实忽视了的重要事实。关于相遇的故事无穷无尽,萨特的小说中看到了谎言和真实的相遇,一个被俘的战士为了嘲弄敌人,编造了一个谎话,敌人却按照他说的墓地,找到了在那里藏身的他的战友。梅尔维尔在著名小说《白鲸》中,描写的却是一个固执、疯狂的船长怎样追逐神秘的白鲸,以满足自己复仇的愿望……最后,他与白鲸相遇的时刻就是毁灭的时刻……相遇与毁灭联系在一起——只有一个叫以实玛利的人幸存下来,他就是故事的讲述者。梅尔维尔引用了《约伯记》利的话:唯有我一人逃脱,来给你们报信……另一个例子是,耶稣走向耶路撒冷不就是为了与十字架相遇吗?上帝却弃他而去。

  中国古代有守株待兔的寓言。奔跑的兔子与树的相遇使人获益,人却认为这样的相遇随时可以出现,守株者低估了事物之间遇合的难度。它需要复杂的条件,还需要一个时刻,一个被安排好的精确的时刻。还有一个故事是,一个画匠被一个国君所召,前去在豆荚上画画,三年而成。国君一看,豆荚上好像刷了一层漆一样,根本看不到什么画迹,大为震怒。画荚的人说:请建一面两丈高墙,凿一个八寸左右的小窗。那个周代的国君按他的办法做了,他把那一画好的豆荚在太阳初升时放在窗口,早晨的日光从苍茫的天边汇拢于为观赏者所设的窗牖前,豆荚被唤起了生气,上面所画的一切都呈现出来,龙蛇禽兽车马聚于一荚,万物之状尽现于眼前。一个豆荚与阳光的相遇竟然产生了如此巨大的奇迹!

  现在,我们来算一算那两列快车吧,看一看它们的相逢相离以及那些时间的奥秘:

设快车每秒行 X 尺,慢车每秒行 Y 尺,那么:

164 (X−Y) =178+150

4 (X+Y) =178+150

得:X=42   Y=40

答：快车每秒行42尺，慢车每秒行40尺。

它们相遇的时间、地点和从相遇到相离的时间长度，取决于它们的速度。也许速度的具体答案并不重要，然而速度的意义却值得我们回味。这一算术题解答次于它所提示的，它的辐射力已经触及人生与社会的许多方面，我们只是采用了最少的计算，运用了最少的颜料，画出了原理和结论的构成图景。寓言的力量在于它的极度浓缩、极度尖利，这比以实玛利的讲述要温和、冷静，也似乎没有一点血腥和疼痛，然而却没有一个人能够从其中逃脱。

题5 鸡兔同笼

鸡兔同笼，不知其数，但知鸡头比兔头多3个，鸡足比兔足少8只，问鸡兔各若干？

"在这里面有死去的大自然的恐惧"，俄国思想家沃洛申在自己的笔记中说。他一定皱着眉头，想到了一些事情。至少在一万年时间里，人逐渐地将一些可以驯养的禽兽，归拢于自己身旁，变为财产的一部分。那些飞禽走兽渐渐地脱去了野性，失去了自由，同时找到了可怕的归宿——人们把它们豢养起来。猪成为肮脏和愚蠢的代称，牛变为笨拙的苦力，鸡是多嘴婆的另一种说法，驴子终身劳累却被多少寓言和童话讽刺、挖苦——只有善良的、充满孩子气的作家列那尔指着驴子说：这只长大了的兔子。

我们认为，兔子是可爱的，实际上它的运气也好不到哪里。至少，在我们的算术题里，它和鸡被放到同一只笼子里，让孩子们算出它的数目。有趣的是，通过对两种动物的比较发现，将它们的头的数目加起来，等于它们的实际数目，而将它们的脚数加起来，却变得混乱不堪了。因为兔子和鸡的脚数不同。这就是设题时隐藏着的秘密，将它们各自的脚数分离出来就成为解题的关键。

从纸页发脆的作业本上可以看出，孩子们完全可以窥破他的奥秘，趣味的核心被挖掘出来：

设鸡为 X 只，兔 Y 只，那么

$X=Y+3$

$2X=4Y-8$

得：$X=10$　　$Y=7$

答：鸡 10 只，兔 7 只。

一个题得到了解答，它便从乐趣的方向上失去了意义。然而，鸡兔同笼去可以视为一个寓言或童话，他们呆在一个笼子里将发生什么事情？好像什么也不会发生。它们的个性似乎完全相反，一个叽叽喳喳的不停叫唤，仿佛有说不完的话，另一个则沉默寡言，面对眼前的一切又有什么好说的呢？因而在某种意义上说，兔子成了一个倾听者，一个永远的倾听者。

算术题

实际上，我们很少将兔子和鸡放在一起，我们所计算的不过是偶然的事例。这让我想起乡村时的日子，天还未完全放白，公鸡们就开始司晨了，它们沙哑的叫声唤醒了睡梦中的庄稼人。一般地，公鸡这时都是站在高处，站在鸡窝顶部或者是土墙上。这样，它的声音才能传得很远。这让我们想起一个皇帝著名的反拗诗：公鸡一唱撅一撅，公鸡二唱撅两撅，三声唤出扶桑日，扫败残星与晓月。多少人津津有味地谈论后两句力拔千钧、王气逼人的突然转折，公鸡的晓唱和帝王的豪情、雄心勃勃和杀气飞扬，联系到了一起……因为它们的歌声对日出的光芒作了预言。这时已经有人活动在田间的路上，拾粪者正弯下腰身，用粪叉将还冒着热气的牛粪轻轻地铲入荆条编制的箩筐里。因为车夫们早已出发了，笨重的车轮与坚硬的乡村土路之间的接触，发出了轰隆隆的、隐隐约约的、有点沉闷的回声——就像是很远很远的天边传来的雷雨的消息。那时还没有胶轮马车，仍然是用古老的木轮车，它走得很慢，马车或牛车的影子很久都不会消散。

女人们也早早地起来了，她们推门出现在院子里的第一件事就是抽开鸡窝的挡板，一群鸡扑打着翅膀呈半飞翔的状态——尽管如此仍然难以掩饰它们身体的笨拙，它们仅仅是摆出了一种试图飞起来的样子而已。可以将鸡们的这一连串的动作视为刚刚醒来之后的伸懒腰、打哈欠，自由的、清凉的晨风将它们吹的羽毛蓬松，就像是一串串棉花球飘了出来。乡村女人们伸开手，米粒或高粱颗粒从她们的指缝里漏了下来，并且嘴里含着含混的、像是魔咒一样的特别用语。那些鸡可能已经听懂了她们的呼唤，也可能仅仅以锐利的目光看清了撒在地上的食粮。总之，它们一哄而上，以惊人的速度抢夺这些粘着尘土的丰盛早餐。

但是，鸡给我留下了肮脏的印象，它们不讲卫生，随地大小便，我们只要一不小心，就可能踩在一堆鸡粪上。它们的这种坏习惯已经不可能改变，就像它们的外貌一样。虽然鸡已经失去了飞翔的能力，它们却恰好可以飞到窗台上。有时，我在屋子里向外看，玻璃窗外的一双高粱米似的眼睛和伸长的尖尖的嘴正好对准了你，它们目光里的虚无让你恐慌。

我们再看看笼子里的兔子吧。它们与野兔已经有了很大的不同，那种充满活力的跳跃、奔跑的速度之美，已经完全消失，只留下了兔子的外表：长长的耳朵，红红的眼睛，独特的三瓣嘴唇……它们是温顺的，毛茸茸的卧在你面前，吃着草或者萝卜。因而，它就成为童话和儿童故事捕捉的对象，它总是可爱的受害者，因为它没有进攻的习惯，也缺少致敌于死地的锐利武器。它唯一的能力就是奔跑，跳跃着奔跑，然后躲藏到某一个洞穴里。

这就是人们爱它的原因。人总是喜欢坐在君王的座位上，去俯瞰他的奴隶。驯服的奴隶总是最好的。兔子正好是这样的一个纯洁、软弱、天真、温顺的原型，无论我们怎样对待它，它都会伸着长长的双耳，乖乖地呆在那儿。它的目光里没有邪恶和凶狠，也没有嫉妒和不满，只有平和的哀求……就是说，它从来没有阴谋和颠覆我们的宝座的企图，这样的事情它想也不想，它只是乖乖地呆在那儿，这就是它的全部生活。我的小女儿在幼儿园里学会的最早的儿歌就是关于小白兔的,那长长的耳朵不仅有趣,而且是人间最纯洁的比喻之一。这让我想到失去家园的流浪者里尔克的一句话:这个故事死去,人们就将它安葬在书本里。

我曾经在遥远的儿童时代喂养过兔子。兔子是那样洁净,雪白的容貌一尘不染。它们总是隔着铁丝编制的网栅,一直向外窥望,等待着我提着箩筐归来,将粘着湿土的青草递给它们。我喜欢坐在兔子的窝棚边,听着兔子们吃草的声音——喳喳喳,喳喳喳喳……这是关于善的训导,一种来自灵魂的言语……它们应该生活在另一个世界里呀。

实际上,它们就在我的身边,与我们在一起,并且是我们的奴隶。它被关在低矮的、潮湿的、肮脏的窝棚里,没有自由,没有一切一切。这就是我们对善的回答。兔子天生没有发声器官,是一种先天的沉默者,好像是一个被割去了舌头的受刑者。它的沉默和我们的语言一样,是这个世界上的另一种声音,而且可能是更重要、更高贵的声音。

我们算术题的要旨是,将兔子和鸡关到同一个笼子里。鸡更能代表庸俗的生活,它与我们的物质生活联系得更为紧密,并且不停地呱呱乱叫,是一个语言的滥用者。幻想家博尔赫斯曾虚构过一个故事,人与美洲豹被放在有着一堵隔墙的同一个房间,结果,那个人从豹皮的斑纹上猜中了上帝的秘密。也许,鸡兔同笼的题意根本不在我们所解答的那一数字上,将有声与无声、纯洁与肮脏、庸俗与高贵置于同一个狭窄的空间,其本身就含有上帝深奥的用意。

题 6 龟鹤同池

龟鹤同池,共计头 h 只,脚 f 只,求龟鹤各几只?

原始的大自然的图像:在一池清水中,鹤在水中的沙渚上站立,凝神看着水中的游鱼或水草顶端环绕飞翔的蜻蜓、蝴蝶,而乌龟正在池水中缓慢地游动,或者潜于水底的石头上静静地闭目养神……万物以它自己的方式生活着。高傲的鹤群,伸长脖子,借助自己的高度可以看得很远,也能以尖利的目光探到深水的底部,它们高兴了就互相较颈耳语,不高兴就愤怒地离开,渴了就饮水,饥饿了,那水池中早已为它们预备了充足的食粮。总之,这是一个自由的世界,在风的吹动中,水草发出了沙沙的响声,它只是一这样的方法来掩饰大自然的宁静。

我想,一个古代的这人就坐在水边的一块石头上,他以自己的眼睛观察着池水里的一切,又以心灵感受着万物的自由,对龟与鹤的头数和脚数的计算发生了兴趣。于是开始计算起来……4 只脚与 2 只脚怎样相加,又怎样把它们分开?他感到自己与眼前的一切融合到了一起……这一切都让我们感动,因为我们的确觉得曾有一个伊甸园存在过,我们有过美好的时代,拥有过真正的自由。几千年前,尧要把天下让给许由,然而许由拒绝做王位的奴隶。对于他来说，拥有自由比拥有天下更重要——对此，庄子以精美的比喻说出了自由的快乐。他说，一只鸟儿在深林里筑巢，只要占用一根树枝就足够了，鼹鼠于河中饮水，只要喝饱就可以了。这样，一个人拥有天下又有什么意义？贪婪者自有贪婪者的理由，自由者却能够不为物质利益所羁绊，获得人的不受控制的特权。

一个人如果失去了自由，他又怎么生活？庄子里的寓言曾将失去自由的例证展示给我们看：影子的影子怀疑地问影子，你行走又停下，你坐着又站起来，为什么你不能做自己的主人？影子的回答是这样的：我的存在原是凭借了别的存在，而我所凭借的又有所凭借，我凭借了蛇腹下面的鳞片和知了的翅膀才得以蜿蜒而行或越过溪流，我又怎能知道这一切是怎么发生的呢？影子存在的理由不属于它自身，人，不能够成为他者的影子。

从龟鹤同池的算术题里，我看到了它们互不侵犯、同享一池清水的快乐。人们常常将龟和鹤作为长寿的象征——长寿原是因快乐而获得。我们还可以想到唱着《击壤歌》的壤父，他一边将土块击碎，一边唱着：日出而作，日入而息，凿井而饮，耕田而食，帝力于我何有哉！除了上天的安排，谁又能干扰我的生活呢……这是多么自由的一幕，它曾经在时光中上演过，只有天上的飞燕、地上的蚂蚁观赏了这样的精彩戏剧。

而我们，面对咄咄逼人的自由，只有单怯的退却，因而一张观看悲剧的门票塞入我们的手里。我曾看到过没有自由的景象：有一天，我从街头小贩的手里买到了两只螃蟹，让我的小女儿玩耍。我们把它放到了一只脸盆里，脸盆光滑的弧形，使螃蟹永远爬不出去。世界如此巨大的空间对它们失去了意义。我女儿高兴地看着螃蟹试图逃脱的样子，知道了他们喜欢横着走路，数清了它们的脚的数目，却不明白它们的眼睛为什么是突出来的。女儿问：这样的眼睛能看到什么？我只能说不知道。

然而，我想，它们只能看到一片白白的、高高的、反射着刺眼的白光的弧面，横亘在面前。自己为什么掉入了这样一个地方？它们的思想里一片迷惘。然而只要活着，就要逃出去。它们用尽了能够想出的所有办法，两个螃蟹开始时想凭借单个的力量翻越这一白色屏障，一次又一次失败了。后来，他们聪明地想到了合作，一个螃蟹搭在另一个螃蟹的身上，下面的螃蟹试图将上面的螃蟹推过去，在仅仅离脸盆边缘还有一寸左右的时候，它们掉了下来……

夜晚，我从外面回来，奇怪地听到房间里响着沙沙沙的声音。这种声音在深夜的寂静里显得越来越响。我警觉地推开那个房间的门，好像什么也没有。随着开关轻轻地一响，电灯亮了——我明白了，正是那个脸盆里发出的声音，两个螃蟹从未放弃努力，从未失去重获自由的愿望……那一夜，尽管已经非常疲倦，可久久未能入睡，我只是听到那绝望的沙沙声彻夜不息。

最后的结果是，它们耗尽了力气，死去了。这让我们想到多少人间的事情，沙沙沙的声音充满整个世界，我们不论从哪里倾听，都是沙沙，沙沙沙，沙沙沙沙……

这与龟鹤同池的故事恰成对照，我们还是看看这些优美的算式和解答，也许它们并不能说明什么：

> 设龟头数为 X，鹤头数则为 H−X，那么
> 4X+2 (H−X) =F
> 得：X=F/2−H　　鹤头数为 H−X=2H−F/2
> 答：龟（F/2−H）只，鹤（2H−F/2）只。

其实，这些数目仅仅是自由的数目——它们是幸运的。沃洛申说，我给自己想出一张世界规律的脸，脸色苍白，眼睛睁得很大。那么，着眼睛看到的，一定是那些迷雾蒙蒙中的、似乎处于世界之外的龟与鹤，骄傲的悠闲，孤寂的自白，以及和睦共处的快乐，自由化身的描绘仅仅存于我们的思维和语言中。

题7　工程

> 有一工程，甲乙丙三人合作，30日可成；甲乙二人合作，32日可成；乙丙二人合作，120日可成。三人独做此工程，各需几日？

精彩的想象，优美的回忆，人与人的相逢，各种动物之间的彼此相依，暴雨后迷蒙的阳光中呈现的天边彩虹……我们必须承认，这是一个物质特征压倒其他特征的世界，人间的炊烟是借助于物质

的力量升起来的。从某种意义上说，我们的肉眼能够看到或不能够看到的世界里，都充满了处于合作状态的事物。由低等动物到高等动物、环环相扣的生物链，阳光、河水、青草、食草动物与食肉动物之间的密切联系，土壤中从植物的腐败、养分的分解到将这些养分重新释放回土壤，将有数目巨大和不同种类的土壤动物来配合完成一系列的复杂工作，以使辽阔的土地保持用来养育我们的足够肥力。

我们处处可以倾听到各种事物彼此呼应的雄浑的协奏曲，这是一个工种齐备、分工细腻、此起彼伏的协作者的家园，即使什么新的事物都没有出现，我们仿佛仍然必须面对一个永远不可能完成的巨大工程，在不知不觉、无休无止的施工过程中，一切个体生命在时光中一点点的耗尽自己的精力，又回到无机界得以解脱。

人类曾试图建造一座可以通向天堂的通天塔，使上帝感到了恐慌。上帝很快窥破了来自不同地方的人们能够如此和谐合作的基础：语言。于是取消了人们能共同交流的同一种语言，从而使使用各不相同的语言的人们变得交流困难，让人类的合作拥有了一个可以被控制的限度。合作的步伐被抽掉了踏板，通天塔的工程停止了，人类僭越上帝的秘密图纸被彻底撕毁。《旧约》里的这一寓言乃是指出了语言中所含的无穷能量，人类的真诚交流完全可以敲碎上帝的安排。

这一点，不包含在我们的算术题里，我们所要计算的，仅仅是合作本身可能创造的奇迹：

算术题

设甲单独做工需 X 日,乙单独做工需 Y 日,丙单独做工需 Z 日。则,甲每日可成全部工程的 1/X,乙可成 1/Y,丙可成 1/Z。方程为:

1/X+1/Y+1/Z=1/30

1/X+1/Y=1/32

1/Y+1/Z=1/120

得:X=40　　Y=160　　Z=480

答:甲单独做工 40 日可成,乙单独做工 160 日可成,丙单独做工 80 日可成。

每一个人的力量是不同的,也极其有限,可合作的力量却能在短期内完成一个人需要很长时间才能做完的事情——一个简单的、人人皆知的道理,却需要用算术来证明。实际上,我们的经验早已解答了这一问题,"众人拾柴火焰高"的谚语已经成为老生常谈和陈词滥调,然而它仍是世界的基本奥秘之一。美国医学家坎农在他的《躯体的智慧》一书中,将自己对躯体、个体细胞及细胞群的研究推广到社会原理。他看到,在原始状态下,依靠狩猎和简陋的农业为生的少数人群,他们所面临的,差不多与孤立的单个细胞生活的状况相似。他们虽然可以在辽阔的环境中自由活动并为自己觅食,但不可能获得控制环境的能力,因而,人们将无可奈何地顺从大自然已经安排的一切条件。当人类组织起来像细胞组成有机体那样,形成一个能过提供相互援助的内部机构,个人的特殊才智与技巧才真正地发挥出来,以造福于集体。这是社会文明的开始——它将解除人类生活中的大量疾苦,许多人们还可以远离自己生存所必需的供应来源。

一个国家、一个民族、一个家庭,都是这样的合作体。另一方面,这样的协作在改变自己生存处境的同时,也将集体的某些意志强加于个体,使独立的个人失去自由选择。我们的生活有时显出了踌躇不前状态,是因为我们时时处于得失之间。蚂蚁以自己严格的分工、完美的合作能够建造复杂的、宏大的地下工程,并为自己衣食无虞的生活做出计划缜密、合理、精巧的安排,天赋的协作精神、精确的指令和稳定的等级秩序,造就了一个严密、稳态的社会,个体的丰富性消失了,活泼的生命仅仅是为了完成某一工程目标的工具,它们也因此而永远是蚂蚁,不可能有任何其它的前途。古代的人们从渴望进入蚂蚁的王国,只是有人在梦中深入到那一与人间差不多的国度,享尽一切荣华富贵之后还得返回古槐树下的荫凉里,接受风雨扑打的人世现实,坐在自己原来的位置上。

蜜蜂的世界里也同样可以找到合作的范例。人们发现,侦察的蜜蜂以翅膀的摆动速度和飞行路线的角度,来向簇拥在它身边的工蜂们嘱咐食物源的距离和方向。优美的舞蹈是它们传递信息的方法。在蜂巢里,一只蜂环绕飞行着,突然以一个横切的轨迹来说出那个方向上存在着大量花粉,鲜花的香气在远方飘荡。而它环绕的圈数、速度则暗示出了那里与蜂巢之间的距离,它们以跳舞的方式为广阔的空间设立了坐标。还有一些居住于垂直蜂房里的蜜蜂,它们的舞蹈缺乏必需的场地，因而它们只能采取另一种方法：以蜜源与太阳的角度来表示其对于蜂巢的方向……

看来，交流和传递信息是决定性的，语言的力量使合作者凝聚起来，去作它们各自的工作。人间的语言有时不是这样，万里长城的修筑仅仅产生于一个人的头脑，一个皇帝的圣旨，一群人就被暴力驱赶着，去做他们根本不想做的事情。帝王的陵寝也是这样建造的，无数的人们仅仅为了一个即将死去的人堆砌石头，耗尽他们的青春和热血。当合作别无选择和没有自由的时候，它就成为奴役、扼杀生命的理由与借口，这就是人类文明活动的源泉。以血泪划定了起跑线，终点却遥遥无期。

题 8 光源

光度与光源的距离的平方成反比，若距光源 150 尺，光度为 4 支烛光；距离光源 25 尺，光度为若干支烛光？

光的故事和人类的故事息息相关，我们的多少事情被光所照耀，又在地上留下了洗涤不去的影子。通常的情况下，我们将光与暗视为自己灵魂里包含的两种内容，也将这两者作为普遍矛盾的最准确的隐喻。我记得，在很小的时候，我和父亲曾在一盏煤油灯的光芒里，用手的各种姿势找寻一些熟悉的动物形象。那小小的光将手的虚假的影子投射在屋子里的墙壁上，使我们看到了兔子、狗以及狐狸的生动轮廓，仿佛那不是虚拟的事实，而是它们真的出现在我们的身旁。

这样的表演是一个古老的发现，我相信，在人类发现、使用并能够控制火之后，就有了这样的节目。也许是一万年前，也许是几十万年前，洞穴里孤独的守夜人在一堆篝火旁，烘烤着双手。外面是一个寒冷的雪夜，寒风从西北方向沿着群山的走势发出野兽一样的嚎叫，在掠过洞口时伴随着与石头摩擦的尖锐的嘶嘶声。忽然，守夜人回头看到了自己庞大的影子以及双手的影子！他移动着自己的身体，发信自己与篝火的距离决定着那影子的大小，而且，自己的手影所呈现的也不是手的真正形象。在凸凹不平的洞穴石壁上，他试着摆弄着自己的双手，于是奇迹出现了：一场孤独者的戏剧上演了……漫漫长夜从那些奇怪的影子上一点点地飘过。

于是这成为一个传统的节目被保留下来，它成为孩童们几乎都经历过的有趣的游戏。它唤起了我们的好奇心：为什么会这样呢？光竟然能够与我们默契地配合，使寂寞的夜晚变得这样神奇。后来，我看到了乡村的皮影戏——在一张白布后面，设置了一个光源，人将一些精心制作的道具放在后面，许多影子进入了人们预先编制的故事情节里，它们精彩纷呈、动人心魄，伴随着操纵者发出的各种声音。这是手影戏的发展，它在漆黑的夜晚里给了我们一种虚构的生活，它升腾着热气、在每一个影子的脉络里流动着血液，我们从不把它看作是虚无的、僵硬的标本的投射，它就是我们生活的一部分。

算术题

我们不知道光究竟是什么，但我们知道它意味着什么。太阳明亮的光芒总是给我们带来希望，黑暗的夜里一切都让我们感到恐惧——因为最重要的信息源被黑暗掐断了。在漫长的农耕时代，日出而作日入而息的生活节律是以阳光的显隐来打制的，我们在很长的日子里被固定在大自然设定的砧板上——锤击我们的正是光的力量、它决定着我们从生到死的心跳和呼吸。我们还经常发现，自己的影子倾斜并被某种外力拉长的时候，太阳也恰好倾斜了，而太阳在天空的中央向我们地倾斜它的热力时，我们的影子也缩短了——也许在那时，才发现自己留下了最实在的部分。光赋予的虚幻的、附加的暗，几乎要消亡了。

哥白尼的日心说的诞生，实际上来自人类对光的敬仰之情。太阳这样的宇宙火炬，从几何学的完美的角度，应该放到中央的宝座上。爱因斯坦将光速为一个恒量、同时是物质运动速度的极限，作为所发明的相对论的最基础假定，因而寻找到了迄今为止最优美、最简单的物理法则。早在公元前 4 世纪，墨家就做了世界上最早的针孔成像实验，发现了人的影子通过针孔后被倒置了，认为光线在针孔处交叉之后又重新散开，倒像的大小与交点的位置有关，这是最早的对光的直线传播概念和小孔成像的精辟阐释。墨家还讨论了光源、物体、投影三者的关系，认为物体的投影随物体而移动，也就是说，影是不动的，由于物体的移动原影不断地消失而新影不断的生成，而且，光源的远近决定投影的大小。他们还知道，人影投向太阳的一面，是因为镜子的反射，这极似于月面灰光的形成。

中国古代很早就发明了铜镜，并且使镜面保持一定的曲度，这样就可以用较小的古镜，将人像收纳到其中。人们就可以从水面和镜子里来认识自己的面容，光的反射给了我们认识自己的机会，我们的外貌就可以进入自己的内心——这是一次深刻的自我发现。

北宋时期的沈括在到契丹的曲折道路上，仔细地观察了天边的彩虹。他看到，雨渐渐地停了下来，新鲜的空气里仍然含有湿润成分，彩虹与太阳的位置恰好相对，它的拱形的两端垂到了溪涧里，那是在傍晚时分，如此美丽的图景悬挂在东方。这是阳光中的雨影，我们对着太阳的方向观看，就不可能看到光给与世界的这一奇景。在枯燥的行旅中，一场新雨带给一个孤寂的心灵以多少安慰，通向契丹的路途仍然漫长，沈括穿过彩虹之后，看到的仍然是沙与土的世界，即使有一些稀疏的青草在风中摇动，也只能增加更多的寂寞、更大的荒凉。

我们的对光的计算，可能已经在古人的内心酝酿，只是到了今天，学生们才伏在课桌上不断地用笔来验算：

设光度为L，距离为D，则：

$L=K/D^2$ （K为比例系数）得 $K=4\times 150^2=90000$

令$D=25$ 代入 $L=90000/25^2=144$

答：距离光源25尺，光度为144支烛光。

实际上，计算远没有观察有趣，某种意义上说，精确是对趣味的消解。这让我们想到一场更远时光里的辩论。当然，我们讲述的可能是一个传说。孔子在周游列国的途中，眼前的道路正蜿蜒通向东方。他坐在车上，在车轮的轧轧声中昏昏欲睡。他已经思考了太多的问题，身心都感到了疲倦。突然，车停了下来，孔子被他的弟子们告知，两个孩子坐在路的中间，正在大声争辩什么。孔子对世间的一切辩论都感到好奇，于是来到孩子们面前，和蔼地说：我想听听你们所辩论的问题，孩子们。一个孩子说：我认为太阳刚升起来时离我们最近，到了中午就离我们远了，因为日出时它是那么大，就像车盖一样，到了中午就变得像盘子一样小，这不是近大而远小缘故么？另一个孩子不同意这一看法，他认为：太阳刚刚出现的时候，早晨是那样凉爽，而到了中午太阳的光芒那样强烈，烤的大地都发烫，这难道不是近热而远凉的道理么？这样的话，结论就恰好相反，太阳在早上离我们远而在中午离我们更近。这一问题将博学的孔子难住了，从两个方向看到的，得出的竟然是完全相反的结论。

也许，这是光源与我们的关系的最早的难题，它以无解而一直摆放到历史的尘土中。今天的物理学家不论为我们做出怎样的解释，都会以科学的名义取消了孩子们在两前几百年前辩论的乐趣，在忧郁的、无神论的清晰的世间，地上浓绿的春草和夜晚天上的灿烂星辰，都消失在一个又一个复杂的公式和定律里。从前那种诗人一样的观察，那由美的直觉所启动的富有情感的一瞥，都消失了，剩下的只有虚空、抽象的数字及字母中升起的失望。

冰冷的仪器和只有少数人明白的定理损害了大自然的美，观察者的直觉性和美感烟消云散。歌德说："物理学家用仪器观察到的不再是自然界。"从人的灵魂的角度看问题，我们宁可将光源、距离、影子、彩虹、倒影、在针孔里交叉的光作为人间的隐喻来使用，那样，光不在我们之外，它永远存在于我们的内心并给我们以无尽的喜悦。

题 9 时针

5点到6点之间，时钟的两针何时重合？何时成一直线？

夏天到了，到处都是热浪滚滚，阳光有时并不是那么强烈，可是气温仍然不断地上升。人们已经穿得很少，可是还想将剩下的衣裳也脱去——只是文明社会的道德习惯不允许这样做。更多的人们躲在屋子里不出来，现代技术已经可以把室内的热量抽取到外面，空调机发出嗡嗡嗡的叫声，悬挂在楼房外的机器设备在排出热量、将城市的温度进一步提高的同时，也不停地滴答着水滴……我们从远处归来，就能发现在楼房底下有一片一片湿地，它很快地又被蒸发干净。

不少人开始埋怨夏天来得太快了，或者说今年的夏天要比往年热得多。但是时间从来不考虑人的意愿，它总是依照自己的节律和习惯行事，它无处不在，像流水一样从人们渐渐加深的皱纹中无声地流过，你既看不到它也捕捉不到它。一些幻想者一直想像着时间是以怎样的方式存在的，在遥远的古希腊，哲人们将时间设想为一条一直向前的直线，也把它猜测为一个圆形的、循环的存在，就像是一条衔着自己尾巴的蛇。他们都有自己的观察依据，日子一天天飞逝，给我们向前的印象，而每一天的日出日落，到一年又一年的四季循环，暗示了还有更大的循环隐藏在后面。

对于时间的假设，直接决定我们的智力将以怎样的方式，寻找观念世界与现象世界的联系。在牛顿的思想里，时间被设想为一种在惯性空间里均匀流动的力量，它无始无终，具有单向的、不可逆的性质。到了爱因斯坦那里，一切都改变了，不仅运动的钟会改变它的步调，一根运动的尺也会改变长度，而且时空是连续的、不可分割的。不过，我们所猜想的一切时间，都是我们的观念中的时间，而不是时间本身。

在遥远的时代，人们就发现了时间的意义。太阳会升起，也会落下去，月亮有从小到大、有残缺到饱满的过程，天上的群星也随着时间而发生位置变化。当候鸟离开、它们的叫声渐渐远去时，一个寒冬就要来临了，而它们归来之时天气就会一点点地转暖。对于时间认识的深化，渐渐地改变了生活。动物的出没与某些时刻有着密切的关联，细心的狩猎者只有认真推算时间，才能捕捉到最好的时机。在漫长的农耕生活中，人们发现播种的时间稍有误差，收成将大不一样。

　　事实上，事物都有自己的计时方法，时间会给一切留下它的脚迹。公元前5世纪，希腊的历史学家在利比亚沙漠发现了贝类水生物化石，他们难以相信这一事实，因为这些动物不可能在陆地上生活——后来，人们推断这一沙漠原是地中海的海底。大海竟然以它的贝类生物的遗体，将时间的信息昭示给拣拾它的人们。19世纪，欧洲人开始研究岩石层，发现每一层岩石里都有不同的化石，这意味着它们生成于不同的年代——大地正是以这种方式精心编制了自己的历史图表，它们一直遵循着自己的历法。

　　这使我们确信，一块石头也有着自己的灵魂。

　　大树的寿命在大多数时候比人类的寿命更为久长，它用包藏在躯体内的年轮来计算时间：它的年龄、它所经历的环境和气候以及幼年时被其它树木遮挡阳光的痛楚，都得到细腻的记录。美洲诗人帕斯曾写下了著名的《太阳石》诗篇，它所歌唱的是一块雕刻着古老的阿兹台克人日历的石头，这个已经消亡的民族曾对时间有着精深的看法，他们认为，时光的飞逝不过是为了穿越不同的时期，我们必须在时光中有所准备。一个民族在时光中消失，却将他们的石头压在了时光上面，使我们的心跳声变得低沉。

　　我曾到过夏都古阳城遗址，几十个世纪以前，这里是夏族的聚居之地，中国古代的人们从这里开始了他们窥视宇宙、大地、时间等奥秘的历程。他们站在自己的观测点上，看到了中央隆起、四周下垂的半球形天穹，而一望无际的旷野则给与自己一个站在平面上

算术题

的印象……于是又想象着太阳从扶桑升出，于濛汜沉没。可能在那时，或者更早的时候，人们已经留意到，太阳的移动使得树木、岩石和他们自己的影子拉长和缩短，并且改变着方向。这种来自自然的启示，告诉他们记录和判断时间的办法——他们将树的影子的位置不断刻到泥土上，这样，在第二天，或以后更长的日子里，人们就可以毫不费力地悉知自己在这一天中所处的时刻。

日晷就这样发明了。这可能是最早的计时工具。我在古阳城遗址上，看到了周公测景台，据说这是周文王的次子营都洛阳时，在这里用堆起的土圭、立起的木表作为测景台，以在这一被视为世界的中心观察日影的变化，验证四季的运行节律，测定农事施行的确切节令，让耕作、播种和收获遵循大自然的律法。不过我所看到的周公测景台已是公元 8 世纪唐朝的重建物构，以青石为台，台座呈梯形锥体，台底最宽面长 1.88 米，石表置于台座上，这大约是日晷的雏形。它历经多少代王朝的风雨侵蚀，仍然指示着日影的飘移、季节的变化和时光流逝。

13 世纪前半叶，蒙古、金和南宋王朝交织在金戈铁马和碧血青山相辉映的暗影里，一位不朽的中国天文学家郭守敬出生了。郭守敬在少年时代看到了一幅石刻的莲花漏图，这是北宋时代人们献给皇帝的计时漏壶。这种计时器的原型是几千年前的人们从陶器漏水中得到启示而创制的，以水的流逝状况来计量时间。一幅石刻图使一个人感到了时间的深奥，他试图揭开这一谜底。多少年之后，他终于能够做这件事情了，在周公测景台的后面，建造了宏伟的观

· 239 ·

星台，发明了各种精巧的观测日月星辰的仪器装置，又在辽阔的中国疆域内的不同地方建立了众多的观测点，编制了比以前更为精确的历法。这是当时对时间研究的最高成就。但是时间仍然是人永远无法匹敌的事物，一个古代天文学家建造的观测点多以毁弃，只留下物质的幸存者——一座砖石砌筑的高台替代了一个人本来的形象。

  远隔重洋的欧洲大陆上，时间的魅力同样激起了很多人的探索热情。在14世纪的时候，钟表匠们已经制造了各种各样的机械计时装置。不过，还需要耐心地等待几百年。直到伽利略在偶然看到吊灯摇晃之后，发现了摆的等时性，更为精确的钟表才得以问世。然而，真正具有价值的钟表却出自一个乡村木匠灵巧的双手。那时，在茫茫的海洋上，不知有多少船只葬身于滔滔风浪。多少个世纪以来，航海者很难测算出自己所处的准确位置，因为一旦远离海岸，他们估算时间的唯一依据就是天上的星辰……一位年轻的木匠花了七年光阴制造了一作精确的航海钟，而傲慢的天文学家根本看不上一个乡村木匠的魔术，仍在设计着各种仪器，以期从群星的光芒中获取航船在风浪里的坐标。但是，木匠执拗地认为。无论是过去、现在还是将来，也无论是在大海还是在陆地上，人们要想获悉自己的位置，必须了解时间的奥秘。

  我们可以看一看钟表的时针了。它事实上不能代表时间，指针的指向不过是一系列齿轮装置运动的结果，然而我们总是认为时间会在时针和表盘之间周而复始地旋转。钟表的指针之间张开的角度和它们的重合,仅仅是机械的必然,而时间仍然以它自己的意志在钟表之外无声地、却是有力地飞翔着……

那么,在5点和6点之间,钟表将发生什么事件?让我们计算:

设分针从5点至两针相重时所行的分钟数为X,而时针的速度为分针速度的1/12,又在5点前时针在分针前25分,则有:

X=X/12+25

得:X=300/11 即 27 又 3/11

答:时针和分针相重在5点27又3/11分。

再设从5点至两针成一直线时所行的分钟数为Y,与上同理,时针所行的速度为分针速度的1/12,5点时时针在分针前25分,成直线时分针在时针前30分,于是:

Y−30=Y/12+25

得:Y=60

答:时针和分针成一直线时在5点60分,即6点整。

严格意义上说,这些事件仅仅是机器的事件,我们并没有计算出真正的时间。时间永远从最高的地方俯瞰着我们,我们只是知道它之外的一些秘密,一些用人类的小小技巧设置的、用来迷惑自己的秘密,却永远不可能了解那主宰我们的奥秘。秘密属于人,而奥秘属于上帝。

尾声

　　一页又一页，一个又一个复杂或简单的算式，都已经被无情的时光浸泡过了，一本来自从前的算术书，一本来自昔日的作业本，在一个几乎多少年都没有打开的木箱里沉睡，我的手指不管怎样翻动它，都不可能将它唤醒。

　　"一条鱼能够对它终身畅游其中的水知道些什么呢？"——爱因斯坦在他晚年的《自画像》里说出这样的话。必须承认，我们对自己的真正生活所知甚少。正像一条鱼不需要对河流或海洋知道多少，仍然不妨碍它自由自在地在其中畅游一样，我们的生活仍然在一页一页地翻开，直到供那一隐藏的造物主阅尽全卷。

　　重新面对儿童时代的算术题时，发现那些演算并没有得出真正的答案。那时，我常常不能理解的是，为什么要在解题之初先设立一个未知数X呢？解题的目的就是为了使未知变为可知，题意中已经含有未知，而我们为什么还要重新设立？从另一角度看，我们所解出的答案，只是我们自设的未知数的答案，而不是那算术题所提出的疑问的真正解决。

　　不过，未知数、方程式、幂、级数、0、负数和$\sqrt{2}$等，它们的背后被掩盖的生活场景的片段正在一点点地显影，实际的情形并不是像古代数学家毕达哥拉斯所言：数统治着世界。我们能够回忆的更多的是场景，而那些具体的、枯燥的数字已经被遗忘。比如说，我那时曾喂养过多少只兔子？又割过多少青草？看来这些都不是很重要。一些场景却使我激动：在寒冷的冬天，用黏土捏制的火炉的小口上飘动着淡蓝的火焰，长长的铁皮烟筒的一端伸向炉口，另一端通过一个呈直角的转弯通向窗外，烟雾已经将屋檐熏得发黑，像一片阳光永远找不到的阴影，压住了我们的窗户。我和祖母将双手放在火焰的旁边，脸庞被照得发亮，好像我们自己能够发光一样。

　　这里有着生活的真实温暖。多少次，我趴在被窝里写作业，一盏小小的煤油灯的光芒已经将整个房间找得十分明亮，由于我与光源的距离太近了，我的影子被放大了许多倍，几乎投射到整整一堵墙壁上。乡村的宁静反衬着一切细小的生息，笔与纸摩擦的沙沙沙，母亲在灯光里缝补衣裳的引线声，以及寒风吹拂树木的嘶嘶声，深夜归家的流浪汉懒散、疲倦的脚步，都显得那么响。很多时候，我还没有写完作业就已经睡着了……多少事情来不及计算啊。

　　我们的算术老师原是一个工程技术人员，不知由于什么原因，回到了家乡。他的脑袋比一般人要大许多，因而不容易买到合适的帽子。我一直记得，他总是将一顶帽子轻轻的放在头上，就像一个不合格的茶壶盖那样，显得滑稽可笑。平时走在路上摇摇晃晃，仿佛是头重脚轻，随时可能失去平衡。可是他讲课时的神情异常严肃，富有幽默感的外表和他的严肃形成就像是光与暗那样的对照，使我们感到，这完全是一个用两种不同规格的零部件搭配组合起来的可笑的机器，但使用起来却一点也不碍事。不得不承认，它是一个优秀的算术老师。他总是能将复杂的问题化简，把题意解析得非常清楚，并能够让孩子们明白。我记得，又一次，他带着我们到玉米地里拔草，孩子们都被淹没在一片接一片的叶子中间，他们的身高还比不上玉米的高度，仿佛他们在顷刻之间跑入了茫茫的虚无中……用绿色的叶子搭制起来的虚无……我最后一个进入其中，我站在田埂上，只看到一顶帽子在玉米开花的白色稍顶上缓慢地飘动。

我知道，那是我们算术老师的帽子，他的头上轻轻地放着的帽子。正是他身旁的玉米遮住了他的身形，好像我所看到的是一场有趣的游戏，是魔法师的技巧将一顶飘忽不定的帽子戴在了玉米的头顶上。

有许多事情比算术演算更使人着迷，他们用不着运用复杂的公式，也用不着设立未知数和解方程，有时，一顶帽子的飘动比一切更重要。别的事情早已经消失，而一个无意中看到的小小意象却被记忆保存了下来，也许，这一小小的意象有着我们无法预见的深远意义，它可能像蜻蜓的翅膀那样，突然改变我们的飞行方向，我们的全部世界就在那个方向上。

在童年的记忆中，一些场景被放置在一个失去焦点的距离上，它们是这样模糊不清，就像在迷雾中一样。然而，正是时间以迷雾的力量赋予了我们以重新想象昨日的权利，让我们将那些深埋在尘土下的碎片发掘出来，在一盏灯下轻轻地拼接、黏合，一些残渣流失了，甚至一些碎片也可能难以找到，但是，往事的美，包裹着我们对它的复原冲动，一起放在了我们生活的必需品里。

我经常要抽开它的筐屉，以找寻到一些细碎的光芒将现在的日子照亮。是的，那是我们不可缺少的光源之一，在漫漫长夜里，行路者不能缺少天穹里星群的指引。我记得许多事情，甚至一些被人忽视了的事情的碎片，它们仍在我的记忆里长久地闪耀。我记得，小学校里曾让孩子们去拾羊粪。我们从家里找到一个铁皮罐头盒子，用一根细绳系住，以便于携带。孩子们排着长长的队，从校门前出发，一直走向已经变得荒凉的旷野，秋风一阵一阵的从孩子们的面前掠过，就像一些发亮的细丝线一样，只是我们的身上感到有点冷，不时打着寒战。田野里的庄稼已经收获，只有那些尖利的根茬还在那儿挺立着，像死者的白骨均匀地分布在茫茫的四野里，乌鸦的叫声留在了树枝上，它们四周的叶子已经脱落干净。羊群早已走得很远，牧羊人的歌声也消失在淡淡的、发蓝的远山的轮廓里……然而，他们留下了脚印，留下了一些似乎永远也擦不掉的东西。

  我们正是要捡拾他们剩余的事物，羊群的此起彼伏的咩咩声，我们拣拾不到。我们所拣拾的是粪便，它们为我们留下了一些小小的、圆圆的黑色颗粒，一双双小手将这些发亮的羊粪小心翼翼地放在自己的预备好了的罐头盒子里，仿佛要收藏一些珍珠一样。我至今仍然能够记得自己和别的孩子们弯下腰身的姿态，在空旷的天底下，一群孩子弯下身子拣拾着地上的宝贝……遥远的、浩大的背景，使他们并不显得渺小，相反，他们因被镶嵌到其中而变得不可缺少。他们手里提着的小小的罐头盒里，那些黑色颗粒的数量正在一点点增加，直到盈满之后，孩子们将盒子里的东西倒入生产队的肥料堆上……傍晚很快来了，从东方到西方，找不到一片红色的晚霞，世界仿佛是完全枯燥的,孩子们开始奔跑着回家,这些杂乱无章的脚步声是急促的,好像它们从很深的地下传来,好像我们的脚下,那些泥土之下,埋藏着一颗充满活力的心脏。

  它心跳的次数不可计算……

火车

a

呜——呜——呜——呜呜——

我曾经听到过的最低沉有力的声音,跟随着时间的曲线,逶迤来到。我从来都相信,我只是听到了这一声音的一部分,更多的,是埋藏在钢铁里,埋藏在表面涂了一层沥青的长方体轨枕之下的夯土基座里,甚至在更深的深处,在那里,黏土和岩石彼此交错,已经消失了的、烟波浩淼的时光正在凝聚、变得更加坚硬。

它是用钢铁和火焰打制的声音。它从强劲的蒸汽中喷发而出,因而更像怒吼——呜——呜——呜呜——呜呜——

很多时候,火车从我的身边呼啸而过,我总是看到司机以忧郁的眼光射向前方。没有什么人像他那样,能够看到无穷无尽、永远也走不完的路,而且那狭窄的道路被限制在两条平行线之间。也没有什么人像他那样,能够看到最大的空阔、最大的虚无,这空阔和虚无不在后面,而是不断被穿越。有意义的形象,都包含在火车喷出的浓密烟雾里。无法判断出年龄的司炉躬着腰身,用大锹铲着煤,不断地投向喷吐着火焰的炉膛,炉口上的挡板不断地像折扇一样打开,里面的火光一下子喷吐出来,将他的面庞及浑身照彻,司炉的整个人形就像铁匠从火焰中抽取出来的铁件,红到接近透明。很长时间,我都想不通,为什么司炉走进炉口时,那挡板会自动打开?火焰敏感地看见了司炉的靠近,并自动配合一个人的动作?还是火车本身就是一个魔术?火车司机的表情似乎永远是模糊的,好像他所用的力量将自己本来的面孔扭曲了、撕裂了……他的脸上,不过是一些碎片的粘贴,一会儿被火焰点亮,一会儿剩下了灰烬,被扔进了黑暗。

b

我那时还是一个孩子,也许刚刚学会走路。我已记不得那时的年龄,但我记得与我的年龄相匹配的周围的事物。我家的街门立在村庄的中心,凹凸不平的石阶下面,是被雨水冲刷形成的有着像树叶上的褶皱一样的乡村街道。母亲拉着我的手,一点点挪动到街门口,我发现了,那么多的大石头向下一层层伸开,将我托到了高处。其实在多少年后重新回到那里,发现街门并不是很高,观察、发现原是取决于自己身体与对象之间的比例关系,这种比例的调整将可能把原来的感受涂改掉。我站在石头上,觉得自己的双脚像生了根一样,因为我感到了石头的稳固,以及石头之下土地的稳固。

我正是站在那里看到了火车,感到从远处渐渐推到脚下的一阵微微震颤。我知道,我看到了一样有力量的东西,否则它怎能撼动缔造台阶的大石头?况且我的双脚还压在台阶上面。我从村庄远处高地上的两座倾斜的屋顶之间,一个并不宽大的空隙里,看到长长的火车疾驰而过。它拖着尾巴一样的黑烟,高高的烟筒超出了屋顶,极像是屋顶上的烟筒从它本来的位置上移动到了别处。

在夜晚,我看到的是另外的样子:

先是从屋子的一面射来一束强光,使两座高地上的房子之间呈现出一个发亮的空间,仿佛那光是其中的一座房子放出来并投射在另一座房子上。接着,在很短的时间里,那片幽暗的天幕被一个黑的庞然大物遮挡,一种气势不凡的恐怖牢牢抓住两个倾斜的屋角,好像整个天空都暗了下来,失去了最后微光的支撑。实际上,情况在极短的时间里得到了改变:一个接一个的等距离的灯,排成一条直线,颤动地,从黑色的天际线上滑行,匀速地滑行。

我知道,那是火车的窗口。每一盏灯的后面,都有着至少一个人,或者许多人,他们的脸庞上有着各不相同的表情,冷漠的,热情的,若有所思的,愤怒的,压抑的,麻木的,或者轻松自在的表情,面对着不同的方向。他们也许在交谈,但是一切言语都是一些被车轮和铁轨撞击后产生的细碎火花,在均匀的节奏中不断地归于熄灭。

那些等距离的灯,好像是为了见证那些曾经熄灭的东西而亮着,直到从两座房屋之间的空隙中消失,剩下了原来的幽暗。一切都没有带走,一切都剩下了。剩下了原来的房屋,原来的天际线,原来的村庄,死一样的静寂以及我脚下的石头台阶、背后的街门。夜雾从窄窄的、弯弯曲曲的街道上缓缓涌来,一点点地上升,好像一个轻松、似无所指的比喻,遮住了、涵盖了白天和夜晚不断涌现的的一连串形象。

c

有一天,我见到了火车。或者说,我在距离很近的地方见到了火车,我已经听到了它的呼吸、它的心跳。

那一天,我记不清白天还是夜晚,它似乎已经在时间中消散,实际上是白天和夜晚混合在一起,更浓烈地汇聚了。它将一个巨大的、让人难以摆脱的事物从朦胧中凸现出来,它已经占据了许多日子应该占据的位置,使我们的光阴留下空缺。我就在空缺的边沿站了很久,父亲就要登上开往县城的火车,他的一只脚已经踏上了一节车厢的踏板。因为月台的高度遮住了车轮,从我的角度看去,整个列车就像是一个又一个房子,它们排列得那么整齐,发绿的、陈旧的颜色,和远处的庄稼地的秋天相似,世界完全像一个完整的、气氛一致的、带有忧伤味儿的乡村童话,它的讲述者却站在淡蓝色山廓的背后,微弱的声音让轻轻的风放到我们耳边。

我看着父亲的身体先是呈一个斜角,被车厢的边框遮住了一部分,直到慢慢地隐没于车厢。我哭了,我那时是多么不想让父亲离开,然而他还是进入了那排房子。我看清了,在长长的房子的最前头,一个黑色的庞然大物正在不安地等待着,它不停地发出巨大的喘息声,排放出浓烈的白色蒸汽,将我的视线遮断。

火车很快就开走了,将一个原先的世界重新就给我们,一切变成了我所熟悉的:

红色信号灯／一道长长的坡／石头砌筑的墙体
上的不规则的花纹／旁边玉米地里的弯弯曲曲的小路
玉米的干枯的穗／铁道线的无限延伸／村庄的寂静
炊烟正在风中一点点上升

火车的声音一点点变小,最后像雷声那样隐隐约约——这样的语言原是单调的,却由于它的远去而丰富,它和所有的我看到和不能看到的事物结合起来,渺茫一片:

嗡嗡　嗡嗡嗡
　嗡嗡　嗡嗡嗡

就像昆虫的颤动的翅翼,这是火车在一个下午留给我的最后声息,其中有我父亲的呼吸。

d

乡村土路上的马车,牛车,钉满马蹯钉的车栏以及有着太阳光线一样轮幅的车轮,在泥泞中行进。牛的犄角,马飘动的鬃,这是两种完全不同的形象,却与同一样人工打制的车,联系到一起。骏马的飘忽、速度感和牛的稳定、迟缓、有力……同样被固定在一种刑具上，它们被套上绳索，被戴上铁嚼，被车夫的手牢牢控制。

驴车则是另外的样子，它拉着一种为它特制的比较轻巧的车。人们根据驴子的力气在车子的比例上作了调整，看起来好像是上帝的一种精心安排。儿童喜欢一个缩小了世界，那时，我就天然地喜欢驴车，它的存在的理由似乎更易于被理解。我最不能忘怀的是，在一条河边的小路上，一辆驴车从远处逶迤而来，就像是一个愈来愈近的、按照我自己的意图编织出来的寓言。我不知道它的确切意义，也不知道它在生活中的样板在哪里，但我能够感受到它的覆盖，能从它处于天空下这样一个简单的事实，推知它的来由在最深邃的、我所不知的地方。实际上，每当这一时候，我的心就怦怦地跳，就感到血液在汹涌，似乎我是作为一个宇宙的旁观者，发现了它的秘密。

一次，我在秋天的旷野里，寻找收割之后掉在地上的玉米。我的旁边，是一个用柳条编织的粗糙的箩筐，呈弧形的筐挎，已经被我的臂弯磨得光滑，露出了木质的细腻纹络。以前很长时间了，我不知来到这里已经多久，箩筐里还没有一粒粮食，在那个饥饿的年代，收割者是十分细心的，他们已经以最大的耐心将地上的东西收拾干净，只剩下一些零乱的、已经干枯的叶片和故意扔在地头的秸秆。绝望像早上的雾气一样上升，我的目光毫无目的的投向远处，在空空的四个方向上，没有我可以寻找的事物。就在这时，从远远的淡蓝色的山顶画出的曲线轮廓下面，发现了一个小小的黑点。能够感到那个黑点正像我站着的地方缓缓移动。我想，那个黑点是什么？如果从白云飘动的地方俯瞰，那一定像一个从前出现在高粱宽大叶片上的甲虫，它正在沿着湿润的叶脉爬向锯齿状的边沿。隐约地，几声细小的、但有着强大穿透力的歌声，正从那一黑点里发出，它在千里无碍的原野上扩散，渐渐地充满了整个空间，仿佛此时此刻就在我的头顶盘旋。

歌声愈来愈大，然而接近我的速度是缓慢的，黑点也渐渐地显出了自己的粗糙、简单的轮廓，我看清了，那时一辆摇摇晃晃的、在小路上曲折行进的驴车。它开始慢慢占满我的视野，世间的一切由于一辆驴车的出现而发生了变化。

一位充满儿童气息的作家曾亲切地指着驴说："这只长大了的兔子。"这是多么贴切的比喻，它的形象正是这样。只是在人们的心目中，在寓言里，兔子是纯洁可爱的原型，它被寄予了一尘不染的、脱出世俗的愿望，和对于弱小而美好生命的怜悯之情。驴就有所不同，更多的人们愿意将它视作愚蠢的实证——性质相同的事物，在长大和未长大的形象之间，存在着天壤之别，人们的目光在比例关系上失去了平衡。

事实上，驴子从没有因他者的评价而改变过自己的生活，也不可能改变。一切似乎是命中注定。它必须拉着沉重的车子，在车夫悠闲的歌声中付出劳役之苦，它的喘息声和车轮的轧轧声见证了漫长道路上的每一坎坷，也在漫长的光阴里感受着一切事物的重力、悬在头顶的皮鞭的威胁和永无休止的劳动的寂寞。

然而，这些都是火车的原型。它们有着同样的功能同样的车轮，我看到火车那巨大的红色铁轮，就看到了马车、牛车和驴车的面孔。让我感到惊奇的是，马匹、驴子和牛被巧妙地隐藏起来，它们一定是藏在了厚厚的铁里，被重重包裹起来，它们不仅被奴役，还被投入到铁制的牢房。

e

一年前，我在俄罗斯远东一座城市的车站上，看到了火车。我头脑中的火车，决不是现在运行与铁路线上的内燃机车和电力机车，它们没有烟筒和烟筒上的浓烟，没有粗糙、质朴的外形，只留下了干净的外表。只有那种带有原始野性的、拖着长长的浓烟的、不时发出低沉、浑厚的汽笛声的蒸汽机车，在某种意义上说，才真正称得起火车——它从来都是和火，联系在一起的，火的炽热、活跃、猛烈、气魄、力度以及火的灵魂，从各个方向上加于一个巨大的钢铁躯身上。

我在火车前停下了脚步，我看到了从前的一幕。一台退役的、不再具有使用价值的火车，停放在前面，它仅仅是一个展品，仅仅供我们阅读。然而它代表着过去，一段永远失去的时光。曾经停在故乡小站上的火车，和我眼前的这一辆有什么不同？横亘于漫漫时间里长长的圆柱体，上面盖着几个黑色的帽子，好像唐吉诃德时代的骑士，深藏于头盔和面具之中，他们的面容隐匿了，只将自己的象征物放在表面，让人们的视线抚摸。

我更愿意将火车与家乡的马车、牛车和驴车归于同一类型，它们都是为了将沉重的物体搬移到另一个地方，它们都拥有形体、速度、力量、滚动的车轮和无限延伸的道路。还有它们的身体结构，都有奔腾的血液和跳动的心脏以及试图挣脱束缚的渴望。火车躯体上那些扭结、缠绕的各种铁管简直就是那些牲畜皮肤上凸起的青筋和血管的写照，只不过它是用烈火中锻造的钢铁书写的。相似的是，它们都是大自然的使者，是上帝差遣来的，火车则更多地借用了深埋地下的矿物和人的双手。然而，它们都是历史的暴风雨敲打出来的形象，被许多个世纪砍削，几乎剔除了所有多余的部分，剩下了时间的精华。

至少在公元一世纪，希腊人就已经设计出了最早的蒸汽机，1698年欧洲人就获得第一个蒸汽机的专利权，在18世纪初人们开始用它来抽取煤矿坑道里的积水，一百多年后第一台蒸汽火车在英国诞生。我们遗忘了过去。小学教师严肃地告诉我们，一个叫做瓦特的人从开水壶盖上看到了蒸汽机的雏形，它就像牛顿的苹果落地一样，成为几个时代炉火边的童话。火车经过至少十几个世纪的发育、成长，才拥有跨越人间的速度和力。在远远的地方，重新看待童年的火车，人世沧桑汇聚其中。我想到了在消失了的时间里的虚幻场景：我在放学的时候，总是看到火车从高高的路基上飞驰而过，轰隆隆的，是我脚下的土地不停地震颤。它一会儿排出多余的蒸汽，仿佛让整个世界覆盖大雾，一些路旁的信号灯、标志牌和其它，都在瞬间被雾气吞没。一阵长长的汽笛从迷雾中放射出来，让人心魂荡漾。火车的一扇门似乎永远敞开着，它从不关闭，似乎是为了让过路者能够看清烈焰闪耀的炉膛，司机总是从没有玻璃的窗口探出头来，脸上的神秘表情和所驾驭的庞大机器相互映衬，好像我们亲眼见到了藏在万物背后的上帝，它带来了一个人间的重要节日。

在更多的时候，那么多人为这个节日做准备：在铁路和乡村道路的交叉处，一座小房子里永远守候着一个人，他随时准备在火车到来时放下两侧的栏杆，栏杆上涂着黑白相间的颜色，打扮成竹节似的样子，又像是斑马花纹的移植。每当到一个时刻，小房子的房门就吱呀一声打开了，一个神秘的人物出现了，那是火车来临的前兆。那个人总是一副从容不迫、宠辱不惊的神情，然后将铁路旁边的栏杆轻松放下，行人们在栏杆前停了下来。在另一个地方，另一个小房子里，则有人匆匆出来扳道岔，一双粗糙的手放在一根操纵杆上，它决定着火车将走向哪一条道路。我总是不能忘记在铁路边撒满细碎石子儿的小路上，巡道工手里拿着一把小铁锤，不停地在铁轨上敲敲打打，发出叮叮当当的声音，仿佛是为即将到来的火车演奏前奏曲。月台上的人们早已等待好了，手拿信号灯、穿着一身铁路制服的人不安地走动，宽宽帽檐下的眼睛一直注视着火车到来的方向。

f

我曾在地上用树枝画出火车的形象，显然，我还不能很好地掌握它的每一部分的比例尺度,在我看来,一幅火车的肖像不能画在任何一张有限的纸上,因为它太长了,太庞大了,它应该被天然地放置在辽阔的地上,只有厚厚的土地能够承受它的重量。

我歪歪扭扭地画着,冒着烟的车头,前面又一个大大的灯,它的光芒足以覆盖所有的道路,完全穿透被黑暗笼罩的整个夜晚的长度,使所有的事情在火车到达之前就能现出真形。一个携带着力量的圆柱体,车灯被放置在圆断面的最中间,这是最为合适的地方。驾驶室是简陋的,看起来像瓜田里临时搭建的三角形草棚,这样更适合经常搭着一条毛巾火车司机居住,窗口里只能画出他的脸——这让人想到小人书里的古代武士或游侠,他们的怀里必定藏着威力无比的暗器。

我的线条是简单的,它还没有足够的力量将一个立体的形象打造出来,它只能描绘边界、轮廓、骨架,其它的,都在空白里,在地上的泥土里。

不远处是另一种工业时代的产物,在沙石公路上,汽车的鸣叫显得软弱、病态,其尖叫近于呻吟,带着老式电子管收音机找不到频道似的那种沙哑的、无奈的叫喊。事实上,那些疲惫不堪的汽车经常停下来,进入甲壳虫那样的假死状态——为了逃避某种来自外界的惩罚,显露出一眼可见的本能里隐藏的小小智慧。汽车司机狠狠地、咣当一声推开车门,从高高的驾驶室里跳了下来,手上戴着油腻腻的手套,第一件事情就是将轮胎踢上一脚,发泄自己的不满和经常感到的失望情绪。接着,他们开始拿着千斤顶和大扳手，钻到四个轮子下面，忙着拆卸什么，车底发出一阵金属碰击的声音。

不论是火车还是汽车，它们都是马车、牛车和驴车的替代物。在我的身旁，几个、甚至十几个世纪、甚至更长的时光，交织在一起。那些人类失去的时代，总是有一些微弱的光线投射到现在的事物上，形成一些忽明忽暗的斑点，我们只能从具体的、人工制造的物质形象上辨认来自悠悠岁月的斑斑锈迹。

g

在乡村的空地上，挂起了一块长方形的白布，公社的电影放映员正在忙着将圆盘状的铁盒子搬到自己的身边。一个简单的放影机放置在一个三角架上，一切准备就绪。乡村里的人们从自己家里出来，带着木凳，孩子们早早就聚集在这里焦急地等待，雪亮的电灯悬挂在一根木杆上，人们的眼睛还不太适应它的亮度，一些老人像在太阳底下那样眯着眼，回避着它直射而来的锐利光线。

这时本来已经到了乡村里寂静的时刻，可是一块被风吹得发出哗——哗——哗——的声音的白色幕布，汇聚了几百个人的视线。忽然人们的期待被一道白光照亮，从放影机的镜头上推出了方形的光，铺平在银幕上。人们骚动起来，那个发亮的方形并不稳定，反复挪动着位置，调整着自己的边界，直到覆盖了整个银幕。孩子们发出欢快的尖叫，充满好奇地将自己的头探入到光柱里，空白的地方立即出现了一些影子，他们的小手伸出来，光将一切置于其中的东西放大了,变成了孩子们不能相信的另一种事物。这是乡村发黑的墙壁上夜晚的游戏的重演,老人们常常在一盏煤油灯旁边将骨节粗大的手伸出来,给孩子们变兔子或狗、狐狸……动物的形象来源于手指,被灯光投射于墙上,神话的河流、童话的河流从此发源。

高悬的灯熄灭了,瞬间陷入创世之初的黑暗。人们揉着眼睛,不知道发生了什么,期待到了最后一刻,尖锐的口哨从年轻人的唇间发出。来自铁路小站的工人显出了优势,他们亮起了手中用来和火车连络的信号灯,红色的光柱穿透黑夜,在空中不断划出直线。银幕亮了起来,电影开始了。一切乱哄哄的前奏消失于音乐和熟悉的图像。那时没有更多的影片,只有几部磨损了目光棱角的旧片,不断重复放映。内容大约是英雄和叛徒的周旋、敌人与战士的较量,一眼就可以看穿的蹩脚的阴谋,从一开始就能猜到的每一个情节,直到结尾都一直在儿童的预料之中简单悬念,几个化简了血肉的脸谱,一些被人们差不多能够背诵的台词……然而习惯于枯燥生活的人们,仍然津津有味地反复品尝其中的发霉滋味。

重要的是,人们似乎在参与着往昔的神话,它成为了一个又一个寂寞日子里的悬念之一。孩子们更是如此,他们的全部生活的意义仿佛就是为了等待一场已经看过多次的电影,实际上他们还不能理解电影里的人物所做的一切,不知道人间为什么出现这样的戏剧。他们能够想的,也许是自己永远也无法解决的问题,能够做的是放弃思考。在银幕上,有时也会出现火车,但是展现火车的时候,伴随着人的搏斗——一个人偷偷地爬上了火车，将一个炸弹安放在火车车厢上。火车是不知道这一切的，它仍然在轰隆隆地转动着车轮，像钢铁风暴一样席卷这地上的尘土，携带着长长的车厢和我们难以计算的货物重量，驶向自己要去的地方。我们几乎不能相信，这样的火车怎么能被一个小小的炸弹毁灭？然而事实就是这样，炸弹已经放在了一个隐秘的地方，等待着保卫者的寻找。

其实，这一影片已经放映了很多遍，从电影的开始我们就已经看出关键所在，可是那个勇敢而愚钝的公安战士就是看不出来，让许多人急得直搓双手。我们也知道那个炸弹不可能爆炸，火车也必定安然无恙，可是我们仍然为火车捏一把汗。接着出现了公安战士与敌人搏斗的场面，他们在车厢顶部翻滚，双方都试图掐住对方的喉咙。整个放映场地上的观众都寂静下来，好像这里从来没有一个人一样。只有放映机发出的卡卡声响和电影里两个人扭打的声音，伴随着火车的不朽节奏。

在最紧要的关头，画面上出现了一片黑色斑块，斑块渐渐扩大，上面的人被一点点扭曲，最后，从扩音器里发出了呜——的一声，仿佛是那种坍塌了的声音，很快归于沉寂。灯光重新亮了，人们还没有从悬念中脱拔出来，不知发生了什么。有人喊：片子烧了……许多忠实的观众忽然醒悟，才知道我们所看到的，原来是被虚假地预先放置在一些胶片里的，我们的眼睛一直受到早已设置好结局的一连串虚像的欺骗。

我们也在小人书里看过火车，那是抗日战争时期的故事——游击队经常将侵略者的火车炸毁，或者将火车上的军用物资、粮食和衣服运到我们的地方。可是，常常能够让我迷醉的，仍然是那些火车，奔驰的火车，有着奇特外形的火车，就像是来自另一个世界的火车。它的力量产生于层层钢铁包裹着的神秘心脏，它从不越出自己的轨道，也从不感到疲倦。

h

在二十世纪六七十年代，火车成为这一紧邻铁路的村庄生活的重要事件。我们的生活已经与火车有着不可分割的联系。村子里身强力壮的年轻人组成了装卸队，到火车站装卸货物，以获得一些必要的生活收入。在物质贫困的年代里，人们能够凭借力气换取生活必需品已经是一种幸福。火车到来的时候，架在一根高高的木杆上的高音喇叭就开始呼喊人们的名字。很快地，仿佛是一次军事行动，人们迅速肩扛大铁锹，涌向那条惟一通向车站的陡坡。

他们看上去像一堆破破烂烂的垃圾，每一个人都歪戴着脏兮兮的帽子，腰里勒着一根绳子，就像是庄稼地里的秸秆捆子，嘴里哼着小调，步伐松松垮垮。实际上他们的身上有着使不完的力气，破衣服里包藏着的都是铁一样的肌肉。乡村里羡慕的目光不断投向他们，青春的激情将在超强度的劳动中平息下来，这是火车给他们带来的唯一安慰。

我曾经亲眼目睹过他们的劳动场面。我从离村庄大约 5 里的一个小镇返回，看到装卸队的人们正站在煤台上堆积的高高煤堆上，一锹锹乌黑的煤扔向停在那里的货车车厢。黑色的煤尘就像乌云一样，笼罩在他们的头顶。他们的姿势更像一种原始的、野性的舞蹈，集中了悲壮的历史韵律，那种方形的铁锹从底部扬起，在瞬间高过头顶。粉状的煤像一个个凝聚不散的方块落到车箱里，形成一个个尖顶。他们的煤一锹都是那样精确，都会飞向预先安排好的位置。他们的姿势起伏好像节奏固定的机器，手臂像曲轴那样充满力量，每一个过程周期都切中设定的时刻，齐整、干脆、绝决。

然而，他们几乎不说一句话，只有喘息声从不断扬弃的头颅里短促地发出，仿佛是火花在燧石之间的迸射，似乎积聚了全部肌肉里的力度从一股股气流里释放出来。我被这样的劳动场景深深地吸引，躯体的血液在奔涌。多么渴望我也是他们中的一个，汗水顺着额头像檐雨一样流下，在充满煤尘的脸上划出种种图案……一种对于力的崇拜，对于青春的折服，将痛苦、寂寞的劳动推向虚幻。

更多的时候，我看到他们从车站归来。他们满脸煤尘，只有牙齿和眼球露出的白与整个脸部形成巨大反差，一个个耗尽力气的人，将自己的力量和激情一起扔进了车厢，被火车拖到自己所不知之处。剩下的是，沉重的步履拖着几乎可以发出响声的铁镣一样的暗淡影子，摇摇晃晃地走下长长的坡，隐没在炊烟交织的农家土墙背后。木质的、陈旧的街门闭上了，暗夜即将来临，灯火将把他们的黑影投到粘着细腻黄土的纸窗上……火车的鸣笛不会将熟睡中的人们的鼾声打断，一个沉入子夜无限寂静的村庄已经习惯于把火车喷吐的浓雾，纳入自己寒冬梦境中的温暖火焰。

i

树叶一样的绿色彩釉，动物尾巴一样的长长车厢，蜈蚣一样无数的脚——车轮支承着庞大的躯体和重量，火车以难以置信的速度从我们身边掠过，我们感受到它的强大的吸力，好像要在一瞬间将我们的灵魂摄取到它的钢铁里。有时，一列货车上，那些装满粮食的麻包整齐地堆砌，就像一个笨重的车头拖着整整一堵城墙，把对面的树木、庄稼和野地里劳动的稀少的几个农人，阻隔在世界的另一边。"脊椎动物的尾巴暗示着生命成长的潜无限性"，歌德这么说过。火车正是生命本身的一个有力比喻，以它的形象、速度和它的强大外表，说出它对我们的独特理解。

在那个年代，我们看到的火车成为流浪汉的天堂，一群十几岁的孩子，乌黑的脸和手，经常藏在一个个麻包的背后，从一个城市到另一个城市，或者到他们想到的任何地方。没有人知道他们来自哪里，也没有人能够叫出他们的名字。我们的眼睛只要看到火车，就可能看到他们，好像他们也许来自任何一个可能的地方或者来自天外，因为铁路线无限伸长，谁也不知道它究竟通向哪里。我们有时来到火车旁，就可能突然看到哪一节装载重物的车厢里跳下一个人，仿佛从天而降。他们完全能让我们想到小人书上讲述的游击队形象，在火车的任何一个部位都可能随时出现。

货车在很多时候为一些无钱买票的农民提供免费旅行的机会，

他们的办法并不高明且能够屡屡得逞。一般地，他们是在列车刚刚开动时攀上车厢，那时，每一个车轮的转动速度缓慢，火车车头的三个或四个红色耀眼的比别的车轮都要大的驱动轮，速度尤其缓慢，用来转动它们的铁臂交叉着、交替伸缩，像一个老农在打谷场上转动着扇车的手柄。火车同时发出粗重的喘息，节奏单调、沉重，又不均匀。有时会突然爆发一阵咆哮，突突突突突突……车轮突然加快了转速，与铁轨猝不及防的摩擦而迸溅一串串火花。然后，整个列车渐渐提速，笨重的钢铁似乎一点点变轻。总是在这个时刻，有一些影子轻轻地一跃而上，看起来不太像攀爬，倒更像一片羽毛自然而然地被吸到车身上。就像武侠影片里身怀绝技的侠客，一切顶尖动作都似乎在不经意之间完成。

有一次，人们说火车将一个试图爬上车厢的人摔死了。货车车厢上只剩下一片携带着血痕的衣服碎片……尸体不知被抛在了什么地方，也不知道究竟是谁遭遇了血祸。在那个人攀爬列车时，谁也没有发现。火车并没有丝毫的察觉，一切好像从来没有发生。真实的生命消失了，仅仅为了一张几元钱的车票——一个人用自己的一生换取了一张通往死亡的车票，留给世间最后的礼物和遗书，是一页悬挂在飞驰列车上的衣服残片。

从我们村庄经过的火车，更多的是运煤车。经常可以看到的是，一列火车飞驰而过，不断地排放着白白的蒸汽，它淹没了后面拖着的长长车皮，然后一节节车厢冲出正在扩散的浓雾，露出了上面煤堆上爬着的一个个免费旅行者，他们满脸乌黑，衣衫飘扬，头发被风吹得立了起来，人间的所有洒脱尽在其中，好像他们并不是生活在我们中间，而是来自几千年、甚至几万年前的遥远古代。

j

上世纪六十年代后期，火车扮演了一场戏剧里的重要角色，它开始将现实世界的成人童话改编为适合自己表演的内容。孩子们只是旁观者，不知道自己的身边发生了什么，但是觉得一定是有什么有趣的事情正在进行，类似于游戏里的捉迷藏或别的什么。我们在夏天的草地上捕捉青蛙，却被另一些事情摄取了视线。在高高的铁路基座上，许多戴着红袖章、穿着绿军装的人正在铁路边上的小路上行进，他们的手里总是紧紧握着一面红旗，脚步疲惫，表情严肃。我们来到他们身边，发现他们的军用挎包里装着一些油印纸片，不断散发给一些过路人。

后来我们将这些纸片带回家，当作手纸使用。结果被父亲发现，严厉地告诫我不能随便使用这些传单，并跳到积满粪便的茅坑里，将那些臭烘烘的手纸拣出来，用火烧掉。很长时间我不知道这些油印纸片究竟隐藏着什么危险。

在很长的一段时间里，到铁路边捡拾传单成为孩子们娱乐的一部分。我们爬上路基，等待着红卫兵从这里经过，只是通向一个重要地点的必由之路。我们不停地在传单上发现一些新奇的漫画和我们不懂的时代语言，一些人的名字上被划上了大大的叉。我们的理解是，这上面的人物做错了作业，就像我们在小学作业本上做错了算术题或写错了字一样，被板着面孔的老师用红笔打上了叉。不过这一切都充满了趣味，它似乎值得我们从早晨就开始耐心地等待。

寂寞的巡道工也戴上了红袖章，他们仍然拿着手锤在铁路上敲敲打打，声音也和往常一样。他们仍然是单独行动，在冬天还是穿着大头鞋，每一步踏下去都很重，细腻的虚土立即被踏飞，浮动于北风中。他们已经不显得那么重要了，好像已经被更加重要的事情替代了，像他自己脚下的尘土一样不再值得人们多看一眼。火车在铁路线上不断驶过，它负载着更重要的使命，将一切尘土弃置于北风中。我们看到的是，一列列火车上，每一个窗口里都有红扑扑的脸庞和红袖章、军用水壶和被佩戴于胸前的领袖像章，每一个车厢里都塞满了人，就像农民们为了节省时间拼命往牛车上塞柴禾一样，直到找不到什么缝隙。

那时的人们总是从一个地方到另一个地方，所有的行为都是象征和比喻，一切实在的意义已经消亡。火车车窗里的不断晃动的人头，喇叭的喧嚷和几个激昂歌曲的不断重放，到处是欢呼声，对于来自某一中心微不足道的一句话、一件事，大惊小怪地庆贺、赞美、渲染，赋予不存在的意义，制造一个又一个夸张的节日。童话的气息胜于现实生活，好像我们并不是存在于人世，而是在另一个虚幻的世界里排演者虚构的剧作。火车把这些凭空捏造的理想和无端产生的激情，带到一个个地方，播撒在铁路线两侧的旷野上。

回到自己的乡村，似乎也很快发生了变化。铺天盖地的大字报从街头贴到街尾，我们房屋的后墙上用烟筒里清扫的煤灰写满了标语，不断将一些人拉到戏台上，以供站在下面的人们高呼口号，人们从抽象的概念中获得愤怒的灵感，找到宣泄、释放沉重生活压迫下积累起来的能量。黑板报上，人们用彩色粉笔画着各种图案，红色的火车成为一个重要的象征，它代表一个极端时代的灵魂，将一切敢于阻挡它的东西扎的粉碎，它呼啸着向前，浑身插满了红旗，蓄满了斗争的力量。不过农民们仍然有着注重现实的一面，到了农忙时节，他们知道理智地对待自己亲手种植的庄稼，知道饥饿的威慑。因而即使在一个童真的游戏时代，他们还要到地里耕播和收获，实际上世间仍然有一些必须认真对待的事情，任何时候都不能动用虚拟的豪情。

那时，我们仍然默默地注视着火车，它路过村庄的时候，农民们仍然习惯于以它来判断时间，该劳作时劳作，该做饭时做饭，灰尘归灰尘，激情归激情，人仍然归于自己。

k

不能忘记第一次乘坐火车时的情景：我跟随父亲去大约相距40里的县城，来到火车站。黄色的建筑有着欧洲风格，呈三角形的屋顶，三角形的中间嵌入一个圆圆的钟表，其指针永远指向一个时刻，我不明白钟表的指针为什么停在那一刻，唯一的解释是，那一时刻必定有着非凡意义。它居于一个高台上，俯瞰着下面的几道铁路，一些空空的车皮停在那里，好像等待着越来越近的严冬。我记得天气已经开始冷下来，远远的地里已经成为一片空白，只有一些收割后剩余的秸秆零零散散地堆放在一边，尖尖的禾茬证明了曾经存在过的繁荣，色彩耀眼的所有装饰物卸去了，地上的一切灰暗、一切皱褶，毫无遗漏的凸现于表面，就像生活被剥去表皮，露出自己质朴、甚至有点丑陋的骨骼。风已偏向西北，寒意开始侵袭，从衣衫到肉体，甚至一直向骨头渗透。

父亲和我沿着铁路线来到车站。铁路的两条轨道平行向两个方向延伸，就像时间无始无终。我曾经想过，这条铁路究竟通向哪里？它究竟有多长？如果知道这一切，就可以知道火车来自哪里，它必定有自己的源头。可是，我不可能验证自己的思想，我只能猜想铁路通向任何可能的地方，一切人居住的地方，也就是说，任何一个村庄旁边都有一个温馨的小站，那里停着等待人们乘坐的火车。铁轨下面的枕木被涂上一层漆黑的沥青，我们在夏日行走在枕木上，总是感到脚下发热的黏性，它试图将我们的脚印留下来。我喜欢沿着铁轨摇摇晃晃地走路，数着等距离铺设的枕木数目，一个个方格退到身后。身体飘忽中的平衡，双手展开像张开翅膀，凌空飞翔的轻，一种莫名其妙的喜悦之情，占据了内心。

车站更像一个童话世界，它的位置和它的造型，以及它的颜色和被映照的穿着铁路制服的工人，都应该是童话里的设计，仿佛眼前的全部事实都是被一个天赋突出的人巧妙编织出来的。候车厅的大门是敞开的，里面摆放着一些陈旧的木制长椅，只有几个人坐在那儿。旁边是一个小卖部，柜台后面，一个农村姑娘模样的售货员表情冷漠，就像带着刻画拙劣的、毫无幽默感的面具，背后也许藏着秘不示人的丑陋疤痕。总之，这里显得有点清冷，只有几张夸张的时代宣传画和红色标语，被从厅门刮进来的风，吹得哗哗直响。

一会儿，我感到了长椅的微微震动，我知道，火车来了。接着一阵隐约的轰隆隆的声音越来越近，父亲拉着我的手走向月台，实际上，月台不过是高出铁路一点儿的一个土台，几个铁路工人早早就等在那里，其中一个人手里拿着两把小旗，向火车到来的方向挥舞。呜呜——沉闷的鸣笛，咣咣当当的巨大金属碰撞，忙乱的人们……火车的到来就像大人物的出现，所有的征兆都不同凡响。

一个庞然大物带着它的全部威严、气势，仿佛要席卷一切，扫平一切。站台上的人们向地上的落叶，被一阵风暴卷到一边。手忙脚乱的回避、乱哄哄的嘈杂、大大小小的行李包和拥挤碰撞，都被火车的轰鸣盖过。终于，它停了下来，像驯服的野马站在那儿，隔一会儿就吐一口气，呼出的蒸汽有时会笼罩整个车头和一些为它忙碌的工人。父亲和我在一阵紧张中挤进了车厢。火车开动了，我们的身体随着列车的节奏晃动，一股股汗息从周围的人群中散发出来，走廊里挤满了乘客——他们的包裹没有合适的地方可以摆放，只好放在两腿之间，有的紧紧抱在怀里，就像抱着自己的孩子一样。实际上，人们大都携带着一些破破烂烂的东西，最值钱的是放在粗布面袋里的面粉，只有那一时代的人们才懂得搬动这些东西的现实意义。父亲为我找到了一个座位，他却一直站着。我看到他和别的人们一样，不停地像钟摆一样摇晃。

火车显然并不平稳，车轮可能在遇到铁轨的每一个节缝时都要卡嚓一下，车厢和车厢之间的衔接部分也不很严密，它们的摩擦、碰撞，混合在整个火车的合奏中。我的耳边一直响彻轰轰的声响，旅客们的大声说话被蒙在一层烟雾里，不停地又抽烟的人们将更多的烟雾喷吐出来，仿佛我们坐在了化学实验室的试管里。有人不停地咳嗽，已经敞开的车窗，外面的光线射了进来，由于逆光的原因，靠近窗口的人变成了一些发黑的剪影，失去了立体效果。我看到窗外的风景都是那样熟悉，感到不同的是，由于火车的速度，一切熟悉的事物——土地、道路上的行人、马车、正在将叶片撒向地面的树木、桥下的河流……都不再静止，它们旋转着，雪片一样向后飞去。

另一列火车突然驶来，与我所乘坐的火车交错而过，整个车厢的振动加剧了，我感到双倍的力量作用了四周，空气变得紧张。窗口好像敞开得更大，以至于有点变形、扭曲。我凝视会车时的情形：从旁驶过的火车，每一节车厢交接处的缝隙变大了，由于速度的缘故总能现出本来已经遮挡的景物，另一面的树木、旷野和土丘历历可见，仿佛从我们身边经过的不是一列铁制的列车，而是一面阳光下的玻璃幕墙。我第一次发现，火车有着透明的成分，只要我们耐心等待，它有时会将背面的内容透露出来。

世界并没有因为火车的缘故发生太大变化。我和火车一起正在向另一个地方开去，那是父亲工作的地方，一个我从未见过的、一直向往的县城。目的似乎已经无关紧要，重要的是，火车正一遍遍预演着我所预料不到的细节，好像一切一切，原是出自一个处于游戏中的、充满想象力和激情的孩子的安排。

1

蒸汽机车渐渐地退出了我们的视野，它实际上是把我们曾经有过的一切，拖入了一片漆黑。它的动力是如此强劲，它的火焰是如此猛烈，以至于我们在毫无准备的情形下，忽然发现眼前熟悉的东西消失不见，就像恐龙在6000多万年前突然消失一样。我们在童年时代仰慕的事物，钢铁塑造的庞然大物，被一个个庸俗的、理想主义的或者是荒唐的血肉时代注入生命的朴实形象，黑色的车头最为接近钢铁材料的原质，也从未掩饰过机器的自然形状，一条条管道暴露在外表，鸣笛声悠长、沉闷、孤独、悲伤——具有一切大型动物伤感呼叫的所有特征，深含着低音提琴手的绝望。

我们能够看到科学家发掘出了的恐龙的骨架，也可以推演出它的形象，可是我们已经无法听到这一曾是陆地主人的吼叫。现在陆地上最大的动物大象也和火车一样，开始逐渐退出历史舞台，它的叫声仍有所闻。据说它的声音低沉到我们难以聆听其全部，因为它的吼叫的大部分信息只有它的族群能够分辨，那怕它们相距很远。这样的声音中的次声部分已经低于人类听觉的临界值，它却能够将声音传播到很远的地方，即使是非洲密林也不可阻挡。也许，和大象的叫声一样，我们曾经听到的火车鸣笛，也仅仅是它真正声音的低沉、绵长、悠远、婉转的陪音。

　　从声音的分贝、力度看，火车的叫声已经非常接近雷声，只是没有雨夜的电光和阴沉的乌云相伴。它实际上肯定是想告诉我们些什么，至少是想将沉睡中的人们唤醒。可是它的形象以及它的声音都放到了博物馆的展厅，或堆放于钢铁垃圾中等待着烈火熔化。那长长的烟雾和释放出来的猛烈蒸汽，它的节奏浪漫的吐纳之声，它的无可企及的个性，和孤独者的情调，已随着它身后的长烟飘散。

　　我的村庄的四周，已经布满了造纸厂、炼焦厂和化工厂，浓烟滚滚。金钱被奉为至高无上的神明，大气被严重污染，污水从一条条人工渠道流向已经干涸的河流，两侧的青草不再生长，村庄里的果树已经不结果实，老人们不停地咳嗽，两眼发呆地看着一堵堵土墙，坐在门外的小板凳上晒太阳，脸上的皱褶里深藏了历史中最隐秘的事实，这些已经与他们的人生融合在一起，连他们自己都不知发生了什么，他们已经放弃了揭示的热情。现实并没有发生太大的变化，原样的生活中开始添加了一些苦涩的东西。与几十年前相同，铁路依然处于高高的基座上，内燃机车和电力机车已经替代了蒸汽机车，它们往来的密集程度已经大大超过从前，地里劳作的人们也不能以它们的出现来判断时间。当然农民们已经戴上廉价的电子手表，看起时间来更为快捷、简便。

　　孩子们完全对火车失去了好奇心，他们背着沉重的书包，放学后需要完成老师布置的作业，电视机上的高楼大厦和阔人们的豪华生活,已经将孩子们的视线吸引过去,童真和稚气从他们脸上很少看到,摆脱田野束缚的渴望凝结于焦虑不安的瞳孔里,火车的震颤比之于大地本身的躁动,已经无足轻重。

蒋蓝

散文家,思想随笔作家,田野考察者,诗人。朱自清散文奖、人民文学奖、中国报人散文奖、西部文学奖、中国新闻奖副刊金奖、四川文学奖、布老虎散文奖得主,中国作家协会会员,中国作家协会散文委员会委员,四川省作家协会散文委员会主任,四川省诗歌学会常务副会长,成都市作家协会常务副主席。已出版《黄虎张献忠》《梼杌之书》《倒读与反写》《豹典》等文学、历史专著,现供职于成都日报社。

有关警报的发声史

我梦到老鼠在啃我的耳朵,我只好从梦里退出来,待它在暗水中游远了,再回到梦停顿的地点,我有能力返回到那个地方,那里还留剩着我的体位和掌纹。我躺下了,就像一个器皿躺进模具。我梦到我的耳朵被一个妖冶的女人提着,像一盏小橘灯,它使得紧张的高跟鞋在清脆的声响里,获得黑暗中的资源以及可能埋伏的暴力。耳朵东张西望,像个企图解除恐惧的探测器,围绕旗袍的下摆跳起了狐步舞,但它忘记了一个事实,最危险的袭击并不是来自黑暗的,它突然被高跟鞋钉住,撕裂、碾碎,旗袍与身体摩擦的声音摊在地上,委身倒地的风,合奏,耳朵已经来不及拣起它们了——我被警报器吵醒,摸摸耳朵还在,有汗,冷得像融化的冰。

警车的警报器在阳台下轰鸣,我估计距离不远,八成有什么事发生。在子夜之后,警报器的声音怎么跟白天或上半夜听起来完全不一样呢?白天,它至多像个即将失势的官员在发表威胁性的离职演说,我胡汉三要回来的!它把略显不敬的嘀咕推开,然后昂然而去。上半夜总是美妙的，一般来说，这个时候利于发生故事，但警报器的加盟对故事的不利在于，故事往往顺着白天、黄昏、红酒、亲吻铺垫出来的斜坡，已经快到高潮了，但声音的威严就像你丹田突发的隐痛，使你无功而返。下半夜应该是一个蛰伏的时期，喧嚣的美学展示了大半天的身体，现在开始被黑与缓慢沐浴，内翻的身体将很多来不及反刍的东西打开，就像我们可以看见挂在衣帽钩上的大氅里面的丝绸衬里，在暗处反光。但警报器坚硬、迅猛的造访使身体猝不及防，它有醉汉的莽撞，以及烧酒赋予的火力，轻易就将身体制服，并使身体产生类似初次吸毒的严重不良反应，思维紊乱，无法集中精力，近而推进到各个神经系统，诸如手脚乏力、无法跑步和行走等等，当警报器下出现同样威严的人员时，你已经无汗可出，但还可以屁滚尿流。这也是为什么很多醉汉一听到警报器就醒过来的原因，当然，他们立即将跌入另一种醉态。

声音是由声源做周期或非周期性振动而产生的。声音的大小，与声压有关，而声音的尖或沉，与音频的高低有关。人类的耳朵形状和尺寸只能对频率在 3KHz 以上的声音有效，这就是为何对低音缺乏方位感的原因了，这恰恰也是警笛之类的报警装置为何采用高音的秘密之一，耳朵的构造完全符合警报器的传播学原理。这个道理很简单，就像我们最薄的脸，偏偏要露出来，自然容易遭到耳光的袭击。从这个基点可以展开生理解剖学与权力的交叉美学，我希望有致此项研究的学者写出力作。

老百姓叫警用警报为警笛，这个简陋的称呼埋没了现代警报的苦心和旋律学。警用警报的"双音转换调""紧急调频调"的旋律音同样是音乐天才的贡献，四川一位作曲系的教授应我所请，为我记录了警报旋律的五线谱，限于排版麻烦，这里就不引用了。这个旋律找准了听觉神经最为敏感的音阶，获得的听觉效果远在雷声、咆哮、打击乐、爆竹之上，因为后者的直来直去的打击点并不在听觉的最薄弱处。但作为旋律的警报却是易弯的，紧贴构造的肌肤，绝不放过一个，又有些像飞去来器，你以为过去了，但它飞回来时恰好割掉你得意的头颅。所以说，旋律并不都是优美的、感动的，旋律也可能是恐怖的、噩梦的、毙命的，这个震惊美学的效用我觉得运动员不妨在比赛中一试，也许可以在警报声中创造世界纪录。

有谁能想到预示着危险刺耳的警笛，却源自古希腊神话中那位歌声曼妙的女妖塞壬。这个上身为美女下身为鸟的混合物，住在意大利南方西西里岛附近的小岛，每有航船经过，就会唱起动人的歌曲，引得无数水手情不自禁跳入大海溺毙。19世纪发明了警报器后，Siren于是有了警报器、警笛之意。塞壬的命名，体现了"异端呈现异美"的激烈宗旨。荷马还指出，得埃摩斯就是恐惧一词的拟人化。但西语是暴殄天物的，塞壬是美女，不仅仅是肉身的美女，还是旋律和狡黠的女王，她没有鸨鸟的淫欲，她是在观察声音遮蔽灵台的时间。但戳破这个美学预谋的方式，我认为不是俄底修斯的狡黠智慧，应该是有距离的欣赏和爱。因此，把她的歌声与警报器绑在一起，这不是佛头着粪吗？

现代意义的警报与瓦特发明蒸汽机密切相关，强大的蒸汽动力足以使喇叭发出工业革命的叫喊。丘吉尔幽默地称汽笛为"报丧的鬼嚎"。在这之前，塞壬一直使用尖叫、竹哨一类的声音来显示情况的紧急，具有自我保护的本能作用。这种服务于公共空间的警报，如今在救护、战争、火灾、地震等领域行使着畅行无阻的权利。但更多的时候，警报却是作为制度的一种声响，它与高音喇叭、雄辩术、口令等等构成了制度的声音政治。我们可以推断，在漫长的冷兵器时代，塞壬只能用哨子来显示国家的力度，这个鼓起腮帮子、用力吹哨子的造型，容易跟打呼哨的绿林响马混淆起来，但发声者的制服显示了一种正义对身份的改写，它有持续发声的权力。我们至今在《摩登时代》等电影里还可以看到，它总是跟警棍、手铐、皮靴、拳打脚踢等等一同登场。它置身的语境不再是茫茫大海，而是十字街头，它在各种语境之上开始发力，有光一样的俯冲和横扫征象。这就使我发现，每当警报器开始发音，所有人的面庞就像葵花一般在寻找光源，然后站直，呆若木鸡，或者翘首期盼，随即他们被声音犁开，废纸似的被荡起来，箩筐、鞋子、破碎的器皿、小孩的哭叫被抛弃在回避的语境当中，空余出来的领地，像广场一样宽阔和庄严，作为动词的警报，可以自由降落或再次起飞。

　　这个过程是主流语境与边缘语境的相遇，如果说汉语当中的鸣锣开道还具有古典特征的舒缓与韵律的话，警报器则具有技术主义的干燥与峻急。鸣锣开道是希望声音推导一种预测和期待，它呼唤和激发对大人物的崇敬之情，然后你应该等待，腰与腿开始发软，弯下去，直至匍匐倒地。锣声从膝盖的位置切过去，以黄铜的质地显示了一个共感觉：锣声——黄铜——熟铜棍——黄泉的一色灵犀。研究修辞通感的学术昆仑钱钟书，如果考察一下这个事例，估计他对通感的研究会更漂亮。

我们知道，英国人最早开始使用机械警报装置，是手摇式的警报器。在英国的议会视野里，警报器开始被精心系统化，准确地说是在二战时期。警报器开始被分为空袭警报、医疗警报、警用警报等等，它像手势和旗语一样讲述自己的权力范畴，很快得到了发达国家的认同和推广。

可以叙述的一个插曲是，希特勒发现了警报的威力，并不在炸弹的威力之下。Ju87俯冲轰炸机的威慑也许并不在于它的炸弹，而在于它肚皮下的警报器，它有一种令人毛骨悚然的效果，使瞄准镜后面的眼睛产生阴翳或幻觉。因此，特有的"耶利哥喇叭"发出的凄厉啸叫，声震数里，甚至可以置近距离的听众当场死亡。这是纳粹当局的心理战一绝，妄图对敌国民众造成声音反射，引起巨大的恐慌。"耶利哥喇叭"（jericho 耶利哥，也译作杰里科，是大约在8000多年前出现的人类最古老的城市，位于西亚死海以北地区，南距死海6英里，用这个至今充满战争和死亡的城市名称来命名警报，暗示了两者之间的联系。）放大了纳粹帝国的声势，从欧罗巴的版图扫荡而过，使欧洲的各种声音不得不潜入地下。记得看过一部反映二战时期华沙犹太人的电影，可惜忘记了名字，防空警报器被使用到了主题音乐中，它与小提琴、钢琴的合作类似于后现代的爱情，以一闪即逝的方式出现，然后莫名其妙地退潮。警报像一把横空出世的弯刀，它没有使用最为锋利的头部对准琴弦，而是使用了最为厚实的刀尾，以钝刀割肉的方式，使一刀两断的痛快演变为锯齿的缓慢和倔强，就像一个异教徒，在陌生或者充满敌意的地区开展布道工作。它百折不回，一点点进入异质琴弦的内部，最后并不割断琴弦，而是使琴弦从内部获得改造，洗心革面，加入到警报器的多声部变奏当中。这就可以发现，警报器一旦投入工作，往往具有主旋律的气魄和胆识，总揽全局，不可方物。

　　根据我掌握的资料，美国是最早使用现代警车的国家。1903年夏天，美国波斯顿警察局购买的一辆斯坦雷蒸汽汽车，这种车被用来代替巴克贝伊地区一直使用的 4 匹马拉的警车。当时没有分贝控制数等等说法，那就是利用一切技术手段，使金属簧片和旋转的音笛孔达到它鸣响的最高值。警报器可以震慑方圆 500 米的范围，并使它麾下的领土得到声音的保护，以便登记造册。有一项来自专政部门的统计很说明问题——在一个地区越是警报器鸣响频繁，那么该地的治安状况就趋于良好。这句话几乎等于是警报的放大器，也可以从另一个角度理解为：警报器的尖锐度、频繁度、覆盖密度，与该地的安全情况成正比。于是，当高达 150 分贝的警用警报器间隙性发作时，它比广场上的时钟报时更为精确地显示了达莫克里斯之剑的方位和锋芒。

　　每当警报在坚硬的公路上炸响，声音与建筑物的碰撞是剧烈的，这个态势加剧了声音的刺杀力。就可以发现符合人类生理学弱点的警报，所具有的金属意义在城市建筑之间得到了很好的还原。这种金属不同于鸣锣开道的黄铜意象，倒是类似于镀烙的钢材，弹性良好，硬度适中，在柔韧与坚硬之间找到了最佳组合方案。警报不但可以把光芒反弹回来，使阳光获得惨白的效果，光被声音加速到可以成型的程度，在声音的强力语境四周撒满防范的铁蒺藜，它还可以把大剂量的惊悸和恐怖因子散播在空气中，以一种"不设防"的干燥和扁平，向人民大送秋波。即使警报器烧坏了叫累了，那么它寄存在空气里的金属味，仍然可以继续履行威慑的使命。有一天，我突然看见一只鸟从警报的罗网中坠地，像一片挣扎的树叶企图返回枝头，但是它既找不到蜡来堵住耳朵，也找不到密封舱，它从高压电线上落下来，到达地面时，奇怪的事发生了，它只是几片羽毛，肉身逃跑了，它被声浪追赶着，总是无法落下，连安静地死去也不容易啊……这个捕获飞鸟的天才之举，被运用到了命令全民用锣鼓用脸盆用口号用一切可以发声的东西捕捉麻雀的圣战当中。

  一个纺织厂的工人告诉我，即使她离开了噪音，却仍然听见飞梭在耳鼓里穿插。这就很好理解，一个置身警报声中的警察和领导，即使关闭了警报器，耳畔仍然有一种鸣叫的气势和威严，因为战斗回响在他的记忆沟回中，顺着想象的余音，他披着的大衣沾满了声音的碎屑，他逼入声音的迷宫，甚至可以走回到警报的中心，然后，面对四周虚拟的葵花，发表比警报更为掷地有声的讲话。

  中国警车使用警报器，以前都是不太正规的，不过是吉普车上加装一个警报器而已。现代意义上的警车，应该是1980年才出厂的上海牌轿车改装成的专业警车，作用主要是用于鸣警开道。于是，我们逐步就可以看见一支支肥胖的胳膊从警报声荡开的真空中伸出来，向各位招手致意：同志们辛苦了，同志们好！他不一定是在问候你，说不定是在问候控制警报器的工作人员哩。后来规定特种车辆安装的警报器和标志灯具的分类是：（1）警车安装"双音转换调""紧急调频调"警报器和红色回转式警灯；（2）消防车安装"连续调频调"警报器和红色回转式警灯；（3）交通监理事故勘查车安装"快速双音调"警报器和红色白座回转式标志灯具；（4）工程救险车安装"单音断鸣调"警报器和黄色回转式标志灯具；（5）救护车安装"慢速双音转换调"警报器和蓝回转式标志灯具。而且规定警报器音调声压级为 110 分贝到 115 分贝。

这个限制其实并不具有计量学意义，顶多含有文件规范。其一，使用报警装置的部门太多，远不止以上 5 家。举个例来说，现在从事食盐检查的"盐政"人员也可以拉响警报，追踪"私盐"的去向。现在连负责绿化的"绿政"人员也穿起制服，在电动自行车上绑个小功率警报器。他们以前是干什么的？不就是清管所的么？其二，所谓分贝限制只是一种数据规定而已，它们发作或激动起来的声音绝对不止这个值。用多普勒效应来显示警报的流程也很有意义，警报在接近听众时，警报的声音越来越高亢，高到令播散的金属屑还原为破风的固体，它通过以后，声音却迅速降低。在这个时候，掌握分贝测量仪的人员老练地启动了仪器，得出了漂亮的结论：警报的声音并不大，完全不足以惊醒市民。

好了，不谈这个。警报短促而重复的话语并不复杂，质地良好的发音器在埋头苦干，但往往在警报叫得空气发烫的时候，我们就还可以听到声音之间的鼎力相助。一个声音会用车载麦克风喊话：闪开！闪开闪开闪开闪——开！是啊，行人都没有买养路费，凭什么免费行走磨损道路竟然还要当道啊？我觉得这是警报遭到蔑视以后的反应，有些失风度了。如果这个焦急的"闪开"仍然没有扫清道路，那么警用喇叭会发出怪叫，来自海洋汽笛的鸣叫悠长而辽阔，提醒我们后面开来了一艘大船，至少是陆地巡洋舰！根据这个发声的逻辑谱系，其实是违反了警报发声初衷的。因为警报总是遵循了"若无必要，万毋增加"的法则，这是警报器与奥卡姆剃刀产生的一种意味深长的联系。如果鸣号违反了这个法则，我就完全有权推测，是不是还会把"耶利哥喇叭"再武装到特种车辆上？！这大概就不能叫武装到牙齿了，而是武装到了盲肠。

今晚，我再次被警报吵醒，我找不到梦断裂的地点了，觉得房子在"紧急调频调"的旋律中舞蹈和膨胀，太阳穴发跳，与旋律完全合拍，密切如夫妻。它怎么不优美呢？它可以使坏人闻风丧胆，束手就擒，使良民人正不怕影子歪，它使社会的公共空间得到扒梳，鼹鼠找不到家门，急得团团转。因此，牺牲一点睡眠，也是为公共空间做贡献嘛。后面这话不是我说的，是我的邻居在教育大家，听听我就汗颜了，过了一阵才知道他是个聋子。残疾人嘛，多不容易！

声音是可能碎裂的，金属也是要疲劳的，当它们过去了，夜泛着泡沫，像海面驶过军舰之后，残留的白泡；它也可能是来自某个马拉松讲话之间的唾沫，文字蒸发了，但唾沫仍然执行着文字赋予的惯性，航行在我的神经里。我的听觉是一个回水区，声音的泡沫打着漩儿，浓得化不开。我等待着下一次警报器的光临，好把这些垃圾冲走。我等着，思维敏锐，近乎虔诚，就像等待一个奇迹的显现，石头开花，空气的妹妹，黑暗展开丝绸里的骚……我等待！我等待什么呀？一种恐惧从最虚无的等候中伸出爪子，攫住我的面庞。

起码的生理常识告诉自己，我病了。很清楚，恐惧在进化史上具有特殊地位，这种危急存亡的反应能力，在现代社会，反而可能造成对日常生活的严重困扰。这就是说，恐惧应该是属于蒙昧时代、冷兵器时代、极权时代的人具有的一种自我保护能力，但在文明时期，恐惧就不存在了吗？我假装在看书，听到隔壁有怪异的声音。好像是警报器在预热，我接收到了声波的讯息，正在转化为能够理解的语言，告知我进入警戒状态。

我把这个情况咨询心理专家。她告诉我，接下来的情况是，羊肠小径通到杏仁核与邻近的海马回，康庄大道通到颞叶的听觉皮质进行声音的分析与理解。海马回是重要的记忆库存，将很快地将这个声音同以前听过的声音做对比，并将这几项假定传送给杏仁核与海马回做进一步对比。如果结论令你安心，你的警戒状态不会持续升高。但如果你仍觉得无法确定，杏仁核、海马回与前额叶皮质之间的另一条路径会使你陷入不安。如果进一步分析依旧得不到满意的答案，杏仁核便会发出警讯，激活下视丘、脑干与自主神经系统。你听懂了吗？那好，在这种时候，你的杏仁核，就是整个的你，就成了一名24小时的全值日守门员，你在等待球踢过来。即使比赛停止了,你还在空无一人的球门前等待!你张着嘴干什么?别老盯着我,怪不好意思的……

她还告诉我一个具有反讽意味的后果,因为杏仁核底侧的分支连接扣带回皮质及调节骨骼大肌肉的纤维,那么作用在人类身上,则是声带的肌肉拉紧,会发出恐怖的尖叫声。也就是说,当事人也可能学习他遭到恐怖袭击的声音,再换句话说,我有可能学习警报的鸣叫!

呜——呜——呜——

想起来了,童年时代四处都是"地富反坏右",警报声跟广播一样频繁,见到熟人被塞进警车,警报成为了一种人口的减法。小孩就学习着这种日常语言,呜——呜——呜——,并潜移默化地成为了生活经验,它蛰伏在心灵的底层,一个沉默的定时炸弹,在某个脆弱部位,它可能被激活,就像木乃伊重出江湖,反穿衣服一样反穿起身体,接受黑暗的沐浴和加冕。我闭着眼睛,回想恐惧的成形:我感觉到胃部抽紧,心跳加速,肩颈肌肉僵硬,四肢颤抖。全身僵凝成一个专注的姿势,比如罗丹的《思想者》,比如《拉奥孔》,比如做向日葵状,我仔细凝听那一道既熟悉又陌生的声音,脑中飞速盘算可能的危险与应变之道。这整个过程,从惊讶到不确定到不安的恐惧,完全浓缩在一两秒之内。在这个时间之内,我什么也不能做。我那些盘算纯属多余。

等待警报，是唯一的事实；等待，也是唯一的结果。

在这个时候，卡夫卡《塞壬的沉默》就显示出了诡异的颜色："塞壬还有比歌声更为可怕的武器，这就是她们的沉默。就算能够逃过她们的歌声，但绝对逃不过她们的沉默，虽然还没发生过这样的事，但却可以想象出来。"我自然可以想象出来，我想象的往往是警报声的最亢奋的声部，因为它切入我肉体是最深的，深到不留退路，仿佛刀没至刀柄，深到连血也没有。它已经把我洞穿！

从深处说，匿身于警报冲击波之外的深远意旨，目的很清楚——如果说犬儒化的根源是为权力而权力，那么，大众犬儒化的根源便是恐惧。老生常谈吧？如果说封建专制是谎言加暴力，其麾下的人民则是轻信加恐惧的话，那么在后极权时代，则往往是笑里藏刀的恐惧构成了权力的面具。笑，多好哇！是与世界接轨的格式化表情，刀还是镀烙的金属，笑遮蔽了它发散的光辉，它还没有到疲劳的时候。有学者指出，轻信和恐惧是互相矛盾的。当人们把谎言误认作真理的时候，人们同时也就把暴力误认作正义的力量，误认作人民的力量，人们就不会对之感到恐惧。如果人们在"专政"面前感到恐惧，那就说明人们将它视为异己之物，人们其实并没有把它当作自己的力量。一般人既轻信又恐惧，同时兼有这两种互相矛盾的东西，这就是奥威尔所说的"双重思想"。在这里，轻信是表层意识，恐惧则存在于潜意识。在我看来，事情好像没有如此分明，现在的人连轻信、盲信也没有了，他们信什么？信你的布道词吗？相信忠诚吗？谎言重复一万次就是真理的不二法门在后极权时代首次失效。不幸的是,这是一个崇尚不信的时代,那么,惟有恐惧才是最后的底牌,制造恐惧已经成为了后极权时代坚持不懈的工作。因此,我可以把警报之类,听作是暴君西西弗斯的石头从山顶滚下来的声音——在迟缓的向上爬动的声音实现了对过往罪孽的一次赎还以后,迅速下坠的声响放大了过往的罪孽,它构成了对刚才赎罪的解构。于是,声音又将开始犯下新一轮的罪行。这样的话,轰响在我记忆中的"警钟长鸣",一直是在丈量我的忍耐力——我的神经橡皮筋一样被拉长,以透明见血的脉络,在与警报进行无限循环的较量和比拼,直到其中一个被拉断!1948年,保加利亚作家瓦西列夫描写小人物悲惨命运的剧本《警报》(写于1951年,中译本名为《人间乐园》)以及波兰诗人斯沃尼姆斯基的诗集《警报》,正是在这个向度上,看到了神经与警报的血拼过程,它们互为依恋,互为排斥,又互为密谋,直至彼此钻穿对方的身体。像两面镜子的对峙,迫使光从拥挤的空间将玻璃射出裂纹。

捷克作家伊凡·克里玛在《布拉格精神》里说:"恐惧总是权力最可靠的同盟之一。从根本上说,没有一种权力不是依赖某种形式的恐惧。"在这个意义上,记住李慎之先生的见血之言是十分必要的:"每个人都有东西可以失去,因此每个人都有理由恐惧。"说得好,我想补充的是,十几年了我连职业都没有,一直呆在家里,我值得害怕失去什么吗?!我基本掌握了左耳进右耳出的流水作业,就当我的听觉是下水道好了,我甚至已经学会了欣赏叫嚣的旋律之美。如果连这个修旧利废的技能也有"失去"的危险,我就应该恐惧了。

记得缅甸民运领袖昂山素姬曾经说过很到位的话:"使人腐败的不是权力而是恐惧。支配权力的人因为恐惧失去权力而腐败,而被权力支配的人,因权力之鞭的恐惧而变得腐化。"这至少从另一个角度补充了李慎之先生的论述,即:制造恐惧并不只是为了意识形态的稳固,还有一个原因是为了巩固权力的腐败职能。恐惧,成为了维系权力与民众的牢不可破的纽带,警报铺开了上情下达的特别通道。

我被警报惊醒。天亮了,大街上响起此起彼伏的警笛声。随着警笛声溶入人群和车流之中,一切安静了下来。就好像被注入了冰水的沸水,在一瞬间就已经完全冷却了下来。那些泛起来的,是渣滓,是泡沫,是垃圾……

有一天,偶然在网上见到诗人欧亚的一首诗,特抄在下面,暗合了我现在的状态——

> 我听到警报 在清晨的梦中
> 身体一片荒芜 呼吸在爬行
> 一根丝线垂向眼睑
> 我拉了拉被子 寒气
> 铁丝一样
> 迅速深入温暖的黑暗
> 血液轻轻敲着心脏

两根油条"滋啦"跳进锅里
　　世界悬在头顶
　　像一架抽油烟机

世界悬在头顶，"像一架粉碎机"才对呀。而我，却爱着塞壬。

2003 年 8 月 10 日在成都

——原载祝勇主编《布老虎散文》2004 年秋之卷，春风文艺出版社 2004 年 9 月版。

在正体字与方程式的迷宫中

这是一篇理应写出而拖了十几年才完成的文章。我所描写的这一断代史涉及的人与事已尘埃落定。但经常有风吹过,总会把那些蛰伏的碎屑飞扬在空,偶然吸入肺叶,我就咳嗽不止。我想把它们固定在纸上,至少纸张的分解速度比我的生命要绵长。但一次搬家过程中这些文稿被家人烧掉了,望望空中蝙蝠一般的纸骸,我还是决定重写一遍。不然它们就没有落脚之处。

一把安静的斧头

1990年代初,我几次收到北京的笔会邀请通知,找单位头头通融,希望他网开一面。这个出生于天津卫的头头斜睨着我,说话是字字珠玑:这是不务正业嘛。你要安心本职工作啊……1992年春节前夕,我决定告别这个小知识人已拥挤不堪的科研单位,自觉自谋出路。想着自己的"关系"随即将转到街道居委会了,在满城爆竹声中,我回望了一眼这幢曾是当地最高层的办公大楼,变形的脊椎就疼痛起来。

我到成都在作家王锐主持的文化机构中谋到了饭碗，在磕磕碰碰中学习编辑、鼓吹老板与经营获利。纸上谋生活的日子捉襟见肘。这年冬天，收到一封寄自家乡的长信。8大页纸，密密麻麻写满了信纸的天头和地脚，大概是我有生以来收到的最长篇幅的私人信件了。这是高中语文老师罗成基先生浅蓝色的钢笔字。也许纸质和墨水不佳，墨迹在不少繁体字纠结虬起的笔画中漫漶成一团。繁体字的印刷品我看得本不多，繁体字的手迹于我则显得簇新而新鲜，总觉得不像，觉得不对，我在从事古文翻译和猜测中明白了老先生的意思：他深情回顾了作为语文老师的他从我中学时代的作文里看出了灵感之火。如今，他怕赚钱之欲熄灭了飞扬的灵感，他从我长期打架斗殴、穷练武功中看到了少年周处成为蒋处的可能性。浪子回头金不换。但浪子回头还有没有岸呢？他没说。他指出：作文先做人。修辞立其诚。一个人不从小处认真，必将大而无当……这一席教诲，让我热汗冷汗泠泠而下。我立即复了信，以谢老师跨时期的观注之情。

罗成基先生系中央政治大学的高材生，中过当时全国高等文官考试的"状元"，二十三岁当过国民政府最年轻的县长……"镇压反革命"时期身陷囹圄。有人说他判了死刑没有执行，有人说他陪过杀场死里逃生，有人说是死刑改死缓，有人说是无期改有期，有人说他老奸巨猾"滑"过去了。自贡市第十六中学有一个吃了老虎胆的书记兼校长李明高，把这个当时的"待业老年"请出来，以校办厂临时工的名义，做了做了月薪四十元的文史代课教师。据说有人四处告状，说李校长"立场不稳，重用反革命"，把国民党的"伪县长"也请来当"人民教师"。他已不止一次给全市教师上示范课，可是连参加市级语文教研会的资格都不被承认……

1978年之后，这一切逐渐就"反正"过来。罗先生说，峰回路转的情形有点像"坐自己拉过的架架车"。

1986年夏天，已是自贡市政协常委、市民革顾问、祖国统一工作组组长的罗先生，应什邡县的盛邀旧地重游。这是他第三次、也是最后一次回到什邡。第一次是县太爷，第二次是阶下囚，第三次是座上客。红地毯从汽车门前铺到了客厅……问旧、访新、逛街、觅巷……往日破旧狭窄的街道已经被新楼广厦所代替，当年主持新建的图书馆已迁建新址，而旧址上新建了一个游人如织的游春坞。

这些情况，他只向我片段讲到过。很多细节我是从作家张云初的纪实长篇《乱世县长罗成基》里得知的。记得我曾经问过罗先生，他笑笑说，"当事实比传奇还要传奇的时候，你就不要再渲染，再说就破了，乱冒气。"

不久，他复了我一封6页的信，仍是密植天头与地脚。那时，我已开始了箴言录《词锋片断》的思考和写作，可罗先生执拗而坚硬的笔触把我从对罗兰·巴特零度写作的深度迷狂中拽回到混沌的古代。他信手从二十四史中拈出一串掌故对我继续进行教诲，文词古奥，却又词锋霍霍，说我写信格式不对，应该如何如何书写称呼，你好，正文，祝词，落款。我一直以为文人作家写点笔误或者错别字都是逸兴之为，可罗老严肃指出：我信中什么字错了。这回他没有说对，因为他认为繁体字才是对的。见我没有回信，罗老找人捎来口信：说准备来成都面谈。岂敢啦！我就是"罗门映雪"，也不敢动老大驾！

直到有一天黄昏，他干燥而气喘的喊声回响在我位于成都东门街7楼办公室的走廊，我正独自洗菜煮稀饭。一激动，菜刀切伤了手指。见我蓬头垢面的样子，他说，平时可以吃点儿鱼肝油和维他命 ABCDEFG。

我有十年没有近距离地观察过他了。73岁的先生仍是腰身挺直，一米八几，长手长腿，全无衰翁迟顿的体态。他戴一顶毛茸茸的遮耳人造翻皮帽子，就是守卫北疆的新放军叔叔戴的那种，围巾一片在前胸及腰下，一片在后背，再配上一件对襟棉袄，在繁华的省城显得在些夸张，这完全就是一幅1930年代书生的装束。

我下楼去切了半斤牛肉和一只猪耳朵，与先生对饮鸟淡的成都烧酒。他几乎没有吃东西，开始不停地说话。这叫以话佐酒。一个长句在起承转合中随一道一道呼出的白色气流上下飞舞。言词激烈起来，舌头的转速跟不上滔滔雄辩，几个口沫的标点符号飞射而至命中鼻梁。我不去擦它。那时我想，古文中好像是没有这个东西啊。当然，后现代主义的一些文本好像也不需要这个东西。

先生没有丝毫的倦意，陌生而混乱的环境反让他谈锋更键，注视着我办公桌上的一大叠民间诗刊诗报，他说，身为诗人，你必须要懂梵乐西的《海滨墓园》和亚尔培·爱斯坦。我意识到，应该将其"白话"为瓦雷里与阿尔伯特·爱因斯坦才能理解他的话语。他说:"爱氏怡然奏响梵阿铃"。他开始描述爱氏是如何站在巨匠肩膀上成为巨灵的壮丽图画:高斯、牛顿、狄拉克、莱布尼兹、康德以及当代的史蒂芬·霍金……他转变了话题:奥伏赫变的变革过程,"这种过程在意德沃罗基的战野上也是一样。因为意德沃罗基是现实的社会底反映。"我想,先生还渴望在四维或更高维时空从事精神漫游。他目光如电,瘦削的面颊变得亲切而微红。他的目光穿越我的头顶,在漆黑的窗外长时间滞留。

如果说灵魂有质量的话,那么,那些重金属般的穿插迂回,是竭力让自己"兵解"为灵念的芥末,去吸附超越时空的知识和力量,让自己的元素超重,让自己的血液保持高品位的纯度。他仍然痴望着窗外,他看到了让他心醉神迷,存留于胸的幸福与解脱吗?那只从庄周梦里翩然飞起的蝴蝶,莫不是已经栖息于窗棂?但夜色的语境,似乎与庄子的蝴蝶有背离的张力。我联想起里尔克的名句:"或者你正好走过敞开的窗口,一具提琴向你委身。"

从那时起,我产生了一个未向外人言的想法:觉得先生就是我身边的浮士德,更准确点儿讲是堂·吉诃德。

这夜,他睡在办公室廉价的沙发上。成都多风,我估计有点儿凉,但看上去先生睡得很平稳,他连身也没有翻动,像一把安静的斧头。半夜我起身,看到他睁眼,阅读天花板上的蚊子……

回忆,就像依靠空气在复原一只苹果。当空气里渐渐滑出一缕果实的芳香,我在苹果上再次回忆,就像还要打出一条虫洞。稍有不慎，我就出不来了。

高中时代的我好斗成性，跟着几个师傅习武。我已经可以徒手对付三五个成年人。一次在电影院门前，一个邻居被人打得鲜血满面。对手约 20 岁，洋洋得意，五官喷火。我站出来，一伸一带，趁对方身形不稳，一个高鞭腿击中他的脑壳。动手就爱用高鞭腿的人，足见我有多么心浮气躁。但此人不堪一击，倒地不起，吐出几颗牙齿。当晚知道这是一个江湖上的人物。对方很快来寻仇，他不知道我的名字，只知道我大致的住处。有上百号人手持钢管、火药枪、长刀、棍棒塞住了弄堂，他们眼睛喷火，辨认每一个过客。

那是一个特别漫长的黄昏，天总是塌不下来。我从窗户看到了沸腾的街面，考虑是否应该出门。这时，先生来家访了。

他显然没有把门前的一切放在心上，也许在他眼里这就是社会常态。他谈论的是我一篇作文的好与坏。我根本听不清楚他说什么，耳朵里回荡着钢管开裂、火药枪出膛的声音。二十分钟后，他起身，还要去下一家。我只得硬起头皮送他出门。他不停地说，我只好亦步亦趋跟着。

所有的行人远远绕道而过。好事者围在更远的地方观察一出打戏的下文。淡淡的黑暗东一块西一块在人群中麇集，正在淹没他们的脚，他们的喇叭裤。黑暗在他们腰部溶化。那百十号人在齐腰深的黑暗里说说闹闹。烟头的火光一闪，照亮了挪位的五官。划拳。五魁手呀，七个巧呀，八壶寿呀。有力气找不到地方。有两个人对着斜下来的天空做猥亵动作，耸动软小二，恨不得把水泥墙钻个洞。

路灯突然大亮，人群被突然的光压下去了，剩下那百十张白腊腊的脸。先生不停说话，我跟在他半个身位之后，他大步往前走，在方阵里逆行。他的围巾后摆被风带起，围巾的丝绦扫过我的眼睛，我觉得痒，觉得有东西滑进我的眼睛。我闻道他身上散发出的烟味儿。他微侧转头，说，你作文里有些细节还需要打磨，可以更细致。就像斧头劈开树桩，木纹里嵌入了刃口的红锈……注意，铁锈总是赭红色的。记得小说里有不少描写，一刀下去就看见骨头白森森的，这怎么可能？见刀的骨头比火还红……

我说好好好，我会改正的。我不知是在应付他，还是在应付这慢下来的时间。

他转过身，恰好踩住我的身影。眉头紧锁，大声说你听到没有，你？你还披着军大衣，怎么像一个松垮垮的连长？！

我穿好衣服，大声说听到了。灯光下，先生的身形像一把竖起来的利斧。但没有手柄。

我们走出了弄堂。我忍不住回头看。看见人群里这一条被犁出来的通道，有点弯曲，最后是喇叭形的缺口。那百十号人用白脸朝向我们，棍棒杵地面，咚咚咚。先生没有再说什么，他没有回头。一挥手，西天最后一缕夕光从他高举的掌沿滑落，走了。

我有掰骨头的习惯，可以让全身关节逐一爆响。这时，我空荡荡，开始挺身，鼻梁咔咔，颌骨喀喀喀。颈椎、胸骨、胸椎、腰椎、胯骨、膝盖、踝骨、肩关节、肘关节、腕关节、手指的三个关节。浑身响完，我往回走。我吸气，吸得不能再吸，猛力呼出，记得那阵我的肺活量达到过 5000 毫升。我把脚尖的冷汗和麻木也顺着气流吐出来。

我回到那条犁出来的通道，地面踏实，喇叭口依然向黑暗敞开。那百十张脸被路灯拉歪，有一半陷入了黑社会，有两张脸飘过来，几乎与我来了个亲密的脸贴脸。我顺流而下。我再快三步就可以走出方阵。但是，我努力还是一步一步走，甚至有点减速。当然，我不再回头。

这件事情，就这么无疾而终。对方是否认出我已经不重要了。这让我从此明白，很多事情，到了不可收拾的程度，却总有意外的插入使其转化。要使一切恶力失去耐心，我就用最寻常的方式去面对，无法退缩。先生再没有问过这事，我也没有向他提起。从此以后，我不再轻易与人动手了。我想起塔德·休斯《马群》的句子："在熙熙攘攘的闹市声中，在岁月流逝、人面相映中，愿我还能重温这段记忆：在如此僻静的地方在溪水和赤云之间听麻鹬叫唤，听地平线忍受着。"这是有关马群和力量凝聚时代的绝唱。而马群不但可以在语词的排列中裂变为害群之马，还可以成为拧着鸡巴游逛世界的驴子。我不想成为驴子，我必须出走。

唯美一代的消逝只在回头时才是辽阔的

第二天一早，醒来时发现先生在走廊里来回高速散步。他动作奇特，双手插进裤兜，好像裤子没系腰带，一步出去就是一米。我们一起乘火车回到自贡。他的目光不断被飞驰的窗景分割，眼睛倏地亮了。他回忆在成都东胜街沙利文饭店结婚时的场景。婚礼举行一半，空袭警报响了。出门看见日本飞机，他拉扯着新娘子往东郊大慈寺附近的田野跑，婚纱沾满了泥土，漂亮的蕾丝花边也扯烂了。新娘子烫过的头发挂满了稻草，惊慌依然掩盖不住一脸的幸福。他们卧在菜地里对视，那是一段难以消泯的记忆。

在车轮的伴奏下，我几乎是在朗诵：

> 被听到的是：流水形成在上面的拱顶。
> 流水顺从了枯木，留下深凿的痕迹。
> 逆行的阴影，以及逆行的、阴影遮住的
> 两眼回睇，
> 我看见唯美一代的消逝只在回头时才是辽阔的。

先生问：这是谁写的？我没有告诉他这是欧阳江河的《秋天：听已故女大提琴家 DU PRE 演奏》片段。只说是一个当代诗人的佳作。

他突然说："你要努力成为宗布。宗布可怖，齿口瞠目，飞鬓猬髭，狰狞魁梧。"我不知道先生的所指。回家查书才明白，后羿死后化身为宗布。我承认做不了宗布，我至多可望成为写作里的梼杌。

在这之后，我才较为系统地阅读先生的系列文章，师生的交流在离开学校十几年之后，开始增多。所谓多，是相对而言，一年也不过五六个回合而已。但每一次交谈，我就越来越固执地认为，这个致力于历险的老人,在生命被浪费了 20 年以后,处在社会的最底部,仍然在不计得失地燃烧自己。他从古文化的永恒之河中溯源并畅游而下,一些遍寻不获的追问,迫使他走向另一极端,在极端抽象的数理逻辑,空间物理甚至狄拉克海洋时里去寻求"打通"的奇点。我不知道我对"中道"(理解为原始意义的中庸也可)的理解是否适合于先生,那就是:必须有能力去实现一个极端到另一个极端的跋涉,才可能获得一种冰炭相遇所构成的消融,直至恬然。这是上升与下陷、飞翔与坠落、盛开与凋谢的峰回路转。

  1995 年中秋节前三天,高我两个年级的十几个学生准备为先生的 75 岁生日举办一次聚会。那时,我离异后在家闭门写作。收到邀请,我还是去了。在一个乡村俱乐部里,五音不全的卡拉 OK 成为了唯一的发声器,这是 1990 年代的聚会风景。先生满面春风,像一部手摇电话机。同学小芸在唱《三套车》。我刚刚处在歌厅的过道上,过道黑暗而幽深,而且径空很高,宛如一条深深的峡谷。那些磁性的声音拥挤在峡谷里,向上汹涌,转瞬凝聚成雪片,嗖嗖地朝我头顶盖下来。这是冰雪喷珠溅玉的沐浴。一种惊悸、纤细而锐利的想法,很快置换了我的想象力。我在冷意中行走,逆风而行的后果是大量的声音回旋在身后,以一种冷冷的黏性紧紧贴住我的背心。这种突发的怪异感,让我无法招架。唯一的念头是,《三套车》怎么变了?

  我看见这个沐浴在雪花下的女人。身材高挑,腰肢摇摆,手持麦克风拉着电线踱步,电线缠住腰肢,姿势有点像神秘的鸨鸟。她长有一张不大相称的娃娃脸。她大方请我跳舞,跳那种不动的舞,我们称之为"站舞"。上半部周吴郑王,下半部旁逸斜出。这就是四川人在八九十年代的距离。四目相对,两脸相向,我可以清晰看见她眸子里的火。对方呼出的二氧化碳就是你的氧气。也可以说,你就是对方的绿色植物。没有吹气如兰的古典意象,我闻到浓烈的香水味。这也是1990年代从广场移至室内舞厅的身体意识形态。

在有些熟悉的事物中,其实一直就潜伏或被遮蔽的动机,当它们酝酿到足以改变其总体性质时,生成着的现状总让人大吃一惊。比如,穷人的漂亮妻子尽管也苦大仇深,也很难避免被势利阶级的糖衣炮弹多次命中,使她逐渐学会了对钱财的深深依恋与同床异梦的技巧。于是,温故而知新每日三省吾身之类,就成为一门做不完的作业。我告诉小芸,翻译为中文的《三套车》是不全的,翻译者"颇具匠心"地删去了原词的四、五两段,而第三段歌词属译者的创作加工。早有几位翻译家就指出,把歌词里的"姑娘"置换成了"老马"是无法让人忍受的常识性错误,是一例类似于将"银河"译成"牛奶路"的失误。最早的翻译者薛范先生可能太着眼于民风的教化意义了,他是想让国人在没有人口买卖、感情掠夺的干净语境里,领略俄罗斯美丽的忧伤。于是他故意用"低级的错误"换来道德的纯净。正如学者蓝英年指出:"悲怆的诗句被歪曲,只剩下悲怆的旋律,怎能不令人遗憾。"唯一可以告慰的是,那无法被消解的苦难仍然从旋律中滚滚吹来……

这首由小调式构成的变化分节歌,在我们后来的岁月里,谁能预料还会生出什么样的光泽呢！走出昏暗的歌厅，我看见先生独自在凉亭喝茶，像县长那样直身而坐，面带微笑，雄视古今。我们一起合影。这是我和先生的唯一一次合影，照相的人说照片给我寄来，十几年了都没有拿到。

几天之后，小芸邀请我参加她单位的聚会。一个单身女人带一个可疑的男同学去参加单位聚会，她的同事们显然是把我当自己人了。大醉一顿以后，她操起麦克风"在唱着忧郁的歌"。我仅仅是在听，但也有些紧张。老怕她过于优秀或者拙劣的嗓音破坏我固有的情愫。在音乐轰然响起那一瞬，我甚至就像被捆绑在驿车上的囚犯，手足麻木，被她的声音押赴向一个苍茫的、一无所知的领域。

一天下午，我正在编辑先生的书稿，他突然光临。眉头紧锁，开门见山："先不谈书的事。你不能同小芸交往，你们不适合。别的我就不说了。"

我告诉先生：我和她往来过几次。事情其实不过在一念之间，就像一张底牌，完全可以不摊牌。我同意你的判断。

他说，那就好！双手深深插进裤兜，拧着裤子，起身就走。

过了几天，小芸来找我。说自己去征求先生对我的意见，先生恍然，大惊。拉了一个说客向小芸讲述了我作为恶兽棒机的诡谲历史……我越听越觉得好奇。

小芸承认，先生喜欢她，"是一种不一般得喜欢"，给她写过几十封信。漫歌式的信，马拉松的坚韧，有几十万言……

我绝对不能染指这不名誉的事。小芸消失了。多年后在成都我看见她坐在三轮车上穿过天府广场，脸如垩粉，像地面的斑马线一样湮没在灰蒙蒙的车流中。她送过我一张25岁的照片。1996年我给当时的女友小陆看，她是杭州人，认为小芸不像四川人，面含明清之际扬州的古意。小陆来四川时，和我去过先生家，先生热情接待我们。记得他好像也去小摊切了半斤牛肉和一只猪耳朵，不同的，是喝的地道五粮液。而更不同的是，后来小陆也从我的生活消失了。她离不开西湖，她隔着千山万水和鸟音翩然的方言，同小芸成了电话朋友，就是话友。

我所看见的东西像我看见它们一样看见我

1997年冬季，先生的著作《晚晴斋丛稿》快出厂了。一个深夜，他打来电话，问我能否明天把样书送到。第二天下午，我从成都赶到自贡钟云山先生家，送来封胶尚未彻底干透的20册样书。他极度消瘦，把书抱在胸前，长长出了一口气。我突然想起汉代画像石里的卞和造像。

书稿尽管是我编辑完成的，当晚我不想吃饭，也在看这本书。

当代学者何怀宏在其箴言录《随感》中说："我赞美达于两极的中道，并使这两极如大鹏之双翼。"灿烂的内爆火光已然照亮身处周遭的黑夜，在这一刹那的通透中，已经不可能去考察古汉语与西化句型的差异了，他甚至来不及去字斟句酌地营造语境。他必须说出的是，从高唐神女的云鬟到维纳斯出浴时流淌着黄金光芒的披发之间的共性与异性；从庄周的蝴蝶翩飞到夸克粒子如曼陀罗花突如其来地出现之间的色泽差异，他在极度纷乱的无序中寻找阶段性的有序；他在极度自由中寻找有律的自在。

如果举出两个有代表性的文本，一个是他耗去十余年工夫写就的古典文学评论稿《春归何处》，一个是他许为能够代表自己文风意骨的长篇人文随笔《在阿尔伯特·爱因斯坦画像面前》，这是一篇用辞赋体企图印证相对论等等发源的奇文。前文已收入《晚晴斋从稿·诗词及诗词论著》一书，后者收进《晚晴斋丛稿·文论随笔》。说句实话，单单阅读完这两篇文章，我就感到惊奇：不可能让人致信的事同样合理的发生着，——描述的对象纯属风马牛不相及的领域，以跨学科或边缘学科也未能表达我的想法——就像是感觉之笔和理性之笔可以一心二用一样被驾驭，它的至善至美的企望，在灵犀之悟中花开花谢。一如无风而漾的潭水，在蓝天白云的照影下，通透而洗亮。

这一潭水也可供许多文人揽水自照。

至美的艺术不可能出现在感官娱悦状况下，她们多是经过作者大力过滤变形之后，在孤寂中照亮自己灰蒙蒙的面庞与睡意的形象。那也许就是但丁的星座在凝聚中出现的贝雅特丽奇——这一辩证意象。

我一直寻思的现象，是一个人身上闪现出来的异质，多可从他的语言中找到答案。先生文本的特殊性，在于他仍坚持"文以载道"的宗旨下，仍希望语言闪现出自身的光芒。这可能是先生文本的任督二脉。他时而流畅、时而涩阻的叙述，也许他意识到"写作"全在意义时就已形成。通达的叙述文本，多是他自言"为了祖国统一而为之"的专发海外媒体的作品，笔涉文史哲，赢得了广泛声誉；而那些"涩阻"的文本，多是他用力甚大而影响远不及前者的作品。例如，《在阿尔伯特·爱因斯坦画像前》无论如何就不及在加拿大报刊发表的《对海三呼无恙乎》《百代无忘猛追湾》《中国人丑陋吗》等文的阅读效应。在形而上的领域从事精神漂流，当一个又一个的航标隐去之后，他面临自己为自己定位的苦恼与孤独。

而这些，这些文字，乃至灌注在文字里的情愫，都灰飞烟灭了。

这让我想起本雅明引用瓦雷里的话说："如果我说我在这儿看见了一个物体，这并不是说我和物体间没有区别了……在梦中则相反地没有了这种区别。我所看见的东西像我看见它们一样看见我。"

对此，先生向诗人王星等人以及我都谈到过。去年我在阅读林贤治《人间鲁迅》时，偶然产生了联系。鲁迅在厦门教书时，住在靠海的一幢楼里。他曾回忆起居住楼上的这段日子："我沉静下去了。寂静浓到如酒，令人微醺……我靠了石栏远眺，听得自己的心音。四周不定期仿佛在无量悲哀，苦恼，零落，死灰，都杂入这寂静中，使它变成药酒，加色，加味，加香……"令人微醉的酒不是任何人都可以把持得了的，何况加了药！这坛酒在近一个世纪的窖藏后，置于越发喧嚣的空间，蛰伏于酒中的德性，在血的勾兑下，那些金属的纯响，那些梅花的芳香，竟让天空显出如酒的醇意！

不要企图去喝上一杯，因为这酒只属于罗先生，是他全在的生命液汁！这样理解，不知先生以为然否？

透过酒杯,奔驰的往事与未来显形于天野!

有人说,汉语言是一种充满诗意的模糊语言,以致略知汉语言一二的美国诗人艾滋拉·庞德一见唐诗宋词就爱得发狂,提出并创立了意象派的诗歌美学原则。从深处着眼,是我们的思维方式所致。用这样的语言如何去面对日益精确化的世界?在人文领域已经饱受"语言缺席"的汉语,似可以推测"汉语人"在本不擅长的抽象思辨与逻辑实证领域的言说能力和地位了。不管怎样,罗先生的文本世界至少为我提供了一种言说方式。这让我想起早年诗人吉狄马加在成都对我讲过的一席话,他认为体现"思维极致"的三种方式是:诗歌、音乐、数学。用之于先生,让我们得以更为清楚地发现其用心与勇气!我想,导引人们走出迷宫的线团,既不在罗先生手中,也不在上帝那里。当若干年后,人们可以发现,带我们走出迷宫的线,也许就来自一个根本不知道线团意义的人之手。

比如,就像缠在小芸腰肢的那根电线?

从本质上讲,罗先生仍属于"位卑未敢忘忧国"的传统知识分子,他历经沧桑的八十年以特殊意味的"充实"证明了他信奉的"充实之为美"的人生。在这个深夜里,我在听俄语男声版的《三套车》。我被幽魂嘶哑的声音覆盖,然后悄悄用中文填补着沙哑中的停顿和缝隙。这含有极其混浊和暧昧的成分,但也可以触摸到一些明晰的概念,比如苍凉、比如忧伤、比如绝望等等。这样看来,仍没有与黄土高原上游弋的"西北风"式的民歌分开来。也就是说,歌曲的"话语方式"仍混淆在我固有的经验历程中。但一路听下去,一些陌生而崭新的东西开始从一望无际的雪地上层层展露。在这一解蔽的过程里，一些歧义与殊途同归的策略渐渐消匿于冰雪下，纯然不知的事物，如炙烫的肌肤突遇冰针的撞击，一连串的冷颤遍植每一个毛孔。而来自伏尔加河莽莽雪原上的风，伸出亮闪闪的锋刃，轻易磨蚀修剪着歌声的飘浮，把桦木制成的车轮（或雪橇）置换成了钢铁。我听见钢铁切切割大地的声音，将埋藏着的树根与草籽齐齐剁烂，飞速撞向倾听者的额头。那些顽强的哲学如同广阔和黑森林，屹立在无边的沉默与期待深处！

　　我想起张承志的话："我真的，深深地喜爱那种激烈的血性。换一个描写的豪情词汇，这是比生命更宝贵的自尊……我镂骨铭心地觉得，若是没有这样的自尊、血性和做人的本能的话——人不如畜，无美可言。我不知道人样是否接受如上的思想，我不知我样古老的中国，是否应该接受如上的思想。我只是感到，这是——自救的思想。"说穿了，也是无言的思想。他在孤立无援的言语里顾盼。言语断道处，人迹罕至处的攀援与无依姿态。对我而言，多次提及"兵解"的先生，你还是那把利斧！

　　我曾对先生讲过《戈尔迪斯之结》。公元前位于小亚细亚的一个古国（弗里基亚）的皇帝戈尔迪斯以巧妙的方法，在战车的轭上打了一串结。他预言："谁能打开这个结，就可以征服亚洲。"一直到公元前334年，还没有一个人能够成功的将权力之结打开。亚历山大入侵小亚西亚后，他偶然在一个神庙里发现了这部战车上的绳结，听神庙的祭司解释后，亚历山大伸出手，但没能解开。他拔剑砍断了绳结。就此他一举占领了比希腊大五十倍的波斯帝国。

先生举起手,他并指如刀:"不要说这个。我老了。垮丝了。"

此文的前三分之一部分发表在1999年初的内刊《紫薇诗简》上。先生看到此文,对我说,"你小子的笔锋够狠!但我有你写的那么夸张吗?"我说那就是我的印象。他大笑,发射一连串标点符号,但没有命中目标。

1999年6月先生病逝前几天,我闻讯赶到大安区肿瘤医院看望。他被肠癌击倒,躺在床上,肠鸣如枭,手臂全是干骨头。

他一直是有预感的。他拿到自费出版的2000册书后,一手拧一坨,就这样一批一批卖出去。找学生,找朋友。老人不得不低头,微笑、谄笑、给很多人写信、当场赋诗一首、鼓励大有文学前途的个体户,然后自己再一家一家去收款。有的时候,还得给对方搞一次讲座才能把书卖出去。待一切办妥了,他起床就日渐困难了。

预感到行将不起,就自己收拾洗漱用具,没有告诉任何人,自己花2块钱打"摩的"去医院办理住院手续。80岁的先生口头禅是,我不用麻烦你们!这个下午,昏暗的阳光反照到病房,他脸如宣纸。看到我站在床头了,用冰凉的手紧握我,说的是:"小芸没有消息吧!"我说早没往来了,听说她嫁到外省去了。他说,那好、那好,然后点头,然后闭目。握手三分钟,我触摸到斧头的手柄了。我估计有点儿凉,但看上去先生睡得很平稳,他连身也没有翻动,像一把安静的斧头。

我从病房走出去,没再回头。

想起出殡那天，我骑摩托车去殡仪馆。先生安卧在怒放的塑料花丛中，只露出头，我再也看不见他的手。在路上我被滂沱的暴雨淋了个绝透，直到仪式结束，我身上仍在滴水。一种发冷的感觉从脚底蔓延而起，堆在头上。我预感到感冒了，抬头望着先生那张清癯的遗照，那流露悲悯更含有纵深自信的眼神，扫视行将暗淡的世界……是的，"我所看见的东西像我看见它们一样看见我"。

流星透疏木，走月逆行云。我没有到他墓前凭吊。一晃，12年过去了。

2010年，小芸出差路过成都，她竟然在小陆那里要到了我的电话，一再说希望见面。我约她到报社附近的茶楼一聚。她的体型还是那样，摇晃，有韵，像神秘的鸨鸟。我问她，看过先生的书吗？她摇头，自嘲地一笑。脂粉就从她细密的皱纹间头皮屑一样飘落……

2011年3月26日改定于成都

发表时标题为《在繁体字的迷宫中》，原载《人民文学》2011年12期

祝勇

"新散文"领军作家,现任故宫博物院故宫文化传播研究所所长。获朱自清散文奖、郭沫若散文奖、孙犁散文奖、十月文学奖等多种文学奖项。出版《故宫六百年》《故宫的古物之美》等数十部著作。

吴三桂的命运过山车

苦难不是我们的泪点，幸福才是。

——一位友人

倾国之灾

康熙十二年（公元1673年）十二月二十一日，有两匹快马冲入北京城，穿过一条条街道和漫天飞舞的冰霰，冲向正阳门内。街上有人遁声望去，脸上露出惊愕的表情，嘴巴张成圆型。因为在城里，从来没有人把马骑得如此飞快，到了大清门的下马石前也不见减速。他们根本看不清这骑马人的面孔，只看到疾驰如飞的速度已将他们脑后的长辫拉成一条直线。但经多识广的北京人一定猜得出，千里之外又出大事了。这两匹快马在坚硬如铁的石板地上敲下一连串坚实的马蹄声，有一种催促人心的力量，但没有人猜得出他们带来了怎样的消息，更不会有人知道，建立不到30年的大清国，倾国之灾已近在眼前。

两匹快马一路奔到兵部衙门前才停下，那两人飞身下马，脚步零乱地冲进去，双手抱着柱子，身体一起一伏，呼吸越来越浑浊和急促，身体深处甚至发出哔哔剥剥的爆裂声，终于，眼睛一翻，昏了过去。

没有人知道，他们已经马不停蹄，疾驰了十一个昼夜。

堂吏认出了他们，一位是兵务郎中党务礼，另一位是户都员外萨穆哈。他们是被朝廷派至贵州，备办吴三桂撤藩搬迁所需粮草船只的。他不知他们为何如此急匆匆地赶回北京，只看到他们嘴唇哆嗦着，已经说不出一句话。堂吏急忙送水过去，看他们喉头一耸一耸地把水吞下去，才慢慢地睁开眼，几乎同时说出一句惊天的消息：

"吴三桂……反了！"①

我无法想象康熙大帝在宫殿里得知这一消息时的表情，是震惊，是意外，还是愤怒？那一年，康熙才19岁，有一张年轻俊美的面庞，自小的宫殿里长大，使他看上去文弱而俊朗。但后来的历史证明，他是一个经得起大事的人。他8岁登基，14岁亲政，第二年就把权臣鳌拜拿下了。但是此时，他面对的是一个更加凶悍的对手，那就是身经百战的平西王吴三桂。

那或许是年轻的康熙第一次尝到被背叛的滋味，而且，居然有这么多人背叛他。且不说吴三桂——多尔衮、顺治、康熙三代都未曾亏待他，公元1644年的四月二十二日已卯时分，吴三桂在山海

---

① 《圣祖仁皇帝实录》，见《清实录》，第四册，第585页，北京：中华书局，1985年版。

关剃发的那一时刻,多尔衮就以顺治皇帝的名义,授予他平西王的称号,康熙元年(公元1662年),康熙又亲自提名,晋封他为亲王,使吴三桂成为得到清朝亲王爵位的第一位汉人,朝廷对他也达到了赏赐的极限,那位陕西提督王辅臣,也几乎是康熙最爱惜的将军。三年前,王辅臣准备离开京城前往甘肃平凉上任,康熙舍不得他走,对他说:"朕真想把你留在朝中,朝夕接见。但平凉边庭重地,非你去不可。"后来,康熙又说:"行期已近,朕舍不得你走。上元节就到了,你陪朕看过灯后再走。"临出发那天,康熙突然看见御座边上的一对蟠龙豹尾枪,就对王辅臣说:"此枪是先帝留给朕的。朕每次外出,必把此枪列于马前,为的是不忘先帝。你是先帝之臣,朕是先帝之子。他物不足珍贵,唯把此枪赐给你。你持此枪往镇平凉,见此枪就如见到朕,朕想到留给你的这支枪就如见到你一样。"

康熙话音未落,王辅臣早已跪倒在地,泪如雨下,久久不能起身。他抽泣着说:"圣恩深重,臣即肝脑涂地,不能稍报万一,敢不竭股肱之烽,以效涓埃!"[①]

但王辅臣还是反了,跻身在叛乱的队伍中,与朝廷刀兵相向。康熙想必是被这一连串的"不可思议"打懵了。他一心治国,却众叛亲离。那段日子里,他一定在苦苦思忖,倒底是自己出了问题,还是这个世界出了问题。

---

① [清]刘献廷:《广阳杂记》,第四卷,第185—186页,北京:中华书局,2007年版。

午门以深

当年李自成败亡前，以火烧阿房宫的项羽为榜样，一把火烧了紫禁城。两天后，多尔衮、皇太极的遗孀孝庄皇太后带着七岁的顺治抵达北京，进入紫禁城，看到的只是废墟内部闪烁不定的火焰，和盘旋在上空的几缕青烟。

这个携带着关外的寒气与杀气的王朝，进宫伊始，就充当了消防队员的角色——不只要灭掉紫禁城里的火，还要灭掉全天下的火。顺治在装饰一新的太和门前颁诏天下，太和门的后面却是一片荒凉、一个破败不堪的巨大废墟，像一个被掏去内脏的遗骸，透着阴森和冰凉。

这就是大清王朝最初的舞台。

那时的天下，至少还有三个皇帝。大顺皇帝李自成，正从北京向他黄土高原上的老巢退却，打着东山再起的算盘；在西南的四川，张献忠建立了大西政权；而在江南，大明王朝还有一片残山剩水，供那些养尊处优的明朝官员们苟延残喘，崇祯吊死后第24天，消息才传到陪都南京，于是在一片吵吵闹闹中把朱由崧推上帝位，要化悲痛为力量，去继承崇祯的遗志。

这是一片盛产皇帝的土地。土地越是贫瘠，当皇帝的冲动就越是不可遏阻。他们眼中闪动着亢奋和凶险的光焰，自告奋勇地充当救世主的角色，不幸的是皇帝的名额只有一个，四海之内，只能有一个真龙天子。为争夺这个法定名额，他们彼此间要打出狗血，把流血和死亡，当作自己的选票。

四个皇帝中，只有七岁的顺治定鼎燕京，入主紫禁城，祈告天地宗庙社稷，取代了原来的明朝皇帝。

紫禁城，是天命之城，因为这座皇城自兴建那天起就是和上天紧紧联系在一起的。"紫"，就是紫微星垣（即北极星）。在中国古代的天象观中，天上的恒星分为三垣（即太微垣、紫微垣和天市垣）和二十八宿，其中紫微星垣居于中天，位置永恒不变，那是天帝的居住地，名字叫紫宫或紫微宫。那么，天帝的人间代表——天子，也自然居住在人世间的中心，"王者受命，创始建国立都，必居中土"[1]，皇帝的宫殿就是中土，是大地的中央，它也必须以"紫"来命名，表明它与天帝的紫微宫处于相同的序列，因此有了"紫禁城"的命名。三大殿，对应的是天上的三垣，而最重要的寝宫乾清宫、坤宁宫，这一乾一坤，也包含了对天、地的隐喻，与乾清宫东面的日精门、西面的月华门，共同组成天、地、日、月。换句话说，偌大的紫禁城，那些星罗棋布、波澜起伏、由无数的直线和曲线组成的宫殿庭院，本身就是一个微缩的宇宙，尤其在夜里，当整个世界都黑暗下来，只有宫殿里灯火繁华，紫禁城就跟这宇宙星系紧紧地融在一起，没有分别了。皇帝就在这天地日月精华中"奉天承运"，他的每一举动，都代表了上天的力量。那条纵贯南北的中央子午线（中轴线），就是人间最重要的权力线，也是帝国内部最敏感的中

---

[1] 《五经要义》，转引自乔匀：《紫禁城宫殿建筑与儒学思想》，见《中国紫禁城学会论文集》，第一集，第21页，北京：紫禁城出版社，1997年版。

枢主导神经。紫禁城把上天的意志完美的贯彻到了人间，在它的装饰下，权力不再是野蛮的化身，不再代表暴秦一般的霸权铁律，而是对天意的表达。它纠结（或者说绑架）了上天的力量，使它的主人有了空前的合法性，仿佛一件放大的龙袍，谁穿上谁就是正宗。

李自成也穿上了龙袍，也在紫禁城内登基了，但他没敢，或者是没来得及与那条中轴权力线发生联系，因此没有成为真龙天子，他的大顺王朝也没能纳入中国王朝的序列。他在紫禁城西部的武英殿登基，也选择了向西逃亡，西对应着他的生门，同时，也是他的死穴。

顺治皇帝站立在太和门前，成为至高无上的帝王。他不仅接收了明朝皇帝的权威与荣耀，也将他全部的烦恼照单全收，曾经困扰崇祯皇帝的所有难题，如今同样都堆在顺治皇帝的案头，甚至于，他的处境更加堪忧——黄土高原上的李自成、天府之国的张献忠这两个明朝夙敌依旧对清朝的虎视眈眈，此外的南明政权，也是一股不容忽视的势力。他三面受敌，或者说，这个王朝诞生伊始，就处在敌人的包围圈中。

在收拾这片旧山河的同时，清朝也开始收拾这片残破的宫殿。建筑工地从午门开始，经三大殿，一路蔓延到东西六宫。[1]这一时期，工匠像战场上的将士一样忙碌。在紫禁城的中央，在中轴线上，有成千上万的民夫在劳作。难道这不是一场声势浩大的行为艺术吗？

---

[1] 参见姜舜源：《论北京元明清三朝宫殿的继承与发展》，见《紫禁城建筑研究与保护——故宫博物院建院70周年回顾》，第89页，北京：紫禁城出版社，1995年版。

凡俗而卑微的民夫出现在只有皇帝才能出现的中轴线上，出现在太和殿的中央，甚至出现在摆放龙椅的搭垛上。那搭垛有一个专业的名字，叫做"陛"，实际上是皇帝上下龙椅的木台阶，此时，只有那些身份卑微的民夫才是真正的"陛下"，而皇帝，则只能偏居在紫禁城的一隅，等待着紫禁城的建成。

巨大的宫殿又重新出现在红墙的内部，与原来的部分严丝合缝。午门，顺治四年建成[①]；乾清宫，顺治十二年（公元1655年）建成，而它的真正完成，则是康熙八年，和太和殿工程一道完工的。[②]康熙在保和殿住到15岁，后来又在武英殿住了一年，自乾清宫重修竣工，康熙就移住到乾清宫昭仁殿，在此度过了他生命中的后50年。

吴三桂反叛的日子里，康熙就住在昭仁殿。昭仁殿在乾清宫的东侧，虽然与乾清宫相连，紧邻紫禁城中轴线，但在乾清宫这座显赫的寝宫面前，这座面阔三间的小殿还是十分不起眼。今天的游客来到乾清宫，看完了金龙盘旋的御座和御座上方康熙手书的"正大光明"匾，就会穿过龙光门，转到它身后的交泰殿和坤宁宫去。

公元1644年三月十八，那个雨雪交加的夜晚，崇祯皇帝得知内城已陷的消息，说了声："大势去矣！"就在昭仁殿，拔剑砍死了自己的亲生女儿昭仁公主。康熙没有住在华丽轩昂的乾清宫，而是选择了偏居一隅的昭仁殿，一个重要的原因，就是清朝在四面楚歌中建立，天生就有忧患意识。康熙住在昭仁殿，那里记录着崇祯

[①] [清] 鄂尔泰、张廷玉编纂：《国朝宫史》，上册，第187页，北京：北京古籍出版社，1987年版。
[②] [清] 鄂尔泰、张廷玉编纂：《国朝宫史》，上册，第189、204页，北京：北京古籍出版社，1987年版。

亡国的历史，有崇祯的提醒，大清王朝才不会重蹈覆辙。

那时他在昭仁殿里住了仅仅三年。他知道治大国如烹小鲜的道理，三年中的每一天，他都是如履薄冰、小心翼翼地度过的——他每天凌晨四点以前就起床，坐以待旦，以防止帝王的安逸生活会让他趋于慵懒和麻木。

很多年后，康熙皇帝为昭仁殿写下四句诗：

雕梁双凤舞，
画栋六龙飞。
崇高惟在德，
壮丽岂为威？①

一个王朝的权威性不是仰仗威严的宫殿建立起来的，而是看他的行为是否受到天下百姓的拥戴。

这样提防着，凶险还是不期而至。

复仇之刃

说起大清王朝的开国功臣，恐怕没有一个比得上吴三桂的。

那不仅仅是因为在公元1644年，统领大明王朝关外兵马的吴三桂背弃了与李自成已经达成的默契，把潮水般大清军队放进关内，

---

① [清]鄂尔泰、张廷玉编纂：《国朝宫史》，上册，第208页，北京：北京古籍出版社，1987年版。

导致大明王朝彻底倾覆和李自成的功败垂成，更因为他紧紧咬住败退的李自成紧追猛打，直至将他彻底剿灭，在这之后，又替大清王朝铲除了南明政权，用弓弦残忍地狡杀南明政权最后一位皇帝——永历皇帝，让大清王朝终于放下了那颗悬着的心。

吴三桂从山海关跟随清军一路进关，没有进北京城，就向着李自成败退的方向一路追去了。他没有时间进城，多尔衮也不允许他进城，因为他毕竟是汉人，多尔衮不准他先期进城，当然有他的不放心——万一吴三桂入宫，率先坐在紫禁城的龙椅上，大清岂不是前功尽弃？但吴三桂那时也考虑不了这么多，李自成是他最大的仇人，他不能放走他，他要追上他，亲手把他劈成两半。

那时的北京城里，几乎所有的宫殿着冒着黑烟，空气中弥漫着硝磺、桐油、烧焦的木头和人的尸体发出的呛鼻味道。与这座城池擦身而过，吴三桂一定会心情复杂地向城墙上方那片污黑的天际望上一眼。他心情黯然，它或许与街巷中那些仓皇无措的市民无关，甚至与那个走投无路的大明皇帝无关，而只关乎一个女人——他耳鬓厮磨的爱妾陈圆圆。在这个世界上，已经没有什么是让他牵挂的了。他的父亲吴襄是被李自成在永平范家店斩首的，首级挑在竹竿上示众；他全家大小34口也在北京二条胡同满门抄斩，一个也没活成；甚至连他的忠诚都死了，大明王朝的纲常名教全是一通鬼话，李自成的大顺王朝更是贪婪到丧心病狂，它们都是一丘之貉，都不值得他去效忠。他的心，死了，再也没有什么人需要他牵挂了，他感到一种彻底的轻松。假如说还有一个例外，那就是陈圆圆。在这个冷漠的世界上，也只有陈圆圆还能牵动他的一缕柔情。那时他一定会想，那个被刘宗敏霸占的陈圆圆，此刻正在何处？大顺军队仓皇逃亡之际，她到底是死，是活？是夹杂在流蝇一般纷乱的人群中逃命，还是被大顺军队胁持出走？想到这里，一种深刻的绝望与痛楚一定会深深地扯住他的心，让他感到一阵剧烈地痉挛。

与少帅吴三桂的挺拔凶猛相比，李自成的败亡堪称狼狈。他们人马相撞，在满城飞舞的渣滓和灰烬之间，踉跄着逃出齐化门。然而惊魂未定，前面的战马就倒在地上，马腿绊在马腿上，结果是无数战马如同多米诺骨牌一样接二连三地倒下，一股股的石灰粉扬空而起，迷瞎了人们的双眼，越是双手擦，石灰就越是往眼缝儿里钻。那是吴三桂预先侦察到他们的逃亡路线，在齐化门外的大道上提前挖了数千个陷阱，里面放上大水缸，水缸内装满石灰，又在上面盖好浮土，等着大顺军队马失前蹄。李自成的士兵们惨叫着，与战马绝望的嘶鸣声混合在一起，像漩涡一样在天空中盘旋着，很多年后，有人说每逢大雪之夜出齐化门的时候，还能听到这些恐怖的声音。

吴三桂像一只老鼠夹子，牢牢地夹住李自成部队的尾巴，让它痛不欲生，又甩不掉它。李自成匆匆涉过无定河[①]，出城才30里，就被吴三桂追上了。那时李自成的队伍带着从宫殿里掳来的物资辎重，还有宫人美女，行动迟缓，于是，李自成传出号令，甩掉那些辎重。吴三桂涉过无定河，一到固安，就看见那些零乱的金银衣甲，

[①] 隋代称桑干河，金代称卢沟河，清康熙三十七年改名为永定河。

有的散落在道旁，有的斜挂在树上，像吊死鬼，随风舞动。

这仿佛是一场奇特的欢迎仪式，自从过了无定河，自固安到涿州再到保定，李自成的人马一路上都为吴三桂准备了金银财宝，挂在路边的树枝上，金光闪耀，吸引着吴三桂部下的视线。只有吴三桂目不斜视，他知道，假如被那些财宝引诱，去争抢"战利品"，就会失去宝贵的追击时机。他不允许自己有丝毫的犹豫，因为在他眼里，最大的战利品无疑是李自成的那颗人头。只有用那颗人头，他才能告慰自己的父亲和全家老小，也才配得上装饰他的战无不胜。

李自成退出北京那天，是四月三十日清晨。四天后，距定州①还差十里，吴三桂就远远地望见了前方的大顺军。大顺军负责断后的部将谷大成也看见身后地平线上飞扬的尘土。尘土渐渐消落的时分，铠甲和兵刃在阳光下闪闪发光，奔跑的马蹄声也像海浪一样，一层一层地浮起来。他知道追兵到了，立即掉转马头，让队伍后阵变前阵，准备迎击吴三桂。转眼间，吴三桂的队伍就带着巨大的惯性，冲到谷在成阵中，双方厮杀在一起，仿佛两股混浊的旋涡，互相冲击和缠斗。大顺军疲于奔命，饥寒交迫，归心似箭，一心要离开这是非之地，早已无心恋战，更重要的是，在山海关，他们早已领教过吴三桂铁骑的厉害，所以吴三桂的骑兵一冲过来，大顺的阵势就乱了，人人自保，各自为战，谷大成大叫着，挥刀劈死了几名临阵退缩的士兵，却依旧制止不了颓败的局势。此时吴三桂已杀红

---

① 今河北定县。

了眼，脖子上青筋暴凸，挥刀斩去别人的头颅犹如斩下地里的高粱棵子，定州北十里的清水铺，已然成了一片屠宰场，地上躺满了横七竖八的尸体，鲜血从那些尸体里滋出来，力道强劲，在空气中划过一道道弧线以后，形成一滩一滩的血洼，如同画家在大地上涂下的亮丽油彩。

乱世佳人

一片兵荒马乱中，陈圆圆就混杂在那群满面血污、衣衫凌乱的女子中。她没有死。从后来的史料推测，李自成下令将吴三桂全家抄斩时，她应该不在北京二条胡同吴宅，而是已被刘宗敏掳至府中，溃逃时，刘宗敏必定是舍不得杀她，就把她和数千女子匆匆带上逃亡之路。吴三桂的队伍杀过来时，陈圆圆一定是远远望见了吴三桂，所以当其他女子们纷纷逃命的时候，她却孤身迎着吴三桂的战旗走去……

自从吴三桂在山海关听到陈圆圆被刘宗敏霸占，就再也没有得到过陈圆圆的消息。记忆中那个熟悉的陈圆圆被战火、浓烟和死亡一层层地遮挡起来，像一层厚厚的血痂，把他的心紧紧包裹住，让它变冷、变硬，失去了原有的温度和质感，他整个人都变成一个杀人的机器，幽暗、冷酷，没有了正常人的情感。所以当陈圆圆再度出现在自己面前时，他简直无法判断眼下是梦，是幻，还是无须质疑的真实。

可以想象那一夜会是多么漫长，她美轮美奂的面孔、玉一般的肩膀，乃至馨香入骨气味，他都是那么熟悉。这些都曾在他的世界里销声匿迹，如今，它们都回来了，在他抻手可触的范围内。当他企图覆盖她的身体，在黑暗中寻找她温热的嘴唇，他才发现自己的动作居然是那么的粗鄙和笨拙。在这凡俗的、甚至肮脏的世界中，她就是仙女，让他的生命有了希望和光泽。找到陈圆圆，等于让吴三桂找回了那丢失已久的魂。他那颗孤悬已久的心终于又回到了原来的位置上，有了最初的血流。他不再晕眩，不再迷茫，而终于有了正常的心跳。

这一刻他才发现，深埋已久的爱情居然没有泯灭，他渴望这份爱情能让他的灵魂得到一个安歇之所，但陈圆圆终究不是止痛剂，也不是迷幻剂。时间一久，吴三桂心底的那份疼痛就会幽幽地泛上来。当新一轮的疼痛涌上来时，甚至会比之前更加疼痛。

一个新的问题此时会隐隐地浮上来，把吴三桂的心扯住——被刘宗敏霸占期间，陈圆圆会不会失节？关于这一隐私，我查遍史料，没有找到答案。我想这一秘密一定随着主人进了坟墓，即使时人有记录，也未必靠谱——兵荒马乱，谁会在意一个艺妓的下落呢？而作为当事人，吴三桂和陈圆圆也绝无可能对外人谈及此事。陈圆圆固然曾是吴门名妓，色艺冠时，但中国历史上的名妓展露的通常只是绝技而并非肉体，陈圆圆后来被田弘遇收入府中，也是以歌妓身份供养，便于他结交名士。遇到吴三桂，才两情相许。这份深情，岂容他人染指？因此，他们重逢的喜悦里，一定夹杂着一种深刻的隐痛。我猜想这份疼痛一定折磨着他，撕扯着他，甚至控制着他。

最终，那份椎心泣血的疼痛又彻底俘获了他，让他俯首贴耳，驱使他拿起自己的兵刃，继续复仇。从这个意义上说，那个柔情的夜晚又是多么短暂。

芙蓉帐底，连鬓并暖，那绝不是吴三桂此行的终点，而只是他的起点。

天长地久有尽时，此恨绵绵无绝期。[①]

天亮的时候，吴三桂又成为原来的那个吴三桂——那个属于战场的、杀人不眨眼的吴三桂。他的心被仇恨填满了，只有凶狠而持久的杀戮才能消解这份恨。在爱与恨的角逐中，占上风的往往是后者。

吴三桂披挂好铠甲，又上路了。他不知哪里是终点，或许，只有李自成的死路，才是此行的终点。他不知道，他估计得太保守了。这条路越走越长，他出大同，渡黄河，取榆林，逼延安，李自成丢了根据地，拔营南下，奔向湖北，吴三桂咬住不放，击溃刘宗敏、田见秀五千步骑兵，生擒了刘宗敏、宋献策，把李自成一步步逼入九宫山的死地。

李自成死后，仇恨也并没有在他的心中泯灭。他为这仇恨寻找新的猎物，那就是南明王朝的末代皇帝朱由榔。朱由榔是明神宗朱翊钧（万历）的孙子，明熹宗朱由校（天启）、思宗朱由检（崇祯）、安宗朱由崧（弘光）的堂弟。此时，他已是南明政权的第四代领导

---

① [唐]白居易：《长恨歌》，见《唐诗选》，下册，第149页，北京：人民文学出版社，1978年版。

核心（前三代分别是弘光政权、隆武政权、鲁王监国政权），而那个以明为号的国度，依旧延续着它从前的黑暗。对于这个流亡政权来说，官僚们的既得利益已经很小，但他们依旧死抱不放，每个人都想着自己，没人顾及国家的安危。腐败和党争对他们来说已成习惯，没有它们，他们活不下去，有了它们，他们又注定会灭亡。或许正是这一点，使得吴三桂的背叛有了理直气壮的理由。

永历带着他的一班文武狼狈逃向云南，进入昆明。但没有多久，清军就像奔涌的洪水，尾随而至。永历无路可退，只好越过国境，逃往缅甸。他带着他王朝的人马和百姓刚出昆明城西的碧鸡关，人马就拥挤踩踏，哭声震天，永历不禁下令停车，站起身来，扶住黔国公沐天波的肩头，回首眺望昆明宫阙，一行热泪滚涌而出，带着凄苦的哽咽声说："朕行未远，已见军民如此涂炭，以朕一人而苦万姓，诚不若还宫死社稷，以免生灵惨毒。"[①] 说完，放声大哭。

顺治十八年（公元 1661 年），年仅 24 岁的顺治皇帝辞世，康熙登基，永历的命运，不会因清朝皇帝的变化而有丝毫的改变。十二月初二，日已西沉，丛林笼罩在一片薄暮中。走投无路的永历，连同太后、皇后，依次坐上缅甸官员备好的轿子，向河岸走去，文武大臣和妻妾子女在他们后面一路跟随，一路哭泣。大约行了五里，就到了河岸，永历看见有几只船早在那里等候，就下轿登舟。船启

---

① [清]李天根：《爝火录》，下册，第 927 页，杭州：浙江古籍出版社，1986 年版。

动了，风从丛林里钻出来，在他耳边拂过，声音凄厉。这时天完全黑了下来，周遭什么也看不见，永历也不知船往哪里去。就在这时，突然有一个人涉水来到永历船前，背上永历就走。永历问来者何人，他说："臣是平西王前锋高得捷。"永历语气平缓地说："平西王吴三桂吧！现在已到这里吗？"没有沉默不语，四周转来他行走时哗哗的水声。

吴三桂就这样与缅甸王合谋擒获了永历。就在这一天夜里，吴三桂前往羁押地见永历，行了一个长揖礼，并没有跪拜。永历问："来人是谁？"吴三桂沉默着，不敢回答。永历再问，吴三桂扑通一声跪倒，依旧不敢回答。永历第三次问，吴三桂才鼓起勇气，说出了自己的名字。永历叹了一口气，说："朕本北人，死时要面朝北京的十二陵，你能办得到吗？"[1] 吴三桂面如死灰，只答了一个字："能。"就出去了，从此再也不敢面见永历。

康熙元年四月二十五日，吴三桂下令，在昆明城外的篦子坡，将永历父子用弓弦勒死，然后将遗体运到城北门外火化，消尸灭迹。

据史书记载，永历被勒死的时候，昆明城突然响了三声霹雳，大雨倾盆而至，空中突然出现一团黑气，像龙一样飘忽游荡，徘徊良久，才缓缓离去。[2]

---

[1] "朕本北人，欲还见十二陵而死，尔能任之乎？"见 [清] 徐鼒：《小腆纪传》，第六卷，第81页，北京：中华书局，1958年版。
[2] "风霾突地，屋瓦俱飞，霹雳三震，大雨倾注，空中有黑气如龙，蜿蜒而逝"，参见 [清]《庭闻录》，第22页，上海：上海书店，1985年版。

山河泣血

党务礼和萨穆哈将吴三桂反叛的消息传入宫阙之前,这个帝国正按它固有的节奏有条不紊地行进着,就像一条河流,不徐不缓,却沉实而稳定。在岁月的更替中,康熙取代了顺治,一步步实现了权力的平稳过渡。不久之前,康熙皇帝刚刚根据太皇太后的旨意,加封了顺治的后妃,三位博尔济吉特氏分别被封为恭靖妃,淑惠妃和端顺妃,董鄂氏也被封为宁谧妃[1]。对于那些宫墙深锁、罗幕轻寒的先帝宫妃们来说,这样的封赏多少也是一点安慰,至少,她们没有被这宫城孤立、忘掉。

冬至这一天,康熙前往天坛圜丘祭天,又派遣官员前往永陵、福陵、昭陵、孝陵奠拜先祖,苍茫的天地中,他感到一丝孤独和无助,就像一个孩子,要伸手牵住长辈们的衣襟。

之后,康熙又亲率文武大臣侍卫等,前往太皇太后、皇太后所住的慈宁宫行礼,又前往太和殿,接受文武百官上表朝贺。[2]

那是宫殿中最重要的三个节日之一[3],内廷通常要举行隆重的贺仪。昭仁殿外,乾清宫、交泰殿和坤宁宫这后三宫就仿佛微缩的天地,在雪白的台基上展开。天刚微明,内銮仪卫就已经在交泰殿左右设好了仪驾,在交泰殿檐下设中和韶乐,在乾清宫北面的檐下设丹陛大乐。中和韶乐和丹陛大乐,是清代宫廷明清两朝用于祭祀、朝会、宴会的皇家音乐,融礼、乐、歌、舞为一体,文以五声,八

---

[1] 《圣祖仁皇帝实录》,见《清实录》,第四册,第 582 页,北京:中华书局,1985 年版。
[2] 《圣祖仁皇帝实录》,见《清实录》,第四册,第 580-581 页,北京:中华书局,1985 年版。
[3] 元旦、冬至和帝后万寿(生日)是皇宫三大节日。

音迭奏，是名副其实的雅乐。乐声中显示出皇家对天神的歌颂与崇敬，也渲染出皇权的神圣与威严。

天色亮时，宫殿的轮廓一层层地自天宇下浮现出来，随着执礼太监的奏请声，皇后着礼服，仪态雍容地走出坤宁宫，到交泰殿升座。她头戴薰貂吉服冠，冠上缀着朱纬，均匀地覆盖着冠顶，冠上缀着的东珠，在冬日的薄阳下熠熠发光，坤宁宫外，妃、嫔等早已在交泰殿前站好。这时，中和韵乐响起，玉振金声，在冰凉的空气中荡远，第一乐章是《淑平之章》，歌词如下：

> 承天地道光，
> 嗣徽音兮俪我皇。
> 椒官壶教彰，
> 万国为仪燕翼昌。
> 彤管纪芬芳，
> 春云渥，
> 环珮锵。
> 安贞德有常，
> 敷内政，
> 应无疆。①
> ……

---

① [清]鄂尔泰、张廷玉编纂：《国朝宫史》，上册，第86、87页，北京：北京古籍出版社，1987年版。

然而，透过这平和典雅、节奏缓慢的乐曲，在大地的远方，已经荡起一片尘烟。置身太平盛世，转眼就是祸起萧墙、山河泣血。

听到吴三桂谋反的奏报时，康熙皇帝面沉似水。他是那么的年轻，就像他统治的大清国，年轻、冲动，满怀理想与激情，却又要经过太多的迷乱、彷徨甚至挫败。

微小的昭仁殿，谛听得到天地日月运转的声音吗？康熙时常望着门外的风雨，遥想着在重重的宫门之外，在风雨之外，有连绵的战事正在发生。宫殿犹如江山，被凄风苦雨笼罩着，显出一派凄迷的光景。或许那时刚好有一匹载着驿卒的瘦马，跨过河水暴涨的卢沟桥，驰入风雨中的北京城，把来自穷乡僻壤的奏报，一层层地传入宫阙，呈递到他的面前。

康熙皇帝在昭仁殿里迎来了他执政生涯的最大危机。他面色沉稳，他的目光盯紧了帝国的版图，准备在这块巨大的棋盘上与吴三桂好好下一盘棋，看看倒底鹿死谁手。康熙派孙延龄守广西，瓦尔喀进四川，停撤平南王尚可喜、靖南王耿精忠两藩，以团结一切可以团结的力量，同仇敌忾。那是一场看不见对手的鏖战，既考验果敢，也考验耐心。康熙和吴三桂，面孔分别深隐在紫禁城昭仁殿和昆明里平西王府，相距万里，却都能感觉到对方脸上的杀气。他们各自布下的棋子，在楚河汉界排开了阵势，为争夺每一寸土地而殊死拼杀。地图上的荆州，绝对是不能丢失的一个点。这春秋时楚国的大本营，自古是天下的要冲，在江汉平原拔地而起，扼守着长江天险，自它诞生起，就几乎与战争和死亡相伴随。荆州的历史，就是一部浴血史，层层叠叠的死尸，成为它成长的最佳沃土。这里是离死亡最近的地方，大意失荆州，往往会带来满盘皆输。康熙召见议政大臣等，说："今吴三桂已反，荆州乃咽喉要地，关系最重。著前锋统领硕岱带每佐领前锋一名，兼程前往，保守荆州，以固军民之心，并进据常德，以遏贼势……"[①]

吴三桂棋先一招，康熙紧随其后，落子无悔。他们各自的棋子犹如一场疾雨，在帝国的大地上散开，随即隐没在那一片焦枯的土地上。

一时间，康熙无事可干，他感到极度紧张之后的突然放松。等待不是最好的办法，但有时，除了等待，世界没有更好的办法了。

昭仁殿静谧无声，这寂静，也是一种彻骨的煎熬。

红亭碧沼

本来，吴三桂用不着再反了。

永历的死，标志着吴三桂的复仇大业已经圆满完成。他心目中的仇人，一个个地从世界上消失了，变成尸体，变成灰渣，变成微量元素。他剿杀了李自成，扫平了山陕等地的贺珍叛乱和甘肃的回民起义，彻底铲除了南明的流亡政权，在完成个人复仇的同时，顺便也帮大清朝荡平了天下。

[①]《圣祖仁皇帝实录》，见《清实录》，第四册，第585页，北京：中华书局，1985年版。

康熙登基那年，清朝的最后一个政敌——永历，已经被吴三桂在昆明篦子坡活活勒死了。所有的动荡，所有的离乱，似乎都因永历的死而宣告了终结。爱也爱了，恨也恨了，无论吴三桂，还是这个在战火中煎熬已久的国度，都应该歇歇了。

我相信在这段时期，无论昭仁殿里的康熙皇帝，还是镇守云南的吴三桂，都度过了各自生涯中最轻松、最惬意的时光。一座座崭新的宫殿在紫禁城内重新伫立起来，以宏大的规模宣示着这个王朝的野心，吴三桂也不甘落后，建造气势恢宏平西王府。在遥远的云南红土地上，楼宇派生出楼宇，亭台复制着亭台，值得一提的是，王府的选址不在别的地方，而是恰在永历皇帝的故宫——五华山故宫。

当时有人这样描写吴三桂王府之富丽："红亭碧沼，曲折依泉，杰阁崇堂，参差因岫，冠以巍阙，缭以雕墙，袤广数十里。卉木之奇，运自两粤；器玩之丽，购自八闽。而管弦锦绮以及书画之属，则必取之三吴，捆载不绝，以从圆圆之好。"[①] 陈圆圆当年"牵罗幽谷，挟瑟勾栏时"[②]，怎会想到今天的光景！

除了王府，吴三桂还大肆兴建花园，比如王府西面的"安阜园"，广达数十里，流水碧波，有虹桥飞架，园内亭台楼阁，高达百余丈，园中松柏，也高达三丈。他在园中建了一座"万卷楼"，收藏古今书籍，"无一不备"。当然他还收集美女，为此，他派遣专人，到

---

① [清] 钮绣：《觚賸》，第72页，上海：上海古籍出版社，1986年版。
② [清] 钮绣：《觚賸》，第70页，上海：上海古籍出版社，1986年版。

"三吴"地区挑选美女,后宫之选,不下千人。在自己的地盘上,吴三桂建立了一个属于自己的乐土,每逢宴乐,吴三桂就会拿出自己的笛子,幽幽地吹起来,身边的宫人美女们窈窕伴舞歌唱。歌舞罢,吴三桂就命人重金赏赐,看到美女们争抢金银珠玉的身影,吴三桂放声大笑。

但吴三桂毕竟是一个重情意的人,无论他活得多么没心没肺,都没有忘记陈圆圆,因为她是他生死相依的伴侣。即使她曾被刘宗敏霸占,也没有影响他对她的爱意,这份感情,应当说难能可贵了。当朝廷降旨,将亲王的正室以妃相称的时候,吴三桂的第一心思就是把妃的名号赐给陈圆圆,陈圆圆说:"妾以章台陋质,得到我王宠爱,流离契阔,幸保残躯,如今珠服玉馔,依享殊荣,已经十分过分了。如今我王威镇南天,正是报答天恩的时候,假如在锦绣当中置入败絮,在玉几之上落下轻尘,这岂不是贱妾的罪过吗?贱妾怎敢承命?"[①]

的确,陈圆圆所要不多,油壁车、青骢马,几经离乱之后,从前的梦想都化作了现实,化作眼前的良辰美景,她还有什么奢求呢?至于王妃的封号,她是承担不起的,吴三桂这才把它给了自己的正室张氏。

但他还是为陈圆圆专门修建了一座花园,名字叫"野园",在昆明北城外,是一片浩渺无边的花园。美人似水,佳期如梦,在这

[①] [清]钮琇:《觚賸》,第71—72页,上海:上海古籍出版社,1986年版。

繁花似锦的春城，他无须再想死亡和离别。在碧园清风中入睡，睡时陈圆圆在他身边，醒时陈圆圆还在他身边。无论是梦，还是醒，都不能把他们分开了。怀抱陈圆圆的吴三桂，拥有的岂止是美色，更是一番人世有情的温慰。有情人终成眷属，两情缱绻间，他此时的幸福，就像他的权力一样坚固，他可以完全凭借自己的意志来拼搭梦幻的楼台，他的梦没有人能撼动。

那段日子里，吴三桂常来野园，用月光下酒。酒酣时，陈圆圆会唱上一曲。歌声幽扬清婉，那是属于他们自己的"中和韶乐"，不是用来修饰辉煌的仪仗，而是诉说他们内心的幽情。"冲冠一怒为红颜"，那已是二十多年前的旧事了，吴三桂已不是那个怒发冲冠的少年，陈圆圆也已不是当年的美少女。但她虽已年届四旬，却依旧额秀颐丰、容辞闲雅，风韵却丝毫未减。吴三桂听得动情，就会拔出宝剑，随歌起舞。陈圆圆歌唱，吴三桂舞剑，两个人的眼角，都漾着几点泪花。

但吴三桂想错了，他的世界貌似坚不可摧，实际上不堪一击。他的奶酪，并非无人能动。那个人，就是万里之外的康熙大帝。

吴三桂太迷信自己手中的实力，这种实力给他带来一种虚妄的安全感——天高皇帝远，他与康熙至少是井水不犯河水吧。但他穿金戴银，吃香喝辣，搜刮民脂民膏，俨然成了一方诸侯，他的安全感，分分钟就会被皇帝撕碎。

——假若皇帝调虎离山，召他进京述职，哪怕是召他入宫寒暄叙谈，他能抗旨吗？

一入深宫,他岂不就成了皇帝砧板上的鱼肉?

就像孙悟空,终究逃不出如来佛的手掌心。

红亭碧沼,那是吴三桂的乐园,更是他的陷阱。

失乐园,是他无法抗拒的命运。

吴三桂走到了他政治生涯的顶峰,从那顶峰坠落下来,也只是转眼间的事情。

一个朝代,一个人,都是如此。

康熙削藩的圣旨一到,他才如梦初醒。

鸟尽弓藏

吴三桂纸醉金迷、裘马轻狂,对社稷来说并不是一件坏事,因为一个玩物丧志的开国元勋对于朝廷来说绝对是安全的同义词。吴三桂已经位及亲王,是一个汉族官员所能达到的最高点,又有美人在侧,他应当是无欲无求了。

假如说吴三桂还有什么心愿的话,那就是朝廷能让自己能像明朝沐英,世世代代镇守云南,世袭亲王的爵位。但他想得太简单了。西寺落成时,吴三桂让盐道官赵廷标作诗一首。赵廷标脱口而出一首打油诗:

> 金刚本是一团泥,
> 张拳鼓掌把人欺。
> 你说你是硬汉子,

你敢同我洗澡去!

虽是玩笑,却暗含了一种警示。飞鸟尽,良弓藏,狡兔死,走狗烹,这是千古不易的真理。功高盖主,更是人臣之大忌。因为他的功劳薄记得满满的,皇帝的英明就显不出来。自刘邦麾下悍将韩信到眼前的鳌拜,哪个功高震主的臣子不死得无比难看?更重要的是,昆明城里的万丈楼台,无疑是对紫禁城威严的巨大挑战,因为建筑本身就是野心的纪念碑,建筑的高度,标定着野心的高度。吴三桂的殿宇高达百丈,既使万里之外的北京,也无法视而不见。

危楼高百尺,下一句就是:手可摘星辰。

那颗星辰,就是皇帝朝冠上的那颗璀璨的龙珠。

昭仁殿里,康熙突然感到一阵冷风吹过自己的发际,他下意识摸了一下,头顶那颗龙珠还在。

终于,一种警觉的目光,第一次自紫禁城的深处射来。

只是吴三桂毫无察觉。如花的美景和美女的细腰遮住了他的视野。

人到中年的吴三桂,不再有思考的能力。

十多年前,我的朋友张宏杰曾经写过一篇关于吴三桂的长散文《无处收留》,我十分喜欢这篇散文。在这篇散文中,宏杰将康熙与吴三桂的冲突归结为二者道德原则的冲突,他说:"一条噬咬旧主来取悦新人的狗,能让人放心吗?一个没有任何道德原则的人,可以为功,更可以为祸。"

相比之下，"康熙皇帝基本上是在和平环境下长大的，与从白山黑水走来的祖先不同，他接受的是正规而系统的汉文化教育。到了康熙这一代，爱新觉罗家族才真正弄明白了儒臣所说的天理人欲和世道人心的关系。出于内心的道德信条，他不能对吴三桂当初的投奔抱理解态度，对于吴三桂为大清天下立下的汗马功劳，他也不存欣赏之意。对这位王爷的卖主求荣，他更是觉得无法接受。对这位功高权重的汉人王爷，他心底只有鄙薄、厌恶，还有深深的猜疑和不安。"[1]

精辟，深刻，却不完全。

因为宏杰兄高估了康熙大帝的道德信条，后来的事态发展证明，康熙也并非一个道德的完人，相反，他同样是一个过河拆桥、背信弃义的行家里手。本文开篇提到王辅臣，本来是康熙派到甘肃去平叛吴三桂造反的，他却因受到陕西经略莫洛欺压，逼他陷入死地，造成部队哗变，愤而叛清，向莫洛军营发起突然袭击，莫洛被流弹打死。从平叛到反叛，王辅臣命运的戏剧性转折让康熙百思不解，急忙召见王辅臣的儿子、大理寺少卿王继贞，劈头一句话就是："你父亲反了！"王辅臣是骁将，他的反叛，无论从心理上，还是战略上，都给朝廷极大的打击。康熙忧心忡忡地对大学士们说："今王辅臣兵叛，人心震动，丑类乘机窃发，亦未可定。"[2] 康熙不幸言中了，

---

[1] 张宏杰：《无处收留》，见《大明王朝的七张面孔》，第297—298页，桂林：广西师范大学出版社，2006年版。
[2] 《圣祖仁皇帝实录》，见《清实录》，第四册，第665—666页，北京：中华书局，1985年版。

王辅臣的反叛，在陕甘引起连锁反应，绝大多数地方将领都加入到反叛的行列。陕西是战略要地，叛军向南可与四川叛军会合，向北可挺进中原，长驱直入帝都北京，而当时的清军正云集在荆州，准备堵住吴三桂这股洪水，北京城虚空，大清王朝已命悬一线。

朝廷实在没有力量再去对付王辅臣了，只能派了一些蒙古兵前往陕西征剿，天寒马瘦，数千蒙古骑兵集结在鄂尔多斯草原上，整装出发。但康熙深知，对王辅臣安抚为上，频频摇动橄榄枝，以求不战而屈人之兵。他不仅派人前往王辅臣营中，让他传达皇帝的旨意，甚至把王辅臣的儿子王继贞都派了过去，临行来还叮嘱他："你不要害怕，朕知你父忠贞，决不至于做出谋反的事。大概是经略莫洛不善于调解和抚慰，才有平凉兵哗变，胁迫你父不得不从叛。你马上就回去，宣布朕的命令，你父无罪，杀经略莫洛，罪在众人。你父应竭力约束部下，破贼立功，朕赦免一切罪过，决不食言！"①

送走了王继贞，康熙的心里还是忐忑不定。他在昭仁殿里徘徊苦思，然后走到紫檀长案前，提笔给王辅贞写了一封信：

去冬吴逆叛变，所在人心怀疑观望，实在不少。你独首创忠义，揭举逆札，擒捕逆使，差遣你子王继贞驰奏。朕召见你子，当面询问情况，愈知你忠诚纯正笃厚，果然不负朕，知疾风劲草，于此一现！其后，你奏请进京觐见，面陈方略。联以你一向忠诚，深为倚信，

---

① [清]刘献廷：《广阳杂记》，第四卷，第186页，北京：中华书局，2007年版。

而且边疆要地,正需你弹压,因此未让你来京。经略莫洛奏请率你入蜀。朕以为你与莫洛和衷共济,彼此毫无嫌疑,故命你同往再建功勋。直到此次兵变之后,面询你子,始知莫洛对你心怀私隙,颇有猜嫌,致有今日之事。这是朕知人不明,使你变遭意外,不能申诉忠贞,责任在于朕,你有何罪!朕对于你,"谊则君臣,情同父子",任信出自内心,恩重于河山。以朕如此眷眷于你,知你必不负朕啊!至于你所属官兵,被调进川,征戍困苦,行役艰辛,朕亦悉知。今事变起于仓促,实出于不得已。朕惟有加以矜恤,并无谴责。刚刚发下谕旨,令陕西督抚,招徕安排,并已遣还你子,代为传达朕意。惟恐你还犹豫,因之再特颁发一专敕,你果真不忘累朝恩眷,不负你平日的忠贞,幡然悔悟,收拢所属官兵,各归营伍,即令你率领,仍回平凉,原任职不变。已往之事,一概从宽赦免。或许经略莫洛,别有变故,亦系兵卒一时激愤所致,朕并不追究。朕推心置腹,决不食言。你切勿心存疑虑畏惧,幸负朕笃念旧勋之意。①

这封信声情并茂,连顽石都能融化,王辅臣的骨头再硬,当然抵御不了皇帝的催泪攻势,史书记载,皇帝敕书一到,王辅臣就率领众将"恭设香案,跪听宣读",向北京的方向,长哭不已。疾风夹杂着他们的哭号,听上去更加凄厉。终于,几经周折之后,王辅臣决定归降大清。这一捷报飞报北京,让康熙脸上立刻露出喜悦之

---

① 此为李治亭先生译文,原文见《圣祖仁皇帝实录》,第四十四卷,见《清实录》,第四册,第589页,北京:中华书局,1985年版。

色，宣布将王辅臣官复原职，加太子太保，提升为"靖冠将军"，命他"立功赎罪"，部下将吏也一律赦免。①

然而，康熙最终还是食言了，吴三桂死后，康熙并没有忘记对王辅臣秋后算账，康熙二十年（公元1681年）盛夏，正当清军如潮水般把昆明城团团包围的时刻，王辅臣突然接到康熙的诏书，命他入京"陛见"，他知道，兔死狗烹的时候到了，从汉中抵达西安后，与部下饮酒，饮至夜半，老泪纵横地说："朝廷蓄怒已深，岂肯饶我！大丈夫与其骈首僇于刑场，何如自己死去！可用刀自刎、自绳自缢、用药毒死，都会留下痕迹，将连累经略图海，还连累总督、巡抚和你们。我已想好，待我喝得极醉，不省人事，你们捆住我手脚，用一张纸蒙着我的脸，再用冷水噀之便立死，跟病死的完全一样。你们就以'痰厥暴死'报告，可保无事。"② 听了他的话，部下们痛哭失声，劝说他不要自寻死路，王辅臣大怒，要拔剑自刎，部下只能依计行事，在他醉后，把一层一层的白纸沾湿，敷在他的脸上，看着那薄薄的纸页如同青蛙的肚皮一样起伏鼓荡，直到它一点点沉落下来，王辅臣的脸上，风平浪静。

王辅臣不露痕迹地死了，朝廷只能既往不咎。他以这样不露痕迹的"病死"假象蒙蔽了康熙，使他逃过了斩首，也保全了自己的全家和部下不被抄斩，但其他降清将领就没有他幸运了，自康熙二十年年底，清军攻下昆明，到第二年五月，不到半年时间，吴三

---

① 《圣祖仁皇帝实录》，见《清实录》，第四册，第796—797页，北京：中华书局，1985年版。
② [清]刘献廷：《广阳杂记》，第四卷，第186页，北京：中华书局，2007年版。

桂手下大量投诚清朝的将吏被康熙下令处死，其中，从清朝反叛后又归降的李本琛、江义、彭时亨、谭天秘等均被凌迟处死，王公良、王仲礼，巡抚吴说、侍郎刘国祥，太仆寺卿肖应秀，员外郎刘之延等等一大批从吴三桂部队投诚朝廷的将领皆"即行处斩"，为斩草除根，他们超过16岁的子女也在被杀之列，其余家眷亲属，没有死的也都终生为奴，流放到东北的苦寒之地。康熙末年，王一元在辽东为官，沿途看见许多站丁，蓬头垢面，生活极苦，向他们打听，都说是吴三桂的部下，被发配到塞外充当苦役。著名清史学者李治亭先生在撰写《吴三桂大传》时曾经在东北走访当年被流放的吴三桂的部下兵丁后裔，他们说：他们的祖先早就传下话，当年凡副将以上的将领都杀头了。①

康熙"赦免一切罪过，决不食言"的庄严许诺言犹在耳，转眼就是一场残酷的血洗，康熙的道德信条，显然也是牢不住的。在皇权至上的年代，保持皇位的稳定是最大的道德，在此之上不再有什么别的道德。于是，"宁杀三千，不放一个"就成为中国皇帝最执著的信条。康熙无疑也是一个利益至上的实用主义者，在这一点上，他与吴三桂完全是半斤对八两。

权力铁律

康熙与吴三桂之间的冲突之所以爆发，根本原因是——在极权

---

① 李治亭：《吴三桂大传》，第617页，南京：江苏教育出版社，2005年版。

社会，存在着一种权力守恒定律，即：权力总量是一定的，一个人的权力增大，就意味着另一个的权力减小。即使在皇帝与臣子之间，这一守恒定律仍然存在。

清朝皇帝虽然成了紫禁城的主人，中轴线上那一连串做工考究的龙椅收容了他们在马背上颠簸已久的屁股，对于执政者来说，这很重要，因为像暴秦那样"仁义不施"、仅凭实力裸奔的时代一去不复返了，天意成为对皇权最合理的解释，天意解决了帝王们对自身政权合法性和可持续性的普遍焦虑，但无论皇帝怎样为自己寻找上天这个靠山，在这个一望无边的国土上，他依旧只是一个孤零零的个体，是"孤"，是"寡"，他永远作为一个单数，而不可能以复数的形式存在，那黑压压的多数会让他心生恐惧，显然，要让天下臣服，仅凭虚无缥缈的天意是不够的，还需要做出可靠的制度安排。

集权，还是分权，这是个问题。这个问题和哈姆雷特的问题同样重要，因为这个问题本身就关系到生存还是毁灭这个大主题。朝代就像钟摆一样，在集权和分权的两极间摇摆不定。夏朝和商朝是集权的，大禹创立夏朝，规划出以中央集权为核心的"九州五服"的天下共同体，在中华大地上完成了一次历史性的聚合，但过度集中的权力却导致了帝王们的荒淫无度，导致国家沦亡，这两朝的末代皇帝桀王和纣王，也从此成为暴君的代名词。周朝是分权的，公元前1046年一个春天的夜晚，伐纣的牧野之战结束后两个月，周武王双目低垂，苦苦思索着强大的商朝灭亡的原因，终于从老子"一生二、二生三、三生万物"的理论得到启示，开始分封制，"一家的天下"变成"大家的天下",把单数变成复数,把借此增强帝王权力的稳固性,没想到过度的放权导致了中央权力的"空心化",使天下大乱,周朝在四面楚歌中彻底灭亡。汉初分王,唐代藩镇,试图建立"你好我也好"的"公天下",但"七王之乱""藩镇割据"却又成为各自朝代最恐怖的记忆;宋代生怕皇权旁落,把权力攥出了油,把天下的将军当贼防,但权力集中带来的腐败,最终让这个王朝死无葬身之地,"无限江山,别时容易见时难"。江山传到明清两朝,这一政治困境也击鼓传花似地传到这两代皇帝手里。明朝第二位皇帝朱允炆"削藩",导致了自己权力的倾覆,清朝为了夺取和巩固政权而分封诸王,封吴三桂为平西王,耿精忠为靖南王,尚可喜为平南王,使他们成为中国历史上最后一批藩王①,但仅过了二十多年,"分封"②的恶果就显露无遗,藩王们割据一方,尾大不掉,使藩地成为针插不进、水泼不进的独立王国,不仅侵蚀着皇帝的权力,而且所有的行为还都让皇帝买单。这是在吸皇帝的血,榨皇帝的骨髓,让康熙皇帝奋起自卫,开始了"平三藩"的大业。此后的权力钟摆,就只向皇帝一方无限靠近了。天下之事,天

---

① 此前的后金天聪七年(公元1633年)、天聪八年(公元1634年),先后从明朝叛降后金政权的孔有德、耿仲明、尚可喜被分别封为"恭顺王"、"怀顺王"和"智顺王",史称"三顺王"。顺治六年(公元1649年),"三顺王"改封号,"恭顺王"孔有德改为定南王,进军广西,后来兵败桂林,自焚而死;"怀顺王"耿仲明改为靖南王,南下时死于江南,其子耿继茂袭爵,后病死,靖南王爵位又由耿继茂之子耿精忠继承;"智顺王"尚可喜为平南王,平定两广,藩守广东。顺治元年(公元1644年)吴三桂在山海关投降清军时,被封为平西王,后来又封为亲王。孔有德死后,剩下吴三桂、耿精忠、尚可喜三王,各据藩地,并称"三藩"。
② 清初的封王与历史上的分封有所不同,"三王"的领地并非封地,封王在各封地上并不像周代以后的分封诸王那样享有全权,而是只有爵位之名,赐爵号而不赐土,然而,他们因为享有兵权、财权、民政权、人权等诸多权力,实际上却使"三王"成为雄霸一方的诸侯。

下人再也无权染指。清朝不仅像明朝一样不设宰相,而且连明朝那样的"内阁首辅"也没有,皇帝赤膊上阵,董事长兼总经理,康熙设立的"南书房"、他的儿子雍正设立的"军机处",都是皇帝的跟班打杂,目的就是为了集权力于皇帝一人。康熙还不过瘾,又发明了密折制度,全国上下遍布皇帝耳目,普天之下无论官员动态、匪患盗患还是菜价米价、夫妻吵架,都可以写成密折呈入宫中,由皇帝一人亲览[①],以便未雨绸缪。明代东西厂、锦衣卫固然恐怖,那这是有形的恐怖,它的形状就是东西厂、锦衣卫的形状,而在康熙的时代,告密制度则几乎扩散到整个官场,这是一种无形的恐怖,更加深入骨髓。曹雪芹的爷爷曹寅、父亲曹顒、叔叔曹頫,都成了康熙的情报员,他们主持下的江宁织造,除了充当为皇帝采办丝织品和各种奢侈品的机构,更是一个货真价实的特务机关。

　　雪片般飘来的密折成为大清皇帝永远做不完的家庭作业,长长短短的句读里,藏着许多人噩梦,连红极一时的曹家也不例外。

　　有清一代,中国的皇权专制达到了历史上的峰值。为了维系这种皇权而建立的官僚机构越来越庞大,从而使政府效率的降低和腐败在所难免。英国历史学家帕金森曾经提出一条定律,即:行政机构会像金字塔一样不断增多,所以行政人员会不断膨胀,虽然看上去每个人都很忙,但组织效率却越来越低下,其原理是:一个不称职的官员倾向于任用两个(或多个)水平比自己更低的人当助手,以

[①] 《钦定大清会典事例》,第一〇四二卷,第17494—17495页。

此类推，则庸人越来越多，机构也起来越膨胀，政府变得越来越无用。

这种皇帝权力的最大化固然带来了清初的盛世，但是"一统就死"的效应并未发生改变，空前的盛世，是以空间的禁锢和僵化为代价的，透支了皇权的生命，并最终断绝了皇权的后路。有清一代是中国历史上最后一个皇朝，清朝之后，这种垄断性的权力在这片土地上再无市场。

低级错误

权力如同喝血，越喝越渴，无论对紫禁城里的康熙，还是平西府里的吴三桂，都不例外。因此，康熙与吴三桂之间为争夺有限的权力资源而爆发的冲突不是偶然的，而是必然的；不是个性的冲突，而是命运的冲突。他们或许都不想冲突，但他们都躲不开。

只不过康熙和吴三桂都犯了低级错误。

在清初的这盘羿局上，年轻的康熙和跨踌满志的吴三桂，都算不得高手。

真正的高手，不是忙着自己出招，而是对对方心里想什么心知肚明。

尽管吴三桂天高地远，乐以忘忧，却不足以打消皇帝对他的顾虑。他自恃有军队，有地盘，更不差钱[①]，就更大错特错，因为他

[①] 吴三桂有六万军队，据此向朝廷索要高额军费，云南军费之沉重，在康熙初年也丝毫未减，左都御史王熙愤然指出："就云贵言，藩下官兵岁需俸饷三百余万，本省赋税不足供什一"。参见赵尔巽等撰：《清史稿》，第三十二册，第9694页，北京：中华书局，1977年版。

越是如此，在康熙看来就越不顺眼。

但吴三桂最大的错误并不在此，而在他不应该心急火燎地杀死永历。永历已经逃至缅甸，穷途末路，小阴沟里掀不起什么风浪了，但只要他在，朝廷就不敢动吴三桂。可以说，永历非但不是吴三桂的敌人，反而是吴三桂的护身符，吴三桂非但不能抓他、杀他，而且要护他、养他。永历的生老病死，决定着吴三桂的安危。吴三桂的福音，原竟不是出自朝廷的恩典，而是来自永历的赐予。

只要飞鸟不尽，良弓就不会被束之高阁；只要狡兔不死，走狗就不会被红烧了下酒。

水至清则无鱼，包括吴三桂这条体肥肉厚的大鱼。

他的恩师洪承畴在离开云南时曾经衷告吴三桂："不可使连续一日无事。"但吴三桂并没有深刻领会老师这句话的深意。虽然后来不断在云南制造些小乱，借以向朝廷要钱和索功，但都是小打小闹，亡羊补牢。

在养敌自重这方面，他比不上晚清军机大臣袁世凯的一根手指头。

而康熙的错误则在于，在"平三藩"的问题上过于急躁冒进。那时的康熙，血气方刚，眉宇间闪烁着指点江山的气概。大事不着急，"平三藩"本可以慢慢来。"三藩"之中，平南王尚可喜最乖，在康熙十二年（公元1673年）的春天里上疏康熙，要求放弃兵权，带全家归老辽东。尚可喜自动撤藩，逼得不愿撤藩的吴三桂和耿精忠不得不做出自动撤藩的政治表态，吴三桂自信地说："皇上一定不敢调我。我上疏,是消释朝廷对我的怀疑。"① 没想到康熙在他的撤藩申请上批下两个最可怕的字——同意。

在康熙迅疾地写下"会同户、兵二部,确议具奏"②的批文之前,他实际上还有更加稳当的选项:既然尚可喜自动撤藩,就先成全他,另两个看情况慢慢来,比如"三藩"之中吴三桂虽然实力最强,但他的年龄也最大,时间站在年轻的康熙一边,他耗得起,只要有足够的耐心,就会把吴三桂活活耗死,等他百年之后,再图撤藩不迟,至于耿精忠,实力远不及吴三桂,吴藩一撤,耿藩也自然成了强弩之末。

但康熙却选择了最不科学的选项,采取"休克疗法",同时撤掉"三藩",非但不能团结一切可以团结的力量,反而让他的对手团结起来,同仇敌忾。

康熙批准撤藩的命令传到了云南,吴三桂顿时目瞪口呆。

危楼高百尺,转眼跌下来。

就像今日游乐园里的过山车,从高点瞬间向低处滑行,速度之快,令人头晕目眩。

站在权力的大游戏场里,吴三桂就感觉到一阵前所未有的晕眩。

对吴三桂此时的心境,李治亭先生的分析堪称准确:"他用鲜血和无数将士的生命换来的荣华富贵,苦心经营的宫阙,还有那云贵的广大土地,都将轻而易举地被朝廷一手拿去。一种无限的失落

---

① [清]刘献廷:《广阳杂记》,第一卷,第179页,北京:中华书局,2007年版
② 《圣祖仁皇帝实录》,见《清实录》,第四册,第566页,北京:中华书局,1985年版。

感，使他惆怅难抑，渐渐地，又转为悔恨交加，一股脑儿地袭上了心头！……他意识到自己面临着他一生中又一次重大选择。正像三十年前他在山海关上，面对李自成农民军与清军，做出命运攸关的选择一样，而此次选择，远比那一次更复杂更困难！

"强烈的权势欲驱使他无法安静下来，他不能忍受寂寞，不甘心失去已得到的东西。最使他思想受到震动的是，他感到了清朝欺骗了他，撕毁了所有的承诺，把已给他的东西一股脑儿都收回去，这怎能使他心甘情愿！一种自卫的本能不时地鼓励他抗拒朝廷背信弃义的撤藩决定。"[1]

终于，在经历无数个夜晚的撕裂与挣扎之后，一阵阵的鼓角声刺破了康熙十二年十一月二十一日静谧的晨曦，62岁的吴三桂又一次披挂起戎装，这一次并不是奉旨出征，因为他永远不可能再遵奉清朝皇帝的旨意了，他开始了新一轮的反叛，自称"天下都招讨兵马大元帅"，建国号——周。

在这场羿局上调兵遣将的康熙和吴三桂并不知晓，他们自己实际上也是棋子，是历史棋盘上的棋子，被历史裹胁着，推推搡搡地，在这个历史时刻狭路相逢。如果冲突的双方不是康熙、吴三桂，也必将是另外两个人。这是一场早已注定的大戏，演员可以换，但情节不会改，或者说，老天这位伟大的剧作家早就把情节写好放在那儿了，等着康熙和吴三桂对号入座。

---

[1] 李治亭：《吴三桂大传》，第383页，南京：江苏教育出版社，2005年版。

但他们脑子都没有像我们这么多的观念、理论，他们脑子里只有一个简单的法则——谁赢，这天下就归谁，而且只能一个人赢，没有共赢。在康熙眼中，自己当然是天底下最正宗的皇帝，其他人——从李自成、张献忠、永历到此时冒出来的吴三桂，都是山寨的。而在吴三桂看来，大清的天下是自己送给它的，他能送出去，也能夺回来。

长风吹过旷野，吹动吴三桂蓄起的长发。他头戴汉族的方巾，身穿素服来到永历的墓前，在地上洒了一碗酒，又趴在地上，重重地磕了三个响头，号啕大哭。史书记载，三桂一哭，三军同哭。吴三桂带动了全军的哭声，又在全军的哭声里器宇轩昂地接着哭。他的哭声就像一只小舢板，在哭声的河流中颠簸、颤动和冲撞，就像一曲器宇轩昂的大合唱，吴三桂无疑是那最具权威性的领唱。他的哭声气贯丹田，却不够气贯长虹，因为他的哭声凝聚了太多的愤懑与悲哀，却扛不起天下的道义，更与永历扯不上一毛钱关系——永历是被他残忍绞杀的，他哭永历，岂不是猫哭老鼠？难道在这一刻，他真的尝到了被背叛的滋味而良心发现，试图用眼泪洗刷自身的耻辱？

永历若地下有知，不知做何感想。

这已经是吴三桂一生经历的第三次背叛了。第一次，他背叛了对他寄予厚望的明朝；第二次，他背叛了与李自成达成的协议，阵前倒戈，导致李自成队伍的一溃千里。他的一生，是背叛的一生，是从一次背叛走向新的背叛，生命不息、背叛不止的一生。

还有第四次背叛,那就是他最终背叛了他的爱人——那个与他相依相偎的陈圆圆。

得知吴三桂举起叛旗的消息声,陈圆圆默然离开了野园,独自投向无人的荒野。她瘦弱的身影,从此消失在历史云烟中,以至于清朝攻陷昆明以后,在吴三桂的籍薄上也没有发现陈圆圆的名字。

有人说城破时,陈圆圆自缢而死;有人说她独自走到城外,投滇池而死;也有人说她流离他乡,当了道士,在药炉和青灯间打发余生。假如说吴三桂的一生是一辆过山车,那么陈圆圆就跟从着他冲向巅峰和低谷,她无怨无悔。士为知己者死,吴三桂没有做到;女为悦己者容,陈圆圆问心无愧。时人喟叹,陈圆圆这样终了此生,倘在九泉下遇到吴三桂,也算是不负了,只怕是吴三桂抬不起头来,对不住陈圆圆那份刻骨铭心的深情。①

三百多年后,有报纸报道在贵州岑巩县水尾乡马家寨发现了一个墓碑,上书"吴门聂氏之墓"六个字,碑文记录了陈圆圆离开昆明后,来此僻居的过程。有人认为碑上"吴门"二字暗指陈圆圆籍贯苏州,"聂氏"不过是陈圆圆为隐瞒身份而编的假姓,旁边有吴三桂心腹大将马宝的衣冠塚,这些痕迹似乎都证明了,那一抔温湿的泥土,就是陈圆圆生命的最后归处。②

---

① "遇乱能全,捐荣不御,皈心净域,晚节克终,使延陵遇于九原,其负愧何如矣!"见 [清] 钮绣:《觚賸》,第 70 页,上海:上海古籍出版社,1986 年版。
② 参见《陈圆圆及其墓地》,原载《中国旅游报》,1986 年 11 月 11 日。

凄风苦雨

这片浩大的国土上，吴三桂的兵马常来常往，不知杀过几个来回了。当年率清军杀过长江的那份豪情还历历在目，这一次，他几乎是按着原路杀回去的，这逆向的旅程里，似乎包含着他对自己过去历程的否定。对他而言，否定之否定的结果并不是肯定，而是虚无。他的节节胜利，遮掩不住他的迷茫与空虚。

他的心是空的。

没有正义，没有爱。

他的心是空的，即使拥兵二十万也不能给他带来力量感。一望见长江北岸，他立刻感到一阵心虚。

一瞬间，他感到自己就像一个被抽干了血液的行尸走肉，没有勇气再踏上北方的土地了。他不敢再与昨日的自己相遇，更不敢面对康熙的面孔。在军事形势最有利的时候，他突然间崩溃了，只希望长江天险可以保住他的小朝廷。

吴三桂的联合大军很快分崩离析了，因为人们很快看出来，吴三桂起兵的目的，并不是为从前的明朝复仇，而是为他自己。

一切都应验了康熙对吴三桂的咒骂："吴三桂反复乱常，不忠不孝，不仁不义，为一时之叛首，实万世之罪魁……"[①]

吴三桂连一片道义的遮羞布都找不到，他的霸业也就没了支撑。

[①]《圣祖仁皇帝实录》，见《清实录》，第四册，第606页，北京：中华书局，1985年版。

战局很快急转直下,吴三桂从高歌猛进到一败涂地,他的赌博很快失去了成功的希望。

康熙十七年(公元 1678 年)三月初一,吴三桂在衡州①匆匆登上帝位,行衮冕礼时,突然天降大雨,仪仗、卤薄被大雨冲得东倒西歪,看来他的"钦天监"工作不称职,天气预报做得极差,而他那名义上的"帝国"也像凄风苦雨中的典礼一样,草草收场了。

三个月后,悒郁寡欢的吴三桂突然中风,后患上痢疾,狂泻不止,没等孙子吴世璠赶到衡州,就咽了气。

这一年,他 68 岁。

北京的天气也格外异常,只不过与凄风苦风中挣扎的衡州相反,帝国的北方不是涝,而是旱。大旱持续了很久,让康熙这位上天之子感到很没面子。显然,上天代理人的角色并不好当,一场自然灾害,就能让"君权神授"这一美丽的神话露出破绽。老天不靠谱,把皇权维系在老天身上更不靠谱。六月里,康熙在给礼部的谕旨,几乎成了一份深刻的自我检查:

> 人事失于下,则天变应于上。……今时值盛夏,天气亢旸,雨泽维艰,炎暑特甚,禾苗垂槁,农事甚忧。朕用是夙夜靡宁,力图修省,躬亲斋戒,虔祷甘霖,务期精诚上达,感格天心……②

---

① 今湖南衡阳。
② 《圣祖仁皇帝实录》,见《清实录》,第四册,第 950 页,北京:中华书局,1985 年版。

关于旱灾的奏报堆满了康熙的案头，昭仁殿里，康熙终于坐不住了。丁亥这一天，康熙皇帝庄重地穿好礼服，面色凝重地走出昭仁殿，前往天坛祈雨。

《清实录》记录下了这不可思议的一幕——就在康熙行礼时，突然下起了雨。[①] 雨滴开始还是稀稀疏疏，后来变成绵密的雨线，再后来就干脆变成一层雨幕，在地上荡起一阵白烟。地上很快汪了一层水，水面爆豆般地跳动着，我猜想那时浑身湿透的康熙定然会张开双臂，迎接这场及时雨，他一定会想，老天爷没有抛弃自己，或者说，自己的精诚所致，感动了上天，给了这个帝国新一轮的生机。对于战事沉重的帝国，没有比这更好的兆头了，康熙步行着走出西天门，那一刻，他一定是步伐轻快，胜券在握。

三年后（公元1681年）的金秋十月，被城墙阻挡数月的清军终于涌进昆明城。望着黑压压的清军，大周帝位的继任者、年仅16岁的吴世璠将一把利刃干脆利落地插进自己的脖颈，吴家被灭门，包括襁褓中的婴儿，只有吴三桂爱妾们洁白的身体在清朝将军们粗壮的臂膀间蠕动挣扎，屈辱地苟且偷安。

大雪吹寒的时节，又有几匹飞驰的驿马闯过北京深夜无人的街道，向大清门冲去，速度之快，让巡夜兵丁的嘴巴同样张成了圆型。昭仁殿内，康熙在睡梦中骤醒，披衣而起时，太监刚好将快报呈上来。

[①] 《圣祖仁皇帝实录》，见《清实录》，第四册，第950页，北京：中华书局，1985年版。

他双手颤抖着将它打开,这一次他看到的,是清军克复昆明的捷报。康熙大帝会喜极而泣吗?他在这座宫殿里苦等了九年,当那个年仅19岁的稚嫩天子已经挺立成了28岁的坚硬汉子时,终于等来了属于自己的胜利。九年中,他几乎没有一夜安寝过,那些断断续续的夜晚,充斥着失望、迷茫、焦躁甚至悔恨,但捷报到来时,所有这一切都烟消云散了。只有穿透那些漫长而污浊的夜晚,年轻的他才能看到天地之澄澈、人生之壮丽。他走到案前,抽出一支笔,挥挥洒洒写下一首七言诗:

洱海昆池道路难,
捷书夜半到长安[1]。
未矜干羽三苗格,
乍喜征输六诏宽。
天末远收金马隘,
军中新解铁衣寒。
回思几载焦劳意,
此日方同万国欢。[2]

此时,"云南等处俱已底定,天下永归太平"。康熙神色庄重地祭告了天地、太庙、社稷,十二月初八,康熙密谕奉天将军安珠

---

[1] 长安,借指北京。
[2] 《康熙御制诗选》,第38页,沈阳:春风文艺出版社,1984年版。

瑚，命其筹备圣驾前往盛京，祭拜先祖。密谕中说：

> 盛京①乃祖父初创根本之地，朕不时思念。现值天下无事，欲诣山陵致祭，亦未料定。朕前巡幸，未至永陵，至今悔恨。今若幸彼，必至祖辈旧址观看。②

唯一的遗憾，是吴三桂的坟墓，清军一直没有找到。虽有人提供线索，但挖出的都是伪墓。有一天，他们甚至一口气挖出了13副尸骨，因为无法分辨，索性一把火烧了。

吴三桂活不见人，死不见尸，就像一缕清烟，从人间蒸发了。

他消失得如此干净，好像他从来不曾到人世间来过。

又一个春天降临到昆明城时，野园已成了真正的野园，满庭清寂，芳草萋萋，昔日的明眸皓齿、舞袖歌扇早已不见了踪影，只有片片花瓣，从秋千架前，悠然飘过。

2014年6月16—29日于北京

---

① 今辽宁省沈阳市。
② 中国第一历史档案馆编：《康熙朝满文朱批奏折全译》，第7页，北京：中国社会科学出版社，1996年版。

家在云水间

> 我可以是村妇是村姑
>
> 也可以是一个侠女　我可以是
>
> 采药人　也可以是一个女道士
>
> 我以女人的形象走在云水间
>
> 以女人的蒙太奇平拉推移
>
> 以女人的视觉看时间忽远忽近
>
> 　　　　——翟永明：《随黄公望游富春山》

一

　　崇祯十六年（公元1643年）的春天，晚明名士钱谦益偕柳如是走进拂水山庄观看桃花。那一年，柳如是27岁，钱谦益67岁。

　　柳如是一生钟爱自然的声色，风拂竹瑟，月映梨白，都会让她深深地感动。很多年后，后，她仍不会忘记，那一天，小桃初放，细柳笼烟，她与夫君一步一步，辗转于月堤香径。那桃，那柳，都见证着她生命中最为清宁恬静的岁月。她轻轻踏上花信楼,端坐在窗口,凝望着迷离的春光,心中想起钱谦益《山庄八景》诗中的那首《月堤烟柳》,突然间想画一幅画,把自己最钟爱的时光留住。她索来纸笔,匆匆画了一幅山水图景。

三百七十年后,我在故宫博物院目睹着柳如是的《月堤烟柳图》,心里想着当年的岁月芳华,都是那样真实,仿佛那烟柳风花正是昨日刚刚见到的景物,中间三百多年的流光,根本不曾存在过。

二

在抵达拂水山庄之前,柳如是的路走得太久、太累。

柳如是一生的行脚,几乎都不曾离开过江南。她出生在江南水乡,幼年身世无考,少年时入吴江,被卖做已被罢官的宰相周道登府上作婢女,又做小妾,后被周府姬妾所陷,15岁沦落风尘,很快倾倒众生,成为"秦淮八艳"之首。

但后人提她、陈寅恪写她,绝不止于这些。

在陈寅恪先生眼里,即使在倚门之女、鼓瑟之妇那里,也存在着"独立之精神,自由之思想",更何况柳如是的清词丽句,尝深奥得令他瞠目结舌、不知所云。[①]

"放诞多情""慷慨激昂""不类闺阁",这是当时文人对柳如是的评价。她常作男子打扮,头罩方巾、一身长衫,于文人的世

---

① 参见陈寅恪:《柳如是别传》,上册,第3-4页,北京:生活·读书·新知三联书店,2001年版。

界中周旋，在她的温婉妩媚中，平添了几许阳刚之气。

就是陈寅恪所说的"三户亡秦之志"①。

她爱过宋征舆，但那份曾经狂热的恋情却因宋母的强烈反对而熄灭。后来她又爱陈子龙，因为她不仅看上了陈子龙身上的才华，更喜欢他的侠义之气。在松江的渡口，她送年轻俊逸的陈子龙北上京师，参加次年二月的春闱。那是崇祯六年（公元1633年），帝国正处于风雨动荡之秋，北方的战事糜烂，紫禁城里的崇祯皇帝，神经衰弱得几近崩溃。或许，正是那样的处境，赶上那样的时事，让陈柳之间的那份情，别有一番暖意。

陈子龙没有一去不归，第二年春天，他就落第归来了，这反而让柳如是感到释然。崇祯七年（公元1634年），离大明王朝的灰飞烟灭还有整整十遍的春秋，柳如是和陈子龙住进了松江南门内的别墅小楼——南楼。白天，陈子龙去南园读书——那座园林，本是松江陆氏所筑，但多年无人居住，已是廊柱丹漆剥落，假山薜荔纵横，看当年与他们同在园中读书的陈雯的记录，觉得那园林的气氛，很像今天的恐怖片。他说："有啄木鸟，巢古藤中，数十为伍，月出夜飞，肃肃有声。猵獭白日捕鱼塘中，盱睢而徐行，见人了无怖色。"

但在柳如是看来，这荒芜的园林别墅，在她的辗转流离中，无疑是一处温暖的巢穴，因为每天晚上，陈子龙读书归来，都在南楼

---

① 陈寅恪：《柳如是别传》，上册，第4页，北京：生活·读书·新知三联书店，2001年版。

上与她相伴。那段日子,她填了许多词,有《声声令·咏风筝》《更漏子·听雨》等。她《两同心·夜景》里写二人缠绵之状:

> 不脱鞋儿,
> 刚刚扶起。
> 浑笑语,
> 灯儿厮守。
> 心窝内,
> 着实有些些怜爱。
> 缘何昏黑,
> 怕伊瞧地。
>
> 两下糊涂情味。
> 今宵醉里。
> 又填河,
> 风景堪思。
> 况销魂,
> 一双飞去。
> 俏人儿,
> 直恁多情,怎生忘你。

陈子龙拾起纸页,笑道:"这该是我作给你的啊。"

陈子龙也为柳如是留下很多词，比如《浣溪沙·五更》《踏莎行·寄书》。

但柳如是的词，像这样轻松俏皮的并不多，更多的，总是有着一种莫名的愁绪，就像崇祯七年的春天一样，晦暗不明。

在陈子龙身边，内有正室张孺人不动声色斗小三儿，外有文场小人背地暗算，让他腹背受敌。在家里，张孺人出身大户人家，掌握家庭财政大权，她能接受陈子龙纳妾，却绝不接受一位青楼女子玷污门楣；在文场，许多人对陈子龙又妒又恨，开始风传一些流言蜚语，还有人花钱，让当地官员上奏朝廷，剥夺陈子龙的举人资格，这事，陈子龙自撰年谱有载。

南楼，不是他们在现实中的容身之所，只是现实中的一道幻影。

很多年后，当所有的缠绵都成了陈年往事，内心的伤口长出厚厚的茧子，柳如是翻弄昔日的诗稿，不知会做何感想。

有意思的是，她的诗集，后来恰由陈子龙为她整理编印。不过这些，都是后话了。

三

我见过柳如是初访钱谦益时的小像一帧，的确是一身儒生装束，配她的清逸面庞，倒显得洒脱俏丽。

那一年，是崇祯十三年（公元 1640 年）的冬天。

转眼间，已和陈子龙相别六年。

六年中，柳发是迁延于盛泽、嘉定等地，也几经情感的波折，始终没有归处。

她感觉自己已然老去许多。

不是容颜老了,是心老了。

柳如是最终与钱谦益最终牵手成功,得益于杭州友人汪然明的牵线。

终于,她乘上一叶小舟,翩然抵达虞山半野堂。

柳如是买舟造访钱谦益,让人想起卓文君夜奔卖酒情定司马相如,那份胆略,自出一途。所幸,钱谦益早知柳如是的才名,对她所作"桃花得气美人中"之句激赏不已。他初时只觉面前的翩翩佳公子骨相清朗,待看到她投来的名刺,又见她落落长衫之下的一双纤纤弓鞋,方恍然悟出面前的少年郎竟是名满江南的柳隐,自然大喜过望。[1] 这一段旷世姻缘,就这样在崇祯十三年冬天暧昧不明的光线里,尘埃落定了。

很快,柳如是拥有了自己的居舍,那是钱谦益在半野堂边上为她建起的一座新舍,取名"我闻室"。这名字来自《金刚经》,因为经文开头便是"我闻如是",如是,刚好是柳如是的名字。

此时,距柳如是半野堂初会钱谦益,只过去了一个多月。

柳如是从此有了别号:"我闻居士"。

入住我闻室那一天,面对绿窗红舳、熏炉茗碗,柳如是不知都想了些什么。不知她是否会想起,自己16岁时与宋征舆相见时,

---

[1] 苏枕书:《一生负气成今日》,第82页,北京:同心出版社,2011年版。

宋征舆送她的那一首《秋塘曲》；是否会想起与陈子龙在南楼相别，陈子龙和秦观《满庭芳》而填的那阕新词："无过是，怨花伤柳，一样怕黄昏。"或许，那份曾经的温存与暖意，她都不曾忘记，只是沉沉地压在心底，不愿把它们再翻搅上来。

相比之下，钱谦益的确是老了，燕尔之宵，老钱说：我爱你黑的头发白的面孔，柳如是笑答：我爱你白的头发黑的面孔。这事《觚賸》《柳南随笔》有载，不过这些都是清代笔记，真实性存疑——他们又不在现场，怎知钱柳二人的悄悄话？但不管怎样，"白个头发黑个肉"，从此成为典故，那说笑里，多少也藏着柳如是的辛酸。

其实，柳如是的心迹，在她的诗里写得明白：

> 裁红晕碧泪漫漫，
> 南国春来正薄寒。
> 此去柳花如梦里，
> 向来烟月是愁端。
> 画堂消息何人晓，
> 翠帐容颜独自看。
> 珍重君家兰桂室，
> 东风取次一凭栏。

听上去，柳如是并不怎么开心，有了我闻室作安身之所，竟有一脉冰凉自眼角溢出，流过她的面颊。是伤痛，还是幸福的泪水？陈寅恪先生解释说："盖因当日我闻室之新境，遂忆昔时鸳鸯楼之旧情，感怀身世，所以有'泪漫漫'之语。"

或许，出于对于出身的敏感，柳如是一生，要浪漫，更要尊严，要一个真正属于自己的、独立的空间，而这，恰恰是宋征舆、陈子龙所不能给她的。这世上，只有钱谦益能给，能够她一个我闻室、一个像样的婚礼、一个侧室夫人的身份，还有，对一位艺术家的那份欣赏与尊重。

钱谦益，在晚明历史上是举足轻重的人物。他24岁中举，28岁参加殿试，被定为一甲探花，被授翰林院编修，后来因母亲去世，回乡丁忧，在朝廷坐了十年的冷板凳。公元1620年，明神宗万历皇帝龙驭归天，明光宗即位，钱谦益被召回京，官复原职。不料第二年，也就是天启元年，又被政敌所害，辞官回乡。崇祯即位后，又召他入京，授礼部右侍郎，很快又成党争的牺牲品，又遭温体仁、周延儒弹劾，直到崇祯把自己吊死在煤山上，他也没有进过紫禁城。

但钱谦益有钱，有才华，有名声，还有两座园林别墅——一座半野堂，在虞山东面山脚，吴梅村、石涛都曾在此住过；另一座拂水山庄，在虞山南坡。这两处林泉佳境，既是他的生活空间，也是他的知识天堂，在品味诗文，或者咏诵唱和间，他面对晨昏昼夜，笑看时空轮转，人们称他为："山中宰相"。

三年后（崇祯十六年，公元1643年）的秋日里，钱谦益又在半野堂旁，为柳如是盖起一座绛云楼。此楼共五楹三层，楼上两层为藏书之所，楼下一层为钱柳夫妇的卧室、客厅和书房。

此时的钱谦益，既无内忧，也无外困。

而朝廷的形势，却刚好相反。

绛云楼以北，万里关山以外，大明帝国接连丢掉了关外重镇宁远、锦州，辽东总兵祖大寿和前去增援的蓟辽总督洪承畴相继降清，山海关屏障尽丧。绛云楼清夜秋灯、私语温存之时，清军已如浩荡的洪水，冲垮了蓟州、兖州等88城。而黄土高原上的那支义军也将俯冲下来，一年多后，就将会师北京。

大明王朝，已入垂死之境，自相残杀的热情却丝毫不减。崇祯在位17年，却换了11个刑部尚书，14个兵部尚书，诛杀总督7人，杀死巡抚11人、逼死1人，这其中就包括总督袁崇焕。崇祯拔剑四顾，满朝找不出一个他信任的人。

而此时的钱谦益，正追携着佳人，一壶酒、一条船、一声笑，归隐江湖。对于那个年代的士人而言，这未尝不是一个最好的结局。

四

假如退回到晚明，我们可以看到许多记忆里的老熟人，正端坐在水榭山馆中，抚琴叩曲、操弦吟词。这里面，有弇山园（小衹园）里的王世贞、乐郊园里的王时敏、梅村山庄里的吴伟业，当然也有拂水山庄里的钱谦益与柳如是。

多年前，我曾有常熟之行，却因行色匆匆，没有看到过拂水山庄，也不知道从前的秋水阁、耦耕堂、花信楼、梅圃溪堂这些园中建筑，如今可否安在。后来从黄裳先生书里看到，他曾经两次去常熟，都向当地人打听过拂水园的遗址，没有人知道。[①]他说这话的时候，是1983年，如今，已经过去了三十余年了。

所以，那个拂水山庄，对我来说一直是一个神秘的空间，搁浅在17世纪的光阴里，从未向21世纪的我打开。出于对当代仿古建筑的警惕，我再也没去常熟，打探过拂水山庄的下落。今天我能面对的，也只有柳如是在崇祯十六年所绘的一纸《月堤烟柳图》。从这幅图卷上看，这座拂水山庄，沿袭了明末文人空间的质朴风格，房屋建于一个平坦的岛上，有小桥与岸边相通，空间环境几乎被满目烟柳所包围，小岛岸边，停靠着一叶小舟，是为构图的平衡，是空间的延伸，也是她心内处境的写照。

一卷《月堤烟柳图》，让我想起沈唐文仇笔下的文人空间——沈周《桂花书屋图》轴、唐寅《事茗图》卷、文征明《东园图》卷，都藏在北京故宫。《桂花书屋图》里的书屋，被沈周设置为一个敞开的空间，面对一棵桂花树，还有一条蜿蜒的小溪，屋后，则是青黛的山峦。这幅画中，无论是书屋本身，还是周边的竹篱、门扉，都平朴至极，没有丝毫的声色与嚣张，但它却是那么美，美在建筑与自然、物质与精神的和谐相契。

---

① 见黄裳：《绛云书卷美人图——关于柳如是》，第59页，北京：中华书局，2013年版。

假如我们打量元代绘画中的房子，我们很容易发现其中的不同——那个时代的画家，要么借助铠甲般厚重的山石，把屋舍一层层包裹起来（如马琬《雪岗渡关图》轴）要么把房屋安置在半山的位置上，在山崖的皱褶与山树的簇拥中，只依稀露出几个屋顶（如王蒙《夏山高隐图》轴、《葛稚川移居图》轴、《西郊草堂图》轴、《溪山风雨图》册）；甚至更加极端地把居舍托举到了一个不可企及的高度上，与世隔绝（如黄公望《天池石壁图》轴、《九峰雪霁图》轴、《丹崖玉树图》轴和《快雪时晴图》卷 [传]）——我甚至怀疑在那样的高度上，是否可以有正常的生活。

后来，所谓"隐"与"显"、出世与入世的对立，就不那么尖锐了。二元选择带来的两难，渐渐被时间所溶解。自在的世界是无处不在的，不一定只有在深山绝谷、寂寞沙洲才能寻到，而士人的内心，也渐渐由幽闭，转向开放和坦然。

在明代绘画中，几乎找不到王蒙、黄公望这样不近人世的孤绝感，也不像倪瓒那样，把人间生活的一切场景全部滤掉。明代风景画上的房屋，大都平稳地坐落在平实的环境中，不一定要置身于奇胜绝险之地，也不需要高墙或者天然的屏蔽把自己遮挡起来，而是门轩开敞，与世界融为一体。在这个的空间里，水自流，花自开，风自动，叶自飘，他们笑纳一切。

所谓"会心处不在远"，他们的目光，已由远方，收拢到质朴、亲切的生命近处，收拢到自己对生命与世界的真实体验中。这里不再是寂寞的江滨，而是温暖的溪岸，让我想起邹静之兄在电影《一代宗师》里写下的一句词：

有一口气，点一盏灯；有灯，就有人。

五

多年前，我从米希尔·埃利亚德的书里读到过这样一段话："在日常住宅的特定结构中都可以看到宇宙的象征符号。房屋就是世界的成像……"①这让我们对于房子的功能有了新的想象：除了遮风蔽雨和保护自己以外，房屋还是"世界的成像"。

我对这话的理解是，无论什么的房屋，对应的都是一个人对世界的想象。一个人在构筑物质空间的同时，也在构筑着他的精神空间。敬文东说，"房屋绝不是房屋本身，也绝不只是砖、石、泥、瓦等各项建筑材料按照某种空间规则的完美堆砌。在'房屋'这个巨大而源远流长的'能指'之外，昂然挺立的，始终是它的超强'所指'（或意识形态内容）。"②

很多年中，我都对装修充满热情，好像我的前世是干装修公司的。电视里《交换空间》这类节目，我也兴趣十足。然而，仿佛命中注定，我总是不能在一套房子里住得太久，总是装修了，离开，又装修，又离开。这无疑训练了我的装修技艺和品位，比起那些装修公司的职业设计师也未必逊色。在我看来，装修的趣味性在于，

---

① [罗马尼亚] 米希尔·埃利亚德：《神秘主义，巫术与文化时尚》，第32页，北京：光明日报出版社，1990年版。
② 敬文东：《从铁屋子到天安门——二十世纪中国文学的空间主题（上）》，原载《阅读》，第1辑，第176—177页，北京：中国社会科学出版社，2004年版。

它能够把一个看上去千篇一律、索然无味的毛坯房，变幻成一个唯美的、舒适的、充满个人气息的空间。而过程的艰辛、狼狈、无厘头，不过是让结局更显惊喜而已。甚至朋友的家里装修，我也经常帮忙出主意，只不过花钱，那得别人花。不是我学雷锋，是别人出钱，我过瘾。

读了米希尔·埃利亚德的书，我才知道，我的这种偏执，竟然是"世界的成像"在作怪。那四白落地的毛坯房，就是我构筑自己"世界的成像"的起点，让我按捺不住，跃跃欲试。它们仿佛一张白纸，供我在上面画最新最美的图画，又好似空白的电影银幕，等待着我导演出最好的剧情，只不过电影的呈现有赖时间的流动，而个人的房间要凭借对空间的结构与组合。

皇帝也是一样，只不过他的毛坯房大了一些，帝国、城池，就是它的毛坯房，他内心里的"世界成像"，也就更加壮丽和宏观。回顾中国历史，我们很容易发现，几乎所有令人瞩目的皇帝，比如秦皇汉武、唐宗宋祖，都是伟大的空间梦想家，也是野心勃勃的建筑设计师，在他们的任期内，无不根据他们的旨意，展开了轰轰烈烈的建设运动。

《历史简编》是 14 世纪在巴黎出版的一本书，记录了忽必烈汗曾经梦到过一个宫殿，后来他根据这个梦，修建了著名的汗八里——就是元大都（今北京）的宫殿。拉什德·艾德丁在这本书里写道："忽必烈汗在上都之东修建一座宫殿，宫殿设计图样是其梦中所见，记在心中的。"①

4个多世纪后，英国诗人科尔律治梦见了忽必烈的梦，并且在梦里完成了一首长诗《忽必烈汗》，醒来后他依然记得三百多行，这时，一位不速之客打断了他，结果他除了一些零散的诗句以外，再也想不起其他诗句。他有些愤怒地写道："仿佛水平如镜的河面被一块石头打碎，它反映的景象怎么也恢复不了原状。"②又过了一百多年，一个名叫博尔赫斯阿根廷老头又用这两个相距几百年的梦构筑了自己的小说——《科尔律治之梦》。

忽必烈汗的梦，有人认为是一种心理学的奇特现象，但是在我看来，它刚好暗合了建筑空间的成像性质。

于是，房屋就不再仅仅是遮风避雨的实用场所，也不只是装载梦的容器，它是梦的物质形式，可以体现梦想的形状、质地与方位感。

紫禁城落实的是一个王者的"世界成像"，因此它必须是唯一、宏伟的、秩序谨严的，必须把所有人的个性全部吞噬掉。同理，一栋日常的住宅——它的环境、空间、布局、装饰，也是与一个人内心里的世界相吻合，是他心目中"世界成像"的表达。

入明以后，画家不再迷恋深山绝谷，不再用一层层的山峦把自己的内心紧紧地包裹起来。他们的内心不再那么紧张，而是以一种相对松驰的心态，构筑自身与外界的关系。此时，他们的清逸人格，

---

① [阿根廷]博尔赫斯：《科尔律治之梦》，见《博尔赫斯文集·小说卷》，第554页，海口：海南国际新闻出版中心，1996年版。
② [阿根廷]博尔赫斯：《科尔律治之梦》，见《博尔赫斯文集·小说卷》，第556页，海口：海南国际新闻出版中心，1996年版。

就更多地通过对居住空间的构筑得以表达。不论这样的居住空间坐落在哪里，它都将是"一个自足的摒绝外界联系的隐居天地，不受岁月流逝的促迫，因此可以按照个人理想，像高濂在《遵生八笺》（1591年序）中所宣扬的，选择最精当的物件来构筑私属的永恒仙境"①。

六

尽管我已经无缘进入钱柳的绛云楼，去参观他们生活空间的内部，但他们生活空间的那份低调的奢华，完全是可以想象的。低调体现在建筑环境上，一定是朴素直率、清旷自然，就像拂水山庄设计者、17世纪早期最著名的园林设计师张涟所追求的，"一花一竹，疏密欹斜，妙得俯仰"，"窗棂几榻，不事雕饰，雅合自然"②；奢华则体现在布局摆设上，不仅囊括了钱谦益的平生所藏：秦汉金石、晋元书画、两宋名刻、香炉瓷器、文房四宝……

我们可以透过明代画家文征明的一幅名为《楼居图》（见《如何读中国画》P118）的画轴，观察明代文人的私密空间。这也是一座坐落在自然环境中的朴素的居舍，院外有一条弯曲的小河，河上有一板桥正对着敞开的院门，流露出主人对友人造访的期待。院内那座两层高的楼阁，傲然独立于一片高耸的树林上，楼中主客二人正对坐畅谈。阁中设一红案，案上置一青铜古器，旁边堆放着

---

① 石守谦：《从风格到画意——反思中国美术史》，第282页，北京：生活·读书·新知三联书店，2015年版。
② [清] 吴传业：《张南垣传》，见《吴梅村全集》，第1059—1061页，上海：上海古籍出版社，1990年版。

一些书册，屏风后面，露出书架的一角，有书卷和画轴在上面码放整齐，一位小侍童正端着一个托盘，步入高阁，准备为二人奉上酒或者茶。

在这样的文人空间内，来自大自然的瓶花，充当着点睛之笔。

鲜花插瓶，自宋代以来兴盛于士大夫之间。对此，许多宋代文人作品都可以为证，比如曾几《瓶中梅》写：

小窗水冰青琉璃，

梅花横斜三四枝。

若非风日不到处，

何得色香如许时。

神情萧散林下气，

玉雪清莹闺中姿。

陶泓毛颖果安用，

疏影写出无声诗。[1]

扬之水说，形成这一风雅的重要物质因素，是家具的变化，亦即居室陈设的以凭几和坐席为中心而转变为以桌椅为中心。高坐具的发展和走向成熟，精致的雅趣因此有了安顿处。[2] 这一风雅，也一路延伸到明代。这个朝代，为我们贡献了一部专门品藻物质雅俗

---

[1] 北京大学古文献研究所：《全宋诗》，第二十九册，第18569页，北京：北京大学出版社，1996年版。
[2] 扬之水：《宋代花瓶》，第1页，北京：人民美术出版社，2014年版。

的书——《长物志》。在这部书里，文震亨不仅以一卷的篇幅谈论文人花木，而且在《器具》一卷中，专设《花瓶》一节，对插花之瓶，一一做出指导，告诉读者什么瓶可以插花，什么瓶不可。我才知道青铜器，如尊、罍、觚、壶，也是可以用来插花的，而且花之大小不限。在我看来，最适合插花的青铜器，应当是形体细长、优雅的觚，张岱给它起了一个好听的名字：美人觚。当然，在这些"专业知识"之下，我也想起一个暧昧的书名：《金瓶梅》。

钱谦益写过《灯下看内人插瓶花戏题》四首，可见绛云楼内人花相照的情景。其中一首为：

水仙秋菊并幽姿，
插向磁瓶三两枝。
低亚小窗灯影畔，
玉人病起薄寒时。

除了花朵、美人，墙上的挂轴，也最能暗合居室主人内心的清雅。《长物志》里，文震亨对不同时令挂画的内容也提出不同的建议，比如六月宜挂云山、采莲等图，七夕宜挂楼阁、芭蕉、仕女等图；九十月宜挂菊花、芙蓉、秋江、秋山、枫林等图，十一月宜挂雪景、腊梅、水仙、醉杨妃等图。[①]

[①] [明]文震亨：《长物志》，见《长物志 考槃馀事》，第84页，杭州：浙江人民美术出版社，2011年版。

因此，柳如是《月堤烟柳图》，就像沈周《桂花书屋图》这些明代绘画里的士人一样，纵然在他们的身体与世界之间已经没有屏障，但是，在他们的内心与世界之间，还是有一条线的，只不过那线不再像之前的绘画那样，通过大山大水进行区隔，而是存于他们的心底，是一条隐隐的心灵底线，是文人们的内心品格与操守，明代的画家们，通过居舍中的书卷、文玩、香炉、花瓶、茶具、梅兰竹菊表现出来。他们不是玩物者，那个所谓的"志"，就潜伏在他们心里，从来不曾泯灭。

七

一个人，可以通过物质空间的构成来为他的乌托邦奠基，而物质的空间，也可以界定一个人的身份和命运。比如，在学校的空间里，我们被界定为学生；在写字楼里，我们被界定为职员；在风景旅游点里，我们被界定为游客，而我们所有的故事，都围绕这样的身份展开。

对于柳如是来说，绛云楼既包含了她对世界的设计和想象，也重构了她的命运，甚至重塑了她与世界的关系——

绛云楼里的柳如是，不再是青楼楚馆里的柳如是，不再是南楼里的柳如是，也不再是她为躲避谢三宾纠缠而在嘉兴勺园避居养病的柳如是，甚至，不再是我闻室这个临时建筑里的柳如是，她与爱人的关系，再也用不着偷偷摸摸、暗渡陈仓。绛云楼重新界定了她的身份——她不仅是一代名士钱谦益的爱妾，而且是一位兼具诗人、词人、书法家、画家身份的女艺术家。翁同龢曾经在《客以河东君画见示，伪迹也，题尤不伦，戏临四叶漫题》一诗的自注中说："在京师曾见河东君狂草楹帖，奇气满纸。"翁同龢为晚清一代书家，他称河东君（即柳如是）的书法"奇气满纸"，柳如是的书法功力可以想见。当代学者黄裳先生也说，她的"诗词都很出色"，而她"漂亮非凡的小札，放在晚明小品名家的作品中……也是第一流的"[①]。

她爱瓶花，但她不是花瓶。

还是崇祯十四年（公元1641年）正月初二，拂水山庄梅花开得正艳，钱谦益邀柳如是来看梅。面对那数十株寒香沁骨的老梅，钱谦益作诗《新正二日偕河东君过拂水山庄，梅花半开，春条乍放，喜而有作》：

> 东风吹水碧于苔，
> 柳靥梅魂取次回。
> 为有香车今日到，
> 尽教玉笛一时催。
> 万条绰约和腰瘦，
> 数朵芳华约鬓来。
> 最是春人爱春节，

---

① 黄裳：《绛云书卷美人图——关于柳如是》，第81—82页，北京：中华书局，2013年版。

咏花攀树故徘徊。

柳如是步其韵,写道:

山庄山色变轻苔,
并骑轻看万树回。
容鬓差池梅欲笑,
韶光约略柳先摧。
丝长偏待春风惜,
香暗真疑夜月来。
又是度江花寂寂,
酒旗歌板首频回。

这些唱和之作,在拂水山庄之美上,又叠加了一层二人唱和的和谐之美。

在钱柳诗稿中,这样的唱和之作,比比皆是。

至少在诗词上,柳如是可与钱谦益平起平坐。

她与钱谦益,是一种平等的"互渗"关系,相互推动,东成西就。

她美,但她不甘只做被观赏的对象,因为观赏也是一种权力——在男权社会,对女人的观赏更是男人的权利。她曾放言,非旷世逸才不嫁,而且主动投靠钱谦益,都表明她从没有放弃过对男人的鉴赏权。而与她过从甚密的那些文人——张溥、陈子龙、钱谦益,又无不是那个时代的佼佼者。

钱谦益也珍爱这一点，所以他把自与柳如是相识以来的唱和诗作编成一本书，取名《东山酬和集》。

其实，除了她是一介女流，不能去参加科举，不能求取功名以外，她的内心，与士人没有区别，甚至，她内心的境界，比起那些摇头晃脑、大做帖括文章的举子要高出许多。她就像沈唐文仇绘画里的那些高雅文士一样，安坐在一个由自己选定的宁静世界里，坚守着内心的原则，却不孤高、不傲世，甚至，这种对生命的感动、对家园的渴望，与对他人的关爱、对国家的抱负，一点也不抵触，以至于后来，当崇祯皇帝在紫禁城憔悴的花香里奔赴煤山，把自己吊死在一棵歪脖树上，弘光政权在南京搭起草台班子，柳如是虽为一女文艺青年，那一副报国之心，也是一样可以被激起的。钱谦益被这个临时朝廷起用，出任礼部尚书兼翰林院学士加太子太保，她随夫君奔赴南京，当清军杀入南京时，她又劝钱谦益不做降臣，重返山林。她在乱世中把握自己的那份力道，虽不如她在笔墨间那么轻松自如，却依然让人肃然起敬。

绛云楼就像她命运中的变压器，把她从青楼闺阁里的柳如是，变成历史图景里的柳如是。只有在绛云楼里，她才能活成她希望的那个自己——那个最好的自己。

八

清军是在清顺治二年（公元 1645 年）的五月初八夜里从瓜

州①渡江的。渡江前，江面上刮起了强劲的西北风，吹得江南的明军士兵几乎睁不开眼睛。等他们睁开眼睛时，看见的却是一副离奇的景象——江面上居然燃起了大火。是豫亲王多铎下令，用搜掠来的门板、家具等扎成木筏，浇上桐油，用火点燃之后，推入江中。这些燃烧在火船，在大风中飞奔着，在江风中越燃越旺，连同它们的倒影，照彻江水，把它变成一条宽广而明亮的光带。此时，长江北岸的清军与南岸的明军已经对峙整整三天，明军的精神已经高度紧张，看见那些火船，明军以为清军已经开始渡江，于是引燃他们的红衣大炮，万炮齐发。夜空中划过弧形的弹道，炮弹落在江里，又爆出巨大的火光。假如那不是战争，我想现场的人们一定会为江面上绽开的神奇的、亮丽的、恶毒的花朵而深感陶醉。

不知过了多久，那惊心动魄的火光终于沉寂下来，江岸陷入了更深、更持久的黑暗，像一片深海，寒冷而岑寂。对于明军来说，刚刚发生的一切，仿佛一场恍惚迷离、不可确认的梦。江面上，不见清军的一兵一卒。他们没有想到，那不过是多铎虚晃一枪。他们已经打完了所有的炮弹，此时，清军准备真正渡江了。

清军渡江时，鸦雀无声，草木不惊。所有人几乎摒住了呼吸，默默地、小心翼翼地潜到长江南岸，等明军发现时，清军已经近在眼前，还没等他们叫出声来，就见一道道白光闪过，在刺透黑夜的同时也刺透他们的脖颈。他们远离身体的脑袋一边在半空中飞行，

---

① 今江苏省长江北岸，扬州市南面。

一边发出一声恐怖的尖叫。

那时，崇祯的哥哥、在南京被拥立为新皇帝的朱由崧，企图凭借长江天堑，守住半壁江山，这个政权，史称南明弘光政权。只是这个新皇帝，丝毫未改这个家族骄淫和变态的基因，在清军渡江的第二天，也就是五月初十的午后，在南京城温煦的春风和迷离的暖阳中，还在大内看了一出大戏。歌舞升平中，南京的官员，没有一人敢把清兵渡江这个破坏安定团结的消息报告给皇帝。

《鹿樵纪闻》说，为清军打开南京城门的，不是别人，正是钱谦益。此书记录的过程是这样的：当多铎率领大军到南京城下，看到城门紧闭，遂命一人上前大喊："既迎天兵，为何关闭城门？"就在这时，一个苍老的声音从城头上传下来："自五鼓时分，已在此等候，待城中稍微安定，即出城迎谒。"清兵问："来者何人？"对方答道："礼部尚书钱谦益！"①

但计六奇《明季南略》则说，多铎到时，是忻城伯赵之龙派人缒城出迎。当赵之龙准备迎接清军入城时，南京百姓在他的马前跪成一片，企求他不要把清军放进来。赵之龙从马上下来，对百姓说："扬州已经屠城，若不投降，城是守不住的，唯有生灵涂炭。只有竖起降旗，才能保全百姓。"②

清军兵不血刃地进入南京城时的场面，从许多时人的笔记中都可以看到。城破那日，已是五月十五。根据《东南纪事》的记载，

---

① 原文转引自黄裳：《绛云书卷美人图——关于柳如是》，第16页，北京：中华书局，2013年版。
② 原文见[清]计六奇：《明季南略》，第217页，北京：中华书局，1984年版。

多铎穿着红锦箭衣，骑马自洪武门冲进南京城的。赵之龙率公侯驸马、内阁大学士、六部尚书侍郎、六科给事中及都督巡捕提督副将等55人迎降。

礼部尚书钱谦益，就跻身于迎降的政府官员中，把屁股翘得老高，头紧紧贴在地上，作叩头状，多铎的马队已驰出很远，仍紧张得不敢抬起头来。

拒不参与迎降的官员也有很多，他们是：尚书张有誉、陈盟，侍郎王心一，太常少卿张元始，光禄丞葛含馨，给事蒋鸣玉、吴适，主簿陈济生等。

左都御史刘宗周、礼部侍郎王思任、兵部主事高岱、大学士高弘图等，皆绝食而死；太仆少卿陈潜夫，与妻妾相携，投河而死；后部主事叶汝苏也是与妻子一同溺死。

柳如是对钱谦益说，咱们死吧，钱谦益站到水里试了试，又缩回来，说他怕冷。

其实他不是怕冷，是怕死。他很爱惜生命。

倒是柳如是不怕死，自己要"奋身欲沉池水中"，却被钱谦益紧紧抱住。

那一天，柳如是的心，一定比水还冷。

九

在柳如是看来，即使不死，也用不着去献媚。

甲申国破，文人们又纷纷离开家园，像当年的倪瓒那样，避入山林。其中有：傅山、王夫之、顾炎武、黄宗羲、方以智、冒襄、李渔……

张岱，那个曾经极爱繁华、好精舍、好美婢、好娈童、好鲜衣、好美食、好骏马、好华灯、好烟火、好梨园、好鼓吹、好古董、好花鸟的纨绔子弟，历经国变，在50岁那年避入剡溪流域的山村，拒不与新政权合作。那时，曾历经繁华的他，身边只有破床碎几、折鼎病琴，与残书数帙、缺砚一方，鸡鸣枕上，夜气方回，想到自己平生繁华靡丽，过眼皆空，五十年来，总成一梦，给自己写下悼亡诗，准备自杀。

但他还是活了下来，因为他要把自己经历的历史和历史中的奇谈怪事写下来，于是在我的书案上，有了《陶庵梦忆》《西湖梦寻》《夜航船》《琅嬛文集》《快园道古》等绝代文学名著，我写此文，自然还会找来他花费27年时光所写的史学巨著《石匮书》。从他的《石匮书后集》里，我看见了钱谦益的身影，只是翻到《钱谦益王铎列传》那一页，发现竟是个白页，标题下只有一个"缺"字，看来是原稿遗散了，真是无比遗憾。

就像那一页所缺的，在那些入山隐居的士人中，不见文坛领袖钱谦益的身影。

钱谦益正忙着前往天坛拜谒英亲王阿济格。[①]

那一天，南京城陷入一片凄风苦雨，青色的城墙在雨水的冲刷

[①] [明]谈迁：《国榷》，第六卷，第6212页，北京：中华书局，1958年版。

中战栗着，风挟着雨在黑色的屋顶上咴咴地叫着，仿佛心事浩茫的叹息。从谈迁《国榷》中，穿越那些久远的文字，我终于看到了钱谦益苍老的身影，佝偻着，与阮大铖一起，穿越重重雨幕，去寻找他新的主子，一副丧家犬的模样。到了天坛，他在大雨中等待接见，都不敢往屋檐下挪动半步。

而那个负心人陈子龙，虽手无缚鸡之力，却在这关键时刻挺身而出，在清兵南下时，密谋抗清。顺治五年（公元1648年）五月，他在吴县被捕，审讯者问他为何不剃发，陈子龙答："吾唯留此发，以见先帝于地下也。"几日后，他被押解南京，路过松江时，趁守卫不备，纵身跳向水中。

他不怕水冷。

清军后来找到了他的遗体，用乱刃戳尸后，又丢弃在水中。

那一年，陈子龙39岁。

钱谦益的降、陈子龙的死，无不让柳如是感到锥心之痛。

十

柳如是不会想到，她所置身的那个帝国，本身就是一座更大的建筑、一座曲径交叉的花园、一台更加神异的变压器，它让每个人的命运都处于急剧的变动中，不到生命最后，谁也不知道会发生什么。

无论他们所拥有的个人空间能够在多大程度上落实他们的意志，但是，这个空间终归是微小的。这个空间之外的一切似乎都不可掌控，一个更加浩大、多变、迷离的空间，也终将消磨和吞噬他们原有的空间。那个时代的历史叙事，在一定程度上就是依托这两个空间的关系转换来完成的。

关于这两种空间关系的转换，李书磊曾经说过一段非常精彩的话，在这里我只能照抄：

对任何一个社会人来说，有两件事对他拥有决定性的影响力，因而也成为他生活中的基本点，这两年事就是政治和爱情。政治代表公共生活，爱情代表私人生活。这两件事对人同样重要，然而它们在生活中所占的比重却不是平分秋色而是此长彼消的。如果政治的天地大了，那么爱情的领域就必然缩小，反过来也一样。有趣的是，凡是政治在人生活中占重要位置的时候都是出现政治灾难的时候，不是暴虐，就是腐败，或者干脆就是战乱。这时人们不得不用全身心来应付政治，爱情退居于无关紧要的角落。任何时代只要人们不得不全力应付政治，就表明他们的基本生存受到了威胁，政治关系到了人们物质形式的存在。假若苛政猛于虎，兵匪罗于门，国政到了一塌糊涂的地步，人们的生活乃至生命朝不保夕，这时候谁还有心思去歌唱爱情，人们这时候只会无休止地歌咏政治，表达对统治者的怨怒。而如果一个地方、一个时代情歌很兴盛，那就说明此时此地政治的重要性减小了，政治收缩了它的领地，政治退隐了。而政治的退隐恰恰是政治的昌明。爱情是一种精神奢侈品，是人们在生活安全、安定的时候才油然而生的东西，爱情需要时间、需要精力、需要闲适，当然也需要财富；如果爱情成了人们生活的中心事件，那就表明人的生存条件已具有了基本保障，也就是说政治处于正常而良好的状态。[①]

具体到钱谦益与柳如是，他们"湘帘檀几，煮沉水，斗旗枪，写青山，临墨妙，考异订伪，间以调谑"的那副浪漫与美满，也在政局翻转的动荡中，戛然而止。

没过多久，绛云楼就燃起了一场大火。楼中那些珍贵的书卷册页，像鸟儿张开了羽翼，贪婪地吸吮着火焰。在空气中纷飞翻卷的锦绣册页，如风中的火蝴蝶，如天花乱坠。火焰的灿烂、灼目与邪恶，与清兵南渡时江面上奔跑的火光，好有一比。

绛云楼大火，被称为中国藏书史上一大劫难。

钱谦益自己则说："汉晋以来，书有三大厄。梁元帝江陵之火，一也，闯贼入北京烧文渊阁，二也；绛云楼火，三也。"

有人说，是绛云楼的名字没有起好。绛，是指大红色；绛云，似乎预示了这场大火所升起的红云。

清人刘嗣绾在《尚絅堂诗集》中写："绛云一炬灰飞湿，图书并入沧桑劫。"

十一

钱谦益向清朝摇尾企怜，虽换得了礼部右侍郎的官职，但那基

[①] 李书磊：《重读古典》，第16页，北京：中国广播电视出版社，1997年版。

本是一个虚衔。钱谦益北上入京，柳如是没有相随，似乎以此表明她的政治态度。

陈寅恪说："牧斋（钱谦益字）在明朝不得跻相位，降清复不得为'阁老'，虽称'两朝领袖'，终取笑于人，可哀也已。"①

清廷的冷屁股，让钱谦益的热脸变得毫无价值。他终于明白，柳如是的判断都是对的，对柳如是，更多了几分折服。终于，他回到常熟，开始从事反清活动。

转眼到了康熙元年（公元 1662 年）除夕，已过八旬的钱谦益在城中旧宅的病榻上呻吟着，突然间想起了拂水山庄的梅花，心知自己无法再去看，叫柳如是拿来纸笔，他要写下几个字。

我不知那一天他都写了什么，只知道柳如是当年画下的《月堤烟柳图》，是他们永远回不去的家。

不知那时，他是否会记起，在《月堤烟柳图》的题跋上，他抄录了自己《山庄八景》里的一首诗：

月堤人并大堤游，
坠粉飘香不断头。
最是桃花能烂熳，
可怜杨柳正风流。
歌莺队队匀何满，

---

① 陈寅恪：《柳如是别传》，下册，第 848 页，北京：生活·读书·新知三联书店，2001 年版。

舞燕双双趁莫愁。
帘阁琐窗应倦倚，
红栏桥外月如钩。

陈寅恪先生点评："此诗'桃花''杨柳'一联，河东君之绘出实同于己身写照，所谓诗中有画，而画中有人矣。"

第二年，春天到来的时候，钱谦益撒手人寰。

钱谦益尸骨未寒，钱氏家族的人们就来摧逼柳如是这个未亡人交钱交房产，否则就把柳如是和她的女儿赶出家门。面对这一片乱哄哄的景象，柳如是脸上掠过一丝不易察觉的笑，说："你们等等，我上楼取钱。"

许久，她都没有下来。有人不耐烦了，说上去看看。推门时，见一白色身影，孝衫孝裙，静静地悬挂在房梁上。

2015年12月3日—2016年4月1日写

周晓枫

1969年6月生于北京,北京作家协会副主席、老舍文学院专业作家。出版有散文集《斑纹》《收藏》《你的身体是个仙境》《聋天使》《巨鲸歌唱》《有如候鸟》等,曾获鲁迅文学奖、人民文学奖、十月文学奖、华语文学传媒大奖等奖项。兼有儿童文学创作,出版童话《小翅膀》和《星鱼》,获中国好书、中国童书榜年度最佳童书。

铅笔

2003年10月，镜子

镜子让我怨恨。晦暗的肤色，塌鼻梁，排列零乱的牙，伤疤。镜中人沮丧，再可爱的表情也难拯救这样的五官。我看到越来越多的痣，摆开脸上的北斗七星。化妆品是我的化学天使。涂上陶瓷色液体粉底，假睫毛和黑眼线夸张了瞳孔里的光，口红让嘴唇仿佛刚被亲吻过，饱满湿润。我在一张软面具里获得了暂时的安全感。

但怎么才能回避那种几近落地的大镜子？它们无处不在。卫生间的墙壁、办公楼的入口处、试衣间的窄门里，还有练功房、家具售卖场、酒店明晃晃的外墙玻面……尤其，镶嵌在衣柜上的，谁不遭遇它监视的眼睛。隔得再远，我也能看清自己占据其中的阴影。

胯骨过宽，臀部近于梯形。小腹前凸，弧线明显。腿不直，膝盖骨突出。我当然没有那种簪子一样细并且优雅平行着的锁骨。到处是积聚的脂肪，能把它们藏在哪儿。我总是在镜子里发现自己一脸蠢相、一身拱动中的肥。

不正常地过度关心外貌中自认的缺陷，医学上称为身体畸形恐惧症。歌星迈克尔·杰克逊就是明显一例，他动过多达三十多次美容手术。他的前妻曾说，他从不卸妆，就是上床也不。

我怀疑自己也患上轻度身体畸形恐惧症。尽管年轻时曾因身材受到夸奖，可我还是消沉和绝望。我用修身塑形的内衣来改良轮廓，穿与裤子同色的高跟鞋以增长被想象确认的短腿。挺胸，收腰，提臀……踩在一个隐形高跷上，我抬升自己的视平线。如果没有貌似高傲的姿态作为矫正，我的不自信显而易见。我觉得夸奖的人并不了解实情，是剪裁得体的服装，伪造了我的荣誉。那些衣服是花费大量时间精心挑选的，线条优雅，它们不动声色地精确计算与皮肤之间的间距。所以他们的话并不缓解我的自卑，相反，我不得不花更大气力去维系这个谎言。穿紧致的衣服一般出于曲线炫耀，而我恰恰因为恐慌：对别人的判断将信将疑，又格外贪恋那种赞美，于是穿紧身衣频频展示，我需要得到不断的确认和安慰。

"难道你从来没有为自己的身材骄傲过吗？"女友疑惑地问。为什么我看到的自己，永远是臃肿和被小心包裹起来的畸形。我是否骄傲过呢，哪怕是在很久以前？我盯着镜中的陌生人。每个人，都有自己的盲区，即使在镜子面前。

……镜子之所以成为镜子，因为它涂黑了玻璃的另一面，让人的视线无法穿越。表面上映照，其实是在阻挡——不透明的东西，隐藏在镜子后面。

对王后来说，白雪公主就是她的盲区。所以，她需要镜子的发现和提醒。一面可以开口说话的镜子，就不再普通，而成为揭破真相的魔镜。在白雪公主长大以前，王后曾经是世界上最美的女人——就像白雪公主注定成为未来的王后，王后其实就是一个变老的白雪公主。魔镜映照王后往日的辉煌。而王后频频下毒手，其实她真正想杀死的，仅仅是自己的回忆。

向镜子不可测度的幽深处望去。渐渐，我的魔镜开口。那是一个来自男性的嗓音，经过克制的柔缓和低沉。他的声音来自密室，伴有轻微回音，仿佛在告知一个未经揭破的秘密。他说："你看看你的身材，有多漂亮。"随后我被一双搭在肩上的手，轻轻推送到衣柜的镜子跟前。

镜中人高挑。脖颈和手臂纤长，她有玲珑的腰、修拔双腿和果实一样甜蜜酝酿中的乳房。事实上，她是在魔镜说话的瞬间，才突然拥有少女曲线的。

魔镜魔镜，你的答案诱人又无情……沿着指引，回到十四岁，回到我的白雪公主时代。

1983 年 4 月，运动服

用剪尖小心地挑，缝线一一断开。运动服的裤角本来收束设计，像个灯笼口，拆出松紧带以后，它成了筒裤。我穿上试试，这回行了，长度正及脚踝。没到一年，尺码为 90CM 的运动服我穿得就小了。上体育课，跑着跑着裤角就上滑到小腿。现在裤口散开，让我不再像个打鱼的那么尴尬，并且显出与众不同的别致。虽然所有运动服都是同一式样：纯棉质地，深蓝色，体侧有两道平行的白色条纹。

照照镜子，我烦恼地发现，自己似乎又长高了。门侧的墙皮上，铅笔划痕间距不等，每根不太平直的黑线旁边，写着一组数字。那是妈妈比着我的头顶在墙上做出的成长记录。最近一年，数字相邻的日期很近，而直线之间隔开的空白却越来越大。以不可思议的速度长高，无人知道这带给我的隐忧。

我暗暗希望自己娇小，轻巧，白而柔软，带着淡淡的香甜，做一个橡皮姑娘。而现实中的我，忽然铅笔样细高，尤其穿上这身运动服，鲜明的白条纹如同铅笔侧棱。身高在全班女生中排第二，课间操我站在杜临临的后面，也就是说，她生病的时候我必须站在队伍最前端。突出的位置让人无处躲避。何况，我还有另外的恐慌。我形成一种顽固的心理认识：高个女生难以获得家长和异性的宠爱。1米64，实在不像一个孩子的身高，我觉得自己因此显得笨拙。身高使我日渐脱离孩子的队列，向着成人靠拢，尽管我在心理上并没有同样的速成。生日我许愿自己别再长了。据说脚不发育了，个子也就停止生长，所以我刻意穿号码不合适的鞋子。严厉捆绑，我走路无时无刻不疼。半年过去，脚慢慢变形，除了大拇指向前延伸，并保持轻微上翘，剩下8个脚趾全部向下弯曲。小人鱼的美，从脚下的剧痛开始……我想象自己正因秘而不宣的残疾摇曳生姿。

只有锻炼时，我穿舒适的球鞋。也许正是这稀有的舒适巩固了我的体育爱好。每天长跑，来回大约2000米——穿过树林，穿过蓟门桥的十字路口，跑到终点的法院家属区。我气喘吁吁，抬头看见小桉家的阳台。

那是一幢四层楼的建筑。五十年代的老房子，结构稳固，颜色灰暗。大多数阳台上，或堆满杂物，或晾着长长短短的衣服。小桉家格外整洁，植物参差，连翘垂金挂银地延展到底下一层的阳台。一株肥绿的盆栽备受珍爱，那是品性独特的昙花。它选择黑暗中开放。花蕾慢慢酝酿，膨胀，花径打开时约 10 厘米，散发着寂静中的幽香，宛若少女乳房。我目睹过它的孤闭、唯美，还有怒放中的冶艳……润白的花瓣，烘托从中一株猩红而强壮的蕊柱，裸露中微微抖动。

"小桉！"我在楼下喊，等她探出毛茸茸的脑袋。我猜她在家，因为自行车停在楼下。小桉的车总是被爸爸擦拭一新，辐条光度，转动时发出悦耳轻响。他不仅细致地清洁车身，还经常检测交叉的闸线是否灵敏。虎口稍一用力，车闸立即像钳子收拢，保障小桉能在危险跟前及时止步。小桉有一个令人嫉妒的父亲。"小桉！"我继续喊。春天干燥的风吹得嘴唇脱皮，我咬下碎皮，吮吸从裂缝中渗出的血。

1983 年 5 月，卷宗

把铅笔探进卷笔刀的孔，转动。镟下两圈木头皮，红棕色，墨绿的漆皮滚边，缩在一起，像某种动物脱下的皮蜕。笔芯削得很尖，坚硬，发亮，旁边散落细细的铅笔屑。我顺手在课本空白处画了一张女人侧脸：额头饱满，鼻子高挺，下巴有些外翘，长睫毛夸张地弯曲着。我又画了全身像，她的双腿修长笔直，芭蕾动作地超过90度打开……展平的铅笔屑正好做短裙，镶有锯齿形花边儿。

房间里，两把刀。一把是我手里的玩具卷笔刀，螺钉把短小的刃固定在塑料壳子里。另一把，近在咫尺。吉列刀片上的外包装上，印了一个小胡子男人，头发梳得纹丝不乱，打着骄傲的领结。剥开外包装，里面垫着半透明衬纸。刀片中间镂空，造型像根复杂的罗马柱，支撑着一座黑而薄的宫殿，支撑两边对称的薄刃……它锋利无比，不能轻易接近。现在它嵌进一把剃须刀里。

彭叔叔在刮胡子，剃刀在胡茬上走动。沙沙沙。这种声音让人焦虑，我老是想起连环画上的理发店谋杀。汹涌的泡沫堆积，一把超过90度打开的剃刀埋进泡沫里，犁出一片光洁的区域。稍不小心，或是顾客不慎动一动方向，剃刀就在脸颊上飞快地划上一道血迹。闭起眼睛的顾客向后深仰，暴露着喉结突出的脖颈……居心叵测的理发师，左手笼罩在他口鼻上方，那把犹豫中的剃刀，如此逼近喉咙。我不安地抬起头，又看了一眼，彭叔叔已把刮胡刀放在水流下冲洗，并洗净脸上残余的肥皂沫。再低头时，我发现自己把答案添到下一个问题的空格里了。好在是用铅笔写的，我抓过橡皮，消灭自己的错误。

小桉洗澡还没有回来，我边等她边写作业。彭叔叔刚刮过胡子的两腮泛青，他的下巴中间，有个不易察觉的下陷的小坑儿。小桉一直为爸爸的漂亮而得意,虽然自己并不像他,她长得像平庸的妈妈。彭叔叔是法官,这使他的英俊相貌同样象征一种优越在上的权力。我心不在焉地写作业,他批阅他的卷宗。异常安静,挂钟的金属表针走动,声音简捷有力。

过了一会儿,我们似乎都对自己所做的事感到疲劳。彭叔叔递给我苹果,温和地建议我们互换手里的工作。这是一个有意思的休息方式。他检查我的作业,让我觉得自己被父亲宠爱的女儿,这种错觉让人喜悦。但我没料到,他批阅的刑事诉讼材料,如此惊心动魄。

第一份材料是桩故意伤害案。兄弟之间因财富起纠纷,弟弟几次设法杀死哥哥,在自卫过程中,哥哥刺伤弟弟的肩膀,附着伤口外翻的照片。但是那只刺伤弟弟的手,已经不会再有新作为:它被弟弟随后报复的炸药炸飞。同样,附有一张残肢的照片。模糊的血肉,丑陋的残损,让我恶心。这个文字描述中的世界,互相侵犯,凶险四伏,异迥于我的校园环境。那是成人的世界,让我心生寒意,我还没有准备好能力和勇气参与。我翻过材料时,把彭叔叔批阅卷宗的红蓝铅笔"啪"的一声碰到地上。他帮我捡起来,我转移了眼光,不想让他看出我害怕。

除了暴力,成人世界里还有其他内容孩子禁止入内。读到第二份材料,我心乱如麻。一个回家的男人目睹妻子通奸,狂怒中杀死了交媾中的男女。罪犯对自己杀人过程的申诉和辩解数千字。赤身裸体。性交。阴茎。精液。大量关乎器官的词汇,对奸情的场景描写,是我首次触及到的色情文学。纸上字迹一阵模糊,我尽量调整感到困难的呼吸，但一种奇异的灼热在体内漫开。不想让他看出我的兴趣，我有意冷漠——右手转动着他的红蓝铅笔，左手翻页，我咬牙坚持，装作无动于衷地阅读，好像那不过是一张普通的收音机说明书。

皮肤表面，微微汗湿。我腾出两只手，把系成马尾的头发挽上去。我喜欢妈妈的盘发式样，但明白它并不适合自己的年龄，现在似乎只有这种成熟女人的发型才能帮我散开身体的热量。由于经验生疏，几绺头发没有梳拢进去，垂在了脖颈之间，那种痒时隐时现。左手扶住发卷，右手在作业本下面翻，我喃喃自语："那个卡子呢？"彭叔叔微笑，歪头着意看了我一眼。他说："你热了吧？"随后，他拿起我一支刚才削好的金鱼牌铅笔，斜斜地，插进我草草拢起的乱发里。

房间里，两支铅笔。一支是彭叔叔的红蓝铅笔，诉讼书上，生杀予夺；一支是插进我头发里的HB铅笔，它暧昧难测。

2003年11月，橡皮笔记

记得小学三年级，老师同意出错率低的孩子率先使用钢笔。我们争先恐后地表现，似乎那是一种极具诱惑的特权。我下笔谨慎，力图卷面整洁，早日更新书写工具。后来终于得到老师准许，我用上了钢笔。

黑。蓝黑。纯蓝。墨水只有三种颜色，我总是不停更换。每换一种颜色，视觉心理需要适应一段时间，等我刚刚适应也就厌烦了。

看起来是缺乏耐心,其实流露出的,是焦虑。那天我把一条米虫搭在墨水瓶瓶口,它蠕动,然后掉进去了。捞出快被淹死的虫子,怎么那么笨,它在格纸上爬,写最后的遗言。我对折纸页,厌恶地一捏,虫子的肉汁和墨水混在一起,留了一团污斑。看着拇指和食指之间同样留下的墨痕,我听任钢笔滚落,在水泥地上摔劈了笔尖。是的,我不喜欢墨水,尤其讨厌大字课,手握毛笔,对着古人碑帖模仿——白纸黑字,我的手指发出臭烘烘的气味。

为我倾心的其实还是铅笔:灰字迹,笔芯踮尖的脚,随着书写在纸上缓缓移动的纤细的芭蕾小人裙纱般的浅影子。你可以放心地写,铅笔字孩子气的天真,还有一种草稿性质的不确定感。常年使用钢笔,拇指和食指前端的印记并不明显,但是右手中指第一道线侧面,留下一个不易察觉的小坑,发红,有点儿茧化的硬。铅笔正好可以舒适地搁进这个小坑里。

铅笔与钢笔的最大区别,其实是由两者之外的东西决定的:橡皮。橡皮能够修正铅笔字,钢笔的错误只能靠自己否定。但谁愿意面对涂涂改改的墨滴呢,显得失误比比皆是?如果钢笔写得不对,有人宁愿坚持,或者换张崭新的纸重新开始,也不改动错误的结果。换言之,橡皮的存在,使铅笔比钢笔更具自省精神。

我收集橡皮。小学生的习惯。除了印有铅字的结实好用的绘图橡皮,我喜欢各种各样的香橡皮。红的,绿的,黄的,果冻一样鲜艳。用鼻子嗅,那种小傻瓜一样不懂掩饰的甜。诱人味道使我忍不住咬下一点橡皮尖儿。我的成长理想:做一个玲珑而甜美的橡皮姑娘。橡皮本身从来不制造任何错误，它只清除污迹，时时准备开始它那带有宗教倾向的、修女式的擦拭。这与我对自己的隐秘期待互为呼应。当他人犯错，我将抱以宽慰：原谅，庇护，并试图弥补失误，哪怕在他人的错上磨损自己橡皮的一生。橡皮走过的路，一片泥泞。建设整洁无误的世界，需要橡皮必然的牺牲。

我习惯使用的 HB 铅笔顶端，常嵌一块寒酸的橡皮头，被有勒痕和孔洞的薄铁皮箍紧。又硬又小，是自行车内带般的肉红色，残缺的橡皮头儿落有齿痕——我吐掉橡皮碎渣儿，涩涩的。它能使铅笔犯下的错误不落痕迹。位于顶端，等同铅笔的大脑位置……那紧涩的、小得可怜的、用于涂改笔误的橡皮头，便是个人的自我省察，带着它的有限和苦味。

红蓝铅笔在铅笔中最特殊。普通铅笔的一端被紧箍咒里的橡皮管住，而红蓝铅笔，是不带橡皮擦的。甚至比钢笔更不由分说，它具有评断和宣判的味道，老师和法官无不操纵着一支高高在上的红蓝铅笔。红蓝铅笔无需配备自身的橡皮，来自阶层、职位、年龄、性别的权力力量，足够让它在未成年的 HB 铅笔写下的答案上任意褒贬和修改。HB 铅笔不能修正被红蓝铅笔写下的部分，即使那是个错误——红蓝铅笔打上的叉子，都拥有格外的正义。这是权力的秩序，不容撼动。

1983 年 5 月，晚餐的鱼

一条新鲜的死鱼，很大，鱼眼的巩膜上还泛着虹彩。鳞片就像镍币一样,闪着硬质的光。鱼像吝啬鬼一样至死看守着它紧贴全身的财宝,我感觉到了彭叔叔刮削鱼鳞时的吃力。湿黑的鱼皮上黏液滑手,有时候,鱼活了似的,从他的虎口下往前一挣。

"晚上咱们吃鱼。"彭叔叔边收拾死鱼边说。他说"咱们",语气直接,没有商量,于是省略但也确定了他的晚餐邀请。

问题是,我中午已经吃过鱼了,星期天的伙食比平日丰富。妈妈炖了黄花鱼。妈妈打开锅盖添加作料,我往里看:酱棕色的汤汁尚未淋透剖挖出来的米黄色鱼籽。黄花鱼的眼珠硬白,嘴角下倾,口腔里布满锯刺的牙——它们在汤汁煮沸的气泡里,浮沉一张张太有悲剧感的脸。其中一条鱼头被铲断了,从身体分离,单独的脸……气泡从它上昂的嘴里吐出来,仿佛进行最后的陈述。过了一会儿,鱼头被越鼓越大的汤泡推到锅沿侧面,它的头一歪,渐渐沉没。

沙沙沙。彭叔叔继续刮鱼鳞。我的同桌曾下决心把一枚五分硬币磨平,每个课间十分钟,他在水泥地上坚持不懈地努力。噪音持续,如同铝勺刮着饭盒的声音,让我难以忍受。我躲得远远的,直到同桌把他的成果,那片变薄的金属得意地捏在指头间。水池边堆着掏出的鱼内脏和散落的鳞。鳞片呈现磨薄的硬币损伤后的光滑。那种被贬抑的价值。一旦有了联想,刮鱼鳞的声音也刺耳起来。沙沙沙,让我发麻,好像自己也变成了躺在砧板上的鱼,被什么利器打磨。

彭叔叔的手长得有造型,特别匹配他的容貌。这双手擅长把握利器,无论是刮胡刀还是去除鱼鳞的剪子,还有,那只能够签署判决书的象征权力的笔。彭叔叔也是一个出色的园丁,他栽种植物,从花蕾到籽实。所以他有一双恩威并施的手。

鱼的鳞,它的皮,它贴身护卫的铠甲,被他的手脱下来。案板上,鱼裸现晶莹的肉体。我饶有兴趣地观察彭叔叔准备晚餐,准备接近黑暗时才能享用的美味。他不知道我中午吃过鱼了,所以在这顿晚饭开始之前,我的嘴里已经弥散着事先的腥气。

1983年5月,桌子

晚饭摆在八仙桌上。桌子的四条边线分别可以坐进两个人,但在我的视线里,只有一个。小桉,她的妈妈,小桉的哥哥。而我和她好看的爸爸位于同一条边线。并且,彭叔叔没有给我安排凳子。我坐在他腿上。

作为形影不离的朋友,我和小桉从未有过任何冲突,她的想法就是我的想法,我的想法就是她的想法,我们好像共同使用一个大脑。现在,我感到她作为女儿由妒意上升的敌意。小桉摔打筷子,不耐烦地,抱怨米饭里的沙子。她不再成为唯一得宠的女儿。我格外安静,不多话,动作里加了几分小心,却并未减少内心的得意。

秘密的争夺和分享。我们向同一个男人邀宠,方式不同而已。小桉是田径式的,激烈,强调动作幅度,带有肢体竞争的积极感和侵犯性。我是象棋式的,不动声色,却在开辟局势更为复杂的战场——因为除了策划自己,还要因对手的布局而变化,调整人物之间的关系,部署我的埋伏。看起来漫不经心,我似乎从未上场,但这种由脑力进行的体育格外消耗能量。我隐隐得知自己是获胜者。

我的信心，来自小桉的沮丧，以及背后那张看不见的脸。

频繁的脑力活动，以及暗自较劲的坐姿，消磨着我……没人知道我多难受。我并没有真的像在众人面前表现得那样轻松自如地坐着，而是类似骑马蹲裆式：后脚跟用力，两腿对称打开，以这个令肌肉酸痛的艰难姿势，努力减少他腿上的负担。试图使体重显得更为轻盈，对得起彭叔叔曾经的赞美，我幻想自己悬浮而不是坐落。

僵硬的骑跨，坚持起来需要体能和毅力。过一会儿就疲惫不堪，不得不有所调节。只要在彭叔叔的腿上稍适休息，我马上就恢复暗中的自我折磨，我不想让他觉察变化。不知道这是敏感还是隐约中的错觉：当我力图分解自己的体重，彭叔叔的腿也在轻微抬升。我甚至察觉了他不动声色中提起的足弓。我的身体和他的身体之间，始终保持着秘密衔接。越感到自己腿部内侧的夹角，我就越感到他配合中的靠拢。有生以来第一次，我学习掌握男女的肉体之间微妙的心照不宣的进退关系。

突然，我的脊骨里涌起一阵上升的液压。瞬间的失重般的眩晕，我缺氧，两颊泛起潮红。我不自觉地向桌边倾靠。彭叔叔本来左手端碗，右手拿筷子，现在他把碗放下，手臂绕过我的腰，果断地向后紧了一紧。他从后面搂住，我当然看不见他的五官和表情，但我低头看到了彭叔叔的手臂。

对我来说它是如此陌生。暴筋的手臂，让我想起收税的人。

奇怪的是，整个晚饭过程中，我几乎意识不到他的妻子。那个沉默寡言的阿姨，就像一张没有添加定影液的照片，她逐渐溶解，直至消隐得没有踪迹。对比我的豆蔻年华，她显得如此庸碌与衰老。即使曾经貌美如花，岁月也会让她沦落为失宠的王后。没有资格成为我的敌人，所以，她不会吸引我。一个不值一提的配角。

我的焦点在彭叔叔、小桉和自己之间周旋。盘子里剩下几茎菜梗；各自的碗边增加了许多根齿梳般的鱼骨；一个小圆球滚落到桌面，那是煮熟的鱼硬白的眼珠。我不仅想靠意志力带走体重，我还希望自己吃相优雅。我恨我的咀嚼，食物下降到喉咙发出的动静。我闭紧嘴巴，小幅度错动牙齿。像小桉那样孩子气地鼓动腮帮是可耻的。或者，我刻意以带有仪式感的失真的进食方式，暗示给彭叔叔：我不是一个孩子，至少不是他的孩子。

他的儿子，额头布满青春期分泌过盛的痘疱，在他提前结束晚饭的时候才被我注意。他匆促放下碗筷，嘴里含混地说了一句："我出去一趟。"然后他走到屋角，打开大衣柜取外衣。打开柜门的时候，镶嵌上面的镜子划过一道短暂的光亮，晃动之后，镜子停下来。镜子停下来，为了映照留在桌边的四个人。一个男人和他的妻女，以及，角色可疑的我。

身体重心有时仅仅是谨慎地触及他——我力图显得轻盈的向上努力，可能包含着对生殖器的本能捍卫，也可以解释为对纯洁的象征性维护。但镜子袭来真相，什么也不能抵抗我巨大的羞耻心，以及，从那一刻开始，对身体突然涌起巨大的不洁感和仇恨。

镜子映照出我们在扮演什么。众目睽睽之下，这里，有一个化装成父亲的男人和一个化装成孩子的女人。

我熟悉那面镜子。镜面上有些散布的斑点：那是小桉的习惯，对着镜子刷牙，牙膏沫子溅落得哪儿都是。我知道镜子的右下角有个装饰图案：叠合的双菱形。我知道镜子下面的底层抽屉掉了一个铜箍，另外一只是后配上去的，有明显的色差。我知道，自己的身材如何被镜子初次映照。

……那一次，只有我们两个人。彭叔叔的手搭在我肩上，把我轻轻推送到镜子面前。他的声音低得像耳语，"你看看你的身材，有多漂亮。"他的手臂在我背后延伸，如同根茎推送着顶端的一朵花，如同朵瓣打开内部的红，我突然昙花绽放。深蓝色的纯棉运动服，紧紧贴合着发育中的少女身体，我修长而挺拔，如同漂亮有型的铅笔，即将展开崭新的书写。彭叔叔脸上荡漾陌生的笑意——唯有镜子，能让人目睹藏在自己背后的脸。

晚餐过程中，我不知道彭叔叔如何维护他的坦然。当他收税人一样暴筋的手臂收拢，我在潮热中位移，从他的膝盖向后滑动。像一朵花被挑起在顶端……某种秘密的茎在背后支撑，我的体表才能泛起这种非法的玫瑰红。

一切，都在桌子的掩盖之下。桌子比床堂皇正义，也更隐蔽。被剥皮剔骨的鱼，在晚餐的桌子上，缓慢挥发来自肉体的顽强的腥气。

生硬地嫁接在彭叔叔腿上，我就像一枝已然病变的枝杈——镜中景象不断复现，我无法继续自己的轻盈表演和在小桉那里赢得的胜利感。稍一走神，一根鱼刺卡进我的喉咙，尖利无比。我咬了一口馒头使劲咽下去，不行，它还在，只不过稍微调整了倾斜的角度。我小心控制唾液下咽，以降低疼痛的程度。

"我吃饱了。"我想站起来。但彭叔叔的臂环加重了压力。他说："不行，再吃点，你正在长身体呢。"递过一口掰开的馒头，他的手靠近的，是我的嘴唇。不需要暗示，彭叔叔的动作再自然不过：他要喂我。我面临选择。吃下这口馒头，鱼刺有可能被清除，也可能让嗓子里麻烦更大。我顺从了。咬住馒头，我的舌尖碰触到他微咸的手指。

下咽的时候，锐痛几乎使我溢出眼泪。忍不住咳起来，进餐过程中被我蓄意消灭的噪音以那么大的分贝扩张出去。我丢脸地喷出食物碎末，喷出他喂给我的东西。

彭叔叔把我领到厨房，让我张开嘴，查找卡在喉咙里的刺。口腔里弥漫着一丝淡淡的血味，我仰起头，对着他的脸，尽量张大嘴……打开自己，让他仔细察看我猩红的体内。他的手指，伸进来。

1991年8月，诊室

病毒性流感的第五天。我继续发烧，头晕，嗓子还肿痛。男友上午陪我去医院。体温计，验血的化验单，X光片拍照室。在医院的各个楼层辗转，我虚弱地靠着他的肩膀。在此之前，我和他的关系一直处于幼稚又造作的抒情阶段：除了几次有限而潦草的亲吻，我们缺少肉体的实质性接触，相互之间只是连续地写情书……我们结巴着示爱，字里行间充满"啊啊啊"的语句感叹。

"啊啊啊。"窥镜伸进来，观察发炎的喉咙。隔着压舌板，味蕾还是感到了窥镜杆上特有的金属甜。在医生面前，病人总是严肃地，正义地，郑重地，一再向他出示红肿变形甚至在充血的器官。我们容许窥查，容许他以某物部分深入身体的内部。

……

光线穿过窗户照进来，我醒了。小心翼翼地，光着脚下了床，病愈之后的新早晨，我感受来自身体的转折和变化。享用过我初夜的男友还在满足和疲惫中熟睡。

它伸进她暗红的洞口：接触，抵达，然后开始快速地摩擦，直到它的前端，涌起汹涌的白沫。弥漫着一丝熟悉的腥气，尽量张开嘴，观察，我对着镜子一看，果然，又出血了。作为一名牙周炎患者，我发现自己的口腔能一次次扮演处女。

镜子里突然出现了另外的脸。他脸上荡漾陌生的笑意，不知什么时候，男友站在身后，我被吓了一跳。

事隔多年，如鲠在喉。

1983年6月，公共澡堂

水流冲刷，能否真正洗净污浊？我用力搓，直至皮肤红痛，从自己细瘦的胳膊和腿，清晰可辨的肋骨，到肋骨上轮廓开始圆润起来的乳房。指端或毛巾下，仿佛橡皮搓起一片泥泞。我嫌自己脏。据说少女时光是一生最灿烂的时期，而我的开放过于短暂……隐藏在昙花无名的黑暗里，折叠于镜子背后。更衣室里，因为寒冷，毛孔起了一层鸡皮疙瘩；澡堂里腾升的蒸汽，又使皮肤上微红、汗湿和肿胀——种种生理的本能反映都令我反感。正如我不喜欢自己此时的纤瘦，同样也不喜欢未来的丰腴。我不能辨别，固执的否定和歧视是否与一次偶然的镜中映像有关。但的确是个开始，这种对身体的道德性厌憎，将贯彻多年，越过我漫长的成长和回忆。

水雾氤氲，到处是裸露的女体——如同海底鱼群因其密集导致的视觉眩晕。我不看她们，也不看自己，把温度调得很高，我闭起眼睛，灼烫的水流击打着面颊和肢体。我是一条被剥去鳞片的裸鱼，被汤汁浸透，散发将熟的微腥中的香气……贪婪的眼睛和胃在等我。

每个人离开之前都会在澡堂大厅完成最后一项程序：镜前整理。我梳着还在滴水的头发，落地镜反射着收票的窄窗，反射着从中探出的看门师傅痴肥的脸。

我们管他叫大肚伯。他的腰围超过身高，肚子圆硕，腿上胯下脂肪松垮，红烧肉般的脸常年泛着兴奋的血色。所以他还有个私下流传的绰号："滚刀肉"。他老婆户口在乡下，偶尔来探望他时我见过。排骨瘦，喜欢穿黑条绒的衣服，烟瘾比男人还凶，所以身上的味道很重，声音也沙哑。她少见的热肠，只要她来，总把澡堂打扫得镜明几净，问候所有来往的顾客。但我无法解释自己作为知情者对她产生的优越感与同情心。

公共澡堂只在星期六和星期天对外开放,全院人纷至沓来。我每每不是去得最早就是最晚,尽量减少赤裸时相遇的人群。大肚伯很快就熟悉了我的规律。趁着无人,他几次贴近,攥住我的手腕,响在耳畔的话语却异常温柔:"星期二下午你自己来,我专门给你开门,让你一个人洗澡,好吗?"曾懵懂地把这理解为格外的偏袒,如今我确认"好意"里埋伏的危险与侵犯。

2003年10月,操场

没想到,隔了二十年之后重逢。

黄昏我到工体大队的操场散步,围绕绛红色塑胶跑道。天边滚起乌云,仿佛激动的生病的肺叶。一只晚蝉声嘶力竭地鸣叫,用不了多少时日,那对通透的小翅膀将冻成薄冰。蝉鸣中,树叶纷纷落下,以它们告别中的浅金色。跑道是环形的——如同小时候做过的数学应用题,移动速度不一致的两个物体,无论相向、相背还是追逐,必然相遇于环形的某点。他走在跑道里侧,我走在外侧……我们正面遭逢。

步态从容,体型依旧修拔。令人惊讶的是,彭叔叔把他的美貌维护到了老年,似乎这种漂亮可以使他享有部分犯罪的特权。我甚至相信,是一种难以言说又可以容忍的微量的邪恶,怂恿并长久捍卫着他的美貌。

承认他还是颇具魅力的男人,但我不再被诱引,毫无情绪波动。

从那次搬家转学，到这个不期而遇的黄昏，二十年间没有见过，除了数月前我意外耳闻有关于他的消息。让我略为担心的，倒是旧日朋友小桉，她是否了解父亲的事并由此带来伤害。隔着二十年，隔着几十米的距离，我一眼就认出了……他离我越来越近。秋日黄昏，瞬间安静下来，一切背景都在向后推移，让我联想起他种植的昙花——是的，暮色硕大的花瓣全部向后翻卷，只为烘托他走来的身影。

为什么我们默契地都没有开口？是因为紧紧跟随着他的那两个人吗？是因为对往事的追悔？因为遗忘？因为变迁？还是因为今天的羞耻？那一瞬，我忽然有种错觉，仿佛置身影院，从侧暗的光里看到熟人——可我不能在黑暗与安静中走过去召唤，因为那会碰触他人的腿，或是成为干扰电影播映的讨厌的弦外之音，引起不必要惊扰，使双方都成为尴尬的中心。所以我把他当作陌生人，选择沉默，并试图把注意力重新转移到应有的中心。我看天边，想着今晚会不会星宿满天……像会飞的种粒，它们从同一株蒲公英的球冠上被吹散。

几步之遥。余光一瞥，他其实还是老了，经不起特写镜头。

没有不发酵的记忆。被埋藏的秘密，不是发芽，就是腐烂——腐烂中也会散发招摇或隐约的气息。那是一桩相隔数年的旧案。宣判的结果不令当事人满意，也许是怨气累积，也许是受挫的心迟迟得不到平复，也许是情感的后来变故……这位女当事人，突然把法官推上了名誉的危崖。她告他当年的强奸。

对于强奸，女方提不出充分的确认证据，男方也提不出充分的辩护证据，尤其在隔了如此可疑的发案时间之后。在一桩查无实据的案件里，奇怪的是，男方没有选择职业训练轻易得出的利弊判断。没有采取全面否定的对策，他承认两人之间的恩怨，但他坚持：是通奸，并非强奸。

这使一切变得更为界线模糊。外人无从得知，那次性爱，究竟是男方利用职务之便的暴力侵占，还是女方假使情色进行的性贿赂，或者仅仅是肉欲驱动下的器官摩擦，甚至不排除诉讼是爱情挣扎到最后鱼死网破的尾声。种种说法不一。有人认为，法官在欢爱享乐之后没有完成对女方的判决许诺；有人说，法官宁可被女方公开私情，也决不做法律原则上的妥协；也有人说，法官是个不合时宜的执迷者，只不过所爱非人，在乏味婚姻之外，这段爱情曾经是他生命唯一的光照，所以他宁可牺牲所有，也不允许女方否定当初你情我愿的相悦。那么，他到底是个意志薄弱的男人，还是不容屈服的法官；她到底是个无理取闹的泼妇，还是力争权益的受害者？

他被要求交待实情，暂时关押起来，待审状态并非入狱前的严格，大约还是倾向于处理成作风问题。他有散步的自由时间，只不过，每次外出，都有两个人随时跟从。

整个晚餐，长达一小时，我或轻或重地坐倚他的腿。彭叔叔是我成长之中第一个与之行为如此亲密的异性。或者说，是他，真正告诉我"身体"的存在。他曾经那样英俊，为我查找鱼刺时，我仰头近距离地看到挺直的鼻梁。他嘴唇上的竖纹，似乎是在问候我早熟的身体。他的手装作不经意地放下，指骨滑擦到我的胸部。彭叔叔面貌上显示的年龄令我如此迷惑：介于父辈和兄长之间，既诱惑又易于让人听从。对他怀有朦胧的迷恋与期待，我知道，只要他召唤，只要他的手臂再次揽紧，我就没有任何抵抗能力。我会继续孩子的习惯，完全听命地进入由成人控制和主宰的世界……哪怕是在一条歧路上；哪怕内心慌张，一颗糖也能轻易将我安慰。

但不知什么原因，那次晚餐之后，他改变了，我能体会到那种蓄意制造的间距。他突然萌生的分寸感，使我对自己抱有猜测并鄙视。我猜我误会了彭叔叔，我猜我天性邪恶，并且这种邪恶在孩子样貌的保护里不被追责，我猜是情欲的力量使我过早具有成熟女性的身高。我猜我可耻的向往被彭叔叔识破。我后来猜到，对自己身体不理智的反感和刻毒，或许与此有关。搬家之前的几个月，我有数次机会和彭叔叔单独碰面，但他像入鞘的刀刃，收敛蓄势待发的光与杀伤力，只留给我印象中的花纹。

2003 年 11 月，骗子游戏

前往县城的中巴车，在坑坑洼洼的路面颠簸前行。车厢里拥塞，体味混浊。这样的行程让旅客们昏昏沉沉。这时，一个穿皮夹克的人拿出两支铅笔，设下谋划好的赌局。

一支 HB 铅笔，一支红蓝铅笔。把一根一厘米宽、二十厘米长

的纸条对折一下并捏住，形成一个纸圈。纸圈在两支铅笔之间交替地套来套去，借以迷惑，最后清清楚楚地将纸圈慢慢地套住 HB 铅笔。他接着把纸圈之后两根分开的条带，一同缠绕在两支铅笔上。两支铅笔被紧紧绑束在一起，只在边缘露出两根条带的纸头。表演者问好奇的乘客："现在要考验一下你们的注意力和记忆力了，纸圈是套住哪支铅笔的？"看不出破绽的观众自然回答是套在 HB 铅笔上。

腾空的破旧座椅上，压着几张皱巴巴的钞票。面对即将到手的赌资，我看到骗子露出阴谋得逞的幸福微笑。因为当他再把两根纸条同时拉展，不可思议，那个纸圈套住的，竟是红蓝铅笔。

从一个骗子游戏中，我看到自己被隐喻的命运。在我和彭叔叔之间，看似的缠绕不清并未真正发生——他们完整地分开彼此，没有更深的相互损害。那根 HB 铅笔，从纸条预设的圈套中，从暴筋手臂箍紧的环绕中……魔法般逃离。

那是镜子里的白雪公主时代——十四岁的嘴唇从未被亲吻，体形瘦瘦的，尚未发育完毕。我写下铅笔字，笔画细，却清晰。书写起来心情放松，因为铅笔另一端，橡皮象征着自我管束和修正的力量。

红蓝铅笔不配备橡皮。原本被橡皮管住的一头，变成了笔芯的双向延伸，变成了多头占有。红色和蓝色比例不一，蓝的少，红的多。通常蓝色总是被相对闲置，莫如说，对一支红蓝铅笔而言，蓝色显示书写的装饰性需要，而它的存在核心，其实是与印泥乃至血一致的权力的红色。往往缺乏自觉省察与内在约束，权力就是绝对的王。老师否定孩子的考卷红；法庭震慑犯人的徽章红；甚至，男性炫耀欲望的器官红。

每个婴孩都牢牢依靠母亲的乳房，如同橡皮，抓起来柔软又柔韧。当我在镜前茫然凝视自己铅笔一样挺拔平滑的青春期身体，有人比我更明了即将到来的变化：少女的乳房酝酿着昙花般的秘密盛开。多年以后真正成人，我才认识到，其实只有男人的性器，同时结合了铅笔形状与橡皮质地——很多时候，它决定了历史的书写，尤其是个人历史的书写。

红蓝铅笔所写下的，一定出现在普通铅笔之上，但即使是权力的独裁力量也不能彻底覆盖 HB 铅笔细弱的印记。笔芯有种内在的硬朗，HB 铅笔即使被摔得断裂，卷笔刀转一转，你会发现剩下的笔芯并未改变原有的硬度。而高高在上的红蓝铅笔，在更为粗壮的木头壳包装里面，权力的整条笔芯都阳痿般是软的。

岁月会延长。秩序会颠倒。重逢时，我的彭叔叔老了。他的沉默里，有什么东西被剥夺之后的虚弱。

2005 年 2 月，芭蕾小人

整理旧物，找到一个玩具箱。掉了漆皮的铁盒，霉掉的毛绒熊，红红蓝蓝的积木。都是童年珍宝，可我早就想不起它们的存在。最令我惊讶的是一个八音盒：寸把高的芭蕾小人站在镜面上，会随着音乐缓慢旋转。拆开内部,使音乐盒发声的琴板有些生锈,不能被齿轮上凸起的颗粒流畅弹拨。

如此精巧而奢侈的礼物是谁送给我的?我忘记了那个恩人,也忘记了芭蕾小人曾经带给我的狂喜。往事有时会变得没有重量,不过偶尔荡漾一下回忆。

作为抛弃已久的旧宠,我发现这个芭蕾小人体形纤瘦,和风靡今天世界的芭比娃娃异曲同工。芭比娃娃其实是女性进入成人社会的预演模式,学习妆扮、交际乃至男伴所象征的欲望。芭比娃娃铅笔般瘦得比例失调的体形,难以计数的衣装饰物,豪华的生活方式无不被今天的少女们向往。她们很早就明白,容貌尤其是流畅的身体曲线,可能创造的极致享乐。那么,芭比娃娃的成长,还有没有芭蕾小人那样内心被偷偷锈蚀的危险?

我相信,看澡堂的大肚伯绝不仅止对我一人提出过独自洗浴的邀请,他的窥视也绝不仅止满足于停留在收票窗口之后。我不知道,有没有像我、像小桉这样的少女,曾无知地听从。他仅仅放了一点水就要占到便宜。但我知道,少女时期一次短暂的受挫经验,可以导致一生对性的态度发生突然的偏移。带着她那终生难与父兄和爱侣分享的黑暗,独自沉浮。即使成年以后的肉体能带来显在的欢愉,她难以解释偶尔会瞬间涌起的排斥、不洁感和仇恨……一切,被鱼刺卡住喉咙,不能言说。

谁也不能保障自己的一生精准无误。彭叔叔对我的本能欲望为什么戛然而止？他最过分的举止，不过是用手比拟了他的情欲。是教养，还是对危险的估算，使他放弃唾手可得的猎物？无论怎样，我感谢那最后的自制，我愿意把它理解为彭叔叔的美德。虽然直到今天，我依然不明白究竟是他的美色还是美德，最后成为我原谅的理由。

……钟形罩下，精致的芭蕾小人在真空般的舞台上，孤单地，旋转。她超过90度地抬升着瘦削纤长的左腿——硬裙子下，她的皮肤呈现出一种忧伤的琥珀色。身体的全部重心落在锥立的脚尖上，透过乌蒙蒙的玻璃，我可以看清她受难的足腕。正因琴板不断受阻，使八音盒歌唱。之外的世界落满尘屑——被封存在寂静之中，她茫然无知地起舞。命运最终没有打开那层薄薄的保护着她的钟形罩。

弄蛇人的笛声

1 序曲

如此炎夏，弄蛇人却把自己包裹得像僧侣。缠着鲜艳夺目的头巾，更映衬出黑檀木色的皮肤，他有深渊般的眼睛。远看，以为他抱着骨灰瓮，其实只是便于携带的轻巧柳篮，比棋钵大不了多少——对于体形纤长的女王来说，足够了。柳篮中的蛇毫无声息，似在沉睡，在默片般的梦境中。然而，苏醒的眼镜蛇一旦兴奋或者发怒，颈部能够向外膨起，形象既恐怖又凛然神圣，像罩着斗篷的魔法师，像所向披靡的君王，或者，像那个由伊丽莎白·泰勒饰演的埃及艳后。

弄蛇人开始吹奏，葫芦型的笛子顶端没进他的胡须里。盖子被打开，我们将从骨灰瓮似的器皿中看到什么？如果里面果真盛的是骨灰，我们能否看到曾被肉体囚禁的灵魂就像所罗门王囚禁的魔鬼终于得以释放……等等，灵魂能否就是蛇的形状？唯此，它才能漫延或蜷曲在我们的身体里：温顺、沉默又危险。

蛇运动时笔直延展的身体，如若变得柔软的笛子；笛子像是蛇风干变硬的骨骸,从中滑出,是灵动的肉身,是光滑婉转又自相缠绕的旋律。

音乐继续,终于诱动了沉睡者。蛇,具有舞蹈家应有的窈窕和玲珑。无颊鳞的眼镜蛇面部光滑,磨削过的腮部线条有着内在的凌厉——高傲的女神,露出微微上翘的颏,缓慢抬升被珠粒细密镶嵌的身体。

2 女神

舞台中间,只有顶棚一束追灯照射下来,把女子笼罩在光圈之中,周围,都是黑暗。她双臂垂落,水样滑泻的肩线;盘踞而坐,只有一条脊骨,别无支撑——她的剪影就像蛇后。即使一动不动,也能感知她的妖娆、她的有毒之美。她仿佛正在吞噬自身的阴影,以积攒足够坚持一生的凉意。

徐徐地,蛇后开始摇动她修长曼妙的腰肢……鳞片闪动,模拟蛇皮的紧身衣上满是网纹和光斑。以完美的弧弓匍匐在地,或者盘卷,展示螺旋结构之妙……她的身体柔软到不可思议的程度,似乎连关节都是液体的。柔软、绵长而致命的情意,她的动作里暗含燎灼欲望的挑逗;但眼神漠然,不会歌唱也不会微笑的嘴唇紧闭。这是怎样谜一般的女性?木无表情,也能让人肝肠寸断。

蛇舞——来自魔鬼的礼物,这馈赠令你无所适从。只有出色的舞蹈演员才能胜任其中的难度,表现出蛇是如何献出它的深渊之吻。

有些蛇或黑或褐,色彩晦暗;有些蛇类图案斑斓、鲜艳夺目,它们的礼服从头到脚，高领、紧身、及地，仿佛黑夜里的霓虹女神。但所有的蛇都没有唇瓣，所谓的嘴只是一道裂缝，所谓的蛇吻只是一个扩张的陷阱。无从探知，是否缱绻的身体一如它的深情？只知道，舌信和性器都呈叉状——蛇似乎是Y形爱好者，雄蛇的性匙锁进雌蛇的肛腔可以长达十多个小时甚至整天整夜。缄无一语，交媾的蛇只是绝望地楔入对方体内，无声扭动和翻滚。孤独而至尊，才有如此绝望而放肆的取暖方式吧？做爱时的蛇成为捆死彼此的绳索。人类的命运大抵相同，我们早晚都会如此遭受爱情中寂静的暴力。

……曲终，灯光熄灭，舞蹈的女子重归熟悉的黑暗，她将继续凛然捍卫蛇一样不容侵犯的孤独。眼镜王蛇就是这样，独居——由于它的食谱里也包括蛇，所以眼镜王蛇的地盘里没有其他蛇类存活，它就像独断而好妒的王后。要，就要全部；对于琐碎的部分，它从来不屑一顾。

3 整体

蛇不会咀嚼。从鹰鹫到虎豹，擒获成功都是撕裂食物，把猎物变成血肉模糊的碎片；只有蛇，囫囵吞下整个猎物，把它完整运输到自己的腔肠。

蛇轻易不运用齿锋，具有折叠功能的管牙深藏上颌而不露。毒牙并非咀嚼，只用于推送致命的针剂。见血封喉的高手，没有额外的动作，蛇一击致命——以最小的伤口，完成最有效率的绝杀。蛇是最早发明注射器的动物,它酿制的安眠药剂,足够让被麻醉的猎物克服进入墓地的恐惧。不痛楚,不挣扎,猎物就能保持完美的尊严。蛇以吞咽的方式进食,像含着珍贵无比的宝贝。彩色的羽毛在蛇的腹腔里,蛇并不剥离鸟的翅膀;包括脆弱得不堪一击的鸟卵也完好无损,蛋壳上的任何斑点都没有破坏的痕迹,仿佛飞翔的未来并非被毁灭,仿佛正在蛇的肠胃里得到耐心孵化——仿佛蛇不是凶手,而是像这些鸟儿的母亲一样成为更深的守护神。

其实,蛇索要的是整体。无论这个整体多么微小,它也珍惜;无论这个整体多么巨大,它也忘我尝试。它对待食物就像痴心者对待爱情一样要求全部。可以吞咽大到不可思议的食物,蛇的颌面关节就像它的野心一样大。俗语讲"人心不足蛇吞象",其实"蛇吞象",也许说明的不是贪婪,而是一种极致的忘我。蛇为完整留住对方的原貌,努力做出自我牺牲,它让自己剧烈变形,冒着被撕裂的危险。渴望者兼具的毒性,使它的饱满情感无法传达和获得,结果永远是悲剧——它爱什么,什么就成为标本。

……那是在两栖与爬行动物馆。隔着玻璃,橄榄色与酱色驳杂的蟾蜍,肥胖,动作僵滞,像脑出血后尝试恢复的病人那样艰难运用自己的四肢。上肢姿势像要做俯卧撑,肘部外拐,有着大于直角的钝弧。它停驻,鼓着砂石色圆胀的眼睛,喉结却在急促抖动,似乎沉浸在焦虑与隐忧中。即使观众隔着玻璃在它眼前晃动手指,蟾蜍也不为所动,继续团在一起,像块粗糙的火山岩或用旧的抹布。过了一会儿,它梦游般抬起左肢,用海星似的分叉四指抵住玻璃,像要推开外在的喧嚣世界。虽样貌丑陋，但蟾蜍的缓慢节奏里自有雍容——对昆虫来说，它是生杀予夺的王，相当于狮子之于食草动物的地位。蟾蜍保持着它的尊严，直到，蟒所携带的末日来临。

蟾蜍的悲剧既定，但至少，它将保持完整的遗容。这并非猜测，而是得到过清晰佐证。一个淘气的乡下男孩逮到一条野蛇，男孩无惧无畏，甚至恶作剧地给蛇灌酒。喝醉酒的蛇，吐了……吐出一只翻着肚皮的青蛙。这只重返世间的青蛙，虽已死去，但毫发无损，肌肉饱满的大腿和潜水员式的脚蹼垂在体侧，它保持着栩栩如生的荧光色，像大颗的绿宝石，只是浑身裹满薄膜般的黏液，仿佛刚被激烈的恋人亲吻过的。

4 天敌

除了龟、鳄和蜥蜴，两栖与爬行动物馆还有许多形形色色的蛙与蛇。真奇怪，为什么非要把天敌放在一起？

我童年见过有人叫卖蝌蚪。一片黑逗号：没有五官的硕大头部和滑稽的细尾巴，神经质地游动，或者贴住水盆边缘原地颤抖，无从判断它们的兴奋抑或恐惧。买回家放进玻璃缸，蝌蚪生命力顽强，好养，不久就会看到它们像童话中的小人鱼一样从独尾中分裂出双腿。印象颇深的，是一次从外地来京求医的男孩，经亲戚介绍住在我家。当我买蝌蚪的时候，他妈妈也给自己的病孩买了七只。我瞠目结舌地看到，男孩在妈妈的鼓励中将碗里的七只蝌蚪当场吃下肚子，目的是给他败火。尽管我喜欢一一按下塑料薄膜鼓胀的气泡，它们噼啪作响的破裂声给我一种强迫性的快感，但一想到蝌蚪头部的黑色囊泡碎在男孩的齿隙里，再想到他的笑，我就不寒而栗。幸好，男孩只是就着一大口水一饮而尽，那些蝌蚪冲下食道的瀑布时依然活跃，然后才被胃酸逐渐融解。那个男孩，大我四岁，属蛇。

观察春天的河流，偶尔会发现除了青蛙的卵块，还有长长的像塑料水管一样的东西，那是蟾蜍所为。胶质膜形成拇指粗的半透明胶管，黑色的卵粒在其中排列成行。蟾蜍的长管状排卵，迹近于蛇，为什么蟾蜍要选择如此特殊的形状？是否让后代在初始记忆里就熟悉这种禁忌的形象，以适应蛇所带来的终生恐惧？一旦孵化，蟾蜍蝌蚪会尽快游离带囊，是否，这是一种蟾蜍在生育时就打下伏笔的警告，或者某种象征性的对幸存的祈祷？即将被蛇吞噬的蟾蜍，能否领略这宿命：生，就是逃开蛇形；死，就是重归蛇形……无法逃离，一把长如蛇身的枪管，将它终身瞄准。

只有极为特殊的例外。

澳大利亚摄影家抓拍到一个画面：布里斯班山洪暴发，一只青蛙为逃生跳上蟒蛇的脊背；即使蟒纹交错如致命电极，青蛙牢牢抓住这些深渊般的恐怖斑纹，借以渡过湍流和漩涡。此时，青蛙与蟒蛇的关系，是天敌还是恩人？杀戮者用自己的身体为受害者打造方舟？是否，唯有陡然降临的灾难能让两者结盟？因为，不能回头，蛙与蛇的身后，巨浪席卷……它们共同的伊甸园已被倾覆。

5 伊甸园

睡眠的蛇,枕在自己的身体上就像枕在一张古老神秘的地图上:它的河流、土地与山川,它的花簇、枝条与果实……这是纪念,隆重得与生死同在的纪念,蛇用残疾的身体拓印下它逝而不返的伊甸园。是的,伊甸园,它的故乡,它的法庭,它的受难之所。

曾经的蛇,拥有美貌,光润细腻的肌肤闪耀着缎带之光,背脊生有一对迷人的翅膀。伊甸园,五谷丰登而花团似锦,这里的生灵全是喜悦而散漫的无忧者,除了,叶影斑驳中,隐蔽行踪的蛇暗怀心事。

我迷惑,为何让人类禁食那棵树上的果实?假设知晓善恶,人类岂不更能唱诵上帝的美德?难道所有的权力,必须依赖不透明的过程才能运行,它的威严才不被觊觎和僭越?难怪人间高明或拙劣的效仿者很多,他们甚至因此走上歧途的黑暗。为什么有人喜欢阴谋?因为只有黑箱才藏得住一只不管多黑也不显现的手。可是,树立典范的神无需隐瞒,他的坦荡和万能足以让他不受威胁。难道,上帝震怒,因为如此公然的挑衅,蛇的一句耳语竟然颠覆了上帝至尊的安排?难道这种荒谬早在上帝的预料之中,只是,驱逐人类而得以重新独享天堂的宁静与丰美,上帝也需要一个堂皇正义的借口?

伊甸园里原本的三个等级分别是:上帝、蛇、人,蛇为什么要破坏既有的平衡?如何解释蛇对人类的告密行为,究竟是针对上帝的出于自私的挑拨,还是因为人类被愚弄而产生慷慨的同情?这究竟是蛇一次偶然的多嘴，还是一场蓄谋已久的反抗？蛇是否上帝忠诚的奴仆，即使承担诬名也要完成上帝眼神暗示的旨意？还是说，蛇从来未曾熄灭由衷而强烈的敌意，这是灵魂时刻准备着的起义？是否，真相像烈焰一样在它的舌尖上燃烧，迫使蛇抵达最后的诚实？是否历经犹豫和折磨，蛇才说出真理，是在冒号之后停顿很久，它才吐露第一个词？体貌如巨型蚯蚓，那些奇形怪状、块茎一样埋藏地下的真理，蛇，要使它们破土、开花。

能进入伊甸园的，都是神的孩子；不要忘记，蛇也曾是天使。一旦开口，将注定失去伊甸园里的如诗如歌。成语里之所以说"画蛇添足"，其实并非笑柄，人们依照祖先留下的残存记忆描摹并还原了蛇在乐园中的往昔形象。然而，不复美貌，它是被砍去四肢、倒塌在尘埃里的维纳斯。蛇像上帝狠狠抽打下来的一道鞭痕。今天的蛇，样子令人生畏，像是用碎裂的残渣一点点把自己黏合而成……难以想象，蛇所遭受的酷刑。

6 酷刑

中国古代酷刑的著名案例：吕后专权时，将刘邦的戚夫人砍断四肢，灌了哑药，熏聋耳朵，挖去眼珠，割去舌头，然后扔到茅厕里。这个重刑，非常接近上帝对蛇动用的手段。上帝说：背叛的魔鬼不配拥有天使的美貌。岂止被砍去四肢令它终身匍匐，蛇没有外耳，视力斑驳，为了惩罚它泄露秘密的嘴，蛇甚至被割唇——上帝只在蛇的脸上，留下一道深切的刀口，以及剪出的尖锐舌缺，用以警诫后来的挑衅者。

童话里最疼的是美人鱼，因为她步步走在刀尖上；相比之下，蛇身世更凄凉。没有哺育的父母，没有成长的兄弟姐妹，它是孤儿；只能看到极其模糊的色块，蛇的视力比瞎子强不了多少，同时，它没有声带和四肢，它是重症残疾者；甚至不能像小人鱼那样默默哭泣，因为蛇没有眼睑和泪腺，所以，经受再剧烈的疼痛，它的表情也是无动于衷的呆板。蛇永远用它专注到已然僵滞的眼神，注视——来临的苦难。

蛇是动物中的苦行僧。它随着环境改变体温，不必像恒温动物那样摄取大量食物以维持体温，它能在条件恶劣的环境中生存，也可以漫长地忍受饥馑。人类有力惩治囚犯的办法，是把他们关进仅可容身的黑暗牢笼——狭小到不能站立和横卧，他们只能困难地蜷身于孤寂而恐怖的绝望里。但这对蛇无效。它们天生适应孤独，即使麋集的蛇群，每条都沉湎于各自的宁静而相安无事；观察一条终身独居的蛇，你会发现，它从未因情欲而摔打自己的身体，它就像僧侣那样恪守、自持、宠辱不惊，永远置身肉体的荒漠之中。当犯人的身体被屈辱地弯折和叠合，那已是一种无需刑具的残忍折磨；即使遭遇类似的刑罚，被囚的蛇首尾相衔，即使长年累月地被迫佝偻整条身体，即使像终生的苦役者那样无从伸展，无法再像伸展自如的卷尺那样丈量世界，即使从此形如句号那样被武断地终止表达……不过是成就了蛇，这个残疾的囚徒，反而由此成为一个卓越的瑜伽大师，或者是一个头枕自己脚踝的做梦者……蛇把受刑变成每天的习惯，变成日常的绝技。

被剥夺，酷刑之后的蛇，躯干简洁得令人恐惧，但它拥有残疾无产者的令人胆寒的力量。如果愿意，它的嘴里可以不储存任何褒义词，只留下一对复仇的牙，等待某个瞬间镶嵌在某个牺牲品体内。蛇无从触摸，它对世界全部的感知都需要通过一寸寸带有痛感的身体磨砺，这使它看起来匍匐般谦逊；可一旦毒蛇昂起头，就会有什么东西倒下去，倒在比它的头颅更低的位置。是谁，让蛇如此傲慢？是什么，让它获得这种对灾难甘之若饴的从容与无畏？难道，仅仅因为，它的裂舌虽已无法复述往日的真相，但味蕾之上，蛇的确尝过真理之味？

7 真理

蛇被逐出伊甸园，但它带走了永恒的真理，就像窃取玉玺般偷走王权的秘密。真理，或许隐蔽刻写在密码似的蛇纹里，或许像苦胆一样被它吞咽在腹腔，或许就藏在有毒的口腔里。可以吞咽大于口腔体积的食物，蛇的行为如同瘦小的僧人要消化无限的真理。

蛇，盘绕的身体神秘如咒，比拟一座微型的藏经之塔；蟒，卧行，沉重而驯服，就像一条已被公认的真理。

我看过一部纪录片里，表现摄取蛇毒的过程。捕蛇者好像强迫它喝水一样，把蛇的上下腭卡在玻璃杯的边缘，然后，蛇就缓慢流出毒腺分泌的珍贵唾液。其实，这个镜头是在暗示，真理有毒。毒蛇分为管牙类与沟牙类，沟牙的威胁性更甚于管牙，因为拥有更致命的神经毒素，沟牙下，只要两毫克的液体就足以杀死一个健壮的成年人。据说毒性强的蛇具有一种显而易见的自信，它知道自己完全有能力在一瞬之间除掉你。什么是真理之味？它的苦毒令人胆寒，可以速效地彻底摧毁你原以为固守的道德、逻辑以及绝对的生死体验。

焰火夺目，易燃易爆的是火药，光芒四射的真理同样是危险品。也许正是因为对真理的执著，使蛇沦入悲剧。就像盗火的普罗米修斯，将受刑于比烧灼更大的痛楚；真理剧烈的腐蚀性，使蛇的口腔变成有毒的器皿。也许上帝并未亲自施刑，蛇那创伤一样的嘴，也许来自于真理本身的威胁。

当摇滚歌星对着麦克风摇摆反叛的身体，麦克风就像一条站立起来的蛇。蛇一旦站起来，它的威力就像一支直立起来的麦克风，有着惊人的传播能量，所以上帝严禁蛇发声和站立。被永远噤声的蛇，也许用肢体继续着哑语，只不过鲁钝的人类无从破译。竖起身体的蛇，火焰般的上升，像真理那样崎岖地上升……直到极限，屈服于自身的重量，最后才轰然倒塌。蛇用自己的身体比拟了巴别塔的绝望。

真理是哑的，从来没有假话那样迷人的嗓音；真理从来不是光滑的，它全身挂满鱼钩般无从退回的倒刺——蛇，哑言者，体鳞如此牢固，仿佛钉刺在赤裸的肉身上一一穿透。蛇看起来，多么像受难的先知。

8 先知

当上帝欺哄人类说：吃善恶树的果实必死——蛇反驳了一句真话："你们不一定死，因为神知道，你吃的日子眼睛就明亮了，你们便如神能知道善恶。"先知先觉的蛇向夏娃传授知识，指认什么才是生存中最为宝贵的意义。从这个意义上说，蛇是人类历史上第一个启蒙者，是先知，它把人类从混沌与蒙昧中解放出来，使人类脱离上帝的精神控制。当亚当和夏娃意识到肉体与道德，并由此体会由羞耻而产生的自尊、由禁忌而带来的反叛与自由，人类就不必再等待神明特许，如果愿意，他们随时可以用身体给予对方节日般的狂欢——这种给予，因终生而日常，彼此得以缔结某种近于神赐的关系。如果没有蛇，衣食无忧的亚当和夏娃还是伊甸园里被哺喂的婴幼；正因蛇的告诫，人类得以苏醒，成为征途上的独立英雄。

当上帝因震怒而降罪，亚当和夏娃只是被逐出伊甸园，蛇却承受酷刑，获得比人类深重得多的惩罚——它替人类背负罪责和苦难，几近另一版本的基督。两者之间的区别在于：蛇的牺牲是自觉的，基督是受到上帝的委派；蛇让人类自由，基督让人类服从；蛇遭遇上帝的惩罚，受尽严刑，基督被上帝拯救，遍体鳞伤得以奇迹般的愈合……

蛇，沙漠色的眼睛沧桑历尽。尽管视力模糊且无法闭合，但蛇眼被一片至为清澈、隐形眼镜般的鳞片覆盖。古老的先知，它的眼睛就像吉普赛人的水晶球：从丑恶到善良，从诅咒到祝福，从牺牲到复活……蛇洞悉一切，或许它也早已洞悉自己未来的苦难。聋哑盲，无损内心智慧；失聪让它拥有全世界的寂静，以及唯有寂静里保存的傲慢与极端的专注；或者说，无需更多知觉和手段，它已达至对世界通透的理解。即使被贬入尘土与泥泞，蛇匍匐在地的腹环有如树的年轮记载成长；它火焰形的叉舌上，燃烧着灼烫的真理。

蛇行动时极尽舒展，停驻时极尽蜷曲，这是云在青天水在瓶的境界吗？或者，如果用意译的处理手段，我们可以将上面的话处理为：丈量世界时极尽公正，占有世界时极尽狭窄——这是先知恪守终生的道德自律吗？

然而先知的悲剧，在于它没有信徒。

如果说，蛇是人类的先知，人类就是蛇的叛徒。不计恩情，果断决绝，人类以自己的行为出卖了蛇。

9 恩情

人类从来都是负恩者。

据犹太教版本《哈加达》的解释，亚当和夏娃最初穿的是用蛇蜕下的皮所制的衣服，这层柔软铠甲为人类提供着庇护。我唯有一次碰触过蛇的鳞甲，它的体表完全不像预想那样有着鱼一样滑腻的黏液；说是冷血动物，但通过指尖的有限面积传递过来的，是一阵干燥的温暖。那时，这条绿色的幼蛇被人用草绳捆绑在一棵低矮而枯干的灌木上，盘成形状不精确的如意结。灌木的枝茎上布满棘刺，被束缚的囚徒却保持着不可思议的优雅：阳光下，它明亮夺目；当云翳遮挡了光线，它的绿鳞又青苔般泛着内敛的幽静与凉意。它很美，像《白蛇传》里的小青……

正如《白蛇传》里所展示的人蛇关系。对白素贞来说，不过是蛇爱上一个人；对许仙来说，不过是爱上的人变成了一条蛇。白蛇美丽贤惠、柔情万种，她小心翼翼去维护、奋不顾身去捍卫的爱情，却因许仙的好奇心而引发悲剧。这个故事再次阐明，蛇对人类痴情而导致恶果。

所谓"滴水之恩，涌泉相报"，其适用范围仅限于滴水之恩；若是涌泉之恩，就不再遵循这样的公式，荒谬的逆转开始了。因为谁都难以承受恩重如山那令人窒息的重量，所以当无以为报之时，我们或逃逸，或以颠覆事实的诡辩来恢复自己的道德优势。人们感慨世间太过频繁的恩将仇报，其实何需意外？那反倒是必然的因果。世界的法则从来如此：有佛法倡导的以德报怨，就有世相通行的以怨报德……局部的不公，从更大的境界看来，却是大的公正与平衡。如同"圣人不死、大盗不止"里令人惊异的逻辑，其实只有天敌才是彼此喂养的恩人，只有恩人才是最易获得并且食用起来最为安全的猎物。如若允许人类彻底灭绝一种动物，我相信，多数人的选择必然是蛇。蛇的恩情导致它沦落到怎样的悲剧之中？看看人类今天给予先知的报答吧：皮做的包、胆泡的酒、肉熬的汤……蛇，死无葬身之地。蛇解放了人类，人类却成为所有动物的天敌，其中也包括作为解放者的蛇。

假设时光逆流，亚当和夏娃得知善恶树的秘密之后，没有当即用树叶装饰自己可怜的生殖器，蛇或许继续隐身于伊甸园之中。它失去一切，换来亚当和夏娃生殖器上两片颤抖的树叶——这是否是一桩值得的交易？这是否是公正的价值兑换？仿佛，把梦想折价为羞耻，把飞翔等同于堕落，仿佛判定残疾的天使不如害羞的嫖与妓。况且，分享终极秘密的人并未就此成为蛇的同盟，反而向上帝招供。事实上，人类不适合承载信任，要求他们不传播秘密，就像要求他们终身不花费赃款一样；女人天性更如此，在她们心里发酵的秘密像迅速成熟的种子一样爆裂，随后就开始无法自控地传播。

10 秘密

弄蛇人有他自己的秘密。

蛇阴险的样子，比毁容者的脸更令人不寒而栗。对我来说，不怕蛇的人比不怕狮子的人还勇敢。正是出于由来已久的恐惧，我对弄蛇人抱有一种糅合着恐惧的敬佩。他凭什么，令蛇无限驯服——蛇像是弄蛇人手中的绳结：任意柔软，折叠或缠绕，为它自身的命运所束缚。

我曾猜测，弄蛇人使用手鼓或某种法器，上面蒙着蟒皮——这是格外有力的震慑。虽然跳舞的蛇可能是条杀人的蛇，但弄蛇人暗示自己可能是个杀蛇的人，所以这是两个杀手之间的对决与宴乐，弄蛇者通过战利品来威慑，暗示随时可能发生的杀戮以及不必怀疑的胜算。然而此乃妄断，事实并非如此。印度的舞蛇人申辩，说他们尊重蛇，从不虐待，甚至在表演季结束后将之放归森林。无论有意或无意，印度人都将杀蛇视为大罪，他们甚至会为蛇举行葬礼。

弄蛇人同时精通蛇性与药草，可医治伤毒，但每当我想起他的职业，总觉得他如雅典传说里的花衣魔笛手，像个神秘的驱魔者。然而，何以会出现如此多的魔鬼？也许正因驱魔者在此，他出现的地方，像雌蛾释放的性元素一样强烈地吸引扑闪着翅膀的鬼魅……其中是否暗藏近乎邪恶的秘密？

弄蛇人一边吹奏，一边用脚打着节拍。旋律，以及蛇妙曼的细腰，都像寺庙里的烟柱缓缓上升……原来，秘密不在于音乐，那不过是弄蛇人的托辞。由于丧失听觉，蛇是个音盲，完全不解旋律里的风情，更无从得知音乐里那精湛的数学之美和艺术之魅。一方面，弄蛇人边吹笛边击打脚掌，蛇听不见但可感知空气中的振动，音乐的节奏等于一一敲打在蛇的骨节上，于是它像钢琴上被用力按下的键那样发出响应；另一方面，看似被音乐所操纵和控制，真正迷惑蛇的，是弄蛇人和他手中笛子的运动，蛇迷惑于那些移动着的模糊斑块。

暗度陈仓，从未出自音乐的感召——令蛇翩然起舞的，乃是节拍下悄然传递的信息。我们用以诱惑的，从来都不是冠冕之物，而是埋在堂皇理由下面的诱饵。如同无论革命还是爱情，肉都埋在饭里——动物的血红埋在植物的雪白里，深处的腥藏在表面的甜之后，由衷的暴力被一团耀眼的纯洁所包裹。

观众赞叹舞蛇的神奇，冷冰冰的蛇竟然能被驯化。可惜，与驯化无关，弄蛇人所传承的技艺，是以夸张但不易激怒蛇的动作与蛇互动——凭借蛇的本能，而不靠激发蛇的表演天赋。仔细观察弄蛇人，隐蔽着的秘密昭然若揭：看，他正在模仿蛇！

11 模仿

  盘腿而坐的弄蛇人，摇头晃脑，耸肩扭腰……他模仿蛇的舞蹈；或者说，他是蛇的引导者，让蛇模仿。弄蛇人与蛇，仿佛游戏的双方、阴谋的同盟；蛇与人互为模仿，引为镜像。

  这个世界遍布模仿的痕迹。斑马是集群的食草动物，老虎是独居的百兽之王，可它们身上都布满相似的条纹，只不过底调的色彩有所区别：一个亮如白昼，一个幽秘如黄昏。比如，古老的捕鲸船，曾追随开阔的洋流航行，寻找海里会唱歌的巨兽；拆解船体的内部，我们会发现，支撑其中的船架如同鲸鱼的巨大骨骸。模仿，在人类社会中也颇为普及。拥趸对偶像的模仿。奴隶对主人的模仿。受害者对刽子手的模仿。这里面，隐藏着权力膜拜。较低等级的生物模仿较高等级的生物，通过模仿而完成形象上的耀升，因为后者占据更多的生存资源与优势。当然也有逆向的模仿，比如猎人模仿他的猎物，拟态让他更易于靠近与捕获猎物，或者通过招魂的方式去了解猎物的轨迹及其生死。世界是一只多么狭小的方舟，很多时候，我们需要与狼共舞、与敌同眠，需要和杀手分享安全——某种程度上，这是在模仿神迹，因为神就是这样与他的亵渎者同舟共济，就像上帝与蛇一起出现在伊甸园。

  同一品种的蛇与蛇面目相似，它们彼此模仿，以至于我们无从判断谁才是那个遭贬的魔鬼。弄蛇人与弄蛇人彼此模仿，这是比面具更有效的伪装，弄蛇人由此逃避蛇的直接指认。弄蛇人与蛇相互模仿，保持着音乐两端的对峙、平衡以及动荡中随时的调整，谁在施咒、谁已中蛊？谁才是最后的杀伐之王？梵蒂冈美术馆里，著名石雕《拉奥孔和他的儿子们》令人震撼，蛇盘绕着痛苦挣扎的祭司和他的爱子，像致命的藤正在绞杀寄主。如果蛇杀死了人，那么它就成了披挂在失败者尸体上的挽联；如果人俘虏了蛇，蛇就会成为最美的装饰，有如英雄身上的绶带。

尽管人蛇之间致命的博弈从未终止，但通常情况下，蛇的温驯超乎想象。在西双版纳，我曾看到一条巨蟒，体表呈模仿云豹状的大片花斑。蟒蛇蜷缩、堆叠，以使自己盘踞在一张小学生课桌上——那么局促的面积，蟒蛇一动不动，不逾边界，它似乎拥有某种天使的教养。养蟒的朋友告诉我，平常让它待在敞口玻璃缸里，这个逆来顺受的家伙从不挣扎，从不试图逃走。它听任于自己的奴隶命运，似乎不需要所谓的自由。

12 自由

对蛇来说，弄蛇人是权威，是统治者，是给自由宣判死刑的神。当蛇仿佛被压扁的头慢慢伸出委身的陶罐，像是从囚禁之所里释放出来的魔鬼，它将报复还是感恩？令人意外，蛇一旦越出牢狱，竟开始给剥夺它自由的独裁者跳舞。起舞，仿佛有从内心升起的颂歌，它无视曾经和随后的屈辱。蛇可以随意弯曲，就像每根骨节都被打断；全身都是关节，所以无需弯下膝盖，蛇的屈从无着痕迹却面面俱到。

蛇有几百对肋骨。每对肋骨都是重重把守的关隘，它一一锁紧自己的每道防线。一条蛇，处处灵巧，处处警惕，密布由骨头组成精细的榫卯，它用连续的暗锁，护卫自己雨花石般的心与胆。蛇对世界抱有矛盾态度，既如情人般善于缠绕，又如敌人般持续戒备。被贬离伊甸园之后，蛇能否如一勇敢？也许蛇看似的勇敢并非品德，仅仅因为它是一种天生没有泪腺的哑动物，无以为表，所以它的屈从也被视若抵抗。蛇缓慢，懒散，易于妥协，只剩下用毒者匍匐在地的阴郁与谦卑；天壤之别，蛇也许无法想象雄天鹅的飞翔……那美而粗野有力的自由。

且慢，囚徒可有自由和尊严？难道身体被绑缚，更有助灵魂抵达彼岸？看，弄蛇人缭绕的笛声里，那条被俘之蛇……像芭蕾舞者，在双足的日常刑罚中建立起美妙的升华；像沉浸创作的艺术家，被禁锁在绝望里，渐渐被某种未知的漩流所感召，进入神秘的冥想，进入别样的自由。艺术与其创造者的关系均是如此，既有爱与热爱，也有奴役与控制，以及难以言明的历险与享乐、服从与自由。自由，既朴素又奢华，既美妙又残酷的自由……从凝重里提炼的透明之轻，这空气样的自由。但自由的价值，或许唯有在被奴役者那里才能得到恰切的阐释，如同常人无从体会空气的存在，只有被掐住喉咙的人才知道缺氧的绝望。

自由是任意变化，自由也可以是：在任意变化的世界里选择永恒的不变。这便是关乎蛇的神话。蛇从来没有改变过，亿万年来，它始终保持如一的样貌和行为方式，几乎没有什么进化痕迹。亿万年的光阴等同一日，蛇古老的忠贞比撰刻在石碑上的誓言更为坚定。然而，蛇的道德与道理还能承诺给谁？无论上帝还是人类，都不再是听信于它，于是蛇，成为一道自我捆绑、勒痕显现的绳索。

人类易变，他们难以面对古老而从容的蛇，因为蛇深知人性的弱点……于是，蛇必被诬陷和诅咒。蛇是悲剧中真正的流亡者，继被上帝逐出伊甸园后，它又遭到人类的驱逐。蛇启蒙了人类的自由意志，结果自己失去了整个自由的世界。如果不是为了杀戮，不是为了剥皮食肉，人类的居住环境中大多消灭了蛇的踪迹。于是，蛇隐匿于孤岛，隐匿于不为人知的荒凉之中。

13 孤岛

小时候对我来说，世界上最恐怖的地方是蛇岛。虽然我从未到达这个旅顺附近的孤岛，但一本薄薄的文学册和一部短短的纪录片——名字都叫《蛇岛》，足以将我击毁。那里遍布无穷无尽的蝮蛇，单一生物如此高密度地积聚在有限岛屿上，想想就令我头皮发麻、不寒而栗。我想象蝮蛇们在那里吞咽和交媾，鳞皮斑驳闪烁。它们盘踞、匍匐，或者缓缓抬起身体，毒汁的液面也随之上升……上升，上升，像亡灵起舞，像厌恶的神要逃往高处。蛇的样子，是以最简洁的设计达至最恐怖的效果——它们像开垦梯田一样开垦在自己身体上的腹环，以种植丰收的罪恶。每年候鸟飞临，蝮蛇享用这些从天而降的食粮；而且，它们的繁殖与人相似，卵胚在雌蛇体内发育，生下来就是蝮蛇的样子，并可独立生活。真可怕，面积只有一平方公里的蛇岛，是我所知最为具体的地狱。

但换个角度，这是蛇最后的安身之所。一句真话，让蛇从此无以栖寄，被迫藏身于最后的孤岛。我们怎么看待世界，就揭示了我们是怎样的人，一如自私者所见无不布满自私的霉斑。蛇岛囤聚大量的蛇，的确是可怕景象；可假设我们能从蛇的角度看待人类呢？人类作为单一物种如此稠密地积聚城市，同样以消灭万物的盘踞，除了无穷无尽的人群，别的万物不生——面积更大的"人岛"上囤积数量更多的人，这同样是末日镜像。

作为无数种生物之一，人类为什么觉得世界天然归属于他？尽管他是上帝的长子。人类历史上第一桩凶案，正是长子的谋杀——亚当与夏娃的儿子该隐，因妒杀死了自己的弟弟。意欲独享，人类不惜罪行。

圣经里说，蛇必受诅咒，它的后裔与女人的后裔彼此为仇。人怕蛇，这是来自远古的恐惧，赤足的祖先曾死于它们挑衅的眼神和瞬间的攻击；蛇怕人，这是来自现代的恐惧，它们的皮蒙在乐器上，它们的肉炖在汤羹里，它们的血被兑进酒浆——它们死，以娱乐人类的身心。所有的蛇都是肉食者，是否出于积聚已久的仇恨？

与人类关系最为密切的动物形象，除了猫狗鸟之类的宠物，就是蛇——但如此不同，城市的日常经验中少有机会遇蛇，令人恐惧的蛇已像狮狼虎豹一样远离人们的视野，但它却牢牢占据人类的意识，深植思想，甚至频繁出入梦境。难道仅仅因为渊源，因为蛇是动物中唯一参与了创世纪的成员？动物中，没腿和腿多的都令人害怕，比如蛇和蜘蛛……其实我们害怕的，只是与己不同的异端。人类对异端异教，习惯过度诠释，直至宣判邪恶——从这个意义上说，蛇不是唯一的受害者，却是灾难最为深重且永不被赦免的。

傲慢的蛇，擅长穿透伪装，直抵内核。是否人类宁愿从未倾听过蛇的低语，他们宁愿永远蒙昧地待在伊甸园里，也不愿忍受终生奔波的苦楚，不愿接受自己失信背诺的形象？也许，人类远离蛇，正因为害怕听到更多的真相，畏怯面对更大的羞耻。

响尾蛇的鳞环咔嗒作响，纵使被噤声，它一如身怀绝技的腹语者。蛇的表达既蛊惑又危险，难以揣度……怎样的谜语藏在它沙漠色的眼睛里？

14 谜语

蛇拥有寓言家那样谨慎而带有嘲讽的智慧。交叠、翻转，蛇是它自身的魔方、自身的谜。

笛声响起，弄蛇人试图祛除蛇的魔性，让跳舞的蛇兴奋，让它像瘫痪者呼唤自己曾经的青春。可真实的弄蛇表演中，你会发现，绝大多数情况下，蛇并未陷入癫狂，它们拥有倾听者完美的沉静。我们甚至略带羞愧地承认，蛇根本就是无动于衷。我们不会看到，蛇在性爱中那大胆亲密的交缠，那引诱者的情色，那激越而高潮迭起的探戈。有尊严的蛇，神游物外，偶尔观看一下，这场弄蛇人为取悦自己而进行的卖力表演。我们永远猜不透蛇，猜不透它简短而致命的谜语。

沧桑历尽，斑驳的蛇古老如神话——只有神话，才经得起岁月的推敲与阐释。当我们被一条蛇专注地凝视，仿佛立即被古老的生死之谜所笼罩；可我认识一个奇人，本应鬓发斑白的年纪，他却拥有一张青年甚至是少年的脸，拥有时光雕像般的五官，因为他曾两次被剧毒蛇咬伤而濒死。他的血液里被注入神秘之物，从此，不仅蚊虫不再叮咬，连蛇见到他也会避行。终生生长的蛇，被视作永生的象征，蛇的毒吻让我们目睹：人与蛇结盟会获得怎样的永生，那是慈悲上帝也拒绝给予的赐福——因为这种结盟所产生的永生将使上帝不再稳居绝对的宝座。在伊甸园里，蛇其实是与上帝可以在智力抗衡的对手，因为它洞察上帝的心思；上帝把人类作为玩偶，蓄意没有赋予他智慧，混沌的人经过蛇的点拨而获启蒙，人类的力量虽然微弱，却是移动的支点与砝码，他倾向于谁，谁就可能获胜并由此确立不容置疑的正义。但人类屈服了，他放弃与蛇的同盟和彻底的自由。当上帝用欺骗来巩固王位，蛇幻想以真相来颠覆权力，伊甸园里有过一场失败的起义。

……名词，鱼鳞般覆盖世界，它们出自上帝的魔杖。一条蛇，不仅拥有它认识世界的鳞甲，而且蛇每年都要蜕皮，安静地脱去旧装，这优雅的更衣也使它得以不断拓展自己的认识与可能。皮开肉绽，不过使蛇那些更大、更新鲜的鳞片裸露出来……光彩熠熠，状如宝石。

原载《人民文学》2013年第10期

图书在版编目（CIP）数据

破冰：新散文三十年 / 祝勇主编. -- 上海：上海文艺出版社, 2022
ISBN 978-7-5321-7898-8
Ⅰ.①破… Ⅱ.①祝… Ⅲ.①散文集－中国－当代
Ⅳ.①I267
中国版本图书馆CIP数据核字(2021)第101302号

发 行 人：毕　胜
责任编辑：江　晔
特约编辑：乔　亮
装帧设计：韦　枫

书　　名：破冰：新散文三十年
主　　编：祝　勇
出　　版：上海世纪出版集团　上海文艺出版社
地　　址：上海市闵行区号景路159弄A座2楼　201101
发　　行：上海文艺出版社发行中心
　　　　　上海市闵行区号景路159弄A座2楼206室　201101　www.ewen.co
印　　刷：苏州市越洋印刷有限公司
开　　本：710×1000　1/16
印　　张：28.25
插　　页：5
字　　数：288,000
印　　次：2022年7月第1版　2022年7月第1次印刷
Ｉ Ｓ Ｂ Ｎ：978-7-5321-7898-8/I.6264
定　　价：88.00元
告 读 者：如发现本书有质量问题请与印刷厂质量科联系　T:0512-68180628